怡心集

张安珍 著

湘潭大学出版社

图书在版编目（CIP）数据

怡心集 / 张安珍著. -- 湘潭 : 湘潭大学出版社，2021.5

ISBN 978-7-5687-0546-2

Ⅰ. ①怡… Ⅱ. ①张… Ⅲ. ①中国文学－当代文学－作品综合集 Ⅳ. ① I217.2

中国版本图书馆 CIP 数据核字（2021）第 070604 号

怡心集

YIXIN JI

张安珍 著

责任编辑：王正杰
封面设计：李 平
出版发行：湘潭大学出版社
社 址：湖南省湘潭大学工程训练大楼
电 话：0731-58298960 0731-58298966（传真）
邮 编：411105
网 址：http://press.xtu.edu.cn/
印 刷：长沙鸿和印务有限公司
经 销：湖南省新华书店
开 本：710 mm×1000 mm 1/16
印 张：19.75
字 数：356 千字
版 次：2021 年 5 月第 1 版
印 次：2022 年 3 月第 1 次印刷
书 号：ISBN 978-7-5687-0546-2
定 价：79.00 元

一滴水是不足为奇的，只有流入清溪，汇入江河，融入浩海之中，才能形成汹涌澎湃的壮阔气势；一个人是微不足道的，只有加入集体，汇入我党，融入国家之中，才能形成无坚不摧之震撼力量。

——张安珍

张安珍，又名张正卿，男，1937 年 8 月 5 日出生，湖南张家界人。1961 年 7 月毕业于武汉大学图书情报学系，留校任教。1982 年 11 月加入中国共产党。1984 年 9 月调湘潭大学图书情报学系执教。现为湘潭大学教授，国家一级作家，中华诗词特级作家，中华诗词联盟机构常务理事及《诗词世界》理事会常务理事，中华诗词学会会员，中华当代文学学会会员，中华对联文化研究院研究员，湘潭大学社科联顾问。曾任湘潭大学信息管理系副主任、主任，湘潭大学老年大学副校长、校长，湘潭大学教育教学工作督导团专家，湘潭大学老科协副会长，中国管理科学研究院特约研究员，中国图书馆学会会员，湖南图书馆学会常务理事，湘潭图书馆学会顾问等职。出版学术著作《经济信息学理论与应用研究》《社会主义市场经济与图书馆管理改革》等 10 部；纪实文学作品《拼搏灿烂的人生》、诗集《心潮集》等 10 部；发表学术论文《论中国特色的信息产业发展道路》《论信息化社会的目录工作与目录学》等 90 余篇；发表诗词 1800 余首，对联 300 余副，格言 30 余则，散文 6 篇，传记文学 1 篇。承担并完成的科研项目有：国家社科基金项目“社会科学咨询数据库研究与建设”（任副主持人），此项目研究成果经专家鉴定，“达到了国内领先水平”。湖南省社科基金项目“21 世纪我国信息产业发展趋向、道路与对策研究”（任主持人），其研究成果经国内著名专家鉴定，“达到了国内领先水平”。获得的奖励有：学术研究获省部级奖 3 项，诗词创作获特等奖 6 次，金奖 10 余次。

前　言

《怡心集》是我一生爱好创作的结晶，是我从事格律诗词、新诗、对联、民间歌谣、格言、传记文学创作时情绪的真实记载，是我生活动情、快乐的写照，是我对党、对国家和人民衷心热爱与感谢的反映。但天有不测风云，人有旦夕祸福，我动笔撰写《前言》之际，却不幸罹患胆管细胞癌，一检查已是晚期了。现全身疼痛，已无法完成《前言》的整体写作，只能写下以上寥寥数言，请广大读者谅解！

张安珍

2021 年 3 月 1 日

代序（一）
谈诗联创作

“雄关漫道真如铁，而今迈步从头越。”时光似流水般地过去了，我已从“朝阳初升”的韶年，步入“夕阳西下”的晚年，我的身体虽然有些衰老，精力有些疲惫，但我的雄心还在，壮志尚存。我要在有生之年，向祖国献出我的忠诚与智慧，向人民献出我的激情和热血，我要把一生所创作的诗、联、格言、散文与传记文学整理成册，正式由出版社出版，奉献给养育我的母亲——祖国。

在漫长的诗、联、格言、散文与传记文学的创作生涯中，我有了一些粗浅的体会，现将其撰写如下，以供读者对我的诗联文等的创作结晶——《怡心集》，有一个全面而具体的了解。

（一）

我于20世纪50年代至现在，在酷热的夏天、数九寒冬的时日里，在炽热的煤矿掌子面上，在崇山峻岭、层峦叠嶂的高寒山区的乡村中，在一望无垠的大草原上，在汹涌澎湃的浩瀚海洋中，在百花齐放、百家争鸣的秀丽校园里，在攀登科学高峰的峭崖上，在游览祖国壮丽山河的过程中，在与广大工、农、兵、学、商密切相处的时日里，我的心、情、气、血几乎与他们融为一体，节、操、志、理几乎与他们化为一团。在火热的劳动熔炉中，我的激情得到了燃烧，意志得到了锤炼；在严肃活泼的军营生活中，我的胸怀得到了开阔，思想得到了升华；在网络信息虚拟的世界里，我的视野得到了扩展，我的知识得到了丰富；在攀登科学高峰的路径中，我的思维能力得到了提高，创新能力得到了增强；在神圣的大学讲台上，我的才能得到了施展，我的理想得到了实现！啊，生活呀生活，你给我的诗、联、格言、散文与传记文学的创作，开掘了源源不断、滚滚奔流的源泉！你使我的激情掀起了一个又一个汹涌澎湃的浪潮！

（二）

在这本渗透了我的心血与汗水的《怡心集》中，我怀着对党、对祖国、对人民赤诚的心，满腔的激情，吟诵了宏伟壮丽的“中国梦”“四个全面”“核心价值观”的真谛，“改革开放”的春天，建设的雄伟壮观，两岸首脑的握手，申奥成功的喜悦，雅典夺魁的盛况，南极探险的发现，严惩坏人的威力，人生旅途的艰辛；我歌唱了改天换地的领袖，叱咤风云的元帅，遨游苍穹的骄子，舍己为人的英雄，勇攀科峰的学者，培育桃李的园丁，平凡而伟大的工农，捍卫和平的战士，微笑服务的馆员，俏丽善良的少女，天真活泼的幼儿；我还贬斥了贪婪无耻的硕鼠，祸害人民的魔鬼，横行霸道的强权者。

我更以满腔的激情对苍翠挺拔的劲松，竞吐丹霞的杜鹃，含情脉脉的夫妻树，傲视霜雪的樟树，憨厚勇猛的水牛，威镇森涯的猛虎，晶莹闪亮的晶莹石等进行了吟哦。

我乘铁龙，跨骏马，坐巨舰，驾银鹰，游览了神州大江南北，长城内外，红都北京，西疆边陲，宝岛台湾，神奇碧宇。

在这本记下了我足迹的《怡心集》中，我放声歌唱了张家界的剑峰险崖，雄奇柱石，长虹飞架，深壑绿涛，宝湖涟漪，钟乳巨石，峡谷线天，自治州德夯的仙山苗寨，凤凰的虹桥绣品，沱江的吊楼倩影，南方长城的雄伟逶迤，莽山猴王寨峡谷；我纵情吟诵了“缕缕霞光浮碧水”的西湖，“水池亭阁假山秀”的苏州留园，“后宫异宝枚枚艳”的三国城吴宫，“塑像五尊昂首雄”的南京长江大桥，“彩霞飘绕顶层巅”的上海金茂大厦，“千载奇松耸玉峰”的黄山，“柳杉神桧耸苍穹”的阿里山，“层层池水艳，叠叠玉盘娇”的黄龙水彩池，“海面深蓝似镜平”的九寨沟镜海，“错落嶙峋成倒影”的贵阳水上石林，“倾天瀑布飞腾下”的黄果树瀑布，“清泉翻涌笑开颜”的大理蝴蝶泉，“宝物红墙耀史章”的丽江古城，“四月雪花飞岭巅”的玉龙山，“普贤石像金灿灿”的峨眉金顶，“脚踏岷江首顶天”的乐山大佛，“漓江奇景石林多，似鸭如鹅唱欢歌”的漓江。

我怀着一颗赤诚的心，对湘西农村“田野机鸣翻作浪，瓜棚花放远飘香”的巨变，“猛炮轰云飞喜雨，枯禾渐渐转青颜”的奇迹，“村中马路驰蓝鸟，院里牡丹展异葩”的新貌，“八怪生猪似箭飞，精良壮狗亦难追”的奇特，“粮满仓来钱满袋，富民政策落山庄”的喜悦，对长沙新农村“仙境桃园何处有？鸿天康逸好家园”的山庄，“阔道车流通百国，奇珍绿蛋达山川”的示范村关山，“君山茶叶清香醉”“张界丛林妙味来”的湖南农博会等进行了高歌。

我心情激动，不由自主地歌颂了“古木参天耸碧空，楼台亭榭翠微中。藏龙卧虎神奇地,育得精英盖世雄”的母校武汉大学,“高贤策论惊千座,泰斗华章启后英。四海嘉宾频赞赏,五洲教授竞书评”的湘潭大学,“诗词声律耀星月,书画精魂绕舜天,俊美奇招迷客眼,浑雄曲调醉心田”的湘大老年大学,“东山学苑出人才,盛誉声名播九垓,借问贤君何会此?贺师育出泽东来”的湘潭东山学校,“三中桃李彦,声名誉九州”的慈利三中。

我集人生之体验,汇人生之精魂,撰写了50则铿锵有力的警句格言。我怀着敬佩的心情引吭高歌了优秀共产党员杜金生光彩夺目的人生。

啊,震撼寰宇的大事,动人心魄的人物,五彩斑斓的画面,风光秀丽的山水、田畴,书声琅琅的校苑,一次又一次地燃烧着我的激情,沸腾着我的血液;一回又一回地激励着我的雄心,鼓舞着我的斗志!这一切的一切是我传统诗联、自由诗体、民间歌谣、散文天地、警句格言与传记文学创作之源泉,描绘之题材。

(三)

广泛丰富的题材,是我诗联、散文、格言与传记文学创作的前提,但不一定就能写出好作品来。一首感人肺腑、扬名千古的佳作,还要营造出深邃诱人的意境。

什么是意境、意象与物象?意境是指诗人(或联家)的主观情意与客观物象互相交融而形成的,能使读者沉浸其中的想象世界。[1]意象是融入诗人主观情意的客观物象。[2]物象则是客观事物的形象。它们的相同之处是:意境与意象都是以物象作基础的;意境与意象都是主观情意与客观的物象相融合的。但是三者是不同的,意境的范围比较大,一般指一首诗、一副楹联,或几句诗、联等,意象只是构成意境的具体的、细小单位,并赋予了事物以情感。而物象则是意境、意象构成的共同材料,是其产生的基础。

诗人、词人、联家的“情”“意”与“境”的交融是多种多样的。概括起来有三种:

1. 触景生情。它是借助外界物景的触动,而激发出一种情感,产生一种意境,并将其创作成作品的过程。如我2010年创作的:

排律·岳阳楼眺望

兴上岳阳楼,洞庭堪望收。
君山从岭峻,巫峡浪平柔。
隼掠湖中映,鱼翔水下悠。

渔歌相对唱，帆影互争流。

巴港连千市，陵油达五洲。

骚人诗兴起，梦笔墨花稠。

2019年我应友人盛情邀请，有幸登上了闻名遐迩的岳阳楼，极目眺望，在我眼中摄进了一幅幅物象画面：山岭秀峻的君山，平柔浪静的巫峡，蓝天飞翔的雄鹰(此指飞机)，水中畅游的鱼群，湖上对歌的渔民，万里竞流的船舶，进而联想到连千市、达五洲的巴陵石油贸易，显示了改革开放后通商贸易的繁盛。这一幅幅鲜活生动、赋予事物以情感的意象，在我脑海中升华，出现了秀美动人的艺术境界和热爱祖国洞庭湖的情调，便自然吟出了"骚人诗兴起，梦笔墨花稠"的诗句。

我在2004年创作，后又加以修改的：

游颐和园感怀

碧水青山滴绿茵，龙舟亭阁一园新。

帝王太后西归去，无处黎民不奕神。

当我游颐和园看到碧水、青山、龙舟、亭阁等物象且这些物象融入我的主观情感而成为意象后，便自然形成了俊秀壮丽的意境，触动了灵魂深处爱憎分明的情感。这种"境"与"情"的有机结合，让我自然地吟出了对比强烈的"帝王太后西归去，无处黎民不奕神"诗句。

2006年4月我游览了云南大理的胜景蝴蝶泉后，创作了一副楹联：

情缘圣水

清泉翠树呈春景；倩女情哥结喜缘。

我游赏时，目睹了参天的翠树和清澈的泉水，便自然联想到自己青年时代在武汉大学看的电影《五朵金花》中"金花姐"和"阿鹏哥"恋爱的甜蜜情景。这种种意象所组成的意境触动了我的情感(有情人终成眷属)，于是便写了这副楹联。

2. 因情造境。它是诗人或联家带着强烈的思想感情移于外物，而构成意境。如我2011年创作的：

瞻仰两位伏波将军雕像

风弹椰树唱，似颂伏波功。

博德骏骑疾，马援气势鸿。

飞刀平叛贼，铁戈毙枭雄。

自此琼崖土，收归华夏中。

博德与马援两位将军,是功勋卓著的历史人物,我不可能一睹他们的威容,更不可能亲见他们收复琼崖的赫赫战功,只能从导游口中得知两位将军英勇作战的威武形象,久久不能忘怀。于是我满怀激情,拟就了骏骑疾的“博德”、气势鸿的“马援”、平叛贼的“飞刀”,毙枭雄的“铁戈”等意象,而后将其组合成了一幅为收复国土而英勇战斗的意境。对此功绩,南风、椰林为之弹唱,国人为之颂扬。

又如我在2005年创作的:

周恩来总理

功名显赫比天高,正义豪音震九霄。

魍魉闻声惊破胆,神州处处卷狂飙。

周总理我虽然没有目见,更没有相处过,但从电影、报刊中多次看到过。他是我由衷敬佩、十分怀念的国家领导人之一。他才智过人,品德高尚,气魄雄伟,功勋卓著,令我刻骨铭心,终生难忘,因而我怀着敬佩的思想感情,拟就了比天高的“功名”、震九霄的“豪音”、惊破胆的“魍魉”、卷狂飙的“神州”等意象,构成了形象高大、功名显赫、义正词严、令敌丧胆的总理形象的意境。

同样是我在2005年创作的:

贪吏出差夜宿

夜宿豪华总统间,千金一掷抱天仙。

云中雾里酣三夜,公费开销暗自翩。

对贪吏,亿万黎民十分痛恨。我亦如此,为表达憎恨的思想感情,给贪吏拟置了“总统间”“掷千金”“抱天仙”“酣三夜”“公费开销”“暗自翩”等意象,勾勒出一幅卑鄙、腐败、贪婪的丑恶形象,以引起人们的痛恨。

2006年我创作了一副楹联:

创建奇功

诸杰欢乘海舰,测南端风雪;

双雄喜驾神舟,揽北昊月星。

对我国杰出的科学家乘破冰舰到南极长城站测量风雪;费俊龙、聂海胜两位航天英雄驾驶“神六”飞向太空,这两件惊天动地的壮举,我从电视上看过,没有现场目见,更无法亲身体验。我为了颂扬祖国的科学家、英雄们的创举,歌唱祖国空前的强盛,便拟就了科学家“乘海舰”“测风雪”,航天英雄“驾神舟”“揽月星”的多种意象。这些意象有机组合成了“建奇功”的意境。

此意境空间广阔——天地间；时间恰当——改革开放后；意义重大——世界瞩目！

3. 物我情融。它是指万物的物情与作者之情融合起来，所构成的新奇意境。外物本是无情的，但它们的形态、色调各异，让人们感到它们具有一种与人相似的情感，是可以相融的，是能组成新意境的。

如我在 2005 年创作的：

岩烈树

终生长在峭山崖，翠叶临风沐彩霞。

何惧暴雪冰万里，根粗干壮竞菁华。

显然，岩烈树是有灵性的，它不惧狂风、暴雪、严霜、冰凌，喜欢在艰苦的环境中锻炼成长，热爱这美好的世界。它长得根粗干壮，枝繁叶茂，欣欣向荣。这是岩烈树特有的情感和品格，此种情感和品格与不惧艰难困苦革命者的情感、品格是相融的，构成了一种新奇特有的意境。

如我同样在 2005 年创作的：

红　砖

本是丘山赤土身，熊熊烈火铸红心。

铮铮铁骨如钢硬，广厦落成代代吟。

红砖本是小山上的泥土，经大熔炉烈火的煅烧，铸成了与它物有异的、似钢硬的铁骨，忠贞不渝的红心。它成为宏伟广厦中的红砖，能为人民带来温暖、幸福而感到欣慰。显然红砖是有灵性和品格的。此种灵性和品格是与人民公仆的品格、情感是一致的，是可以交融的，具有物我情融的意境。

（四）

诗、联的意境营造了出来，又如何运用多种写作手法表现出来呢？我认为可采用：

1. 融汇科技手法。时代像飞驰的骏马，不断地奔驰，像在浩海中翻腾的巨龙，不断地变幻。宇宙飞船、卫星导航、遥感卫星、人工智能、因特网络、信息高速公路、工业机器人、数控机床、基因工程、克隆绵羊、高分子材料等，五彩斑斓，令人目不暇接。在这个伟大的创新时代中，诗人、联家、格言家、散文家、传记文学家等开始将科学与人文融汇起来，将人类最先进的科技知识写到诗歌、楹联、格言、散文、传记文学等之中，创作出新的艺术形象，使诗歌、楹联、格言、散文、传记文学面貌一新。中国科学院院士、武汉大学教授李国平在他所写的部分诗词中，就做到了此点。在诗歌创作中，我也尝试运用此表现手法。如2014年创作的：

水膜实验

水膜平似镜，国结①美如春。
两者亲缘合，双方血液醇。
添加甘露水，注入赤红津。
渐渐圆球笑，神州万象新。

[注]①国结，指中国结。

“神十”上天后，“三雄”之一的王亚平在宇宙空间失重的条件下，做了“水膜实验”。我在荧屏中观后，十分激动，感慨万千，立即写了此首“五律”。运用“融汇科技法”创作诗联等时，一要形象感人；二要意境深新、秀美；三要基本符合事实特征与规律，而不能违背它。

2.画面组接法，又叫蒙太奇法。它是借鉴电影、电视中的组合手法，将一幅幅反映时代不断进步的具体动人画面，巧妙地组合成意境深远、形象优美、主题深刻的重要画面。对于此种创作手法，诗人马致远、刘庆霖、万里鹏等都运用过。我在创作实践中，也学习运用此种表现手法。如2005年创作的：

大浒之山

巍峨峻岭郁葱茏，拔地冲天傲九重。
形似奔腾林里虎，势同翻滚海中龙。
银帘泻落崇山涧，彩练飘飞险嶂中。
展翅雄鹰穹碧宇，峰峦映日万年红。

此首诗，先从静态上描绘了山的高大、险峻、苍翠，再从动态上以拟人的手法描写山的挺拔、雄伟和气势。颔联，对不同山的具体形状、气势，用明喻修辞描绘有的山似奔腾的“猛虎”，有的山如翻滚的“蛟龙”的画面。颈联，用借喻修辞描写与山相关的“银帘”(瀑布)泻落的雄浑，“彩练”飘飞秀美的画面。尾联描绘展翅碧宇的“雄鹰”，映峦的“红日”画面。这些具体的画面组接起来，就成了一幅雄奇、俊秀、生机勃勃的画图。尾联最后一句：“峰峦映日万年红”，象征着家乡之山，乃至人民的整个江山，在中国共产党的领导下，在改革开放的大背景下，“风景这边独好”，万年红遍。

2006年创作的：

云南瑰宝

普洱茗茶香万里;苍山画石富千乡。

此副楹联有两幅画面:香万里的“普洱茗茶”,富千乡的“苍山画石”,以对称的形式组接起来,成为“云南瑰宝图”。

3.情景交融法,又叫虚实相生法。它是情与景密切结合的一种创作手法。关于情景交融的论述,王夫之在《姜斋诗话》中说:“情景名为二,实不可离。神于诗者,妙合无垠。巧者则情中景,景中情。”王国维在《人间词话》中也说过:“一切景语皆情语也。”此法,是诗联创作常用之法。我在创作中也作了运用:

(1)借景抒情。它是借用景物的自然特征,或人文特征,以抒发作者心中情怀的方法。如,2011年创作的:

排律·普陀山澹澹亭望海

步履轻盈上澹亭,怡心极目赏沧溟。
青青岛屿环蓝海,袅袅云烟绕宇庭。
白鹭飞天吟旅赋,银鸥拍翅逐娉婷。
雄鹰竞击披流彩,百舸争流卷落英。
富庶黎民情满腑,流连忘返共潮鸣。

此排律先写迈着轻盈的步履走上澹澹亭,而后,怀着十分愉快的心情极目欣赏大海绚丽的景色,“环蓝海青青的岛屿”,“绕天庭的袅袅云烟”,“吟旅赋的飞天白鹭”,“欢迎漂亮女游客的银鸥”,“身披彩霞竞飞的雄鹰”,“犁波逐浪的竞驶船舰”,借此无垠秀丽的景色,自然地吟诵出了“富庶黎民情满腑,流连忘返共潮鸣”的诗句。这诗景中有情,情中有景,使其意境得到了升华。

2006年创作的楹联:

登楼[①]赏景

碧水穿城桥下过;红楼显影浪中摇。

[注]①登楼,此指登贵阳的甲秀楼。

此楹联是写景,但景中有情,是一种赞美之情,对祖国秀色的无限热爱之情。

(2)融情于景。就是将作者的情感融入对自然景物或人文景观的描绘之中,让读者从中体会、回味其中的奥妙与乐趣。如2005年创作的:

澧　水

澧水源头壑谷藏,激情万丈志高昂。

千回百折崖难阻,浩荡奔腾入海洋。

我用拟人的手法,赋予澧水人格、激情与生命,写它的源头虽深藏于桑植的高山峻岭之中,但它胸怀万丈激情和高昂的斗志,历经九曲回肠,千挫万折,仍无法阻挡其浩荡奔腾入海洋的雄心壮志。这实质上是写自己年轻时不甘心困于穷山恶水的山乡,虽经贫苦、饥饿、劳神、危困等千难万折,但无法削弱我远大抱负、凌云壮志的情怀,一定要走出大山,汇入党的教育事业中去,一定要为人类的解放,国家的富强贡献我的一生。

2006年创作的:

春临大地

春风拂叶山山绿;细雨滋花朵朵红。

这是将自己对党的正确领导,改革开放后所取得的巨大成就,而带来的一派欣欣向荣的赞颂之情,融汇于对春临大地旖旎景色的描写之中,以体现"融情于景"。

(3)因情造景。它可以依其情感写作者的梦境、幻景,也可以在写实景中赋予幻想。如,2014年创作的:

"嫦娥三号"探月

"嫦娥三号"洒靥妍,飘飘舒袖着红湾。

稀奇珍宝绘图出,盛世中华美梦圆。

我怀着无比兴奋和自豪的情感,从银屏中观赏了"'嫦娥三号'探月"的情境,进而产生了一种幻想和梦想,并将其赋予对"'嫦娥三号'探月"描写之中:"嫦娥洒靥妍","舒袖着红湾","珍宝绘图出","中华美梦圆"的想象。

4. 革命现实主义与浪漫主义相结合的手法。它是将真实、具体的艺术描写与对理想艺术刻画有机地结合起来的手法。此创作手法的基础是革命现实主义,主导是革命浪漫主义。它的思维特征,既要同现实实有形象相联系,又要同作者力图创作的虚拟形象相联系的纽带,就是想象。对此种创作手法,毛泽东同志于1939年根据抗日战争的形势和文学艺术的任务,提出过抗日现实主义与革命浪漫主义的手法,1958年总结我国文学创作的经验,提出了革命现实主义与革命浪漫主义相结合的手法。

2014年创作的:

“神十”飞天

飞船一啸上云霄，船箭分离卷赤潮。

十万天兵齐列阵，三雄[①]阔步地天摇。

［注］①“三雄”指聂海胜、张晓光和王亚平。

此诗的前两句：“飞船一啸上云霄，船箭分离卷赤潮”，是对“神十飞天”的客观、真实的描写，在此基础上，我展开了想象的翅膀：“三雄”飞上九天之后，“十万天兵”齐列阵，在天将指挥下，接受“三雄”的检阅，“三雄”雄姿威武地迈开正步，踏步的响声震动了天和地，是多么的雄壮威武啊，多么的令人自豪啊。显然，这是一种浪漫主义的写作。这样实中有虚，虚中有实，将革命的现实主义与浪漫主义结合了起来。

在自由诗的创作中，我也运用了此种手法。如 1973 年创作的一首长诗中，就有：

幸福不忘毛主席

……

毛主席呀，毛主席，
苍翠的劲松当毫笔，
蔚蓝的天空作纸张，
饱蘸汪洋四海水，
写不完您带来的幸福长；
座座青山当琴盘，
条条江河作琴弦，
倾泻满腔的激情，
也表达不尽我们对您的衷言！

……

此诗中就用了比喻修辞和革命现实主义与浪漫主义相结合的手法，纵情歌唱了毛主席给人民带来的幸福和人民对毛主席的热爱！

1975 年创作的民歌也用了此种手法：

颂党歌儿用船拖

站在溪口唱颂歌，颂党歌儿用船拖。

这边湾到桃家嘴，那边连到护城河。

千歌万曲一齐唱,激情滚滚涌江波。

此歌谣用革命现实主义与浪漫主义相结合的手法,充分表达了慈利县溪口人民对党的深情与热爱!

2006 年创作的楹联:

宝峰湖奇景

湖从天上落;水自洞中流。

此联的上联,是浪漫主义的写照,下联用的是革命现实主义的客观描写,与上联是相对应的。

5. 纵横比较法。它是运用事物、景物或人物相对比的手法。此法有对比鲜明、描绘深刻的特点。它有两种类型:

一是纵向比较法。通过同一类型事物前后、今昔的对比,说明它的巨大变化。如 2006 年创作的:

观古代飞天图感赋

古杰乘风欲变仙,腾云驾雾试飞天。
年年追梦终为梦,月月思迁仍未迁。
近日驭舟巡碧宇,霞空探宝访蟾园。
明星灿烂收芯底,跃上航峰绝顶巅。

在此首诗中,对"神六"飞船的歌颂,我将古代的飞天梦想与今日飞天成功的现实对照起来,进行今昔比较,以显示我国航天科学技术的飞速发展变化和产生的社会影响。

同年我创作的楹联:

武陵巨变

往昔千山皆野兽,荒峦恶水凝寒雾;
今朝万壑尽鲜花,峻岭奇崖醉贵宾。

此联运用纵向比较法,将今昔作了鲜明的对比。往日武陵源是野兽出没,寒雾紧锁的穷山恶水之地;今朝历经开发,对外开放,万壑千山已是鲜花开放,峻岭奇崖大放光彩之时,慕名而至的五洲宾客络绎不绝地来观光游览,人人无不赞叹、陶醉其中。通过如此闭与开、丑与美、平与奇、穷与富的对比,让人们感到武陵源在党的改革开放政策指引下,已发生了天翻地覆的变化,已走上不断富裕的康庄大道。

二种是横向比较法。它是运用人物间、事物间或景物间的对比手法。如2005年创作的：

贪　吏

仙歌伴舞裙，海味并山珍。

贪吏一盘菜，农夫十载辛。

贪吏图享乐，吃山珍海味，赏歌舞女人。若直接描写，印象不深，痛恨不切。现用横向比较的手法进行创作，则加深了对贪吏的痛恨，对农民的同情。我们只有铲除这帮害人虫，才能大快人心。

2012年创作的楹联：

两种官员

清官施政，廉洁誉千代；

腐吏贪财，臭名遗万年。

此联通过强烈的对比，“清官”与“贪吏”的形象形成了强烈对比，使广大人民十分崇敬“清官”，无比痛恨“贪官”。所产生的结果：一个是誉千代，一个是“臭万年”。

6. 拟就错觉法。它是因远望或忽然观看而在眼中产生一种错觉，待走近或仔细观赏时才辨清它是令人赞赏的景象的手法。如我2013年创作的：

原是姑娘花

远望绽奇葩，红霞染树丫。

近观捧腹笑，原是姑娘花。

此诗是我回忆在慈利三中茅坡农场修梯地时，望见对面山坡上鲜花绽放，红霞映照；待我休息时，前去观赏，才发现是一群穿着红绿花衣的漂亮姑娘在采茶，使我大吃一惊。这种错觉的产生，更加增添了采茶姑娘比天仙还美，比鲜花还丽，心灵如彩虹一样漂亮、纯洁。

7. 象征手法。它是通过具体可感的事物形象的描绘，以实现表达含义相当或大于其形象的具有某种特殊意义的人的形象手法。显然，此法有两条线：明线——客观外在形象，即客体的主观化；隐线——主观内在形象，即主体意识的客观化。当主体意识准确地渗入到客体形象之时，其含义就等于或大于其客观的外在形象。这种客观外在形象与主观内在形象之间，具有一种含蓄而不外露的和谐隐秘关系。我在诗歌创作中，也运用了此种手法。如，我2015年创作的：

地 铁

阔道城区不现身，时时地底响雷音。

车流背负何言苦，日日全掏一赤心。

此首诗所写的外在客观形象“地铁”。它深深地埋在地下铁道之中，兴奋地响着高亢的雷一样的声音，尽管背负着千万吨的地下火车和千百行人，但从不言苦。这是为什么？是因为它有设计师、工人铸就的一颗红心。此为明线。而实质上揭示的是忠心耿耿为民服务的普通党员崇高的思想，高尚的品德。他们老老实实地处在社会的最底层，日日夜夜肩挑沉重的担子，背负着党、祖国和人民的责任，但从不叫一声苦，这是为何？是他们党性的表现、是他们诚诚恳恳为人民尽责的红心反映。

2005年创作的：

晶莹石

深山峡谷土中埋，满腹经纶久屈才。

偶遇高人侦宝者，光芒四射上高台。

此诗所写的客观外在形象是“晶莹石”。它被深山峡谷的土埋着，而不被人们所发现，没有被利用。一旦遇见识宝的高人，就会放射出万丈光芒，而成为有用之材。此诗句句写晶莹石，而无晶莹石字迹，这是明线；而它所揭示的是怀才不遇之人。此种人才长期得不到重用，其原因是清高、隐蔽，不显露自己，一旦被有识之士的高人识出，把他放在施展个人才华的岗位上，就会放射出大的正能量，为祖国和人民做出应有的贡献。

2006年创作的楹联：

大器晚成

夕阳呈彩锦；老树着春光。

此楹联中也有两条线：明线是写夕阳的“彩锦”，老树的“春光”；隐线是写“志在千里”的离退休老人。此种老人，人老心不老，仍精神焕发，斗志昂扬，发挥余热，还在为党、国家和人民做出新的贡献。

8. 传统的赋、比、兴法。它是2500年前先人们在《诗经》中，就已普遍运用的一种诗歌创作手法。南宋的朱熹曾作过权威性的诠释。说：“赋者，敷陈其事而直言也。”“比者，以彼物比此物也。”“兴者，先言他物以引起所咏之词也。”对于此种传统表现手法，我也在学习运用它。

(1)赋法。不用作任何比拟,用质朴的语言直抒胸臆,或进行客观描写的一种创作手法。如2006年创作的:

赞朱镕基总理

坎坷征途尽壑湾,千难百折出山峦。
一身正气祛邪恶,两袖清风惩腐官。
敢斗强权张法理,勇为众庶赴深渊。
挥师斩浪护堤岸,扼住洪流万代安。

此诗虽有几个比喻性的修辞,但从整诗而言,则是对朱总理"一身正气""两袖清风""敢斗强权""勇赴深渊""挥师斩浪""扼住洪流"等高尚品格、雄伟气魄的直抒。

2006年创作的楹联中的一副:

明荣知耻

扶危济困,一颗红心为大众;
爱国安民,满腔热血报中华。

此联也是用赋法创作的,上下联全是直抒胸臆,没有其他修辞手法。

(2)比法。它是用常见的具体事物来比喻抽象事物,或用以渲染事物特征的手法。比喻一般是由主体、喻体和比喻词组成的。比喻具有明喻、暗喻、借喻、博喻等。明喻,本体、喻体、比喻词俱全。暗喻除本体、喻体外,比喻词不明显。借喻,直接用喻体代替本体,比喻词和本体不出现。博喻,是用多种比喻来比一种事物的手法。我在诗联创作中,也运用了比法。如2006年创作、2015年修改的:

乘火车至云贵途中观山

出世横空接碧天,嶙峋险峻动心田。
形如猛虎争飞跃,势若雄师竞逐旋。
挺立青峰犹亮剑,绵延翠岭似龙翾。
峦环绿水水环嶂,祖国山河多壮观。

此首诗主要采用明喻的手法,以静化动,将山的形状、走势比作争飞跃的猛虎,竞逐旋的雄狮,将青峰比作亮剑,绵延的翠岭比作龙的飞升。让人们从不同侧面与姿态欣赏山的壮丽。

又如2011年创作的:

瞻仰林则徐雕像

黑夜沉沉卷飓风，东方闪出一条龙。

虎门燃起禁烟火，立下惊天盖世功。

此诗主要运用了借喻，将“黑夜”比作清朝腐败统治，英帝国主义的侵略时代，“龙”比作林则徐。诗中只出现喻体，没有出现本体和比喻词。

2006年创作的楹联：

共建黉堂

东风拂叶全园绿；硕果垂枝满树红。

此联也是用的借喻，将“东风”比作“省部共建的指示”，“硕果”比作“教学、科研的成果”。联中只出现喻体，没有出现比喻词与本体。

(3)兴法。就是托事于物的手法。此法是触发和引起联想的起点，起引发的作用。此法有三种：一是比而兴，二是赋而兴，三是单纯兴。我在诗、联、民歌创作中，也学习运用了此法。

2004年创作的：

瑞雪兆丰年

溅玉飞银弥宇下，层峦万树绽梨花。

黎民笑吐心中话，五谷将披丽彩霞。

诗的一、二句写瑞雪纷飞，层峦披雪，树绽梨花的大雪景象。以雪景起兴，自然引起“瑞雪兆丰年”“五谷齐丰登”的美好联想。意在兴中，情在景中。这是单纯的兴。

1972年我创作的民歌：

千秋万代心连心

高山劲松枝连根，根根系着盘山筋。

党与人民情相映，千秋万代心连心。

此民歌的前两句是兴，用松枝与松根、松根与盘山松筋的密切关系起兴，以此产生联想，用以比喻党和人民心心相连、情深谊厚的血肉关系，给人们以印象深刻、生动感人的形象，是比兴的写法。

2011年我创作了一则格言：

一滴水是不足为奇的，只有流入清溪，汇入江河，融入浩海之中，才能形成汹涌澎湃的壮阔气势；一个人是微不足道的，只有加入集体，汇入我党，融入国家之中，才能形成无坚不摧的力量。

显然，这是用了兴的手法。

9. 多种修辞运用法。它是运用比喻、比拟、借代、夸张、对仗、重叠、设问、通感等中的一种以上的创作手法。运用此法，可以增强语言的鲜明、生动、感染力和韵味。我在诗联的创作中运用了此法。

2004 年创作的：

军训晨跑

号声响彻九重天，似虎雄兵跃下山。
大吼三声惊睡鸟，飞奔两壑震重关。
晨风阵阵撩衣叫，鸠鸟翩翩展翅翾。
踏露千程身健壮，敢将倭寇化灰烟。

诗中运用了夸大——“吹破九重天”；缩小——“倭寇化灰烟”；比喻——“似虎雄兵”；重叠——“阵阵”“翩翩”；对仗——如诗中的颔联、颈联。

2014 年创作的楹联(嵌名)：

滴露漪湖

晶莹滴露犹如宝石银光闪闪；
宽阔漪湖好似瑶池绿水涟涟。

此联就用了明喻——“滴露如宝石”“漪湖似瑶池”；重叠——“闪闪”“涟涟”。

10. 先声夺人法。它是在诗的开头用引人入胜，奠定基调的手法。我在诗歌创作中力图做到这点。

“战马嘶鸣响太空，豪雄帅气贯长虹”。这是我 2005 年创作的《贺龙元帅》的开头。它创造了一种雄浑、威武、气魄的氛围，为后面写贺老总建立盖世殊勋奠定了基调。“诗词碑刻矗巍峨，雅韵豪言荡碧波”，是我 2005 年创作的《观赏韶山毛主席诗词碑林》开头的两句，给人一种雄伟、豪迈、高雅的感觉，为后面歌颂毛主席诗词的“广阔胸襟”“威严气势”“飞龙舞凤”“覆地翻天”“高峰一座”奠定了基础。“魂驰九宇漫天游，唯见神州气势牛”是我 2014 年创作的《中国梦》的开头，给读者一种想象丰富、心胸开阔的壮观气势，为后面写“宝马驰风疾”“山村有电邮”“雄雄威敌胆”“虎虎绕星球”营造了浓浓的气氛。1973 年我创作的长篇抒情自由诗《幸福不忘毛主席》的开头“四海的波涛，向毛主席欢唱；五洲的鲜花，向毛主席开放。我们师生的心啊，像炽热的烈火——，熊熊燃烧；我们师生的热血啊，像汹涌的江河——,奔腾激荡!”给人们一种视野开阔、激情澎湃的感觉。1958年我创作的民歌《挑粪》的开头“两座粪山一担挑,披着云彩上山岗”,是一种鼓舞人心、想象美妙的开头。

11. 回味无穷法。它是在诗歌、民歌的创作中,结尾留有余地,给予想象空间的手法。我在诗歌创作中,用了以下8种结尾的创作手法。

(1)含蓄。它是将要表达的思想感情,含而不露,耐人寻味的手法。2006年创作的《湘大樱花园》的结尾:“莫道繁枝容貌变,着红老树又春光”,是将要表达的含义隐于其中,表面是写老树又春光,实质上是写人老不觉老,虽老不服老。在盛世中华的岁月中,鹤发童颜,神采奕奕,如同着红的老树一样,重放光彩,要为党、祖国和人民奉献余热,放射余光。

(2)反问,又叫反诘。它是用疑问的形式,表达确定意思的手法。其答案就包含在问话之中。如2013年创作的《贪官》:“五甲棒蛇口,黄蜂尾上针。何言前两毒,岂抵腐官心?”此诗的结尾以反问的口气,说明贪官的心比“五甲棒蛇”“黄蜂尾针”还毒得多。

(3)设问。它是先提出问题,而后给予回答的手法。如我创作的《常德卷烟厂观运烟自动车》的结尾:“借问诸君何会此? 神奇机器智能生。”现在的车辆大部分是人驾驶的。而此厂的运烟车却是无人驾驶的。先设问钩起悬念,后作出问答:是装有智能器件的缘故。这说明改革开放后,我国的企业已走上现代化、自动化道路,前景一派光明。

(4)设疑。它是用疑惑或错判的客体事物,以反映要表达的主体事物的手法。如2006年创作的《观女运动员从金茂大厦顶层跳伞》的结尾:“繁花玉女云中落,疑是仙人下九天。”穿着运动服的女跳伞运动员,张开伞从云霞中缓缓飘然而落,观看的人怀疑是仙人从九天飞落下来,以反映女运动员的艳丽与英勇。

(5)对比。它是将两种不同的事物或同一事物的前后不同的状况,加以比较的手法。如2005年创作的《观南京总统府有感》的结尾:“一代枭雄成过去,黎民作主上高台。”说明象征着国民党反动统治的“总统府”已经垮台,人民当家作主的时代已经来临,给人们以鲜明的对比,印象深刻。

(6)拟人。就是将物作为人来写,赋予物以生命、情感、动作与状态,以达到描写生动有趣的目的的手法。如2014年创作的《野草莓》的结尾:“一心只盼滋民壮,从不攀高列果丛。”“野草莓”是一种野生植物,是无人一样生命的,而此诗则赋予它人一样的思想——“只盼滋民壮”和高尚的谦虚品德——“从不称雄列果丛”。1975 年创作的民歌“机器车水上高峰”的结尾:“天低头来丰收到,满坡金谷乐融融。”“天”“谷”都是无生命之物,此诗写“天低头”“金谷乐融融”是赋予了人的感情、动作,给人以想象的空间。

(7)夸张。它是抓住事物的特征予以扩张或强化的一种手法。2006 年创作的《观昆明金马、碧鸡坊》的结尾:“四海游宾频拍照,雄鸡骏马起狂飙。”昆明的金马、碧鸡活灵活现,栩栩如生,仿佛正在驰骋千里,展翅飞翔,掀起了一股狂飙。这是用夸张的手法描写的,显得独特神奇,气魄雄伟。1959 年创作的民歌《政治好比方向盘》的结尾:“把正方向鼓满帆,一桨划破万涡潭。”显然,这是一种夸张的手法。说明人们只要看准了前进的方向,干劲十足,天大的困难也能战胜,也能夺取胜利的成果。

(8)递进。它是在原有的基础上进一步深化或不断前进的手法,2004 年创作的《桑植县城礼赞》的结尾:“红军忠烈垂千古,后嗣功勋更喜人。”红军对党和人民的忠诚、功绩已名垂青史,载入史册。后来的接班人在继承其光荣传统的基础上,更上一层楼,建立了繁荣昌盛的家乡,其功业已光昭日月,史册可鉴。

此部诗词集,虽然尽了我的努力,但还有一些不尽人意之处,望诗人和读者不吝赐教,本人万分感谢!

(此文撰写于 2006 年,2015 年、2020 年又进一步作了修订。)

代序（二）

诗词创作的"金字塔原理"运用

著名的中华诗词理论家、创作家杨逸明先生，创造性地提出了诗词创作的"金字塔原理"[1]。此三角形的"金字塔原理"有三个层面：第一个为最底部的技术层面。含四声、平仄、押韵、拗救、对仗等；第二个为中间艺术层面。含意象、意境、语言、章法、布局等；第三个为最高尖顶的哲学层面。含立意、哲理等[2]。我结合自己的诗词创作实践，谈谈如下体会。

一、求正容变，宽中求工

传统的格律诗词，有一定的标准格式和变化规律，我们创作时一定要严格遵循。汉字分为四声，两大类：平声和仄声。创作时要做到平仄交替，抑扬顿挫，具有音乐美。汉字词汇由一个或两个字组成，进而组成主谓、偏正、动宾等众多的词组。传统近体诗一般为五字句，或七字句，适合偶、奇音节的变化。由于词语的音节的节点（重音）落在二、四、六字上，节点上的字，一定要求工。非节点（非重音）的一、三、五字上，可平可仄，可以依词意之必须有所变化。因而就有"一、三、五不论，二、四、六分明"的说法。

格律诗的基本句式有以下四种：

1. 平平仄仄平平仄；　　2. 仄仄平平仄仄平；

3. 仄仄平平平仄仄；　　4. 平平仄仄仄平平。

以上四种基本句式，是七言句式。五言句式，将七言句式的第一个音节去掉就是。

这四种句式的平仄为正格。在创作过程中，如果出现了孤平的现象，就要用拗救的办法，进行自救或对句补救。同时还要注意防止三平尾、三仄尾的毛病产生。这样，就可出现多种变格的句式。

格律诗中，还要依据对、粘、不押韵的句末用仄声，偶句末字押平声韵的原则，组成绝句或律诗。绝句第一、二句为对句、平仄相反。第二、三句要粘连。第三、四句为对句，平仄相反。同一句中，平仄交替。律诗首联的上、下联为对句，平仄相反，一般不对仗也可对仗；首联的下联与颔联的上联粘连，颔联的上、下联为对句，平仄相反，又要对仗；颔联的下联与颈联的上联粘连，颈联上、下联为对句，平仄相反，要对仗；颈联的下联与尾联的上联粘连，尾联的上、下联为对句，平仄相反，一般不对仗（也可对仗）。

对仗两句的变化，可以是情景相对，情理相对，远近相对，表现与深层相对，此彼相对，正反相对，纵横相对。对仗的句子结构，可以是互对，可以是自对，可以是自对、互对兼而有之，可以是流水对与工对，可以虚实相生对等。对仗，只求宽对，主要部分相对则可，不求字字工。但对仗不能合掌，每句在同一部位上，不能用同类词语。如花与卉，英雄与豪杰，分别与离开等。押韵要遵循谱，同韵字可押，如“东韵”的东、同、雄、功、融、风、松等；可押与之临近的韵；如“东韵”与邻近“冬韵”的字：冬、农、龙、容、峰、凶等可押；甚至上平声的“真韵”字：因、茵、新、神、春等与下平声的“庚韵”字：横、棚、英、鸣、荣、行等及“侵韵”的寻、林、深、心、金等字通押。但相重字、同音字不能押。

诗的章法，不应只是一种模式，应有多种模式：有起、承、转、合；有总、分、合；有层层递进；层层深入；意象组合等。但不管用哪种章法，开头要精彩，结尾要更精彩；开头平淡，但结尾要精彩，要含蓄，要言有尽而意无穷，要给读者留有欣赏、想象的空间，不要说得太满。

词的章法。一般而言，上阕写景绘境；下阕叙事、抒情。

现结合我个人的创作实践，抛砖引玉，以求方家和读者的帮助与指导：

雨洗尘埃尽

雨洗尘埃尽，云开万物新。

东方红日出，四海永长春。

此五绝句式，平仄交替，节奏分明，合辙押韵为正格，第二、三句粘连，押“真韵”。章法为：起、承、转、合。

观白公馆、渣滓洞

钢钉锤指中，烙铁烫前胸。

万箭穿心肺，“安全线”不松。

此五绝句式，第二、三、四句为正格，第一句的第三个字，应用“仄声”字，而用了“平声”字“锤”，但它处于非节点上，可平可仄，没有引起“孤平”“三平尾”“三仄尾”的毛病，为变格。全诗符合马凯同志提出的“求正容变”法则。章法为起、承、转、合。

雪岭垭凿洞引水发电

雪岭山中巨石坚，能工巧匠已凿穿。

江流滚滚奔腾过，不尽群星落九天。

此七绝句式，平仄交替，婉转悦耳，节奏鲜明，为正格，第二、三句粘连，押“先韵”。章法为起、承、转、合。

全国老劳模申纪兰的绿色银行

叠嶂崇山万亩林，飞禽走兽赋诗吟。

茏中香蕈如花放，绿色银行储万金。

此七绝句式，第二、四句为正格。第一句的第一个字应用仄声字，而用了平声字“叠”，但此字处在非节点上，又没引起孤平、三平尾、三仄尾的弊病，可平可仄，第三句的第三个字应用仄声，而用了平声字“香”，但此字处在非节点上，没有出现孤平、三平尾、三仄尾的毛病，可平可仄，为变格。此诗的句式符合“求正容变”的法则，押“侵韵”，第二、三句粘连。章法为起、承、转、合。

公仆深入群众中(之二)

皓月星空照，银晖洒岭冲。

黎民公仆铁，热血盛情融。

句句心神亮，温温气脉通。

阴风何所惧，日出万山红。

此五律的句式，平仄交替，跌宕起伏，婉转和谐，为正格。押“东韵”。首联的下联与颔联的上联；颔联的下联与颈联的上联；颈联的下联与尾联的上联，均粘连。押“东韵”。颔联的上、下联，颈联的上下联互对。章法为起、承、转、合。

曙光台观日出

俯瞰地平线，碧蓝天际边。

丝丝霞彩露，朵朵玉花妍。

紫色柔光亮，橘红宝石悬。

金光千道闪，日子比糖甜。

此五律的句式，颔联、尾联为正格；首联的第四字“平”为孤平，成了拗句，在其下联的第三字补救，用平声字“天”，颈联的下联第一个字应用平声字，而用了仄声字“橘”，此字处在非节点上，可平可仄，又没引起孤平、三平尾、三仄尾的毛病，为变格。此诗符合“求正容变”的法则。押“先韵”。对仗，颔联的上、下联与颈联的上、下联为互对。章法为起、承、转、合。

九宫山泉崖喷雪

万绿从中险峻崖，红亭绝顶沐云霞。
风吹雾散苍崖峭，雪喷泉飞细雨斜。
壑谷深深千尺暗，清流溅溅百条花。
重重碧岭腾飞疾，笔泻浓情万赋佳。

此七律句式，平仄交替，节奏分明，铿锵悦耳，为正格。押“麻韵”与“佳韵”。对仗，颔联的上、下联与颈联的上、下联均为互对，颔联上、下联的前四个字“风吹”与“雾散”，“雪喷”与“泉飞”，又为自对。章法为起、承、转、合。

湘潭大学六十年

砥砺前行六十年，辉煌光焰耀山川。
荒坡野岭苍颜笑，绿树红楼画境妍。
鼓钹咚锵迎桂冠，国牌闪射靓花园。
贤师泰斗金言灿，桃李芳菲满宇寰。

此七律句式，首联的上联，颔联、颈联的上联，尾联的上联，平仄交替，音韵和谐，为正格，首联的下联第三字，应为仄声字，而用了平声字“光”；颈联的下联第一字，应用平声字，而用了仄声字“国”，尾联的下联第一字，应用仄声字，而用了平声字“桃”。这些字音处于非节点上，可平可仄，又没有引起“孤平”、三平尾、三仄尾的弊病，属变格。它符合“求正容变”的法则。押“先韵”和临近的“删韵”。对仗，颔联的上、下联与颈联的上、下联为互对，颔联上下联的两个偏正词组“荒坡”与“野岭”，“绿树”与“红楼”又为自对。章法为起、承、转、合。

排律·庐山锦绣谷

锦绣群峰耸，奇观映脑中。
天桥飞峡谷，剑壁刺苍穹。

石似神兵降,花如少女红。
悬崖千曲路,险峪满罡风。
壮丽庐山景,山山气势雄。

此排律句式,平仄交替,起伏跌宕,节奏鲜明,为正格。押“东韵”。对仗,第二、三、四联的上、下联互对。章法为:总一分一合。

排律·鸿天康逸山庄

横空出世接云天,馥郁乌山生紫烟。
古木锦鸡欢跳越,山花野果笑含妍。
黄莺独唱歌声美,翠竹奏弹琴瑟圆。
甘洌龙泉滋肺腑,怡和富氧润心田。
双双耄耋携游爽,对对棋朋战奕酣。
树下京腔迷百鸟,场中剑艺醉千贤。
银翁池岸钓霞乐,皓妪庄中舞袖旋。
骚客挥毫抒雅意,老夫聚智写鸿篇。
桃源仙境何庄有?康逸鸿天享乐园。

此排律句式的第一联的上联,第二联的下联,第三联的上联,第四联的下联,第五联的下联,第六联的上、下联,第七联的下联平仄交替,抑扬顿挫,节奏清晰,为正格。第一联的下联第三字,应用平声字,而用了入声字“乌”,第二句上联的第三字,应为平声字,而用了仄声字“锦”,但这两个字处在非节点上,可平可仄,又没引起孤平,三平尾、三仄尾的毛病,为变格;第三联的下联,第三个字应用平声字,而用了仄声字“奏”,成了拗句,第五个字用了平声字“琴”为自救,此下联为变格;第四联的上联第一个字应用仄声字,而用了平声字“甘”,第五联的上联第三个字应用仄声字,而用了平块字“耄”,第五个字应为平声字,而用了仄声字“携”,第七联的上联第三个字应为仄声字,而用了平声字“池”,第八联的上联第一字应为仄声字,而用了平声字“骚”,下联的第一字应为平声字,而用了仄声字“老”,第九联的上联第三字应为仄声字,而用了平声字“仙”,下联第一个字应为仄声字,而用了平声字“康”,但这八个字处在非节点上,可平可仄,又没引起孤平、三平尾、三仄尾的毛病,均为变格。故此排律的声律符合“求正容变”的法则。

前面谈了我创作格律诗的实践案例,下面再谈谈词的创作实践:

词,是隋唐燕乐与近体诗声律结合而成的一种歌词,是一种特别的格律诗。

不同词的句式,虽有不同的字数,但每一句的平仄声韵须遵循格律的规则:平仄交替,节奏鲜明。不能违背其规则。韵脚也有所规定,不同的词有所不同。词调依曲调而定,是倚声填词的音乐文学。自南宋以后,曲谱散失多,填词者大多以范词为谱,按迹索谱,以防遗失。因此,词便离乐而成为一种特殊的格律诗,字数长短不一。杨嘉仁先生指出词调的特点有:“倚曲为调,调有定句,句有定字,字有定声(平仄),韵有定叶,对仗灵活。”[3]从理论上讲,一个词调,只能有一种格律规则,但实际上不是如此,同一词调的作品,有字句、句读、平仄、韵律的某一点或几点的差异。同一词调,有不同的词体。据统计《钦定词谱》收词调 826 个,而词体则有 2306 个。我创作时,就参考了《中华诗词》常刊载的某一种词调和词体为蓝本。

十六字令·咏川

川,万岭青岩滚下山,拦腰斩,水电暖人间。

此小令词,十六字令。咏川,为单调十六字体。句法有四句三平韵。四句为:一、七、三、五。三平韵为:川、山、间。押“先韵”和临近的“删韵”。

画堂春·赏郴州东江湖

东江湖泊景观优,四周叠岭唱酬。

霞光灿灿万花柔,往返船讴。

破浪银花绽放,游宾热血奔流。

歌声欢唱赞君猷,绿水千秋。

此词为双调 47 字体。分上下阕。上阕 24 字体,四句四平韵。四句为七、六、七、四,押“尤韵”。第一叶韵的第一句平起平收,第二句平起平收;第二叶韵第一句平起平收,第二句仄起平收。下阕 23 字体,四句三平韵,四句为六、六、七、四,押“尤韵”。第一叶韵第一句为仄起仄收;第二句为平起平收;第二叶韵第一句平起平收,第二句为仄起平收。

南乡子·观太阳岛龙凤造型遐想

五色草如花,织就凤凰耀彩霞。百鸟朝凤欢快唱,发家。万树春风竞吐芽。

万众把龙夸,气魄惊天卷奢华。铲尽虎蝇除孽种,绝佳。党帜红光照海涯。

此词为双调 56 字体。即将 28 字体重叠一遍,而成为上、下阕,各五句四平韵。押“麻韵”。句法为:五、七、七、二、七。其叶韵为:上、下阕第一叶韵的第一句仄起平收,第二句仄起平收;第二叶韵第一句与第二句连成一句,中间加读,仄起平收;第三叶韵仄起平收。

蝶恋花·凤凰岛[①]上迎客松

湖畔凤凰秋韵浪,满岛乔松,阵阵欢歌唱。起舞迎宾舒袖盎,五洲游客心神旷。　　四海三江骚客旺,作赋吟诗,引得诗仙上。李白乐天杜甫亮[②],红尘一梦回肠荡。

[注]①凤凰岛:地名,位于湖南郴州东江湖畔;②李白乐天杜甫亮:指该岛“迎客松牌”,对李白的《南轩松》、杜甫的《四松》、白居易(白乐天)的《松江亭携乐观渔宴宿》作了宣传。

此词为双调60字体,即30字体重叠一遍,而成上、下阕,各五句、四仄韵。押“漾韵”。上、下阕句式为:七、四、五、七、七。其叶韵为:上、下阕第一叶韵第一句仄起仄收,第二句仄起平收,第三句仄起仄收;第二叶韵第一句仄起仄收,第二句平起仄收。

临江仙·中山纪念堂

榕树苍松含笑抱,繁花簇拥芳香。青青劲草敬容张。中山拄杖立,烝庶笑彦扬。　　碧瓦琉璃八角美,中山合璧华堂。宽宏富丽几辉煌。国民心意铸,纪念永留芳。

此词为双调60字体,即30字体重叠一遍,而成上、下阕,各五句三平韵。押“阳韵”。上阕的第四、五句对仗,下阕的四、五句,可对仗,也可不对仗。上、下阕的句式为:七、六、七、五、五。其叶韵为:上、下阕第一叶韵的第一句仄起仄收,第二句平起平收;第二叶韵只一句,平起平收;第三叶韵第一句平起仄收,第二句仄起平收。

沁园春·游广东江门东湖公园

广厦凌空,铁马飞驰,鸽展苍穹。看东湖胜景,杜鹃起舞;玫瑰欢唱,金菊雍容。猫脸[①]含颜,绵延鞭炮[②],万紫千红画境中。铝杆上,正宫灯高挂,瑞气浓浓。

五洲四海嘉宾,正兴致浓浓立花丛。悦频频摄影,人人姿俏;张张笑脸,润润绯红。船上欢声,凉亭笑语。阵阵柔和爽意风。多美好,瞧中华盛世,万象兴隆。

[注]①猫脸:花名,形状似猫的脸;②鞭炮:鞭炮花,又名爆竹花,形状如鞭炮。

此词为双调114字体，分上、下两阕。上阕56字体4平韵。押“东韵”与临近的“冬韵”。上阕句式：四、四、四、五、四、四、四、四、四、七、三、五、四。

下阕句式：六、八、五、四、四、四、四、四、七、三、五、四。其叶韵：上阕第一叶韵第一句仄起平收，第二句仄起平收，第三句仄起平收。第二叶韵第一句平起仄收，第二句平起仄收；第三句仄起仄收，第四句仄起平收。第三叶韵第一句仄起平收，第二句平起仄收，第三句仄起平收。第四叶韵第一句，仄起仄收，第二句平起仄收，第三句仄起平收。下阕第一叶韵第一句平起平收，第二句仄起平收。第二叶韵第一句平起仄收，第二句平起仄收；第三句平起仄收，第四句仄起平收。第三叶韵第一句仄走平收，第二句平起仄收，第四叶韵仄起平收。第五叶韵第一句平起仄收，第二句平起仄收，第三句仄起平收。

说明：开头有引领词的句子，引领词不作此句的起始的仄声字，而以下一个词的脚韵为起始之平韵或仄韵。

以上这首词的章法为：上阕写景；下阕抒情。

二、形象思维，动人肺腑

1965年7月21日毛泽东同志在《致陈毅》一封信中说：“诗要用形象思维，不能如散文那样直说。”[4]什么叫形象思维？形象思维就是在“文学艺术创作过程中主要的思维方式，借助于形象反映生活，运用典型化和想象的方法，创作艺术形象，表达作者的思想感情。”[5]诗词是文学艺术中的瑰宝，进行诗词创作时，一定要用形象思维。形象思维离不开写景抒情，做到写景与抒情的紧密结合，达到情景交融的程度，使之感人至深，动人心魄。

我在诗词创作中，是如何运用形象思维的规律？

1. 形象思维要做到“具象”与“抽象”同行

“具象”是指客观物象，含物象、事象、景象与现象等；“抽象”是对原象感受、认识、判断、分析、归纳、提炼、想象、主观制造出来的艺术形象。此具象与抽象要贯穿形象思维的始终。现列举我创作的诗作一说明。

野草莓

碧叶莓身面色红，圆圆脸蛋笑融融。
一心只盼滋民壮，从不攀高列果丛。

此诗创作的形象思维活动有两条线：一条是明线(具象线)。写“野草莓”像一个年轻美丽的山区农村姑娘，穿着碧绿色的衣裳，具有俊俏的莓身和红润的脸色，圆圆的脸蛋上绽着甜蜜的笑容。它的思想毫无杂念，一心只盼为民滋补，身体健壮，从不攀高，列入果丛之中；暗线（抽象）是写热爱劳动的山村姑娘。她的形象美、心灵美、品格高，全心全意为民贡献一切，而不计较个人的名利得失。描绘"野草莓"与赞美"山村姑娘"是同时进行的。

2. 形象思维要运用典型化和想象的手法

所谓典型化，就是在诗词创作的形象思维活动中，选择有代表性的人、事、物进行描绘，而不是对众多的人、事、物进行一一描写。所谓想象，是指在知觉材料的基础上，经过新的配合而创作出新的艺术形象的心理过程。想象包括联想与幻想。联想是由某人、事、物而想起其他的人、事、物的过程。它含有由此及彼，由彼及此，由表及内，由内及表，由中心及四方，由四方及中心等；幻想是在诗、词创作活动中，以社会或个人的理想、愿望以及个人的主观感受为依据，对还没有实现或根本无法实现事物的想象。它是经验由未知而迸发，是突破时空限制之回忆或预见，是超越现实的奇思与妙想。联想与幻想的关系：相同点，二者都是诗人、词人情思飞扬的翅膀；不同点，幻想比联想更自由、更高远，并能闪射出一般联想所没有的、迷人的奇光异彩。它是浪漫主义的艺术特征。

下面谈谈诗词创作中的典型化、联想与幻想实例：

(1)典型化实例。

我们的生活是多彩多姿的。我参观湖南涟钢时，有多种多样的描绘对象：炼钢高炉，开闸的奔流钢水，钢铁产品中的钢柱、钢筋、钢梁、钢板、闪光薄板，钢铁变废为宝等。我选择了薄钢板作为描写对象：

观涟钢薄钢板

钢板闪银光，薄如白纸张。
神工双手巧，压出百花香。

我之所以选择此钢板作为描绘对象，是因为此种钢板在众多的产品中，具有典型化、代表性意义。它不仅板型艳丽，闪闪发光，而且质坚板薄，技术含量高，非神工难以铸就。我当时心血如潮，挥笔写出了一首五绝。此诗起笔形象"钢板闪银光"，继而用比喻的修辞法，写出它的特色"薄如白纸张"。接着用丰富的联想一转，道出它深层的原因是"神工双手巧"，最后诗的合成是：由于神工的技术高超，所以"压出百花香"。钢板上的花本来是不香的，而我觉得它"香"。这是对技术娴熟，职业道德高尚的神工赞美所致。同时给读者以想象的空间。

(2)联想实例。

游长沙铜官窑

缤纷绚丽彩陶丰，碧绿红黄唐宋风。
朴实纯真图构妙，轻盈开阔线呈雍。
花香扑鼻形神爽，鸟语含情心意通。
釉画迷宾芳卉溢，中华睿智铸其中。

此七律诗的联想是从现象到本质的联想。对现象形象的描绘，首联概括性地描绘长沙铜官窑的釉彩陶器具有五彩缤纷的唐宋风格；颔联和颈联承接首联进行细致的描写，颔联突出描写构图，线条上的特色。构图“朴实纯真”，线条“轻盈开阔”；颈联用拟人、化静为动的笔调，描绘花、鸟的图画栩栩如生，感人至深，人与自然和谐共处。即“花香扑鼻形神爽，鸟语含情心意通”；尾联的上联一转，重在刻画釉画的芳卉醉人效果，那么铜官窑产品的质高、形美、迷人的特点是怎样形成的呢？它的实质是“中华睿智铸其中”。深化了主题。

沁园春·天子山观景楼眺望

登阁凭栏，把酒临风，景映心田。眺层峦叠嶂，松涛震壑；悬崖万丈，壁立屏宽。石柱如林，烟霞灿烂，仙女献花开笑颜。千山秀，喜游宾频至，万岳翩跹。

岫峰如此娇妍。傲俊杰英豪战此山。忆峰林王勇，险峨喋血；顺王抗暴，激战隘关。一代沉雄，元帅贺龙，两把菜刀斩盐官。先贤血，沁河山万里，帜展梦圆。

此首词的联想是：写景绘境——俊杰英豪——帜展梦圆。

上阕写景绘境。第一叶韵三句从总体上描绘登阁的心情和景色迷人的感受；第二叶韵用白描和夸张的修辞手法描写远眺所见之胜景：层峦叠嶂，松涛震壑；悬崖万丈，壁立屏宽；第三叶韵用比喻修辞描写“石柱如林”，用白描写“烟霞灿烂”，用拟人修辞写石柱形态：“仙女献花开笑颜”；第四叶韵用拟人的修辞写人与自然的关系：“千山秀”，吸引“游宾频至”，万岳起舞，以示欢迎。

下阕叙事抒情。由上阕的美景联想到天子山历史上的人和事：第一、二叶韵是上、下阕的过渡连接；第一叶韵承接上阕“岫峰如此娇妍”，第二叶韵承起下阕，概述天子山历史上的英雄豪杰之战绩；第三叶韵以骄傲自豪的笔墨写道：宋代峰林王向大坤，为反抗封建统治者的残酷剥削和压迫而率领农民起义，喋血山崖。明代农民起义领袖李自成，为反抗封建统治者，激战于天子山。一代豪雄，元帅贺龙，为推翻“三座大山”，用两把菜刀闹革命；第四叶韵，由过去联想到现在，先贤的血没有白流，万里河山已红旗招展，中华民族富起来、强起来的美梦，正一步一步地实现。

(3)幻想实例。

例1

雪岭垭凿出山洞引水发电

雪岭山中巨石坚，能工巧匠已凿穿。

江流滚滚洞中过，不尽群星落九天。

此首七绝诗，前三句是现实主义的白描：第一句开起，写雪岭垭山中的巨石十分坚硬；第二句写凿洞的能工巧匠，不惧怕岩石的坚硬，凭智慧和不怕困苦的精神，凿穿了山中的巨石，成了一个巨大的穿山洞；第三句写澧水的江流滚滚从洞中滔滔流过，以引水发电；第四句在前面三句形象描绘的基础上，展开“视通万里”的幻想，挥写出了“不尽群星落九天”的浪漫主义诗句。

例2

八声甘州·毛公下凡赏湘潭梅林山庄

恰毛公鸟瞰美人间，锦绣梅林庄。着中山正服，腾云驾雾，悦落家乡。爱赏群峰碧岭，绘就妙文章。不见洪荒迹，处处新装。　翠竹松林白兔，又乳猪鸡鸭，圈圈山羊。更鱼塘满峪，鳊鲤水中翔。尚雅园、长廊曲径，假石山、百卉绕池香。尤欣慰、人文书画，鼎盛隆昌。

[注]尚雅园：园名，属梅林山庄梅园。

幻想，虽悖常理，但更含情，能表达诗人主观情感的形象思维活动。自古至今，许多才华横溢的诗人，正是凭借神奇瑰丽的幻想，创作出了令人心驰神往的浪漫主义诗篇。伟大领袖毛泽东，虽然已驾鹤西去，成了仙人，但他的英灵还在，仍然牵挂着祖国、家乡和人民。有一天，他在天堂鸟瞰人间时，发现家乡——湘潭县梅林山庄发生了巨大的变化，似锦绣一样美。于是穿上中山正服，兴高采烈地腾云驾雾，欣落家乡梅林山庄，赏群峰碧岭、沟壑纵横，已绘就妙文章，见不到丝毫的混沌、蒙昧、荒凉的迹象，满山遍野是翠绿的松竹，白兔在山上戏耍。百鸟欢唱，山下有数不尽的乳猪鸡鸭，圈圈山羊。有满峪鱼塘，鳊鲤水中翔，有尚雅园长廊曲径、假石山，百花齐放，香气绕池，飘飞万里。更令人兴奋的是：人文书画，诗词歌赋，鼎盛隆昌。

3. 形象思维要伴随情感活动，做到情景交融，感人肺腑

形象思维活动，是由人、事、物、境遇的触发而引起情感激荡的活动。钟荣的《诗品·序》中说："气之动物，物之感人，故摇荡性情，形诸舞咏。"诗词创作活动中，要充满激情，做到情景交融，才能吸引人，感染人，感动人，以引起读者的共鸣。

例 1

妻子为我住院送饭

踏雪迎风驾雾霾，热身护盒满情怀。

佳肴美味香心底，恩爱全从肺腑来。

此七绝诗是真情实感的表达，比较感人。诗的第一句开起，写送饭时的天气与环境的恶劣。2010 年 12 月我因患心脏病到湘潭市第一人民医院住院诊治。该院离湘潭大学较远，乘公交车要一个多小时才能到达。当时正值寒冻季节，地上有一层厚厚的雪还未融完，北风吹着，天空中有雾霾弥漫着，于是诗的开头写"踏雪迎风驾雾霾"。妻子为我做了有营养的、荤素搭配的、我爱吃的饭和菜后，她为了不让饭盒中的饭菜冷却，将饭盒贴身夹着，保持温热，所以诗的第二句承接第一句写"热身护盒满情怀"。妻子乘公交车到达医院，打开饭盒时，温热的饭菜香气扑鼻，因而诗的第三句一转，脱口而出"佳肴美味香心底"。那么这恩爱的情怀来自何处？我迅速悟出来了。于是诗的第四句一合而成"恩爱全从肺腑来"。这就将诗意掘深了几层。点明了主旨，做到了情景交融，感人至深。

例 2

十拍子·游郴州大东江

广宇白云霓彩，青山对峙峥嵘。峡谷东江千影秀，峻岭奇峰万紫彤。风光在水中。　水坝雄姿挺立，双龙静卧清宫。两岸车流汹涌滚，四海游宾兴致浓。身心仙境融。

此词上阕是写景。第一叶韵的第一句描绘广阔宇宙晴空，是白云、霞光、霓彩，第二句描写东江峡谷，两座青山高峻耸立；第二叶韵第一、二句以对仗的修辞

写道:“峡谷东江千影秀;峻岭奇峰万紫彤”;第三叶韵以出奇的笔调,写景的倒影:“风光在水中。”下阕是抒情。第一叶韵的第一句,以拟人修辞,将水坝写成拟似英雄的姿态,高高挺立着,锁住东江的流水,第二句用比喻修辞将其两岸高山峻岭的倒影比作两条巨龙静卧于东江水晶宫中,令人遐想、神奇;第二叶韵的一、二句,以对仗的修辞描写道:“两岸车流汹涌滚,四海游宾兴致浓”;第三叶韵深情地描写道,所有的作者、游客观光赏景,人人的身心都似乎融入仙境之中,如痴如醉,真正做到了情景交融。

例 3

鹧鸪天·游桑植县洪家关烈士陵园

步履轻轻上玉峰,两边翠柏沐东风。游宾悼念哀情涌,骚客缅怀诗意浓。

思烈士,忆勋功。舍生赴死向前冲。惊天动地英雄举,浩气长存宇宙中。

此词上阕写游宾、骚客缅怀烈士的心情。第一叶韵第一句写悼念者上玉峰途中,步履轻轻,一步步沿俑道向上攀登,一次次沉思烈士们的音容笑貌;第二句写俑道两旁、烈士们坟前的翠柏沐浴着春风、阳光,象征着烈士们的英灵在党的关怀下,陵园已经建成,烈士们的遗骨得以安放,长眠;第二叶韵用对仗修辞,写道:“游宾悼念哀情涌,骚客缅怀兴致浓。”

下阕写烈士们生前的英雄壮举与浩气长存。第一叶韵以对仗的修辞写道:“思烈士,忆勋功。”第二叶韵形象描绘烈士们生前舍生忘死向前冲的英勇行动;第三叶韵第一句纵情歌颂烈士们生前惊天动地的壮举,第二句以满腔的激情颂扬烈士们的浩然正气,长留人间宇宙之中。

此首词的创作,已做到了情景交融,感人至深!

4. 形象思维要运用多种创作手法

形象思维在诗词创作中的手法很多,我在《心潮集·代序·谈诗词创作》[6]中进行了详细的阐述,这里只重点谈谈赋、比、兴,象征手法。

(1)赋、比、兴法。毛泽东同志在《致陈毅》的信(1965 年 7 月 21 日)中说:“诗要用形象思维,不能如散文那样直说”,“所以比、兴两法是不能不用的”,“赋也可以用”。[7]那么什么叫赋、比、兴?对此解释,从古至今甚多,最具代表性的是南宋朱熹的诠释:“赋者,敷陈其事而直言之也。”“比者,以彼物比此物也。”“兴者,先言他物以引起所咏之词也。”[8]

①赋法。此法是诗人、词人在对客观的人、事、物进行抒发时,运用直叙、白

描的手法。

直抒，就是直抒胸臆，敷陈其事。如 2004 年我发表于《中华当代诗词大典》（第六卷）之中的一首诗：

烈士碑前宣誓

赤血换来日月天，丹心戍卫铁江山。
荣华富贵何曾想，厚禄贪婪岂可沾？
敢与霸王鏖战死，誓将恶鬼巧拼翻。
只需万代旌旗展，碎骨粉身心亦甘。

此首七律诗，除了几个借喻性的修辞“霸王”，“恶鬼”之外，就全诗而言，是直抒胸臆。

白描赋法，是客观描写。它是将自己的情志、景物的特征加以描绘的手法。如我于 2019 年在老年大学诗联班创作的、并在其《研讨稿》第四期上发表的一首诗：

乘快艇游柳叶湖

轻舟浪上疾驰飞，怒卷湖涛拍岸威。
妙手艄公稍一转，惊心动魄笑声归。

此诗是客观的白描，没有比、兴，只是将自己所经历、所感触的描绘出来。显得生动、形象、真切、雄浑、惊喜。

②比法。就是打比方。它是一种有效的分析、判断事物的形象思维方式。比喻的种类较多，有：明喻，本体、喻体、比喻词（如、似、若、像、犹、仿佛等）都有；暗喻，只有本体、喻体、无比喻词；借喻，直接用喻体，而无本体和比喻词；博喻，运用一连串的比喻描绘一种事物，或用多种事物比喻一种事物，或用多种比喻比一件事物的各个方面；曲喻，它是以此物与彼物相似的一面作比，然后从喻体形象出发，进一步写出与本体形象毫不相似或其无力做到的一面。比喻的内容十分丰富，可以喻物、喻事、喻音、喻情、喻理，一切空灵之物都可以通过质实形象作喻。[9]全诗用一种比喻创作为手法；诗中某一词、一句用比喻为修辞。

下面用我创作的诗，列举一手法，一修辞。

手法例：

赏梅溪湖桃花岛

旖旎桃花岛，犹如俊俏娘。

身穿绸缎丽，首戴簪花芳。

玉带随风荡，绿裙伴舞扬。

碧波齐鼓掌，瑞气满湖乡。

此首五律的首联用明喻将整个桃花岛比作俊俏娘。它的本体是桃花岛，喻体为俊俏娘。比喻词为犹如；颔联中的“绸缎”“簪花”是借喻。它只出现喻体，没现出本体和比喻词。绸缎是比作颜色翠绿而密集的树叶。湖风吹来，滴绿的密叶像绸缎一样荡漾；簪花，岛顶上的朵朵鲜花，像俊俏娘头上戴的白灿灿、红艳艳的簪子一样；颈联的“玉带”“绿裙”也为借喻。没现出本体和比喻词。“玉带”比作岛中环形嫩绿密集的小草。“绿裙”比作湖滨随风飞荡的柳条；尾联上联的“碧波齐鼓掌”是拟人修辞，下联的“瑞气”为借喻，将其比作俊俏娘带来的吉祥征兆。

此五律诗，从整首诗而言是博喻，它是用明喻、借喻比桃花岛的各个方面。

修辞例：

观毛泽东红辣椒菜地联想

满地红椒面面旗，千军万马荡东夷。

刀刀砍下倭头颈，神州无处不雄威。

此七绝用了暗喻修辞。它的本体为“红椒”，喻体为“旗”，没有出现比喻词。

③兴法。兴有双重作用：一则发端；二则比喻(朱自清)。比者比方于物也；兴者托事于物(《周礼》)，可见而知，“比”是用物作比方，“兴”是用物作寄托。其类型有：

一是单纯兴：

十三届全国人大全票选出人民领袖习近平

紫气东来放彩霞，东南西北绽奇葩。

人民领袖今推出，直挂云帆向梦涯。

此七绝诗第一、二句是起兴。红蓝交融的紫气从东方飘来，放射出万丈灿烂夺目的霞光。东南西北、四面八方的鲜花绽放了。它象征着人民领袖已推出来了，领导 14 亿人民向着民主、自由、富强的社会主义社会前进。

二是比而兴：

瞻仰林则徐石像

黑夜沉沉卷飓风，东方闪出一条龙。

虎门燎起禁烟火，立下惊天盖世功。

此诗的第一句是比而兴。“黑夜沉沉卷飓风”，它是此诗的发端，起兴，同时又是比。“黑夜”是借比，它比喻英帝国主义的侵略和清朝封建社会反动统治者的软弱无能，给人民带来深重的灾难。“飓风”，是借比。它比喻人民掀起的反帝、反封的暴风。

三是赋而兴：

过枫叶山联想

遍山枫叶红，紫气沁山中。

若问因何故？跃出两条龙。

［注］两条龙：此指贺龙元帅和萧克将军。

此诗的第一、二句是赋而兴。它用白描手法描绘“遍山枫叶红，紫气沁山中”，是寄托英雄豪杰人物面世。

(2)象征手法。它是用具体事物表现某种特殊意义的手法。此法有两条线：一是明线：客体的主观化；二是隐线：主观意识的客观化。

诗例

暴风雨

地动山摇霹雳鸣，腐枝败叶黑心惊。

洪流滚滚飞千里，荡尽尘埃霞彩盈。

此七绝是用象征手法创作的。明线写自然的暴风雨来临之前，霹雷闪电，地动山摇，那些腐枝败叶的心惊破了；暴风雨来临之时，那滚滚的洪流，惊涛拍岸，一泻千里；那些腐枝残叶被荡洗一尽，暴风雨过后，天空中出现美丽的彩霞。隐线写革命的暴风雨来临之前，就已形成排山倒海的气势；那些社会上的贪官污吏、黑恶势力吓得胆战心惊；当革命暴风雨来临时，那滚滚的革命洪流，以压倒一切的气势，把社会上的毒瘤、沉渣全部荡尽；雨过天晴，天空中现出满天灿烂的丽彩霞光。

5. 形象思维要在意象的基础上，构筑起富丽堂皇的诗词意境的上层建筑

什么叫意象？意象是融入了诗人情意的客观物象。物象是意象的基础。物象的象含景象、事象、物象、现象、幻象等；意象的意，含思想、观念、意识、精神、志趣等。意象是意与象的合成。意象种类繁多，有自然界的动物、植物、地理、天

文;有人创造的车、船、桥、屋、仪器、机器、产品;有人自身的四肢、五官、心肝、五脏、心理、灵魂;有人虚构的玉帝、神仙、天堂、鬼怪等。

诗词中往往有一个意象群体,它是由单个意象分别组成若干复合意象(含意象叠加、意象密聚、意象脱节等)。若干复合意象按照诗人、词人创作过程中所设置的程式组装成一幅完美的生活图景,就是意境。[10]意境是诗人、词人主观情意与客观物象有机结合而成的想象世界。

意象群体之间的结合,又呈现出多样化的态势。即意象叠加式,由两个、两个以上的单意象,通过动词谓语勾连而成;意象密聚式,将两个、两个以上的主谓短语压缩成一个紧缩复句;意想脱节式,将若干名词性的意象,挤压而成。名词性意象之间无任何关联词,如同压缩饼干式的。意象组合与意象并列式。意象组合,是将一系列意象相互关联的意象群,按时间顺序作纵向串联一起;意象并列则是将一系列互相关联的意象群按空间位置作横向并列在一起,二者一纵一横关系密切。有的诗词作品中,意象组合,意象并列同存。

意象与意境的异同;相同点都是主观与客观相互交融的结果。二者的不同点在于:意象是构成诗词的单位、基石,意境的范围境界比意象大,一般指一首诗、一首词,几句诗,几句词,一句诗,一个词。

单意象、意象群是如何组合成一首诗、一首词的?现就列举我创作的诗、词中加以说明。

礼赞慈利县溪口镇王家坪樟树①

根系深深扎土中,枝繁叶茂郁葱葱。
阳光雨露常滋润,雨水绿肥恒灌通。
敢斗狂风千里荡,敬尊黎庶万年钟。
心胸宽阔融日月,卓著奇勋谁不躬?

[注]①王家坪樟树,又称红军树。

此七律诗是如何将若干单个意象、复合意象组装成一幅完美的图景、一首感人的律诗?此律诗是用象征手法创作成的咏物诗。首联的上联是由“根系”和“扎土”两个意象,以主谓宾的形式压缩成一个紧缩的复句,即意象密集式而成。式中的“扎土”为动宾词组,“深深”为“扎”的壮语词,“中”为“扎土”的方位词。下联“枝繁”“叶茂”两个意象是主谓结构。它们是并列组合式的。“郁葱葱”是两个意象张力的描绘。它的明线之意是:王家坪的参天巨大樟树的根系是深深扎在泥土之中的，因而它的枝繁、叶茂，显示出“郁葱葱”之貌；它的隐线之意是指红二方面军之根系深深扎在人民群众这个土壤之中的，因而红二方面军的势力不断地扩大、增强，现在已发展成强大的中国人民解放军的强有力的构成部分；颔联的上联“阳光”“雨露”两个意象并列，通过动词“滋润”勾连而成意象叠加式。式中的“常”为动词“滋润”的状语，示以“经常”之意。下联“雨水”“绿肥”两个意象并列，通过动词“灌通”勾联成“意象叠加式”。式中的“恒”为动词“灌通”的状语，示以“一贯”之意。它的明线之意是王家坪的樟树在“阳光”“雨露”的经常滋润下，在“雨水”“绿肥”的不断灌通下，逐渐成长、壮大，已长成了参天大树。隐线的含义是，红二方面军在中国共产党的思想指引下，在党组织精心教育、培养下，在山区人民大力支持下，已逐步成长为一支政治方向明确、组织纪律严明、军事本领过硬，深受广大人民爱戴的人民铁军；颈联上联的意象为“敢斗狂风”，下联的意象为“敬尊黎庶”。这两个单意象，明线之意是“王家坪”巨大的参天大树，已雄立于世，敢于与狂风恶浪进行斗争，始终如一地敬重、尊敬广大的黎民百姓。“千里荡”“万年钟”分别为“敢斗”“敬尊”的巨大张力。隐线之意是中国的钢铁军队，不惧怕国内外的一切反动势力，对黎民百姓忠诚，一万年不变；尾联的上联为“心胸宽广”（主谓结构）、“日月”（名词并列结构）两个意象通过动词、谓语“融”的勾连，而成“意象叠加式”，下联的意象为“卓越功勋”（偏正词组）与“谁不躬”（实指“人人躬”，否定之否定为肯定），而成“意象并列式”。明线之意为王家坪樟树的心胸宽广可融日月，它的卓越功勋，世人个个敬重。隐线之意是指红军与其继承者心胸宽广、志向远大，为国、为民立下盖世奇功，人人敬重。

此诗的意境有：明线意境，王家坪樟树形象高大、雄伟、心胸宽广，为国、为民立下了不朽功勋；隐线意境为中国人民解放军的先驱者之一的红二方面军，形象崇高、伟大，在中国共产党的哺育、培养下，在人民的支持下，不断茁壮成长、壮大，为国、为民立下了盖世奇功，值得子孙万代人人敬重！

望海潮·广州塔顶眺望

云层放眼，万千景象，情潮汹涌心田。伟岳颠连，云横边际，冲天塔厦万千。俯瞰美珠江，曲流澎湃过，百舸争先。跃跨长虹，马龙车水疾驰喧。　　林公[1]气魄惊寰。忆焚千顿毒，炮击英船。更有伟人，中山韬略，除封逐帝育贤[2]。北伐计谋全，斩豺狼虎豹，国帜盈天。美梦如今展现，盛世写雄篇。

［注］①林公：指林则徐；②育贤：指孙中山创建黄埔军校，培养无数将帅。

此词上阕的意象按空间顺序横向写景，为意象并列，下阕则按时间顺序纵向叙事，为意象组合。这样横纵开合，牵经织纬，关系密切；全局结构紧凑完整，意境壮阔、雄奇、深厚，显示出中华山河如此娇艳，儿女豪情万丈。

三、语言形象，妙悟哲理

哲理诗词，是运用形象描绘、生动的比喻、蕴涵象征的语言、揭示自然、社会的变化发展规律，阐发人生的道理，说明怎样正确处世为人之法，谓之曰：哲理诗。它是形象的艺术美与哲理蕴涵美的完美统一，是人类精神文明的极品。它具有形象性、知识性、趣味性、哲理性和启迪性的特征。它描绘生动，形象鲜明，议论精辟，蕴涵深邃。能以形诱人，以性感人，以理服人。古今的哲理诗，理出自然，理关现实，理从悟得。现就我个人创作的哲理诗词示之于人，以求方家指导。

雨洗尘埃尽

雨洗尘埃尽，云开万物新。
东方红日出，四海永长春。

此五绝说明一个现象和哲理：社会上一切禁锢不变的旧思想、旧观念，一切腐败、贪婪，沉渣、败叶等，不通过大的变革、冲刷、洗涤是不会自动清除掉的；它只有在中国共产党的领导下，经过一场革命暴风雨般的改革、冲刷、清洗，天空、大地才会呈现出一派生机勃勃的新气象，人类社会才会渐渐出现永恒的春天。

棕树劫后而生

老叶焦黄嫩叶茵，前凋后继又呈新。
清风拂煦红暾照，勃勃生机又是春。

寒冬腊月，冰雪铺天盖地，园中的棕树惨遭劫难，老棕叶变成了焦黄的颜色，只嫩叶还有些青绿色，待第二年开春，在阳光照射下，在春风的吹拂下，焦黄、焦黄的老棕叶已经凋谢死亡了，而嫩叶很快恢复了生气，呈现出一派生机勃勃的新春气象。人类社会，也莫不如此，新陈代谢，新事物替代旧事物，这是自然界、人类社会的规律。

澧水

澧水源头壑谷藏，激情万丈志高昂。
千回百折崖难阻，浩荡奔腾入海洋。

澧水的源头发自张家界市桑植县高山峡谷之中，开始只有涓涓的细流，但它有万丈的激情，远大的志向，哪怕是千难百折，哪怕是万丈悬崖，都难以阻挡它前进的脚步，它汇聚沿途的溪流，一起浩浩荡荡奔腾流向海洋。这说明一切新鲜的事物，一切正义的事业，开始是弱小的，但只要有持之以恒、不怕任何艰难险阻的精神，只要不断地坚持奋斗下去，就一定能由小变大，由弱变强，形成震天撼地、坚不可摧的力量。

游韶关翔龙湖

乘舟湖上四身悠，举目环山胜景收。
树木葱茏连广宇，丹崖险峻接仙楼。
长虹飞跨翠湖岸，白鹤欢呼彩岭头。
扫视四周无出路，愕然自得大江流。

此首七律诗的首联，以白描法描绘我以闲适的心态，乘舟在韶关翔龙湖上漫游，两眼举目环视四山绚丽的景色；颔联用夸张的修辞法写四山葱茏的树木连接九宇，红色的悬崖，陡峭的险山衔接天上的仙楼；颈联以借喻的修辞法写飞跃跨越翔龙湖两岸翠绿的桥梁，又以拟人的修辞法写白鹤站立在披着彩霞的山岭头上，大声欢呼迎接船上的游客；尾联在上面三联描绘优美的画景基础上，用富有哲理的诗句写出："扫视四周无出路，愕然自得大江流。"就是"四面环山的风光，仿佛已经没有了出路，走到了绝境，忽而船随大江绕流行驶，而自得壮阔的大江奔流。"它让人悟出"人生有时仿佛走到了绝境，没有了出路；只要不放弃，继续不断地探索，会走向意想不到的开阔境地，美好的前途。"

登柳州马鞍山感怀(三首)

登上一山又一山，一山之上又重山。
吾侪不惧浑身痛，陟步云峰眼界宽。

劲直山头放眼观，山山环绕万山连。
欣登极顶情潮滚，吾辈成峰手挽仙。

锦旗猎猎耀锤镰，红色江山万万年。
只要时时防演变，妖魔鬼怪敢翻天?!

此三首七绝诗,用形象思维,生动的语言,表达了一定的哲理:第一首诗蕴涵的哲理是:山上有山,峰上有峰,登得愈高,看得愈宽,见识愈广;登山困苦,但苦中有乐,苦中有甜。苦与乐是对立统一的,相辅相成的;第二首诗蕴涵的哲理是:山山盘绕,山山相连,登上极顶,吾辈为峰;第三首诗蕴涵的哲理是:我党锤镰旗帜要飘万年,关键在于防演变,国内外一切反动势力才不敢翻天!

浣溪沙·春天的樟树叶以新替旧

煦煦春风习习吹,焦黄老叶脱身飞,飘飘落地润根肥。　　嫩绿芽芽争向上,枝繁叶茂放清菲,披风搏雨显雄威。

此词蕴涵的哲理是:宇宙空间事物的新陈代谢,以新替旧,是自然和人类社会发展的必然规律,是不可抗拒的。只有顺势而为,才能取得一个又一个的胜利。

参考文献

[1][2]杨逸明.诗词创作的"金字塔原理"[J].诗词世界,2019(6):78—80.

[3]杨嘉仁.词调与词体[J].诗词世界,2018(12):74—76.

[4]转引自张进义.独领风骚——学习毛泽东诗词的几点体会[J].诗词世界,2018(2):69—73.

[5]中国社会科学院语言研究所词典编辑室.现代汉语词典(第五版)[M].北京:商务印书馆,2015:1526.

[6]张安珍.心潮集[M].北京:作家出版社,2016:4—28.

[7]转引自张其俊.毛泽东诗词中形象思维特征及其现代诠释[J].中华诗词,2019(12):67—69.

[8]朱熹.诗集传(卷一).

[9]张天望.中华诗词普及教程[M].北京:作家出版社,2005:288—291.

[10][11]张其俊.毛泽东诗词中形象思维特征及其现代诠释[J].中华诗词,2019(12):67—69.

目　录

第一辑

传统诗词

一、锤镰焕彩

中国共产党战斗历程(十首)

南湖起航

闪闪星光熠，南湖赤舸莹。
神州贤哲聚，万里启航程。

秋收暴动

骤雨狂风烈，旌旗万里盈。
白军何所惧，暴动卷残云。

南昌起义

南昌枪炮响，魍魉尸身横。
镰斧红旗展，东方旭日明。

井冈会师

巨手井冈握，瑞金遍地红。
蒋军攻势猛，岂可动豪雄！

遵义会议

龙腾风浪卷，万众一心同。
利剑锋芒闪，杀开血路通。

延安窑洞

窑洞红光灿，华章耀眼明。
军民心里亮，捣毁倭魔营。

占领南京

雄师百万过长江，纵马挥刀斩蒋邦。
总统衙门顷刻倒，浑圆红日照宁窗。

开国大典

宏音响彻五洲城，礼炮隆隆震地鸣。
火树银花红雨洒，翻天覆地国旗盈。

抗美援朝

战火燃烧鸭绿边，雄师赳赳赴朝鲜。
上甘岭里堵枪眼，白虎团中擒贼顽。
美鬼冲来倾弹雨，钢刀亮出杀声圆。
仁军铺就和平路，万炮轰鸣奏凯旋。

改革开放

改革红门四面开，惠风煦煦八方来。
东西南北春花绽，硕果盈枝笑满怀。

国庆天安门观烟花

领袖黎民同喜庆，星晖赤雨洒京城。
九州礼炮冲天顶，四海欢声动地频。
彩带红花欢畅笑，气球白鸽喜腾云。
神州今日布衣悦，哪载寰球共此情？

十九大阳光雨露

雨露阳光洒九州，滋心润肺智能优。
奇思妙想新开创，科技开花果实稠。

十九大宏图

宏伟蓝图已绘成，光芒四射照前程。

雪山寨寨仙楼灿，海岛家家电器盈。
母舰千群豪气壮，飞船万艘远星巡。
若问百年何国最？人人盛赞九州神。

咏十九大

秋风送爽菊花开，雨露深滋大地怀。
盛会频传金玉律，黎民幸福创新来。

神州处处报佳音

今秋十月响雷声，吉雨清风润庶心。
西北东南锣鼓响，神州无处不佳音。

公仆深入群众中(二首)

促膝谈心气脉通，仆民梦境两相同。
山村处处星光灿，碧谷湾湾机器隆。
别墅林间千叶掩，奇珍壑里万坡浓。
太阳能水沐身爽，“宝马”飞驰财运通。

皓月星空照，银晖洒岭冲。
黎民公仆愿，热血深情融。
句句心神亮，温温气脉通。
黑风何所惧，日出万山红。

中国梦

禹甸犹如一赛船，乘风破浪向云天。
十三亿庶齐心划，似箭飞行国梦圆。

正气凌云

正气凌云冲碧霄，惊涛怒卷奢靡消。
污泥浊水全清涤，净土蓝天党帜飘。

打虎

临危赴险有何难，火海刀山只等闲。
老虎龇牙张血口，奋挥宝剑斩凶顽。

反腐洪流

洪流滚滚盖天来，巨浪排空不复回。
卷走贪婪污秽物，翻江倒海显雄才。

听严打令感怀

京城雷动宇中鸣，令剑飞传斩恶群。
魍魉闻声惊破胆，苍生无处不欢欣。

时代潮流不可挡

潮流滚滚向东流，百折潆洄不掉头。
暗障明礁难阻挡，神州一统展鸿猷。

廉吏

万贯缠腰毋染尘，铢锱货币不私营。
为民倾注一腔血，赢得江山万载荣。

观漠河“金鸡之冠”雕塑

“之冠金鸡”耸北端，玉玺莹莹映碧天。
浩气神龙权在手，谁人胆敢撼江山？

乘坐“神舟六号”船

七姐董郎开笑颜，蟠桃树下恋情圆。
为何今日得欢见？因坐“神舟六号”船。

将乘“神六”返家乡

嫦娥打扮笑梳妆，描睫涂红面貌芳。

镇日为何如此乐？将乘“神六”返家乡。

“嫦娥一号”神光灿

嘹亮歌声响太空，群星闪闪笑颜中。
“嫦娥一号”神光灿，宇宙搜寻获宝丰。

“神七”礼赞(五首)

“神七”出征

一声点火震长空，烈焱波音万里雄。
广宇时时频告捷，长虹气贯耀寰中。

变轨飞行

变轨飞行绕太空，群星闪闪笑言中。
何方贵客凌天至？“神七”飞行探碧穹。

发射小卫星

卫星发射九霄中，灿灿韶光照夜空。
保驾飞船巡碧宇，苍穹瑰宝映神瞳。

太空漫步

出舱凌九宇，漫步壮怀中。
国帜迎风展，神州喜爆隆。

“神七”凯旋

茫茫昊宇里，闪闪斗星中。
缓缓双舱别，依依一脉通。
飞舟张巨伞，落地护英雄。
万炮隆隆响，全球耀彩虹。

“天宫一号”与“神八”对接

“天宫”寂寞等郎来，爱恋痴情久不开。
只待“八哥”凌宇至，深深一吻醉心怀。

巾帼英雄杨洋

飞船一啸上昊苍，玉女开颜九宇翔。
阅尽星球奇丽景，杨洋美誉五洲扬。

“神十”飞天(十首)

出阁[①]

出阁三雄[②]气势豪，挺胸阔步卷麾旌。
临行壮语惊天地，四海欢声逐浪高。

［注］①出阁：走出问天阁；②三雄：指聂海胜、张晓光、王亚平。

飞天

飞船啸傲上云霄，体箭分离卷浪潮。
百万天兵齐列阵，三雄阔步地天摇。

过端阳节

蓝蓝广宇是何香？粽味丝丝沁腑芳。
笑语声声心肺爽，三雄月殿过端阳。

三雄飘飞天宫

三雄飘逸入天宫，十亿神州舞彩虹。
广宇人间情义合，共圆国梦笑声同。

天宫创新圆

地板金光闪，酣然入梦眠。
三雄凭睿智，玉宇创新圆。

王亚平天宫授课

侃侃清音碧宇来，词词句句刻胸怀。
全民“充电”思维活，翱月奇才上阅台。

滴水实验

空中飞滴水，剔透又晶莹。
转动飘飘舞，欢颜百媚生。

水膜实验

水膜平如镜，国结耀芳春。
两者亲缘合，双方心意真。
添加甘露水，注入彩虹津。
渐渐球含笑，苍穹万象新。

推进舱与返回舱分离

长空云彩笑，返令达“三雄”。
缓缓两舱别，依依一脉通。
深情倾泪雨，热血化长虹。
航宇百年史，奇书“神十”功。

“神十”凯旋

满载丰收果，胸怀浩荡风。
依依挥手别，默默恋心同。
皓伞开颜展，飞船笑靥中。
官民心血涌，落地九州红。

观中国量子卫星“墨子”升空（四首）

量子卫星腾太空，银花灿灿沐东风。
惊奇创举雄心展，哪个不夸中国功？

中国奇才绽智花，难关攻克放妍霞。
太空瑰宝含颜笑，靓丽风姿醉万家。

仙宫今日百花开，玉帝诸臣悦登台。
最是墨公①心浪滚，笑迎量卫②上天来。

墨子奇思放彩光，爱公③著述世留芳。
神州泰斗才华展，量卫升空天下扬。

［注］①墨公：指中国古代的圣哲墨子；②量卫：即“量子卫星”的简称；③爱公：指“相对论”的创立者爱因斯坦。

“嫦娥三号”探月

嫦娥披彩着虹湾，举目山川热泪潸。
探出晶莹无价宝，翩翩起舞踏歌还。

北京申奥成功

神州处处喜音传，鼎沸群情似火燃。
世纪坛中红雨洒，南京路上彩龙翩。
西疆峻岭鼓锣响，北塞长城锦瑟弹。
健将人人心志壮，京城奥运写雄篇。

入世贸组织

跨海飞洋桌面谈，唇枪舌剑巧周旋。
劈开雾瘴花坛现，旭日东升美梦圆。

蒙古族朋友宴请汉族兄弟

辉煌金碧草原宫，盛宴佳肴设殿中。
羊肉盘盘香又美，高歌敬酒乐融融。

观常德烟厂

煦煦春风拂柳城，烟机自动走流程。
芙蓉[1]火箭腾空起，展翅财鹰万市鸣。

［注］①芙蓉：此指芙蓉王牌香烟。

观常德卷烟厂自动车

无人驾驶屋中行，往返车间笑靥盈。
借问贤君何会此？新奇脏器智能神。

雪岭垭凿出山洞引水发电

雪岭山中巨石坚，能工巧匠已凿穿。
江流滚滚奔腾过，不尽群星落九天。

观群机依次掠过天门山[1]

神机直上白云霄，转动飞行技艺超。
侧翼穿门飞过去，人山万岭起狂飙。

［注］①天门山，山名，此山有一个大穿眼洞，位于张家界市西北面。

神工机器人

万度焦炉烈热能，青岩丢入化灰尘。
谁家有胆入膛去？唯有神工机器人。

二、感事抒怀

网络

网络联姻路路通，古今睿智刻芯中。
传承科技开新局，直上青天唱大风。

上网

网上资源接踵来，荧屏睿智入心怀。
大千世界呈纷彩，多少青年成栋材。

神奇的 E-mail

神奇伊妹宇中传，蓦地金言现眼前。
卓见真知依次至，浩瀚学识入心田。

网上通商

鼠标一点五洲联，处处商机耀眼前。
网上通商千里达，强军富国梦团圆。

元搜索引擎

犹如坐阵大将军，百万雄师芯里临。
信息搜寻能妙用，鼠标一点自开心。

手机

故友睽违万里遥，有如咫尺两相聊。
手机小巧神通大，奇珍异宝闪光华。

信息过滤员

鱼龙混杂一团麻，石缝中间渗玉瑕。
去伪存真精过滤，奇珍异宝闪光华。

歼-20 升空

铁隼腾飞上九霄，风驰电掣起狂飙。
歼机二十神威武，敌寇何人不告饶？

英雄唱凯歌

心中燃烈火，亮剑斩妖魔。

黑血飞流尽，英雄唱凯歌。

中华代代出英雄

风刀雨剑骨头硬，雪压冰风心更红。
莫道人间无好汉，中华代代出英雄。

圣火

苍神赐圣火，炽烈满人寰。
播下和平种，山川尽笑颜。

排律·人生之途

漫道征程万里长，平原峡谷野苍凉。
悬崖峭壁沿途是，鸟道幽林险隘藏。
暴雨哗哗身透湿，狂风呜呜服飞扬。
冰封伟岳千山白，雪压虬枝四岭伤。
虎豹时时潜伺视，豺狼日日忒猖狂。
深渊逆境何曾惧？壮气填膺向梦乡。

汶川大地震救灾（四首）

电闪雷鸣暴雨淋，天倾地陷碎人心。
四方八面伸援手，一片丹诚值万金。

茫茫夜色暗无光，暴雨倾盆裂石狂。
不顾危亡飞健步，人人血汗洒川疆。

骨肉同胞压地层，撕心裂肺痛填膺。
手刨机吊争分秒，救出亲人热泪盈。

血脉连生命，心灵尽感知。
掀开千吨石，谱写动人诗。

谭千秋护门生

汶川地震，地陷楼塌，谭护门生，壮烈牺牲，门生得救。感此精神，赋诗一首。

天昏山地裂，断板砸身时。
护住门生命，心书壮烈诗。

和美幸福家

婆婆生日至，喜气溢全家。
媳妇献花笑，亲儿馈玉华。
童孙欢舞蹈，老伴诵诗夸。
娭毑心神劲，华堂放彩霞。

妻子为我住院送饭

踏雪迎风驾雾霾，热身护盒满情怀。
佳肴美味香心底，恩爱全从肺腑来。

小外孙女欧阳江慈

园圃中间万朵花，鲜花至艳数欧娃。
逢姨就喊姨欢笑，遇奶亲呼奶赞夸。
画鸟飞飞舒嫩翅，舞猫爪爪戏她妈。
天真活泼多乖巧，长大将成艺术家。

好女婿欧阳新明

我因患绝症胆管细胞癌，女婿欧阳新明暂弃业伴我左右，护守十分细心，从无怨言。感此赋诗一首：

孝敬之情万丈渊，时时刻刻护身边。
温言爸爸亲声唤，逐魍驱魔绽笑颜。

贤生百里驾车来

贤生百里驾车来，满面春风爽气怀。
致谢情音关不住，心花朵朵俯中开。

云散日出

风吹云雾散，雨露沐山丛。
洗涤尘埃尽，千山映日红。

雨洗尘埃尽

雨洗尘埃尽，云开万物新。
东方红日出，四海永长春。

先贤血气融

乔松山岭翠，绣入映山红。
借问因何美？先贤血气融。

过枫红山联想

山山枫叶赤，紫气沁山中。
若问因何故，跃出两条龙①。

［注］①两条龙：此指贺龙元帅与萧克将军。

冬日感怀

寒风如利剑，白雪结须眉。
多少黑奴汉，何时解困危？

旅途

忽上危峰忽下湾，攀崖涉水踏云天。
狼山峡谷全穿过，眺望平畴万里川。

浣溪沙·春天樟树叶以新替旧

煦煦春风习习吹，焦黄老叶脱身飞，飘飘落地润根肥。　嫩绿芽芽争向上，枝繁叶茂放清菲，披风搏雨显雄威。

江门东湖公园迎芳春

宫灯高挂喜盈门，国结红光熠熠生。
美好新年花满地，斑斓五彩迓芳春。

棕树劫后而生

老叶焦黄嫩叶茵，前凋后继又呈新。
清风拂煦红暾照，勃勃生机又是春。

澧水

澧水源头壑谷藏，激情万丈志高昂。
千回百折崖难阻，浩荡奔腾入海洋。

峨眉山顶遐想

雾罩峨眉顶，人于九宇游。
瑶池览胜景，玉殿赏星球。

狂风夜学子护我回家

狂风千里卷，草木夜空飞。
学子搀吾走，动情含泪归。

京广高铁

惊天动地一声雷，电掣风驰万里回。
四海嘉宾翘指赞，神州创举夺金杯。

乘广汉高铁

电掣风驰疾，山河竞逆飞。
诗人心魄静，梦里驭龙归。

广州交易会

满目琳琅上玉台，眼花缭乱笑颜开。
川流不息人潮涌，不尽财源跨国来。

修建张常①高速公路

开山劈岭架桥梁，喝令悬崖让一旁。
凿开一条通富路，神仙日子比天长。

［注］①张常，指张家界市至常德市。

观三峡巨坝遐想（四首）

中枢气魄震全球，巨坝横空截激流。
莫道长江千里险，惊涛骇浪化平柔。

极目平湖生紫烟，圆圆旭日映江天。
争流百舸犁波灿，喜唱欢歌出闸川。

城乡户户电花开，暖气时时笑送来。
借问源头何处是？长江巨坝福门开。

万紫千红电卉开，黎民幸福上高台。
问君锦彩何方有？不尽源泉三峡来。

观涟钢（四首）

拔地冲天傲九重，喷霞吐雾出蛟龙。
群仙俯瞰心惊叹，处处涟钢溢彩虹。

惊天动地一声鸣，铁水奔流泻万程。
夺目光辉呈异彩，精钢何处不峥嵘？

钢板闪银光，薄如白纸张。
神工双手巧，压出百花香。

废弃钢渣又入炉，熔成瑰宝达全球。
节能妙手开新意，滚滚资金向厂流。

姑娘花

远望绽奇葩，红霞染树丫。
登临捧腹笑，原是姑娘花。

姑娘绣花

春风拂面日西斜，房里姑娘喜绣花。
脸蛋红云抿嘴笑，谁知许配哪郎家？

长女孝心

好似春风拂我身，犹如羽袄暖吾心。
春风羽袄怎能比？长女孝心似海深。

娭毑改嫁

阿婆黑髻变皤华，二度梅开嫁杜家。
爱女新朋来贺喜，山中老树着红花。

少年壮志

越岭翻山赤脚行，沿途足印血丝明。
风刀雪剑何辞苦，展望前程万里荣。

按摩健身

腿痛心烦眼泪流，清晨睡榻按摩揉。
天天月月何曾断？笑语欢声百岁筹。

白发变黑发

天天两手好梳头，血液流通经络优。
白发变成黝黑发，还童返老乐悠悠。

漫步

雨雪风霜漫步行，流通血脉似回春。
田畴野岭风光赏，睿智心怡百岁盈。

创作思维

创作思维万里游，心泉喷涌妙词流。
雄奇意境心神亮，一语惊天百代牛。

落叶归根

凛冽寒冬树叶黄，悄声脱体满天扬。
飘飘飒飒归根下，化作精肥壮栋梁。

心愿

驾鹤腾飞九宇天，灵魂留在武陵山。
心肝肉体化春雨，泽润城乡万万年。

春节逛江门市大街

红灯十里两边排，喜气浓浓扑面来。
货物乘龙飞驶去，江门又上一高台。

欢庆《白石诗苑》成立

四海骚人竞莅临，金声律韵响潭城。
挥毫泼墨豪情抒，一泻千篇字字峥。

沁园春·赏常德丝弦

常德丝弦，独树旌旗，异彩呈妍。看艺人演奏，横生妙趣；扬琴主坐，板鼓调全，激越双胡，高音合乐，韵律琵琶蜜腑弹。融优调，聚北南小曲，万籁和弦。　言词绝唱丰盈，有历史民间故事篇。道悲欢离合，酸甜苦辣；黎民情谊，盛世梦圆。会演京城，敬颂英豪，夺摘金牌喜狂然。奏凯歌，进乡村企业，誉满人寰。

三、时代先锋

鲁儒斌书记与孤残老人同过春节

张灯结彩爆连天，孤老满堂话语甜。
书记拜年高敬酒，官民畅饮奕狂然。

书记送炭来

茫茫白雪百寻深，凛冽寒流刺骨心。
书记亲民挑炭至，真情股股比春温。

银丰村书记杨德鑫(二首)

带民炸石垒山田，亩亩梯丘上岭巅。
地洞引来清澈水，禾苗笑靥暖心田。

开山巨手舞神鞭，岭岭悬崖劈半边。
大道条条通万里，车鸣马叫梦团圆。

礼赞百岁老战士陈毓华

勋章闪闪耀光辉，弹雨枪林奏凯归。
血战太行驱倭鬼，刀诛国贼发雄威。
上甘岭上惩强敌，白虎团中破寇围。
解甲还山回故里，寿星百岁仍魁巍。

观奥林匹克公园举重奥运冠军手足金印

手印足痕灿灿金，成功一举五洲惊。
谁知赛下千锤苦，方可迎来国帜升。

北京奥运英雄谱

陈燮霞48公斤级举重冠军

宇宙风雷聚腑中，浑身热血建奇功。
英雄挺举登峰顶，万丈丹霞耀太空。

庞伟气手枪10米射击折桂

身心宁气静，靶靶压群雄。
四海风雷动，明星闪碧穹。

冼东妹——“妈妈级”柔道冠军

神魂全贯注，蓦地卷台风。
勇胜安琴爱[①]，“妈妈”笑靥中。

［注］①安琴爱是冼东妹竞赛对手。

林跃、火亮“跃亮”组合跳水冠军

空中光闪闪，疑是月儿悬。
注目凝神看，原为跳水圆。

王鑫、陈若琳十米跳水夺冠

心神双合一，跳转美如虹。
入水银花绽，欢声霹雳隆。

仲满剑击法国洛佩摘金

仲满雄风卷，腾身剑术神。
锋芒全避过，反击似雷霆。

杨威竞单杠

连环横杠转，丽似锦团花。
倒立轻身起，欢声震海涯。

杨威竞高低杠

高地杠上自由飞，转体频频耀眼辉。
倒立雄姿成一线，轻舟落地彩云归。

杨威竞自由体操

歌声嘹亮动心中，健步如飞一阵风。
壮体腾空多俊秀，旋身跳跃掌声隆。

杨威竞吊环

空中旋转彩如虹，倒立全身浩气雄。
直角塑造姿势美，神州体操出真龙。

杨威跳鞍马夺冠

健步如飞卷飓风，腾身旋转彩云中。
按撑倒立神功显，稳落红毡卷暴风。

女子蹦床冠军何雯娜

蹦跳三千丈，腾飞上九天。

绵延翻转下，疑是彩虹妍。

张怡宁勇夺女子单打冠军

炯目心灵静，削球妙转神。
腾身飞板扣，动地掌声鸣。

第二十六届冬奥会500米滑冰王濛夺冠

起步飞如箭，旋圈一溜烟。
身姿多矫健，美似九天仙。

姚娟夺女F42—F6级标枪冠军

划破长空箭，犹如霹雳电。
呼呼一股风，笑落地平线。

观中国女排冠军争夺战

久蕴风雷挥臂斩，腾空齐跃筑铜墙。
飞身伏下救球起，十亿神州笑语扬。

金茂大厦女运动员跳伞

金茂嵯峨似泰山，彩霞环绕顶层巅。
繁花玉女云中跳，疑是嫦娥下九天。

松花江岸观冬泳

万里松江瑞雪飘，破冰寒水扎如刀。
健儿蛙泳如飞箭，岸上狂欢起浪潮。

陕西大院听华阴老腔

惊天动地一声雷，高亢雄浑曲调奇。
荡气回肠心肺爽，唱腔道白尽沾泥。

赞广东省人民医院心血管科

梗塞心肌气短悬，垂危性命一丝连。
回春妙手超高技，起死回生绽笑颜。

沧南老教授著书立说

旭日临窗透碧纱，沧翁伏案笔生花。
新奇论点灵光闪，传世华章誉海涯。

老科技工作者刘业超

火热情怀烈，千锤睿智功。
如山成果耸，笑在晚霞中。

老科技工作者柳树林

茂盛树林披彩霞，辉煌业绩誉天涯。
灯光亮灭随人意①，著作齐身绽科花。
响水②田头留笑影，湘钢科室绘奇葩。
湖乡③秀色全观尽，个个会员翘指夸。

［注］①随人意句：指柳会长的科研成果节能减排；②响水：柳会长科技下乡之地：湘潭县长城乡响水村；③湖湘句：柳会长带领会员到长株潭等的工厂参观学习，观光旅游。

全国老劳模申纪兰的绿色银行

叠嶂崇山万亩林，飞禽走兽赋诗吟。
笼中香蕈①似花放，绿色银行储亿金。

［注］①香蕈：此指香菇。

礼赞萧正为先生

绘画诗词满腑情，教坛史上载功名。

为人正直标高格，一片丹心比日明。

江门汉正公司董事长陈汉培

日语英文贯五洲，诚心守信誉非欧。
公司月月新开拓，不尽财源向汉[1]流。

［注］①汉：此指汉正公司。

东西大穿越

沪藏相离万里长，青年学子志高昂。
迎风踏雪穿幽谷，越岭翻山逐恶狼。
困乏焉能消壮志，妖魔岂敢袭豪强。
英雄气魄惊天地，一路红旗一路扬。

山村姑娘用英语对话卖菜

新鲜嫩菜吐清香，顾客频频来四方。
众位外宾怡兴至，姑娘英语对成章。

洞溪乡盐行陈医生悬崖采药

悬崖峭壁屹千寻，体系麻绳狭隙登。
任尔狂风如虎吼，随它暴雨若熊吟。
胸怀烝庶创疗法，指扣山岩采药星。
治愈山民多种病，回春妙手胜仙神。

冒风雪抢接架线英雄

似剑狂风雪岭嚣，英雄浩气射云霄。
铁锤敲碎千层冻，电线连通万里娇。

安泰堂湘大服务员

揉肩护眼赤心诚，输氧电疗寄盛情。
美女三名多孝顺，亲人不是胜亲人。

电工

狂风嘶裂叫，暴雪肆横行。
血汗连珠洒，换来万户明。

炼钢工

腾腾火焰满膛红，虎立炉前气势雄。
滚滚钢流奔射出，神州广厦傲苍穹。

架线工

翻山越岭走平原，处处温情一线连。
敞亮明灯光灿灿，化为幸福满人间。

泥瓦工

泥刀闪闪砌红砖，广厦层层上碧天。
扯下霓霞千万丈，装成雅室暖心田。

筑路工

劈山碎石炸悬崖，凿洞飞虹踏浪花。
筑好千条通富路，城乡处处绽奇葩。

门卫

虎立黉门浩气雄，心明眼亮透千重。
迎宾擒贼寻常事，从不谈功披彩虹。

高寒山区邮电员

风刀雪剑刺身寒，越岭登山岂惧难。
烈火温情全送到，歌声唱得月儿圆。

山区汽车司机

雨雨风风雪雾氲，翻山越岭滚泥淋。

腾云疾驶三千里，逐瘴飞驰九万寻。
恶贼强人何所惧，疲劳困苦岂恢心。
歌声伴月行天下，尽意为民悃愫深。

赞粟家的女儿、女婿

腊月寒冬凛冽天，通宵守护在床边。
三餐一日输良液，半载千时涤垢涎。
呼唤轻轻心肺暖，擦揉软软父安眠。
孝心颗颗红光灿，懿德深情誉宇寰。

赞粟光华、粟春燕两姐妹给父抽痰

圆长洁管插喉中，敏捷轻轻妙手工。
病菌浓痰常抽出，爸颜渐渐透微红。

粟春燕弃业伺生父

万贯钱财全不顾，决然弃业伺生父。
抽痰护理心怀暖，唤语爸爸亲入骨。

好邻居

远去千山赏景游，家中钥匙予邻俦。
兴花浇水清尘垢，柜里金菩笑语稠。

邮递模范王顺友

深山信使伴星娥，业绩惊人万众歌。
烈火熊熊驱夜雾，欢声阵阵逐妖魔。
寒来暑往翻山过，骤雨狂风赶马驮。
雪域传书从不断，云峰万里织绫罗。

赵小琼收养陈氏兄妹[1]

灰尘满面瘦如柴，乍见琼妈似木呆。
母爱深情如碧海，掸埃换洗搂心怀。

［注］①陈氏兄妹：为失去双亲的陈波与陈欢。

赵小琼宣言

高位截瘫下体残，豪言动地重如山。
人虽只有半条命，“不建中心[1]誓不还。”

［注］①中心：此指湖南吉首康复中心。

湘大优秀大学生张达(三首)

热血胸中涌，豪情壮满怀。
亲人呼唤急，踏险救人来。

夜色茫茫照峻峰，横飞裂石断乔松。
环山冒死驱车至，秀水灾民露笑容。

沉沉寒夜静，稳步砾坑行。
送去温心米[1]，灾民热泪盈。

［注］①温心米：此指张达将父母给的6000元生活费，全用于采购救灾的大米、奶粉和医药用品，自己却舍不得买一瓶水解渴。

英雄文花枝[1]

梅花绚丽满枝红，暴雪飞来压万重。
莫道全身多骨折，春风满面仍芳容。

［注］①文花枝：入湘潭大学前是湘潭县一家旅游公司的导游，在一次带队到陕北旅游过程中，游车出了车

祸，车上的她与游客大多受了重伤，她身上多处骨折。当救护车上的医生抢救时，她说："先救游客！"到医院抢救时，由于她的腿多处严重骨折，医生给她截了肢。但她仍保持乐观笑容的精神面貌。出院后安了假腿，入湘潭大学旅游管理专业深造。就读期间由于表现突出，被学校与湘潭市推选为全国人大代表。毕业后，在一家旅游公司任职。

观梵盛艺术中心儿童舞蹈训练(三首)

高翘压腿贴头弯，仰体腰身半月圆。
脑脚弯弓成一线，翩翩起舞动心弦。

两腿撇开成一线，仰身脑脚互倾情。
双手倒立冲天起，瞠目千宾瞪眼惊。

笙歌伴舞月儿圆，跳跳飞飞绽笑颜。
满堂爸妈心肺展，欢声动地震蓝天。

山区纯洁少女

山泥封白璧，俗者岂知之。
剥去层层土，光芒灿灿诗。

洞溪辣椒王龚安崇

大蒜茶油伴辣香，彤红品质溢芬芳。
心思萃聚时时创，不尽财源蕴妙章。

四、缅怀前人

瞻仰韶山毛主席铜像

俑道明晶阔，鹃花簇簇盈。
层梯迎远客，翠柏聚民情。
拜谒心泉涌，追怀伟绩宏。
骄阳千载照，盛世万年荣。

赏毛公诗词碑林

诗词碑刻矗巍峨，雅韵豪言荡碧波。
广阔胸膛怀日月，威严气势撼山河。
飞龙舞凤藏雄骨，覆地翻天斩魍魔。
唐宋风骚堪媲美，高峰一座世人歌。

喜读《毛泽东选集》

灿烂雄文主义真，篇篇刻入庶民心。
神明眼亮开寰宇，慧敏思灵启智星。
识破妖蛇心里鬼，剖开"善土"肚中精。
胸怀磊落红阳笑，灭尽豺狼世世春。

观延安窑洞毛主席住室(二首)

敬重心情入洞来，眼中泪水润苍腮。
床单粗布缝还补，一股廉风入我怀。

桌上羊毫翰墨悠，威风统帅智谋筹。
一挥健笔千军劲，不斩魔头誓不休。

观毛泽东菜地联想

满地红椒面面旗，千军万马荡东夷。

刀刀砍下倭头颈，神州无处不雄威。

瞻仰韶山烈士群塑像

峻岭崖山滴翠葱，巍峨塑像立高峰。
东风浩荡驱妖雾，赤血奔流向大同。
盖世奇功垂正史，惊天壮举震苍穹。
千人敬仰行三礼，伟业传承万代红。

瞻仰杨开慧烈士白玉雕像(新声韵)

花丛银玉灿，丽日劲松菁。
白鹭霞空叫，骄杨彩宇迎。
思飞识字岭[①]，血溅骨头铮。
莫道英魂去，人人心里铭。

［注］①识字岭：为杨开慧烈士就义之地，位于浏阳市境内。

临江仙・中山纪念堂

榕树苍松含笑抱，繁花簇拥芳香。青青劲草敬容张。中山拄杖立，烝庶笑颜扬。　　碧瓦琉璃八角美，中西合璧华堂。宽宏富丽几辉煌。黎民心意铸，纪念永留芳。

周恩来总理(三首)

功名显赫比天高，正义豪音震九霄。
魍魉闻声惊破胆，神州处处卷狂飙。

浩阔心胸纳智星，万隆会上奏和音[①]。
高瞻远瞩联苏友，妙破坚冰[②]百国钦。

磐石坚贞品格高，终生只有一妻骄。
金银万贯豪间过，两袖清风镇蛊妖。

［注］①奏和音：指在万隆会上提出的和平共处五项原则；②破坚冰：指与美国前总统尼克松谈判，破除了中美关系的坚冰。

读刘少奇《论共产党员的修养》感怀

字字箴文字字金，铮铮铁骨响雷音。
为民不惧千山险，党正全赢亿庶心。

刘少奇主席遗愿

心胸浩阔似汪洋，锐眼金光透雾茫。
殁后骨灰抛大海，能观万世党旗扬。

彭德怀元帅

戎马倥偬百战多，狂澜力挽世人歌。
平江怒火冲天顶，大渡雄兵捣蒋罗。
亮剑太行惊倭胆，挥师半岛斩凶魔。
为民着想掏心肺，铁骨铮铮壮山河。

贺龙元帅

战马嘶鸣响太空，豪雄帅气贯长虹。
南昌燎起冲天火，桑植飞旋扫霸风。
亮剑雁门驱日寇，挥师西北建奇功。
体坛号令千军劲，盖世殊勋万代红。

鹧鸪天・游桑植洪家关烈士陵园

步履轻轻上玉峰，两边翠柏沐东风。游宾悼念哀情诉，骚客缅怀诗意浓。　　思烈士，忆勋功。舍生忘死向前冲。惊天动地英雄举，浩气长存宇宙中。

沁园春·乌龙山之战

红二方面军与红六军团接中央指令，北上抗日。途经乌龙山时，遭蒋军围剿。蒋军30余万，而红军只2万余人。然而红军在贺龙指挥之下。采用运动战术，在崇山峻岭中牵着蒋军的鼻子转圈圈，敌不知所向。待其疲惫不堪时，出奇制胜，摆脱围困，继续北上抗日。

莽莽丛林，叠嶂层峦，起伏葱茏。望云烟缥缈，滂沱暴雨；洪流湍急，瀑泻潭中。猛虎纵腾，金猴攀越，四月阴风卷雾空。倏晴日，眺青烟袅袅，飞跨长虹。　　乌龙变幻无穷，岂惧怕蒋军万炮轰。看贺龙统帅，运筹帷幄，指挥若定，谈笑从容。劲旅红军，疾行壑谷，走壁跻崖迷敌蒙。显神功，乘敌疲出击，剑闪旗红。

陈毅元帅

豪情万丈卷云空，卓著奇勋灿史通。
梅岭红光驱夜雾，黄桥炮火灭顽凶。
孟良崮上惩强敌，上海城中建伟功。
列国史臣频拜会，威名显赫壮东风。

罗荣桓元帅

骏马腾空动地鸣，功勋卓著震千城。
井冈烈火驱浓雾，赤水机枪扫敌营。
铁壁合围皆笑料，无声战斗①出军神。
辽津两役追穷寇，斩尽妖魔万里春。

［注］①无声战斗：指罗荣桓元帅在长征途中，于一次夜袭中，不费一枪一弹，生擒数十名敌人。

纪念红军长征胜利八十周年

金光灿灿战旗红，遵义城中剑气雄。
扫尽乌云驱敌寇，杀开血路万千重。

十八勇士抢夺铁索桥

茫茫夜色浪涛汹，勇士枪声扫黑风。
热血染红江里水，英雄破敌贯长虹。

草地壮歌

月色朦胧夜寂沉，熊熊沟火逐氤氲。
军歌阵阵嘹荒野，斩寇豪情遏九云。

爬雪山

风刀雪剑刺身寒，路断宵临白雾茫。
蓦地蓝空明北斗，一条险道闪红光。

烈士碑前宣誓

赤血赢来日月天，丹心戎卫铁江山。
荣华逸豫何曾想，蠹禄贪婪岂可沾。
敢与霸王鏖战死，誓将恶鬼巧拼翻。
只需万代旌旗展，碎骨粉身心亦甘。

观武汉大学“六一”纪念亭

铁骨男儿志气昂，羊毫当剑斩豺狼。
横眉怒对群魔弹，血沃珈山[1]万丈光。

［注］①珈山：指武汉大学所在地珞珈山。

瞻仰乌石烈士墓

铮铮铁骨比钢坚，热血染红乌石天。
遗志传承开胜局，红旗招展满山川。

哀挽蔡永祥烈士[1]

犹如赤帜遍天涯，疑是长堤处处花。
极目桥头哀唁吊，红心多少满枝丫[2]。

［注］①蔡永祥烈士：是为抢救在铁道上玩耍的孩子而牺牲的中国人民解放军战士；②红心多少满枝丫：为纪念蔡永祥烈士，莘莘学子为悼念烈士的英勇行为，便自觉地将红色的袖章挂在其牺牲地旁的树枝上。

李学生救人壮举

风驰电掣吼声来，万丈豪情满俯怀。
健步如飞冲上去，救人壮举撼天台。

白岩山祭奠先烈

1934年贺龙元帅率领红二方面军与国民党郭汝栋的白军于湖南溪口镇白岩山激战，粉碎了白军的围剿，不少红军壮烈牺牲，长眠此地，今来祭奠，赋诗一首：

嵯峨险峻白岩山，将士忠躯此地眠。
晚辈虔心来祭奠，誓言动地赋雄篇。

观白公馆、渣滓洞（二首）

钢钉锤指中，烙铁烫前胸。
万箭穿心肺，“安全线”不松。
铁骨铮铮响，胸中浩气雄。
杀头何足惧，血染万山红。

瞻仰武汉大学李达校长石像

南湖船上火星燃，“两著”[1]精言誉宇寰。
敢斥“顶峰”[2]林谬论，粉身碎骨亦心甘。

［注］①“两著”：指李校长的论著：《矛盾论解说》《实践论解说》；②“顶峰”：林彪说“毛泽东思想是马列主义的顶峰”，李校长驳斥道：“毛泽东思想发展到顶了，难道就不发展了吗？”

武汉大学皮高品教授

皮教授是国内著名的图书分类学专家。他秉性刚直，在反“右倾”期间，冒着被打成反动学术权威的风险，仍坚持自己的学术观点和为人准则。今忆之，赋诗一首：

铮铮铁骨不弯腰，冒雨迎风踏浪涛。
浩阔心胸连广宇，图坛泰斗令人骄。

追思刘骖副教授（二首）

心胸浩阔比蓝天，淡饭粗茶养肺肝。
妙句佳诗传万代，容颜红润返童年。

插翅神思飞课堂，名师韵律蕴心房。
豪情壮语奔腾出，化作佳诗警世章。

追忆彭煦宗副教授（五首）

野岭柴棚益智开，凌云壮志满情怀。
师从泰斗明心境，电学清华上玉台。
就业荆门星座灿，培桃湘大擘才来。
养怡斋里雄心展，格律诗词誉九陔。

丽日心中照，党恩骨血融。
终生争贡献，硕果九州红。

中西横贯通，睿智古今融。
哲理心中化，深涵蕴意宏。

丹心酬老教，沥血惬心丰。
句句金声响，诗词万紫红。

诗词韵律蕴心神，壮志豪情冲九云。
意境宽宏涵霹雳，惊天动地镇奸臣。

抗美援朝文书战士吴恂贤（二首）

神来剑笔袋中装，跨过汹涛鸭绿江。
腑里深仇心浪滚，毫端锐语利忍藏。
千军一阅豪情涌，万炮齐鸣美寇亡。
志愿雄师传捷报，和平赤帜五洲扬。

字里行间爱恨凝，红头文件剑光生。
官兵一阅情潮涌，化作隆隆万炮鸣。

抗美援朝宣传战士吴恂贤

魔机烂炸忒疯狂，扫射频频闪弹光。
冒死凶前何足惧，声声鼓动斩豺狼。

诗翁吴恂贤赋诗逐病魔

怒放心神意气昂，病魔惊见吓遁逃。
胸中快感如泉涌，百首诗词万代骄。

挽周长生副教授

韵律铿锵响，真情意境深。
诗词多警句，刻入庶民心。

挽夏形义同学

熊熊野火卷烟尘，扑向深山万亩林。
灭火英雄身不顾，飞奔炽焰化红云。

为抢救落水儿童而牺牲的烈士陈波

飞身一跳扎江中，抢救儿童上岸东。
搏尽全身精气力，英雄浩气贯长虹。

缅怀陆航团五烈士

汶川大地震时，某陆航团一架米-171运输直升机，在汶川县映秀镇附近因高山峡谷，气候瞬息变化，突遇低云大雾和强烈气流，驾机救灾的邱光华等五位官兵因飞机失事，光荣牺牲。感此赋诗以记之。

灾民呼救急，敢搏禁区中。
穿过千层雾，迎来八面风。

英雄临险境，热血洒长空。
硬骨埋川地，江山万代红。

闻齐白石虾画的故事

白石涂描三只虾，精灵鲜活万人夸。
花猫纵跳伸爪去，欲滴馋涎味觉佳。

聆听邓丽君银屏歌声

悦耳民歌唱，声声绕屋梁。
皤翁痴又醉，皓妪舞还狂。
俏妹跟腔学，阿哥击节忙。
丽君音嘎止，鼓掌震穹苍。

祭颂盘王[①]

盘王始祖金身灿，卓著功勋万古崇。
招贤御敌筹谋巧，植木耕山事穑稼。
根治病魔行妙手，启开智慧问炎公[②]。
今朝立殿祭先圣，祈祷瑶民代代雄。

[注]①盘王：为瑶族始祖；②炎公：指炎帝。

瞻仰炎帝陵前巨像

炎帝如峰耸太空，农耕文化拓新风。
为民吃尽千般苦，敢死精神万代崇。

观汉武帝铜像

武帝威风镇鬼神，驱夷拓地国家兴。
丝绸彩路新开创，盛世文明载载春。

李冰父子不朽功

因势分流巧导洪，狂澜力挽擒蛟龙。
良田亿亩含颜笑，彦圣双王[①]万世功。

[注]①双王：指李冰父子。

瞻仰黄道婆雕像

烟霞映道婆，授业织纱多。
泽润华人爽，黎民万代歌。

瞻仰两位伏波将军

风弹椰树唱，似颂伏波功。
博德骁骑疾，马援声势鸿。
飞刀平叛贼，铁戈毙枭雄。
自此琼崖土，收归华夏中。

观成都武侯祠

求才若渴觅贤能，三顾茅庐肺语诚。
对策隆中天下定，桃园结义圣君明。

诸葛亮

亮节高风懿德荣，攻心审势法严明[①]。
武功文治赢天下，蜀国繁华史册铭。

[注]①法严明：指诸葛亮挥泪斩马谡，流放李亚与廖立。

三绝碑[①]

裴度心中涌激情，碑文写意世闻名。
柳公挥笔如流水，鲁刻华章万载荣。

[注]①三绝碑：指裴度，乃唐朝宰相，碑文是他所撰；柳公是书法家柳公绰；鲁

刻，指石工鲁建，镌刻碑文。裴文、柳书、鲁刻三者俱佳，后世誉为“三绝碑”。

瞻仰柳宗元衣冠墓

旧制维新屡降官[1]，雄心勃勃不惧难。
坚持到底尽全力，百世流芳耀政坛。

[注]①屡降官：柳宗元 805 年因参与永贞革新，贬为永州司马，815 年迁为柳州刺史。

排律·观杜甫草堂

坐北朝南一草堂，千年旧舍现苍凉。
厨房陋陋呈原样，磨石圆圆诉夏荒。
雅斋诗歌吟早韵，黎民彦士系心肠。
床单竹榻多陈迹，老妪银翁尽冻伤。
小菜园中青嫩滴，药材地里吐氛芳。
琴音绿水千年响，杜甫骚言万丈光。

文天祥

文公气节贯长虹，不怕终身困敌笼。
一颗丹心昭日月，千秋活在国人中。

宋将张士杰

张公铁骨铮铮响，弘范劝降怒目中。
面对危亡无惧色，舍身蹈海亦英雄。

瞻仰历史学家欧阳玄[1]铜像

卓越才华闪智光，奉诏撰纂史书章。
风行禹甸金言灿，笔下呕心吐芬芳。

[注]①欧阳玄：湖南浏阳人，曾撰修宋、辽、金三朝史书，有圭斋集 16 卷传世。现浏阳市人民政府特设“圭斋路”“圭斋书院”，并于官渡镇立铜像一尊，以作纪念。

戚继光蓟镇长城段布阵

民族英雄戚继光，迷宫巧设妙成章。
瀛狼陷入难寻出，八卦阵中气断肠。

观李自成所部烧炭遗址

英雄蓄锐莽山中，烈火熊熊逐雾空。
浩气冲天依旧在，勋功化作万年松。

瞻仰林则徐石像

黑夜沉沉卷飓风，东方闪出一条龙。
虎门燎起禁烟火，立下惊天盖世功。

观左宗棠故居

宗棠战绩灿辉煌，赫赫有名慑外邦。
亮剑横挥歼贼寇，凶狼[1]恫吓倒边疆。
屯田植柳风光美，治漠开园水果香。
固若金汤边塞保，功勋卓著耀华章。

[注]①凶狼：此指入侵新疆外夷头目古柏。

梁启超

一代贤才梁启超，功勋卓著比山高。
维新变法燃星火，叱咤政坛卷浪潮。
艺苑兴风倡革故，黉门救国起狂飙。
宏丰著述金光灿，俊彦盈庭万世骄。

缅怀邓世昌名将

1894年中日战争爆发，邓世昌海军名将率致远舰全体官兵，以一御四，在弹尽舰伤的危急时刻，下令撞击日主力舰吉野，未至，以身殉国，感此，赋诗一首：

瞻仰将军像，心中敬佩生。
英雄凭一舰，倭寇傲诸艇。
撞击惊天地，牺牲动地神。
豪情万丈涌，九州壮志凌。

洪秀全(二首)

金田村起义

乌云山岭压，闪电炸雷鸣。
骤雨倾盆下，天旗遍地荣。
挥刀除贼寇，亮剑破妖营。
将帅奇谋妙，清廷宝座倾。

天朝将帅

天朝将帅气如虹，策马扬鞭卷飓风。
杀得清妖尸遍野，南京城里战旗红。

瞻仰护国大将军蔡锷墓碑

雄才伟略智超群，设陷唐宽[1]局局赢。
遇险临危神镇定，横刀立马破袁营。

［注］①唐宽：是袁世凯复帝的鹰犬、忠实奴才。

鹧鸪天·观李金镛[1]祠堂

画栋雕梁碧玉楼，金镛业绩铸心头。何辞万里征途苦，岂惧千山采矿愁。　金出土，闪光流。淘金日夜不停留。滔滔瑰宝全呈现，操碎心神固圣瓯。

［注］①李金镛：江苏常州无锡石堂湾人。1885年奉诏为漠河老金沟开金矿的官员。他率众驱逐了俄盗金之匪。历经数十年为清政府采金18万两。为表彰其功绩，宣统元年(1909年)，官方修建了李金镛祠堂，占地15000平方米，至民国末年被毁。为纪念这位漠河采金鼻祖，1997年，漠河县人民政府在原址上重建明清仿古祠堂，后又设立金圣和石狮。

观张学良少帅囚禁地沅陵凤凰山

家仇国恨涌心头，不怕诛身作死囚。
一举逼宫酬壮志，点燃烽火满神州。

宏均[1]精神赞

青天绮彩映坟头，爱国情怀耀九州。
莫道贤兄生命短，红光闪闪照千秋。

［注］①宏均：吾之内兄，生于1925年，殁于1948年，享年23岁。内兄从小智慧过人，过目不忘，成绩优异，出类拔萃，尤以英语为至优，与洋人对话，对答如流。雅礼洋师，盛情邀请，留美深造，纽约发展，但他婉言谢

绝，就读国立中央大学，要为国贡献青春，展示才华。然而天有不测风云，病魔缠身，医治无效，驾鹤西去。呜呼，吾痛失贤兄，国痛失栋材。

告慰外祖母李秀英

微风拂煦鹊声鸣，好似先人魂魄临。
丽日茔前欣告慰，敬香放爆报佳音。

已故外祖父心愿

“三座大山”压背湾，无穷愁苦郁难欢。
笑看后辈成英杰，地下酣眠心亦安。

母亲腾云入梦来

妈妈九宇挂心怀，驾雾腾云入梦来。
鏊谷耕耘何惧苦，一心盼望嗣成才。

悼念胞弟张安南(二首)

夏日炎阳似火燃，感人形象屹心田。
修桥铺路披星月，守夜巡村踏碧川。
执斧搭棚无觉苦，开山采矿有何难。
冲天“哑炮”一声响，青史永垂人世间。

青松翠柏白云悠，稻菽千重瑞气稠。
尽管容身乘鹤去，灵魂日日眷田畴。

五、爱国情怀

北极哨所

冰天雪地北风吹，柏树飞摇绿叶摧。
战士荷枪昂挺立，目光炯炯卫边陲。

北国门所见

国门灿灿闪光华，招展红旗放彩霞。
战士荷抢威武立，江山处处绽奇葩。

渴求国家统一

东风万里五星红，国统方能气势雄。
两岸何时成一体？吾侪日夜渴求中。

溪口一台胞与结发妻子别离70年后返家

跨海乘车喜返家，门前相问叟鬓花。
痴凝甚久方瞧出，泪水哗哗唤九丫。

排律·李世的故事

2012年6月我有幸携妻游我国的宝岛台湾。在观光的过程中，聆听台湾导游讲述了李世爱家、爱国的故事后，感慨万千，赋长诗一首：

隆隆炮火震云天，蒋贼王朝一日颠。
恫吓国军纷溃窜，悲凄敌特暗沉眠。
撕心李世分离去，裂肺家人哭喊天。
辗转通宵愁不寐，徘徊整日魄难安。
痴痴两眼瞧妻像，念念一心思故园。
岁月悄悄飞逝去，军人渐渐皱纹添。
老兵转业谋生计，李世安身刻玉船。
裂口皴鳞粗重手，雕刀闪亮刃锋尖。
心烦指笨难镂刻，志壮思坚可过关。
火躁神情轻放下，飘浮魂魄渐宁安。
时时细琢时时刻，日日雕镌日日欢。

弹指三秋飞驶过，超群诸艺接连圆：
“帆船顺水迎风鼓，猛虎啸音惊宇寰。
鸠鸟怡欣山岭唱，屏风艳羡丽人嵌。
神龙起舞九州盛，骏骥驰骋四海欢。”
作品源源销美日，钱财滚滚储蓝坛。
日藏月积充金库，夏想冬思恋故园。
时过境迁形势变，台怡陆悦轴心连。
心桥两岸横江海，信鸽三通落莽原。
喜讯庄庄盈庶耳，深情滴滴沁心田。
着装系领镜中看，刷屐摸油身段旋。
刮脸修胡添帅气，弹灰削甲整容颜。
风和日丽黄莺唱，鼓响锣鸣雅琴弹。
李世乘机回故去，乡亲结彩亮灯妍。
山村少女鲜花献，鹿寨山民宴请欢。
未见贤妻双老面，方知淑侄一声涵。
潸然泪雨涟涟下，蓦地悲音阵阵寒。
细语淑媛三日劝，神魂世子一时安。
肝肠痛断祭坟去，冥币焚烧请魄还。
绿眼望穿双老至，悲心痛碎两魂牵：
“可怜独子台湾去，尽靠乡亲服食添。
爱国援村心莫忘，尊贤馈礼腑甘甜。”
双亲嘱咐铭心肺，四句金言刻胆肝。
倏尔妻声传两耳，忽然苦泪滴双肩：
“夫君忍痛分离去，节妇凄愁受熬煎。
尽孝尽忠扶两老，全心全意伺卅年。
坚贞守节未改嫁，俭朴勤劳不畏难。”
李世泪如珠雨下，胸怀痛似刀尖旋。
贤妻德耸犹衡岳，结发情深若海渊。
此世联姻天地隔，来生共枕肺腑连。
霎时妻影牵心去，蓦地鲜花化黑烟。
祭祀夫人孤冢墓，返回故地淑媛园。
琼楼境域鲜花艳，碧阁琉璃紫气妍。
淑侄门前开笑迓，媛孙府里挽爷观。
冰箱彩电品牌最，碗柜空调款式嫣。
室外清新空气好，院中宝马造型鲜。
繁花屋后迎风笑，绿树山湾接碧天。
痛忆阴森凄惨日，追寻战乱兵荒年。
白军纵马糟粮谷，百姓捶胸裂心肝。
匪霸村中焚草舍，黎民洞里躲兵员。
家家个个藏娇女，寨寨人人隐壮男。
阴雨绵绵寒露日，饥肠咕咕腹空喧。
暗查稻菽寻三遍，惨见家园毁一旦。
裂胆撕肝天色暗，钻心懊恼地腾烟。
山崩恰遇奔洪水，屋漏偏逢垮石山。
夜袭官军强捆手，绳摧勒骨绕背肩。
枪筒对准太阳穴，剑忍横飞脑额边。
眨眼狂风呜呜卷，忽然野炮隆隆喧。
雄师扫荡红光闪，败寇潜逃黑洞眠。
溃将残兵逃海岛，丢盔卸甲惊心寒。
莺歌燕舞黎民乐，世换时迁禹甸欢。
阔道清渠千处建，琼楼广厦万家圆。
梯田亩亩金光灿，橘果枝枝美味甜。
户户山民粮库满，家家电视彩屏妍。
红炉绿火天天旺，素肉虾鱼日日鲜。
锦缎床床赤亦艳，佳肴桌桌香而全。
乡村公仆陈家宴，学校童娃献卉环。
李世心潮情浪滚，眼帘热泪玉珠悬。
乡亲蜜语慰心暖，骨血浓情结善缘。
故友重逢亲毋间，别情相倾道难完。
雄鸡喔喔天刚亮，李世欣欣腑豁然。

掏出美元二十万，恭奉雕品一百三。
掌声动地摇山岳，口号惊天震贵川。
鹿寨村官迎瑰宝，基金主任笑开言：
“先生懿德千年誉，爱国精神万代传。
巨额基金奖学子，活灵艺品赠高原。
领先设备年年增，拔萃人才辈辈添。
统一和平黎庶向，强军富国梦团圆。”

满江红·登北极观光塔

北极金秋，心潮涌，怡登塔岫。放眼望，七星元宝[1]，金黄碧透[2]。跨国龙江[3]，银浪卷，滔滔流水和音奏。毗邻邦，崛起小山村[4]，红楼秀。　思昔日，康熙怒，动情激，黎民佑。令战船雅克[5]，逐驱俄寇。清将高歌传捷报，沙皇低下傲然首。最痛心，妖后割山川，黎民吼！

［注］①七星元宝：山名两座，在黑龙江省北境；②金黄碧透：指元宝、七星两山因受气候不同的影响，有的方位呈现金黄色的山林，有的方位呈现翠绿色的山林；③龙江：指黑龙江，中俄疆界以中轴线为准；④小山村：指俄国的伊格纳斯伊洛村；⑤雅克：指康熙年间，抗击沙俄的雅克萨古战船。战斗中，打败了沙俄的军队，迫使签订了“尼布楚条约”；⑥妖后：指慈禧太后。在同治年间，先后与沙皇签订了不平等的“瑷珲条约”与“北京条约”。

痛望伊格纳斯伊洛村[1]

痛眺小山村，犹如割肉身。
心头鲜血滴，何日返家门？

［注］①伊格纳斯伊洛村：原属中国领地。自卖国贼慈禧太后与沙俄签订了不平等的“北京条约”，便割让给俄国了。

纪念抗日战争胜利70周年

横空出世贯苍穹，气势恢宏震外中。
铁隼腾空频致意，黎民仰首尽骄容。
齐心正步惊天地，弹队雄姿慑日酋。
舰阵豪情高万丈，瀛狼灭绝万山红。

平型关大捷

平型关战显华威，震撼寰球耀史辉。
八路山中藏影迹，日戎峪里舞魔旗。
冲锋号响惊山动，搏斗刀旋带血飞。
倭寇尸身横满谷，雄师欢唱凯歌归。

牢记血泪史

1944年初侵华日寇占领湖南常德后，派飞机轰炸慈利县溪口镇桃家嘴，炸死了不少无辜的平民百姓，炸毁了山镇的街道，造成了多少人无家可归。曾留有一炸弹壳于慈利三中，解放后30多年作警钟敲响，方圆几十里清晰可听，现赋诗二首：

桃家嘴上炸声隆，多少同胞变鬼雄。
血泪斑斑君莫忘，江山永固万年红。

警钟洪亮震山川，愤恨翻腾肺腑间。
倭寇倘还来冒犯，全歼殆尽化灰烟。

日本鬼子屠村

机枪扫射庶民中，血雨横飞满地红。
不屈乡民倾倒下，深仇怒目望星空。

雄舰潜海

茫茫碧海接溟天，潜入龙宫万丈渊。
倭舰敢冲边海线，隆隆炮火灭狼烟。

六、江山览胜

鹧鸪天·湘潭昭山寺眺望

眺望湘江绿水流，清波荡漾彩云悠。轮船艘艘纷飞去，兴马[①]人人笑语稠。　欣望眼，沐春风。蔚蓝无尽细波柔。琼楼栉比冲霄汉，似网通衢达美欧。

［注］①兴马：指湘江流域中的兴马洲。

老夫飞登昭山

昭山耸矗湘江边，古木葱茏曲径悬。
八十老夫飞步上，啸声震宇逐云烟。

昭山游乐

云霞浩渺恋昭山，鼎盛人文百代传。
杜甫吟桃[①]千载诵，润芝筑梦[②]百年圆。
三城碧肺[③]怡心爽，一水绿心[④]漾波涟。
最是今朝情浪滚，挥毫抒写锦诗篇。

［注］①杜甫吟桃：指杜甫在昭山桃花林中留有《吟桃》一诗；②润芝筑梦：指毛润之在湖南一师就读时，与同学张昆弟等徒步昭山谈自己的理想为“世界主义”，即“社会主义”；③碧肺：指昭山是长、株、潭城市群的“碧肺”；④绿心：指昭山为湘江流域的“绿心”。

昭山古寺变浩船传说

飘飘白雾遮蓝天，古寺昭山变彩船。
多少仙人乘坐上，云帆直挂向瑶潭。

鹧鸪天·夜游湘潭市九华德文化公园

金碧辉煌懿德楼，层层灯饰熠心头。峥嵘玉树迷心肺，靓丽牌楼醉眼球。　湖水漾，彩霓柔。妍妍曲廊水中悠。虹桥礼殿飞湖跨，更有德泉心里留。

夜赏德泉

美妙琴音奏月圆，德泉喷射彩云天。
红黄紫绿妍千里，一泻诗词百万篇。

赏九华湖（二首）

亭楼琴音奏月光，绿柳依依柔美长。
湖水粼粼波壮阔，九华挥就大文章。

德式亭楼古色香，依依玉柳细柔长。

九华碧水微波漾，好写湘潭绮丽章。

观毛泽东广场菊花展（四首）

旖旎金花分外香，嫦娥正兴着红装。
翩翩起舞腾云下，道贺潭州百业昌。

馥郁轻扬上九霄，诗仙醉菊驭云飘。
倏而肺腑诗情涌，不绝吟声逐浪高。

无涯金菊笑颜开，股股馨香扑鼻来。
粉蝶造型何寓意？湘潭百业上高台。

秋风扫叶百花伤，独有菊花竞吐芳。
阵阵清香飞四海，源源贵客赛诗章。

游白石公园

一条石路至花台，两列新篁迓客排。
石像巍峨高耸立，诗风雅韵妙吟来。
画虾活现传佳话①，镌刻精雕树品牌。
碧水涟漪垂柳舞，豪情万丈颂奇②才。

［注］①传佳话：猫见了齐白石的虾画，活灵活现便纵身伸爪去；②奇才：此奇为齐的谐音。奇才，指齐白石的绘画、雕刻与作诗的杰出才能。

秋游白石公园

绿柳依依拂碧波，鱼翔浅底唱欢歌。
游舟荡桨漂流过，丽日温身柔按摩。
四岸金花呈彩锦，八方香气沁心窝。
五洲贵客从天至，赏景怡情惬意多。

白石公园赏菊花蝴蝶造型

蝴蝶春妆霓彩屏，如生栩栩欲飞行。
心灵手巧织成锦，哪个观光不动情？

湘潭高速公路桥上观景

烟云袅绕隐青山，闪亮琼楼不见边。
阔道两条通岭外，龙车百辆过山巅。
衢间柏树芃芃翠，坳上红花朵朵妍。
祖国山河多壮丽，鸿猷大展锦绣篇。

湘潭坦克路上观试车

坦克奔驰疾似风，惊天动地震长空。
日酋胆敢还来犯，定斩魔头挂树中。

傍晚观赏大学里①

信步登梯上，观光益腑芳。
冲天琼厦耸，落地赤标彰。
朵朵鲜花艳，层层阶石香。
喷泉红雨洒，万户亮堂堂。

［注］①大学里：指在湘潭大学东建的广厦高楼所在地。

去湘乡水府途中赏景

三面环山满峪田，红霞笑靥艳层巅。
山花烂漫民歌唱，白鹭行行上碧天。

湘乡水府观景

四岸圆山翠，金桥越岛飞。
轻舟冲浪疾，皓首载鱼归。
细雨霏霏下，微风习习吹。

游鱼湖里戏，岭上彩虹晖。

游长沙铜官窑

缤纷绚丽彩陶丰，碧绿红黄唐宋风。
朴实纯真图构妙，轻盈开阔线呈雍。
花香扑鼻形神爽，鸟语含情心意通。
油画迷宾芳卉溢，中华睿智铸其中。

咏长沙梅溪湖

青山环抱接苍穹，广厦冲天气势鸿。
绿色通衢连美澳，红花碧树映湖宫。
粼波漾漾动心悦，细雨霏霏爽体雍。
最是高僧水上漂，万人雀跃壮东风。

游长沙梅溪湖

碧水粼粼醉客心，层层雪浪动情深。
群群水鸟冲天唱，四岸游人合拍吟。

赏梅溪湖桃花岛

旖旎桃花岛，犹如俊俏娘。
身穿绸缎丽，首戴簪花芳。
玉带随风荡，青裙伴舞扬。
风波齐鼓掌，瑞气满湖乡。

比翼双飞迎远客

红枫好似美新娘，绿柳犹如潇洒郎。
比翼双飞迎远客，黄金万两富梅乡。

桃花岛赏桃花（二首）

桃花灼灼姹嫣红，扑鼻芳香笑靥雍。
翠叶清新英气俊，氧吧润肺百年雄。

艳艳桃花酒靥妍，秋波一闪醉心田。
游人多少回头看，渴望明天美梦圆。

赏桃花岛红枫

红枫好比一姑娘，凤冠流波闪赤光。
俏丽身姿怡人醉，游宾肺腑尽春芳。

观梅溪湖水上漂

竹板轻盈碧水凉，高僧侠客气功王。
只听步步水声响，眨眼飞行十里长。

游长沙鸳鸯湖

四面苍山翠柏松，甜甜笑貌映湖中。
山风拂水粼粼漾，赤鲤腾空闪闪弓。
蓦地斑鸡鸣翠柳，倏而野鸭展长空。
鸳鸯对对情缱绻，入目鹃花倒影红。

长沙植物园中动物园

植物园中动物园，青山幽谷翳云天。
杜鹃花绽开颜笑，孔雀屏开展画妍。
猛虎訇声惊地颤，斑鸡唱调悦心田。
东南西北群生汇，勃勃生机颂大千。

排律·游宁乡关山村

两面青山一面田，临风玉树奏琴弦。
琼楼栋栋连天宇，翠竹根根迓客翩。
蔬菜畦中开靥笑，葡萄架下耀珠连。
鹅浮碧水吟诗雅，鸟展金猴唱韵圆。

阔道车流通百国，奇珍绿蛋达千原。
关山网络联非美，北澳商情至岭湾。
户户银钱袋袋满，家家鱼肉盘盘鲜。
游舟恋侣良缘结，花鼓音腔肺腑甜。
极乐何言仙境有？此庄处处胜桃源。

排律·长沙同昇湖览胜

湖湾港汊水波烟，四岸圆山吻九天。
白壁琼楼镶壑谷，闪光宝塔耸云端。
康衢宽阔通幽远，灌木红青间靛妍。
翠柳迎风随浪舞，鲢鱼吐水戏螃旋。
微波荡漾逗鳞灿，白鹭声声逐紫烟。
四海嘉宾迷胜景，频频摄影美心田。

夜游长沙千龙湖

十里长堤卉吐芳，月牙俏挂树梢芒。
湖中彩柱红光耀，岛上宵餐美味香。
闪亮银波腾细浪，霓妍画舸禧气扬。
游宾个个迷仙景，献艺千龙舞又狂。

望海潮·长沙石燕塔眺望

清秋石燕，怡情眺望，四方胜景堪收。叠翠群山，幽湖碧澈，东西绕岳悠流。绿水舞姿柔。银翁垂钓静，蓦地笑稠，万客惊观，蓝空滑索展英遒。

中华自古豪雄。看潇洒儿女，绩展五洲。蔡锷彦才，多谋善断，讨袁百战真牛。盖世人才优。领袖泽东伟，逐寇日酋。收拾河山万里，国帜展神州。

石燕湖财神庙前眺望

极目澄清滴翠湾，两边峻岭山叠山。
一轮红日映湖底，四只歼机击碧天。
空间滑索呼呼过，水面轻舟呜呜喧。
假节黎民多爽快，人人赏景美心田。

长沙橘子洲头感怀

榭阁楼台翠柳悠，湘江滚滚碧波流。
伟人气魄惊天地，一代雄才壮志酬。

排律·长沙橘子洲头

橘子洲头眺，风光眼底收。
层层山岳秀，岭岭白云悠。
学府琼楼俊，彦君创举稠。
伟人酬壮志，湘水击飞舟。
两岸长虹跨，千车海客游。
雄鹰腾碧宇，舰舸占鳌头。
户户钱包鼓，家家雅士牛。
长沙高展翅，旺旺跃千秋。

清风泉①

隙石甘泉冽，天然镜澈明。
轻轻尝一口，顿涌党恩情。

[注]①清风泉：位于岳麓山中，与白鹤泉齐名。

游浏阳周洛(四首)

情人湖

水面平如镜，轻舟恋侣摇。
三山开靥笑，淑女美颜娇。

磐石

磐石溪中立，柔情似水悠。
恋人天地拜，永结百年秋。

游人醉忘归

红霞青岭染，玉树锦鸡飞。
泻瀑珍珠洒，游人醉忘归。

桂花峡

峡谷桂芳香，清凉爽气飏。
游人心欲醉，好似步仙乡。

排律·赏浏阳周洛风光

怡神周洛景，爽目惬心扬。
秉直南坡竹，春华北岭樟。
恢宏磐石固，烂漫桂花芳。
瀑自蓝天泻，虹从雨霁彰。
幽林金虎吼，峡谷锦鸡翔。
九曲清溪唱，三山俏女妆。
天仙欣聚地，蜜果味留香。
骚客诗情涌，吟声意气昂。

观海世界鱼群

赤白黄灰色不同，怡游结伴自成龙。
倏然迸射如飞箭，惹得游人醉意浓。

沁园春·天子山观景楼眺望

登阁凭栏，把酒临风，景映心田。眺层峦叠嶂，松涛震谷；悬崖万丈，壁立屏宽。石柱如林，烟霞灿烂，仙女献花[①]开笑颜。千山秀，喜游宾频至，万岳翩跹。　　岫峰如此娇妍。傲俊杰英豪战此山。忆峰林王[②]勇，悬崖喋血；顺王[③]抗暴，激战隘关。一代沉雄，元帅贺龙，两把菜刀斩盐官。先贤血，沁河山万里，帜展梦圆。

［注］①仙女献花：指一石柱形态；②峰林王：指宋代天子山农民起义领袖向大坤，自称“天子”，人称峰林王；③顺王：指明代起义领袖李自成。

天子山观景台之遐思

步步登楼上看台，风光无限映心田。
青峦脉脉清波漾，峭壁巍巍绮画妍。
动地松涛如浪卷，惊天霹雳似崩山。
层岩屹立朝旲笑，“仙女献花”[①]绽靥甜。
“墨客挥毫”诛恶霸，“文星作赋”[①]罚贪官。
“夫妻恩爱”情深厚，“翁妪迎宾”[①]谊缀连。
“报晓雄鸡”[①]昂首唱，“攀飞猴子”[①]荡枝喧。
“神鹰展翅”[①]腾苍宇，“猛虎飞身”纵壑湾。
“作揖狗熊”[①]求吉雨，“观音菩萨”[①]救灾难。
冲天宝塔[①]金光灿，载客电梯笑声圆。
点将台[②]中鼙鼓响，神堂湾[②]里杀声寒。

倏然阵雨山山落，蓦地长虹岭岭悬。
万丈红光光灿灿，千姿美姬姬翩翩。
山风席卷春雷响，索水奔腾琴瑟弹。
旖旎风光千载秀，英雄事迹万年传。
遐思宋代饥荒日，掘起土仓空肚圆。
野菜天天鉢里食，树皮日日碗中餐。
坡坡种地地开坼，塌塌开田田冒烟。
贪吏不知黎庶苦，县衙哪晓布衣难。
苛捐杂税年年逼，匪霸豪强月月缠。
死别生还只一线，返阳奔暗实双难。
山民哪有翻身日，村寨奋挥暴动权。
百谷千沟惊地吼，四方八界动山峦。
领头向汉[3]挥旗举，冲锋勇士斩凶顽。
血流莽野有何惧？刀劈官爷猛向前。
起义求生感天地，舍生忘死夺民权。
英雄喋血除强暴，众庶号啕哭大贤。
更有贺龙雄气在，辉煌战绩灿人寰。
菜刀两把诛盐吏，宝马一匹闯险关。
桑植锄奸除恶霸，南昌举义拓新元。
长征锐气驱狼狈，抗日雄风卷倭顽。
亮剑雁门歼贼寇，挥师西北刺豺肝。
天安门上红旗展，检阅台中帅气圆。
镇守边关疆域固，潜逃特务祸心酸。
体坛号令千军劲，盖世功勋耀万年。
村寨如今红日照，先贤伟绩亿载传。

［注］①仙女献花、墨客挥毫、文星作赋、夫妻恩爱、翁妪迎宾、报晓雄鸡、攀飞猴子、神鹰展翅、猛虎飞身、作揖狗熊、观音菩萨、冲天宝塔等，均为张家界天子山各种不同形态的石柱；②点将台、神堂湾：地名，现为天子山两个不同的景点；③向汉：指宋代天子山农民起义领袖向大坤，自称天子，人称峰林王。

乘电梯下深谷

乘梯直下体神安，石柱腾空上九天。
人在其中心魄爽，悠然着地笑开颜。

西江月·登天门山[1]天梯

仰望天门圣境，犹如壁月昭昭。
心泉喷涌起狂潮，返老还童大笑。
遥忆当年伯特[2]，攀爬岫顶旗飘。吾身万丈激情烧，步步飞登长啸。

［注］①天门山：山名，位于湖南张家界市；②伯特：人名，法国冒险家阿兰·罗伯特，只用40分钟，就从绝壁底攀上了洞顶。

天门[1]前览胜

千沟万壑绿葱茏，碧玉[2]镶嵌涧谷中。
锦绣田园相映美，大坪[3]哪户不春风？

［注］①天门：此指天门山的穿眼洞；②碧玉：此指天门水库与李家峪水库，自上而下远望像碧玉一样；③大坪：指张家界市大坪镇。

天门山神泉遐思

高山峡谷石泉流，碧澈清新漫漫悠。
浸入池中开慧眼，斜飞峭壁绽花稠。

甘甜润肺心神爽，洁净滋身肾胆柔。
灭病除灾开靥笑，延年益寿展鸿猷。

排律·赏天门玉壶山

笑立玉壶巅，风光耀眼前。
仙山云梦幻，紫气碧天翾。
起伏波峰卷，高低峭壁悬。
天门光闪闪，璧玉水涟涟。
虎跃腾空远，龙吟动地旋。
诗翁佳句雅，少女恋歌甜。
壮汉乘龙疾，猎夫擒豹翻。
何谈秦霸伟[1]，黎民美梦圆[2]。

［注］①秦霸伟：传说天门山是秦始皇下令驾78匹马移山填海而成；②黎民美梦圆：据说天门山村寨的村干部将国家征收山地的款项，用于建立天门山股份有限公司，山民将应得的钱作为入股的股金投入。该公司年年分红，山民富起来了。

天门山览胜

雄奇岫壁立山中，鬼斧神工凿石通。
皓洞如同天眼灿，蓝湖[1]好比玉龙宫。
阿兰[2]冒险攀缘上，绝技玩圆陟步功。
走壁飞崖登顶唱，感天动地五洲崇。

［注］①蓝湖：此指天门水库、李家峪水库；②阿兰：指法国冒险家阿兰·罗伯特。

张家界大峡谷

神泉峡谷碧溪幽，险峻风光两眼收。
仰视惊呈天一线，俯观震赫壑千沟。
悬崖喷瀑溪间洒，峭壁青苔细隙柔。
最是红渠[1]灵气盛，化成宝玉醉心头。

［注］①红渠：即红旗渠，1959年修建，渠水从石壁大小缝隙中流出，形成了串瀑、线瀑、喷瀑、雾瀑等美景。

飞瀑

瀑布悬崖泻，飞流下九天。
一匹银练挂，日照晚霞妍。

神泉溪景色

神泉绿水壑幽流，笑语欢歌不见愁。
线瀑飞腾珠玉洒，游鱼闪射舞姿柔。
浑圆绝壁千秋险，沐浴灵芝万载悠。
送福金牛[1]衔嫩草，迷人美景梦中求。

［注］①送福金牛：指牛头洞的石头酷似牛头。

走栈道 滑滑梯

栈道千层一线天，游人漫步笑声圆。
山歌曲曲随心唱，顺滑如飞至谷川。

绿林好汉洞

剽悍身躯气势雄，铮铮铁骨胜蛟龙。
分明爱恨心如镜，敢宰赃官骁勇凶。

峡谷滑铁索

滑索快如飞，红旗耀彩晖。
胸中心血涌，眨眼白云归。

游张家界大峡谷龙潭

悬崖陡壁顶层茵，峡谷龙潭水鸟吟。
圆日红辉光灿灿，山花倒影熠莹莹。
阿哥荡桨情歌美，俏妹回音恋意春。
嘻耍鲵娃逗客笑，游人哪个不怡神？

怀古幽思[①]

冲天一怒为红颜，惨烈嘶声血斑斑。
战败顺王成野佛，辉光瑰宝隐何山？

［注］①怀古幽思：据传说吴三桂为陈圆圆之争，与李自成激战于张家界大峡谷，李战败后，成了野佛和尚，其宝藏藏于峡谷何处？是个谜。

凉水泡茶慢慢浓

小妹思郎面腮红，心中不怕阿哥穷。
二人只要恋情好，凉水泡茶慢慢浓。

过黑槽沟遐思

遥观八字峭崖山，仰视惊呼一线天。
待到神沟开发日，游宾不绝笑开颜。

张家界宝峰湖

黛翠崇山耸碧空，天湖泻落万峰中。
悠悠绿水漾舻舢，浩浩青松舞煦风。
岸上歌星情韵美，船中远客掌声訇。
休言阆苑瑶池丽，哪有宝峰胜景丰。

慈利县大浒胜景

巍峨峻岭郁葱茏，拔地冲天傲九重。
貌似奔腾林里虎，势如翻滚海中龙。
银河泻落崇山涧，彩练飘飞险嶂中。
展翅雄鹰穷碧宇，峰峦向日万年红。

大浒长湾山顶览胜

雨后斜阳舞彩虹，层峦骇浪戏蛟龙。
清香棒子[①]山山绿，滴翠籼禾坳坳浓。
五倍[②]重重垂树碧，千松岭岭柱天雄。
村民虽恋山青秀，更爱葵花向日红。

［注］①棒子：苞谷的俗称；②五倍：寄生在盐肤木上的五倍子蚜虫刺激叶细胞而成的虫瘿，表面灰褐色，含有鞣酸。可入药，也可用于染料，制革等工业。

游大浒八仙下棋

丹霞映照绿丛中，壮伟棋盘耸碧空。
八位仙人对弈久，神情各异显奇功。

乘车回大浒途中所见所想

山山岭岭杜鹃开，扑鼻芳香醉我怀。
借问山翁何所故？红军先烈报春来。

大浒苟峪冲天柱

嶙峋石柱耸云霄，灿烂红霞绕顶飘。
哪位神仙从此过，移于峡谷镇魔妖？

苟子垭观景(二首)

崚嶒峭壁耸云中，白练飞流落碧空。
道绕青山盘峻岭，奔腾铁马展雄风。

烂漫山花伴彩虹，欢歌鸠鸟恋情浓。
一泓碧水高歌唱，盛赞层峦驭巨龙。[①]

［注］①巨龙：此指汽车队。

苟子垭山麓清泉水

奇峰直上白云天，一股清泉出翠山。
洁净清凉滋肺腑，行人痛饮不思还。

黄鹂峪行

鹂峪车行十八盘，青松壑谷绿梯田。
悬崖绝壁披红彩，曲水欢歌唱紫园。
栋栋琼楼冲玉宇，群群白鹤翱蓝天。
村民购货慈城返，老妪童娃笑语甜。

窝庄眺望

峻岭重重卷绿烟，翻腾岭海拍云天。
银绸熠熠缠山俏，紫阁层层耸宇妍。
万丈光芒金闪闪，千条富路梦圆圆。
当今世道风光好，处处山村笑语甜。

茅坡山望雾海渐散

茫茫雾海浩无边，偶露峥嵘峻岭巅。
赤日光芒驱瘴疠，红霞紫气染山川。
鲜花绿树相争美，孔雀青鸾互比妍。
虎吼龙吟猴耍戏，清泉汩汩灌良田。

排律·虎头凸眺望

怡立虎头凸，风光一望收。
武陵千里翠，澧水万年流。
栋栋琼楼丽，村村果树稠。
黉园花草艳，榭阁曲声柔。
校长描宏景，贤师荡学舟。
三中桃李艳，美誉响亚欧。

桃家嘴赏澧水倒影图

长河落日染江红，滴翠青山映水中。
宿鸟安然栖倒树，星星璧月曜龙宫。

过澧水平坦桥

昔日篷翁满脸愁，撑船荡桨险中流。
今朝跨骥飞行去，笑语欢声画景游。

洞溪碑垭眺望

叠嶂层峦卷巨澜，红暾灿灿耀人寰。
盘山公路春千里，烂漫山花竞斗妍。

赏洞溪油茶山

茶岳日东升，晨曦百鸟鸣。
莹莹银露滴，淡淡白云生。
万岭糖蜂舞，千山彩蝶迎。
山歌兄妹唱，果实坠枝盈。

新庄新气象

翠绿群山万岭苍，油茶硕果溢清香。
林中麂子金喉亮，户户琼楼闪富光。

坐车越群山

群峰万壑艳阳天，忽入云中忽下湾。
一曲红歌音未尽，轻车已过万重山。

排律·山上山见闻

张家界慈利县高峰乡有一个方圆20平方公里的山坪。此坪位于海拔1800米的大山顶上，既有坪，又有山，可谓山上山。此地风光秀丽，山珍奇特，甚是迷人。伴随公路的开通，山民日渐富裕。今忆之，赋诗一首：

奇峰顶上向阳坪，旖旎风光满眼新。
百栋琼楼高矗立，一泓碧水兴潺鸣。
茵茵玉叶层层艳，绿绿禾苗棵棵菁。
雪白羚羊沾露走，妍红少女牧羊行。
含苞嫩蕊吐香气，滴翠青松集锦春。
麂子成群林海逛，山鸡结队草蓬行。
药材顺气飞千里，梨果香甜传万程。
大道条条通广宇，车车山货达千城。

沁园春·咏山

遥眺苍山，峭壁雄关，刺破云天。看红霞一片，万丛层染；锦屏飞展，百岭翩跹。铁隼高翔，激流拍岸，满峪村民建厦欢。忽瞧见，豺狼窜下湾，枪击心穿。　　回思四月山川，无数英雄竞涌心端。观徐林巧扮，立刺匪奸。张爷长子，血洒朝鲜。笑看今朝，英豪辈出，高擎红文斩腐官。瞻明日，喜彤红禹甸，铁打江山！

十六字令·咏川（三首）

川，一泻千寻浪拍山，泅飞渡，破浪击惊湍！

川，浪打悬崖倾欲翻，飞篙点，舟过万重山！

川，万岭青岩滚下山，拦腰斩，水电暖人间！

游石门夹山

莽莽夹山气势雄，如龙似虎跃腾中。
轿车疾驶穿梭过，铁隼腾飞击碧空。
寺庙钟声惊地响，和尚佛语绕昊穹。
顺王墓冢[①]香烟袅，将军正气[②]贯长虹。

［注］①顺王墓冢：为明末农民起义领袖李自成之墓；②将军正气：指郑洞国（石门县人）将军在解放长春的战役中，率十万之众起义，和平解放了长春，震惊了全中国。

乘快艇游常德柳叶湖

轻舟浪上疾驰飞，怒卷湖涛拍岸威。
妙手艄公稍一转，惊心动魄笑声归。

游江华县涔天河水库

群山合抱绿葱茏，水库千顷万谷容。
荡漾云山波里闪，飞腾舰艇浪间冲。
红旗猎猎迎风展，远客频频摄影丰。
一股浓情心肺涌，诗词万首一挥中。

吉首德夯苗寨(三首)

崖峰耸立碧山环，水绿山青绕稻田。
翠鸟枝头鸣跃叫，斑鱼水底舞翩跹。
牧童牛背吹箫乐，野兽山峦戏恋玩。
美女情郎成对唱，德夯苗寨胜桃源。

苗民好客五洲传，此日一观尽兴然。
俏女歌声迎客唱，阿哥妙曲动心弦。
坛坛美酒酬宾友，朵朵鲜花献哲贤。
墨染芳容[1]狂热笑，德夯何日不欢颜？

山楼栋栋缀相连，梁上描龙绣凤缘。
铺面丝绸花卉盛，柜中喜妹话音甜。
游宾个个争挑选，俏货家家竞购完。
户户金钱箱柜满，苗区寨寨笑开颜。

［注］①墨染芳容：贵客来临，给客人脸上涂墨，是一种欢迎的表示。此是苗民的习俗。

观凤凰县虹桥雕展

壑谷深山枯木根，奇雕博物栩如生。
雄鹰展翅翔千里，猛虎腾山跃万寻。
牧马军人吹警笛，观音菩萨动慈心。
能工巧匠多新意，妙手回春变宝珍。

游凤凰沱江

结伴同乘一木船，满江笑语满江甜。
苗民击鼓歌而舞，游客欢声朗又圆。
宝塔雄姿披彩锦，吊楼倩影荡波涟。
渔民撒网全舱悦，遍脸红光绽笑颜。

游南方长城

轻身陟步点兵台，无限风光扑面来。
警号声声惊地颤，长枪杆杆射狼栽。
娇妍绣品迷宾眼，雄伟长城蕴智才。
昔日硝烟弥漫处，今朝赏景爽心怀。

永顺酉水游(二首)

三面环山一面江，悠悠绮彩遍穹苍。
张张漉网河中撒，满载鲜鱼笑语扬。

叠嶂层峦接碧天，一条酉水卷狂澜。
舫船捧出花千朵，献给渔翁富梦圆。

排律·沅陵凤凰山眺望

欣立凤凰岭，胜景眼中收。
碧宇环山外，红霞盖锦头。
玉树鳞茎列，旅客比肩流。
浩浩沅江水，茵茵绿草柔。
雄鹰穿彩雨，铁马逐猱猴。
痛忆浮云日，圈囚少帅愁。
倭机投炸弹，众庶泯荒丘。[1]
勇士飞身起，瀛魔暴野沟。
誓师齐固守，谁敢觊觎求！

［注］①抗日战争时期，日本鬼子占领常德后，多次进攻沅陵，均被抗日勇士击溃。倭寇只好派飞机轰炸，炸死了2000多名老百姓。

咏沅陵龙门讲寺

倚坡而建屹溪山[1]，寺庙层层上九天。

气势恢宏光灿灿，金菩可惜化灰烟。[2]

[注]①溪山：指龙门讲寺所在地；②寺中的观音、如来佛菩萨在“文革”中毁于一旦。

排律·游沅陵胜利公园[1]

馥郁松樟茂，园亭曲径妍。
银翁吟赋雅，皓妪诵诗圆。
玉女刀飞舞，金童棍术旋。
军魂心里铸，英烈腑中牵。
热血如泉涌，精神似铁坚。
缅怀三鞠礼，赤帜万年传。

[注]①胜利公园：乃沅陵人民为纪念湘西剿匪牺牲的战士而建之园。

排律·岳阳楼眺望

悦上岳阳楼，洞庭堪望收。
君山丛岭峻，巫峡碧波柔。
隼掠湖中映，鱼翔水下悠。
渔歌相对唱，艇影互争流。
巴港连千市，陵油达五洲。
骚人诗兴起，梦笔墨花稠。

游君山有缘桥

红霞融碧水，雪浪拍湖堤。
爱侣缘桥会，甜言蜜语迷。
双妃[1]舒袖舞，一偶[2]奏琴怡。
但愿深情眷，熙和与月齐。

[注]①双妃：指虞帝两个妃子娥皇与女英；②一偶：指柳毅与龙女夫妻。

咏洞庭湖

洞庭浩渺漾红暾，万里长江一口吞。
日月星辰湖里闪，惊涛骇浪拍天门。

排律·南湖夜景

夜幕徐徐降，邀朋岸道行。
繁星湖里笑，璧月水中生。
赤绿龙飞舞，银灰舸笛鸣。
雄鹰翔九宇，学府育精英。
北美豪商集，岳州金库盈。
书家挥墨泼，骚客赋诗情。
夜色南湖美，风光万里春。

山岳形象

首戴红绸帽，身穿嫩绿妆。
乘风频起舞，处处绽花香。

山林中之戏

山里一台戏，名生满腑情。
锦鸡枝上唱，鸠鸟石中鸣。
虎啸千林动，猴荡万树横。
潺潺琴瑟响，梆鼓奏心声。

莽山猛坑石遐想

脚踏高峰首顶天，云霞撕下织花边。
仙宫七姐乘风下，喜唱神州锦绣篇。

莽山寿星——华南五针松

枝繁叶茂耸云天，百众环围岂可牵？
养性修身风雨润，松王寿岁过三千。

莽山将军石

将军巨石镇山中，鬼怪妖魔隐遁空。
七彩长虹飞谷跨，游宾满脸尽春风。

十拍子·游郴州大东江

浩宇祥云七彩，青山对峙芳荣。峡谷东江千影秀，峻岭奇峰万紫彤。风光在水中。　水坝雄姿挺立，峰峦静卧清宫。两岸车龙汹涌滚，四海嘉宾兴致浓，身心仙境融。

画堂春·赏郴州东江湖

东江湖泊景观优，四周叠岭唱酬。霞光烂漫万花稠，往返船讴。　破浪银花绽放，游宾热血奔流，歌声唱彻习君猷，绿水千秋。

鹧鸪天·游东江湖兜率岛溶洞

兜率岛中溶洞丰，千奇百怪显神功。岩花朵朵千姿展，壮柱根根万象雄。　红幔丽，紫芳蓉。缤纷五彩一重重。瑶林竹笋金龙[1]舞，宇宙空间载史[2]通。

[注]①岩花、红幔、紫蓉、竹笋、瑶林、金龙等，均为钟乳石的形态，其颜色为彩光照射之效果；②载史：古人谢岩著的《兜率岩记》，已载入《天下名山记》之中。

忆江南·东江湖畔赏菊

金光灿，秋菊漫山坡。骚客游人鲜艳赏，欢声笑语蜜心窝。雅俗纵情歌。

临江仙·郴州小东江吊桥台观景

广厦南台含笑立，青山北岭苍天。巍巍白塔彩霞妍。乔松迎赤日，鸠鸟唱奇观。　一座长虹飞跃跨，山城接踵勾连。车龙疾驶映清川。怡神千奕客，摄影记雄篇。

乘飞机从长沙至广州

雄鹰一啸上蓝天，放眼苍穹景万千。
道道霓虹妍灿灿，团团素絮美婵婵。
皤云浩浩成银海，雾气重重积雪山。
弹指之间凌穗顶，悠然降落赛神仙。

望海潮·广州塔顶览胜

云层放眼，万千景象，情潮浪涌心田。伟岳颠连，云横天际，冲天厦塔欢颜。俯瞰美珠江，曲流澎湃过，百舸争先。飞跨长虹，马龙车水疾驰喧。
林公[1]气魄惊天。忆焚千磅毒，炮击英船。更有伟人，中山韬略，除封逐帝育贤[2]。北伐计谋全，斩豺狼虎豹，国帜盈天。美梦如今展现，盛世写雄篇。

［注］①林公：指林则徐；②育贤：指孙中山创建黄埔军校，培养了无数将帅。

观广州电视塔夜景

电塔嵯峨耸九天，星光闪闪漾心田。
嫚腰七彩多变幻，入胜游人夜不还。

沁园春·游广州沙面

珠水之滨，广厦之边，沙面之中。望方圆十里，樟榕古树；轻风习习，锦彩霓虹。栉比琼楼，银光灿灿，佛语声声入耳融。看鲜花，已嫣红姹紫，衬托梵宫。　　忆昔漫卷西风。为抗帝争权喋血浓。敬奇才旷世，孙文剿贼[①]；粤民抗暴[②]，奋笔恩来[③]。俊杰丰功，华章显耀，激励华人壮志雄。观沙面，正生机勃勃，奋起金龙。

［注］①孙文剿贼：指孙中山在永丰舰上，指挥对叛贼陈炯民的讨伐；②粤民抗暴：1925 年 6 月 23 日广州人民为抗议帝国主义在“五卅”惨案中残杀上海工人，当游行队伍途经沙基时，英法侵略军向游行队伍扫射，造成 52 人死亡，117 人重伤，轻伤无数的“六二三”惨案；③奋笔恩来：黄埔军校政治部主任周恩来为“六二三”惨案的军中死难同胞题挽：“喋血沙基为帝国主义死敌，转战潮广为国民革命先锋。”

鹧鸪天·游广州海珠湖

铁隼湖天驾彩翔，群鱼戏谑逐机狂。游人岸上翩跹舞，鸠鸟枝头奏乐章。　　男摄影，女时妆，滨边处处菊飘香。双双恋侣闻芳醉，作对吟诗意气昂。

喝火令·赏广州海珠湖鹭鸟岛

绿水粼粼漾，微风习习然。湖中鹭岛袅清烟。翠树婆娑摇曳，胜景醉人观。　　午后斜阳暖，时而白鹭喧。群群展翅碧空旋。幸喜齐鸣，幸喜卧巢温，幸喜栖枝歌唱，爽快自由园。

游广州晓港公园

晓港公园居市东，风光旖旎醉心中。
环河马涌[①]轻舟荡，恋侣情歌爱意浓。
浩海遗礁[②]光泽闪，层台渌影[③]湖光雍。
椰风桂影[③]天然俏，绿竹千棚映花红。

［注］①马涌：指园中马涌河；②浩海遗礁：为一处古海岸的遗迹，园中景点之一；③层台渌影：指园中层台错落有致，映照一湖渌水；④椰风桂影：公园景点之一，椰风习习，桂香馥郁，小阁临湖，石趣天然。

鹧鸪天·广州晓港公园一景

广厦红楼环绕中，公园马涌荡春风。双双恋侣轻摇桨，句句甜言欲醉中。　　听鸟语，赏花容，频频摄影美姿中。倏而诗圣从天降，作赋吟诗瑞气融。

沁园春·游广东江门市东湖公园

广厦凌空，铁马飞驰，鹤展苍穹。看东湖胜景，杜鹃起舞；欢颜玫瑰，金菊融雍。猫脸[1]含情，绵延鞭炮[2]，万紫千红画境中。铝杆上，正宫灯喜挂，瑞气浓浓。　五洲四海嘉宾，正兴致高高立花丛。悦频频摄影，人人姿俏；张张笑脸，润润绯红。舸里琴声，凉亭韵语，阵阵柔和爽意风。多美好，瞧中华盛世，万象兴隆！

［注］①猫脸：三色堇花，因其图案似猫脸，故又名猫脸花；②鞭炮：爆竹花。

踏莎行·江门圭峰顶

一脉青山，崇林咏唱。枝繁叶茂青波盎。群群鸠鸟对歌声，金猴树上飞身荡。　两谷澄湖，涟漪漾漾。霓霞映射心神旷，游宾夹岸舞翩翩，声声敬颂神州旺！

水调歌头·游江门潮连洪圣公园

皎澈西江水，滚滚向东流。一桥江顺[1]飞跨。紫气彩霞悠。艳艳木棉花绽，着意三榕结义[2]，酷似猛狮牛[3]。气魄恢宏壮，魍魉怪魔囚[4]。　园中宝，多璀璨，更堪求。诗词书法，精华美誉冠全球。行草纵横豪放，结构严奇跌宕，磅礴盖五洲。雅韵深情最，杜牧叶诗优[5]。

［注］①江顺：指江门、顺德两市；②三榕结义：指三棵古榕树连成一体；③猛狮牛：三树结义后，远望像猛狮朝天，非常牛气；④魍魉句：指猛狮囚禁了一切妖魔鬼怪，确保渔民下海安全；⑤杜牧叶诗：指杜牧的《七绝·泊秦淮》和叶剑英元帅的《七星岩》诗。

江门市天沙河畔见闻

天沙水畔树葱茏，七彩灯光喜气融。
阵阵清风凉意爽，盘盘美食味香浓。
聊天饮酒通宵乐，论价谈商净利红。
货币流通财运旺，民安国泰出神龙。

游立园

立园处处尽春光，鸟语和鸣百卉香。
绿树参天千载秀，牌楼耸立万年长。
虹桥飞跨霓霞灿，赤鲤翔游白浪彰。
颗颗珍珠光泽闪，谢家名声五洲扬。

立园门坪

牌楼七彩射云霄，滴绿门坪分外娇。
玉树凌空花带俏，东风拂煦起狂飙。

立园长廊行

绿水潺潺笑靥悠，微风拂柳迓朋俦。
雕梁画栋怡神目，滚滚浓情四体流。

立园别墅

熠熠生辉别墅楼，蜚声海外耀全球。
黄墙绿瓦容光灿，古堡洋车史迹留。
壁画屏风含雅意，雕龙书架蕴谋筹。
奇花异石多灵秀，北美欧亚竞赞讴。

江城子·游江门市自力村碉楼

丘陵黛绿淡烟升，旷原青，菜花荣。溪水潺鸣，靓镜满塘清。朵朵红花生倒影，迎远客，笑盈盈。　　碉楼别墅互倾情，配匹神，喜连群。主附楼分，错落自然明。龙凤呈祥雕画艳，成瑰宝，万年珍。

锦江泡温泉

鲜花簇簇映澄潭，泻瀑银珠溅碧泉。
淡淡轻烟飘袅袅，温温流水润眠眠。
南宾浸泡怡心肺，北客冲身绽笑颜。
热血奔腾通体爽，黎民哪个不欣然？

泡温泉遐想

周身泡水中，两眼望星空。
吉日乘船[1]上，欣游璧月宫。

［注］①船：此指宇宙飞船。

温泉漂流

海客皮圈卧，随波顺水流。
神驰千万里，梦里月球游。

游顺德逢简村

绿水清清绕巷欢，游舟荡桨蜜心田。
仙宫栋栋溪边立，古树莵莵岸上盘。
绚丽鹃花红灿灿，柔芳壁画舞翩翩。
牌楼耸立金光闪，人才辈出写雄篇。

八声甘州·顺德逢简水乡

赏钟灵毓秀逢简乡，绿水绕村潺。看游舟荡荡，水波漾漾，远客怡欢。两岸琼楼耸立，古树紫花妍。最喜红灯挂，鞭炮冲天。　　放眼大街小巷，更丛生百感，古迹绵延。悦老桥三座[1]，风雨涤冲坚。悦排楼，金光耀眼，显先贤[2]、气正风廉圆。雍书院[3]，诗词赋雅，硕果弥园。

［注］①老桥三座：指明远桥、金鳌桥、巨济桥，均为宋、清石拱古桥；②先贤：指梁乔昇，明正德进士，曾任京城户部、工部主事，因为官清正，经皇帝恩准，建功名牌坊一座，以彰忠孝；③书院：有雍和、学妙等，前者建于1942年，后者建于1852年。

出大角湾观海涯晚景

浩渺汪洋碧水天，夕阳尽染海涯边。
渔船点点披霞返，直挂云帆向港湾。

南海岸观游泳

海潮滚滚拍沙滩，忽入云空忽下渊。
游泳健儿腾浪起，自然顺应笑开颜。

乘舟出港游

渔船荡漾港湾行，品味吟诗满腑情。
休道吾夫年岁老，乘风破浪仍精神。

定风波·游广东江门圭峰山玉湖

两面青山入九天，流蓝滴翠鸟声喧。岳麓通衢环玉岸，怡悦，欢歌笑语舞翩跹。　　快艇腾飞湖浪溅，痛快，游宾竞唤笑声连。更有诗人堤岸立，肃敬，缅怀总理[①]写雄篇。

［注］①总理：此指周恩来总理。因周总理在生时，曾视察过江门玉湖的建设。江门市人民为缅怀周总理，现在在玉湖畔立有一座雕像。

深圳国贸大厦前观景

广厦相连耸太空，人如碧水对流通。
问君胜景今何在？国贸门前锦绣丰。

排律·岭南印象

滚滚珠江绕岭南，风光无限醉神欢。
榕须灿灿金光闪，绿草茵茵美意绵。
殿阁楼台呈玉色，唱腔戏彩诱名贤。
满堂金玉千年熠，粤菜清香万载鲜。
醉客名伶怡肺腑，迷宾皮影动心田。
荔枝旖旎如仙果，龙眼浑圆似蜜甜。
文化传承南岭久，根深底蕴喷龙泉。

眺望珠海野狸岛麓之景

神魂惬意醉心头，狸麓[①]风光一眼收。
得月层楼橙顶熠，蚌型皓厦[②]银晖柔。
雄鹰电掣长空击，战舰风驰壮志酬。
更有长虹珠港澳，如龙腾起耀金瓯。

［注］①狸麓：地名，在珠海野狸岛山下；②蚌型皓厦：指造型如蚌壳的日月贝厦。

水调歌头·游从化石门天池花海

峡谷天山翠，叠嶂袅云烟。鲜花朵朵镶嵌。绚丽色斑斓。圆岛江中矗立，万绿丛中红艳，映入水中间。潭里水波漾，鱼戏舞翩翩。　　天池岸，园卉美，沁心田。天然旷野，因何又有玉琴弹？愉悦仙音缱绻，响彻天池伟岳，满腑激情燃。对对心人恋，绮梦得团圆。

浪淘沙·漫步从化芙蓉栈道

万绿树丛中，栈道芙蓉。幽幽道远九州通。漫步轻身心肺爽，惬意浓浓。　　流水响叮咚，沁我心宫。更怡锦鲤舞长虹。骚客风情心里涌，百首诗工。

红石公园

赤柱丹峰彤壁墙，山峦叠叠有奇方。
从生疏密相成趣，林立高低序有章。
石嶂神光星灿烂，鲜花馥郁溢芳香。
佳诗韵律互交错，红石公园誉万乡。

双喜临门

悬崖栈道赤岩中，"囍"字妍妍色彩红。
借问奇观谁打造？仙台巧匠显神功。

别禅寺外观景

翔龙湖水绕山崇，起舞飞腾绿丛中。
姐妹丹峰明媚秀，阴阳赤石恋情浓。
层层碧海连天宇，处处红墙嵌玉茏。
鬼斧神工仙铸就，丹霞美誉壮东风。

登掌老峰

掌老高峰耸九天，层梯垂直绕云烟。
吾夫陟步飞登上，画卷千重耀眼前。

排律·掌老峰览胜

攀缘掌老峰，放眼景无穷。
旖旎玉屏[①]丽，大塘紫气雍。
书童摇脑诵，宝塔赞贤恭。
独秀迷人醉，望郎思恋浓。
断崖千处是，峭壁万山彤。
浪浪丹波漾，层层巨石雄。
因何山岳赤？先烈血浸红。

［注］①玉屏、大塘、书童、宝塔、独秀、望郎等山峰名，均以其不同的形态而得名。

游翔龙湖

乘船荡荡体神悠，举目环山画景收。
树木葱茏连广宇，丹崖险峻接仙楼。
长虹飞跨翠湖岸，白鹤欢呼彩岭头。
扫视四周无出路，愕然自得大江流。

南华寺

三面环山一面城，葱茏茂密锦绣荣。
层层碧阁层层佛，殿殿金菩殿殿神。
四海游宾思舜帝，三株香烛敬苍昊。
为人向善千年福，秉直黎民万世春。

南华寺放生池

寺里清池漾漾微，乌龟王八草鱼肥。
游人甩食多逗趣，百种生灵焕彩晖。

饮南华卓锡泉水

卓锡甘泉水，清清似镜明。
轻轻品一口，妙笔写雄文。

排律·游三亚小洞天

万里不辞远，洞天涌心田。
椰林连碧宇，浩海接苍天。
树上西瓜铁[①]，溟滨男卉[②]鲜。
吉祥龟寿久[③]，禧瑞福牛[④]坚。
乌木如来[⑤]笑，琼崖江语[⑥]传。

［注］①西瓜铁：即铁西瓜，能赏不能吃；②男卉：即男儿花，无心，呈浅黄色，凋谢后，三天不枯；③龟寿久：指景区雕刻的9个形态各异的乌龟，象征九九归一，即祖国的统一；④福牛：为三角水牛，是从天降之福牛；⑤乌木如来：为阴沉木雕刻的如来福祖；⑥江语：指江泽民的题词："碧海连天远，琼

崖尽是春。”

南天一柱

柱石冲天擎，犹如壮士雄。
时时防倭寇，默默建勋功。

排律·望亚洲博鳌论坛会址之景

望会登高上，吟诗诵景川。
三江①流汇处，一线浪掀天。
吉地金龙②现，银坛绿带环。
旌旗飘猎猎，郁树笑妍妍。
博鳌宏楼灿，亚洲元首贤。
开怀论见地，献策吐真言。
列国同心干，诸君协力圆。
金融风暴熄，昌盛耀空前。

［注］①三江：指万泉河、九曲江、龙骨河；②金龙：相传确定博鳌会址的专家、坐在飞机上向下看，有龙头龟背、独占鳌头形状之沙滩半岛。

排律·游桂林叠彩山

皓月山峰秀，风光满眼丰。
层层麻石圆，叠叠彩云悠。
市在山中绕，山于邑里融。
琼楼连广宇，漓水贯城通。
宝塔南湖映，江堤白浪冲。
灰岩交错上，锦缎互晖红。
二老①豪情涌，和诗律韵工。
游人览胜景，旅业日升东。

［注］①二老：指朱德和徐特立。

神笔峰

泼墨挥神笔，蓝天作纸张。
豪情心喷涌，写出大文章。

童子拜观音

观音稳坐菡中央，跪拜神童运吉祥。
菩萨显灵洪福至，乘龙跨海去留洋。

寿仙峰

折桂仙人骨质刚，堂堂相貌闪金光。
修身养性行仁义，福寿绵绵万载长。

骆驼过江

绿水漓江滚滚流，骆驼载货桂林售。
换回金子三千两，西域池边盖锦楼。

老人守江

旖旎漓江日夜流，银翁看管水洲头。
时时刻刻无松懈，笑语迎宾画境游。

竹笋山

形如竹笋屹江边，若谷虚怀纳九天。
不绝舟船飞驶去，怡神赏景笑开颜。

元宝山

元山好似金珠宝，闪闪光芒射八方。
四海游人争拍照，漓江胜景五洲扬。

独秀山

独秀山峰耸九天，霓裳七彩灿山巅。

瑶池阆苑焉能比？处处怡心赛八仙。

羊角山

开泰三羊兆吉祥，妍霓彩带野花芳。
婆娑翠竹含颜笑，爽快春风胜酒香。

九马画山

九马画山翻峻峰，蹄声嗒嗒响山中。
雄风骏骥驰骋疾，万里征程一日工。

官帽山

官帽青山屹岸东，地灵人杰出真雄。
为官不做贪财梦，只把黎民放脑中。

石林山

漓江美景石林多，似鸭如鹅唱富歌。
画舸穿梭航不断，黎民货币满金萝。

龙潭宝座

龙潭钟乳响如锣，五彩缤纷闪锦波。
灿灿金礅骚客坐，豪情万丈作诗歌。

阳朔大榕树

挺拔英姿向碧宇，虬枝伸展似蛟龙。
狂风暴雨无何惧，叶茂根深气势雄。

阳朔明月山景

屏风皓月骏骑佳，似虎如龙又若蛙。
含笑游宾千里至，怡神赏景绽心花。

浪淘沙·游广西明仕河

驭筏仕河游，澄澈欣流。两边翠竹荡悠悠。放眼前山圆滚滚，倒影如球。　　隔岸对歌稠，恋意芳柔。又闻笛韵爱情求，伴侣双双怡挽去，喜结金秋。

游友谊关

弼峰[①]叠嶂矗苍穹，峭壁鸡山[②]气势鸿。
圆拱门窗图案美，石栏玉柱白龙雄。
镇南大捷[③]千秋赞，起义红炮[④]万载隆。
中越情深通大道，商潮滚滚两赢中。

[注]①弼峰：指与友谊关相连的左弼山；②鸡山：指与友谊关相接的金鸡山，又名右辅山；③镇南大捷：1885年七旬老将冯子材，联合当地民众，打败了法国尼格里指挥的侵略军，取得了震惊中外的大胜利；④起义红炮：1907年孙中山发动镇南关起义，他站在炮台的顶部亲自开炮轰向清军大营，一炮命中，死伤清军60余人。

广西德天跨国三级大瀑布

重重青岭峻，叠叠峭崖悬。
瀑布层层泻，明珠滚滚翩。
山呼惊地颤，海啸震天旋。
气贯长虹跨，蔚为多壮观！

赏通灵瀑布

两面青山八字开，层层蕨叶慰心怀。

通灵瀑布从天落，跨越长虹逐雾霾。

赏通灵水帘洞

钟乳鸿岩现倒悬，千条水线织成帘。
惊观飞瀑层层泻，咆哮旋涡动地天。

通灵峪谷溪水吟

阴河喷射散花稠，汇聚成溪峡谷流。
一路歌声一路唱，两山翠鸟两山讴。
溪中赤鲤飞飞舞，岸上青苔闪闪悠。
远客人人争摄影，通灵旅业步层楼。

通灵小道览胜

小道逶迤下，两眼[①]魄魂牵。
串串桄榔[②]果，熊熊火焰[③]嫣。
千姿钟乳笑，百态暗鱼[④]翩。
石垒营盘固，智谋首领[⑤]贤。

［注］①两眼：小道上景致之一，拟似瞧郎样；②桄榔：国家珍稀植物之一，常绿乔木，果实倒圆锥形，有辣味；③火焰树：国家珍稀植物之一，形似火焰；④暗鱼：就是沉香鱼，生长在地下阴河中，味香；⑤首领：指宋代壮族首领侬智高，为反对北宋统治，曾攻下邕洲，血战广州，建立过南天国，后被狄青镇压，兵败昆仑关。

巴马水晶宫

清纯洁白水晶宫，剔透玲珑百态丰。
石柱[①]重重齐列阵，旌旗猎猎尽春风。
卷曲柔毛神女美，擎天壮志帅男雄。
飞腾石瀑从天降，溶洞风光颢石中。

［注］①石柱、旌旗、柔毛、神女、帅男、石瀑等，全是巴马水晶宫钟乳石白色的形态。

游百鸟岩（六首）

巴马百鸟岩，又名水波天窗。进出此迷宫，有“三明三暗”处，仿若“三天三夜”。对此，赋诗六首：

举目岩崖险，弯弯拱洞悬。
竹排冲浪溅，骚客赋诗圆。
渐渐阴中暗，时时腑里寒。
浮槎若撞壁，性命岂能全？

倏而天眼亮，蓦地激情燃。
怪石开颜笑，鲜花洒靥妍。
昊窗睁慧眼，远客爽心田。
熠熠霞光闪，瑞气满河山。

翠绿竹排连，隆隆电动旋。
阿牛奇技妙，小妹唱腔圆。
暗雾霏霏罩，宾心奕奕然。
风生谈笑甚，爽快比神仙。

黑洞睁开眼，祥光绽笑颜。
层层河石垒，叠叠瀑流喧。
百鸟频飞起，群蛙竞唱圆。
游人齐喝彩，引得万灵欢。

黑夜频频罩，人人探密贤。
洞中何瑰宝，壁上有良言：
“首领藏金器[1]，神工钻石刊：
‘人人长百岁，挥笔写诗篇。’”

历经三昼夜，载舞载歌还。
极目岩山峻，遥观倒影悬。
红灯千树挂，沟火百村燃。
甲篆[2]人潮涌，家家美梦圆。

［注］①据传言，北宋壮族首领浓智高兵败昆仑关后，其弟子在巴马深山暗洞中藏有金器；②甲篆：镇名，即百鸟岩所在之镇。

游黑龙河（三首）

两山对峙矗云霄，好似双龙比过招。
赤日一轮川峡映，争含口里起狂飙。

双龙倒影水中摇，赤日龙宫绮彩飘。
坝上星光通谷照，诗人赋咏起狂潮。

风波荡漾卷江潮，似箭篁排破浪骄。
骁勇艄公飞驶去，倏而划过万涡涛。

从柳州文光塔俯视龙盘公园

俯视园中景万千，喜人观象动心田。
凉亭绿顶光芒闪，叠彩梯塘绮绣妍。
绽蕊鲜花香扑鼻，怡宾薰草馥迷仙。
练拳跳舞翁婆乐，百岁人人梦可圆。

柳州文光塔放眼

层层伟岳绕柳城，广厦琼楼栉次鳞。
铁马飞驰桥上过，繁华盛景万家春。

望海潮·柳州文光塔眺望

石峰击宇，环围柳市，连天玉岭穹苍。广厦栉鳞，长虹飞跨，穿梭铁马奔忙。铝隼碧空翔。看繁华古镇，贸易通洋。翠翳凉亭，怡心戏曲久留香。游人接踵频尝。望蟠龙锦绣，甚是氛芳，叠彩鱼塘，红鱼戏嬉，翁童施食心狂。绽蕊杜鹃彰。薰草迎宾爽，风送城乡。黎庶练拳歌舞，雅诵政通昌。

赏柳江夜景

石顶妍坡绿紫红，灯辉璧月互容雍。
流光溢彩怡情爽，泻瀑飞霞惬意融。
闪射歼机飞箭过，驰骋铁马跨江雄。
柳江夜景难观尽，旅客人人美梦中。

水调歌头·游柳州盘山公园

喜入箭盘园，胜景映心田。榕杉耸立云天，蓝草百花妍。榭阁凉亭石馆，七色五颜光闪，鸟语曲音甜。碧水泻塘中，曼舞轻歌圆。　　步岩墩，观洞赋，敬宗元。烟消雾散，欣攀险路峻山巅。放眼柳城旺盛，石岳琼楼环抱，铁马越江欢。无限深情涌，挥笔颂清官。

满庭芳·游柳州龙潭公园

旭日妍妍，红光灿灿，风轻云淡青天。层岩峻岭，铁塔屹山巅。莽野流蓝滴翠，长空击，比翼鹰翔。摩崖险，诗书光闪，雅意润心田。　　欣然潭水澈，鱼翔浅底，聚会狂欢。观水上游宾，飞棹驭船。笑语声声说唱，歌尧舜，习总英贤。贪官倒，中华盛世，国富梦团圆。

登柳州马鞍山感怀（六首）

弯弯石道弯弯绕，绕去盘来上碧天。
只要坚持能吃苦，云峰登顶景无边。

登上一山又一山，一山之上又重山。
吾侪不怕浑身痛，陟步云峰眼界宽。

劲直山端放眼观，山山环抱众山盘。
横瞧成岭竖成顶，吾辈成峰手挽仙。

我踏奇峰血浪翻，江河广厦跳跟前。
湘云桂粤全揽尽，哪处江山不斗妍？

红色江山锦绣联，日酋觊觎掳心田。
中华儿女豪情壮，不斩瀛狼誓不还！

旌旗猎猎耀锤镰，红色江山万万年。
只要时时防演变，妖魔鬼怪敢翻天？！

金茂大厦顶楼眺望上海市

欢登金茂顶层楼，万里城区一望收。
广厦园林开眼笑，浦江击水拍堤流。
空中铁隼穿云过，江上轮船破浪游。
耀目机车飞驶去，名牌国货达全球。

观南京总统府有感

堂皇总统府门开，广宇游宾结伴来。
一代枭雄成过去，黎民作主上高台。

观南京长江大桥

跨越长江气势宏，威风凛凛显英雄。
红旗面面迎风展，塑像尊尊铭战功。
宝马飞驰奔世界，铁龙滚动震苍穹。
轮船似织穿梭过，四海升平瑞气融。

游南京秦淮河

秦淮白壁绘金龙，灿灿虹桥韵味浓。
翠柳柔条亲碧水，轻舟飞过万花丛。

观无锡蠡园

斜阳映照耀金波，绿柳桃红鸟唱歌。
一队游人桥上过，湖中倒影舞婆娑。

观外滩浦东夜景

异彩缤纷不夜天，迷人胜景赛蓬仙。
明珠熠熠迎圆月，金茂巍巍耸碧天。
大厦流光光闪闪，浦江倒影影妍妍。
五洲游客怡心爽，经贸龙头唱大千。

繁华上海

琼楼林立接仙台，不尽豪车滚滚来。
禹甸何方呈此景？繁华沪市醉吾怀。

漫步上海豫园街[1]所见

春风煦拂豫园街，处处红楼大敞开。
货物如花成簇笑，寰球顾客慕名来。

［注］①豫园街：乃上海步行街。

城隍小湖景

湖心亭隽秀，白石曲桥妍。
仙女含颜笑，红鱼嬉戏翩。
云霞宫阙幻，滴露菡花鲜。
旖旎庭园景，风光蜜心田。

苏州留园

留园绮景赛仙宫，处处宜身爽目中。
悦耳琴声滋肺腑，迷人玉蕊润心胸。
荷池豪阁假山秀，翠柳桃花嫩草葱。
落日霞辉林尽染，游宾个个沐春风。

观吴锡三国城吴宫

吴宫景色最销魂，忘返流连恋意生。
桥下金鱼翔碧水，坪中绿草迓游宾。
前殿瑰宝枚枚艳，后院奇花朵朵鲜。
坐上金銮龙虎椅，如今谁敢戳黎民？

乘火车去杭州路上

电掣风驰一路行，排排景物闪流英。
高楼别墅时时闪，玉树禾苗处处荣。
远望青山天际艳，近闻鸠鸟树中鸣。
黄花处处迎宾笑，旖旎风光满目生。

游浙江乌镇(六首)

小桥流水

潺潺流水笑，石拱小桥梁。
渔女迎宾客，摇舟醉酒香。

姑嫂饼

灿灿厨房亮，妍妍姑嫂妆。
饼香心手巧，万里溢芳香。

万工床

缓步万工床，重门刻卉芳。
连环龙凤配，巧匠美名扬。

印花布

靛布闪银光，游宾腑亮堂。
尊君何会此？熠熠印花镶。

胞菊茶

含苞未绽花，泡水露奇葩。
淡淡微黄美，丝丝馥郁佳。
菊胞香腑里，两眼透天涯。
祛毒清肝火，人人点赞夸。

茅盾纪念馆

《子夜》《林家铺》，《残冬》凛冽风。
黎民心火怒，捣毁帝官封。

杭州湾跨海大桥

跨海长虹世领先，红黄绿紫靛蓝妍。
高低起伏如波荡，一炷烛光照海天。

海天一烛

海天一炷逐云烟，展翅鲲鹏搏九天。
设计宗师心智巧，中华建筑灿瀛寰。

春夜观蕾峰塔

绚丽蕾峰塔色新，红蓝白绿最宜人。
流光溢彩湖中映，哪个游人不醉春？

观西湖全景

三面环山一面城，西湖锦绣最迷人。
峰峦脉脉连天宇，碧水漪漪漾鲤鳞。
缕缕斜光融喜雨，舫舫彩画醉怡神。
吾身爱恋难离去，岛友何时共此情？

观西湖夜景

亭台榭阁彩光妍，似镜西湖映月圆。
四岸长堤珍宝闪，诗情画意醉金仙。

游苏堤

艳丽桃花别样红，风吹绿柳荡千重。
堤边景色诚然好，哪及吟诗趣味浓。

漫步苏堤

惬意悠悠漫步行，花红柳绿鸟争鸣。
凉风习习湖波漾，挽手贤妻满腑情。

观杭州灵隐寺五百菩萨

喜怒悲欢气色扬，如生栩栩坐神堂。
尊尊菩萨金光闪，舞棍挥拳斗霸王。

排律·游杭州西溪

水域荡轻舟，西溪盛景收。
靓妹蘸卉艳，戴立[①]紫华羞。
白鹭栖枝唱，睡莲躺蔓休。
雪梅形影瘦，柿树美容留。
奕奕虹桥美，怡怡洪族[②]楼。
红瞰溪里映，凫鸟水中悠。
铁隼击云过，商家醉客售。
粼粼风波漾，习习暖流柔。
远客源源至，人人笑容酬。

［注］①戴立：花名，紫色；②洪族：指洪氏家族，是当地的旺族，古代曾出过一个公侯，三个宰相，五个尚书。

游西湖红鱼池

玉树临风滴翠微，红鱼结队晚霞晖。
比肩墨客伏栏赏，日落西山竟忘归。

游溪口蒋介石别墅

三面群山秀，剡溪飞疾流。
香樟环阁翠，别墅美人悠[①]。
衣柜雕花美，枭床宝镜优[②]。
黎民多少血，注入此宫楼？

［注］①美人悠：指别墅墙上贴有数张宋美龄各种闲适的像；②宝镜优：指蒋宋床的东西头都有镜子，以瞧

容颜。

乘快艇从朱家尖去普陀山的海上

连山群岛绿，巨浪拍天亭。
艇快如飞箭，穿飞向佛行。

游普陀山法雨禅寺

芳樟茂密翳苍穹，避暑乘凉送爽风。
玉殿雕檐光灿灿，九龙皓壁气雄雄。
禅言句句滋千众，法雨绵绵润万翁。
四海香宾求吉瑞，平安福寿降民中。

观鲁迅展览馆(四首)

丹心连广宇，处处响惊雷。
仗义惊天地，执言灭鬼神。

气节刚而直，丹心向庶民。
天天常“吃草”，日日叶精灵。

俯首为黎庶，浓眉向敌横。
终生挥剑笔，句句捣魔营。

脸面无奴色，身鎔铁脊梁。
真言如亮剑，出鞘斩豺狼。

排律·普陀山澹澹亭望海

步履轻轻上澹亭，怡心极目赏沧溟。
青青岛屿环蓝海，袅袅云烟绕宇庭。
白鹭飞天吟旅赋，银鸥拍翅迓娉婷。
雄鹰竞击披霓彩，百舸争流卷落英。
富裕黎民情满腑，流连忘返共潮鸣。

游南普陀寺

浩海奔流绕厦城，云峰五老绿光茵。
重重寺庙重重灿，座座金菩座座荣。
凤翥龙翔双比翼，鸥鸣鹭唱两驰音。
一世为人行善事，求神拜佛有何营？

乘快艇游海

邀俦游碧海，爱在浪中飞。
跌跃无何惧，神心尽彩晖。

望金门

放眼望金门，锦楼白雾吞。
红曒光彩照，岛上焕然新。

登日光岩

攀缘登石顶，步步动心神。
画阁名师绘，金菩海域闻。
光岩临海垒，郁树溢芳芬。
铁铸男儿汉，行将倭寇焚。

日光岩眺望

登临石顶日光岩，昌盛鹭城耀眼前。
广厦重重连赤日，游舫浩浩接蓝天。
中西乐律怡心肺，欧美楼台灿碧川。
鼓浪千秋呈笑靥，钟灵毓秀梦团圆。

游福州西湖(二首)

紫阁楼台映日红，潭中锦鲤戏成龙。

垂岩瀑布飞千尺，恍若银河落九重。

浓浓榕树下，盛世百花中。
赤日融湖笑，霞辉映岛红。
双翁对弈醉，四汉赛舟雄。
我赏奇观景，何时岛友同？

排律·游福建泉州开元寺

寺庙开元气势鸿，东西宝塔傲苍穹。
千年榕树朝天笑，万缕须根落地融。
弘一宗师睁慧眼，泉州众庶建梵宫。
玄楼[①]碧瓦重重起，宝殿金菩赫赫雄。
接踵并肩虔敬客，烧香拜佛祈灵童。
修行积德诚心善，百国和谐享大同。

［注］①玄楼：唐玄宗统治时所建。

鳌园[①]（四首）

庭景

画阁楼台灿鳌园，排排亭榭映红垣。
烟波翠柳迎宾舞，荡去几多心里烦。

纪念塔[②]

巍巍宝塔耸城东，血战浮雕闪鹭空。
魍魉悲悽逃海岛，雄师百万建奇功。

革命浮雕[③]

恢宏壮阔战旗飘，激战枪声响碧霄。
暴虐豺狼何所惧，翻天覆地起狂飙。

陈嘉庚墓

墓上微雕八卦神[④]，终生集美聚贤仁。
一腔热血全倾出，造就彦才为庶民。

［注］①鳌园：是厦门市游园之一；②纪念塔：解放厦门市纪念塔；③革命浮雕：指刻在墙上的中国人民革命战争进程浮雕；④八卦神：指刻在陈嘉庚先生墓上的图案。

洪坑村见闻（三首）

绿水青山凤尾花，长虹石路土楼家。
千年古树驱炎暑，德艺奇才誉海涯。

洪坑建筑一奇葩，府式方圆[①]结构佳。
气势恢宏龙凤配，名传万世耀荣华。

凤尾艳红花，溪边满树丫。
白鹇林涧唱，幸福土楼家。

［注］①府式方圆：洪坑村的土楼，有宫殿式、府策式、圆式、方式、五凤式等。

乘飞机从长沙至高雄

雄鹰一啸上晴空，俯瞰宏图耀眼中。
碧海蓝天相映趣，银山雾气互流通。
长虹霞彩嫣千里，丽日韶光射九重。
台陆黎民常往返，心桥飞架两赢丰。

阿里山姐妹潭

阿里深山姐妹潭，风光绚丽美心田。
粼粼圣水千层绿，熠熠花鱼七色妍。

独有凉亭仙女恋，唯其杉树洞儿圆。
枝繁叶茂红根固，赏景销魂台陆联。

乘阿里山小火车

柳杉神桧耸苍穹，缕缕霞光间叶红。
我驭长龙腾雾去，心怀伴侣逛天宫。

观阿里山雾海

雾海蒙蒙罩树丛，飘然偶露剑锋雄。
圆圆赤日通天照，瘴散霞飞万壑红。

阿里山少女冲茶

红装少女喜登台，酒靥圆圆笑脸开。
缕缕茶汁全泡出，清香润肺爽心怀。

红桧吟(四首)

日寇侵占台湾时，将生长2700余年的红桧树，砍伐殆尽，只留下粗大的树蔸。这些大难不死的神树，在雨水、阳光的滋润下，又渐渐在原树蔸上，长出第二代、第三代参天大树，雄姿勃勃，生机盎然。感此赋诗四首：

树蔸粗万丈，干断魄魂存。
雨润红心勃，繁枝日日荣。

红桧又重生，虬枝碧宇横。
东瀛摧不死，今日更峥嵘。

借问因何故？传承华夏情。
炎黄先祖佑，浩气铸灵魂。

固本强枝灭蛀虫，枝繁叶茂更葱茏。
红心热血通经脉，傲雪欺霜壮志雄。

旭日光照阿里山

旭日升空百岭红，流金出彩一重重。
千山处处东风劲，鸟语花香惬意浓。

阿里山茶场

万里新茶万里香，山山岭岭吐芬芳。
五洲墨客闻茗至，品味吟诗绘锦章。

清晨日月潭堤坝上观景

举步怡情上锦台，风光旖旎动心怀。
雄鹰展翅穿云过，画舸犁波绽卉开。
皎皎蟾宫行步下，圆圆赤日逐尘霾。
琼楼寺庙金光闪，两岸诗人细剪裁。

赏同源桥

同源血脉悦心桥，虎跃龙腾巧匠雕。
菡萏亭亭身段俏，喷泉洒洒风姿娇。
一泓清水飞流去，百尾红鳞嬉戏漂。
瑰宝千年藏博馆，中华盛世万人骄。

观日月潭景色

涵碧琼楼①矗九天，黄金桅杆②耀云间。
清潭浩渺粼波闪，水府红暾漾客船。

［注］①涵碧楼：为日月潭畔五星级宾馆；②黄金桅杆：立于日月潭行馆上，金光灿烂。

太鲁阁赏景

悬崖绝壁有何愁，峡谷深山正好游。
步步徐行随意赏，如痴似醉蜜心头。

步行峡谷赏景

霞光丽彩染峰峦，禽鸟金猴戏紫烟。
九宇天河飞泻下，湍流咆哮动山川。

仰望太鲁阁峪谷

仰望苍昊百里长，危山异彩半山凉。
金猴敏捷难攀上，峡谷清新润肺芳。

柳野风光(二首)

美人头

金丝炯炯美人头，靓丽容颜酒靥优。
两眼秋波光泽闪，男儿哪个不回头？

曲龙桥

龙桥九曲跨溪流，旅客欢颜挽侣游。
绿水滔滔奔逝去，男宾哪个不飞舟？

黑石林(二首)

黑石如林满野洲，风光怪异海神修。
游人个个心期盼，胜景何时一统筹？

黑石如林屹海滩，沟沟壑壑奏琴弦。
狂潮拍岸欢歌舞，似贺中华美梦圆。

猫鼻头[①]

仙猫静伏海滨边，渴望渔船满载还。
倏而樯龙披彩现，欢欣鼓舞唱鱼山。

[注]①猫鼻头：台南景点之一。

清水断崖[①]

绝壁关山浩海围，一条险道绕崖飞。
马龙车水如梭织，统一何时国更威？

[注]①清水断崖：台南环岛景点之一。

十八王庙[①]

十八英雄进港湾，台民个个笑开颜。
开天辟地兴台业，除暴安良建海关。
生意兴隆通北美，财源茂盛达中原。
凶魔记恨阴谋宰，万众昭彰立庙坛。

[注]①十八王庙：据民间传说，从大陆来台的十八位英雄好汉，在高雄建功立业，除暴安良。后被奸人所害，当地民众为表彰他们的功绩，在西子湾山上建了一座庙，名曰“十八王庙”。

观香港维多利亚港夜景

如鳞广厦耸云空，无限风光耀眼中。
劲射激光驱夜雾，灿烂星河落江融。
清风拂煦乘凉爽，白浪欢歌慰皓翁。
展翅雄鹰飞掠过，神威舰艇搏长风。

香港太平顶观景

脚踏山峰深情涌，通观全港尽东风。
如鳞广厦连天顶，浩阔香江拍岸隆。
舸若长龙冲浪疾，车如骏马竞驰雄。
铁蹄印迹今不见，盛世繁华万载红。

观香港海洋公园海豚表演

蓝蓝水面广无涯，四面游宾映日霞。
出场海豚飞似箭，登台艺士乐如花。
豚腾广宇穿云过，士奖佳肴摆尾巴。
跳跃空中含彩果，欢声雷动万人夸。

排律·澳门威尼斯水城

澳门多远客，爱慕向威行。
绿水城中串，蓝天屋顶晴[1]。
长虹迎旭日，圣树映波明。
骚客诗情涌，船夫笑脸晴。
溪边银饰闪，店里贵宾盈。
赤雨霏霏洒，回归市旺盛。

［注］①指屋的天花板上，绘有蔚蓝的天空上，飘着白云、彩霞与红日。

澳门渔人岸观景

笑立渔人岸，宏图飞眼中。
唐城千古秀，堡垒万年雄。
跨海长虹伟，返航渔舸丰。
东风翻雪浪，铁隼展长空。
景色迷人美，回归惬意中。

盛世莲花[1]绽

盛世莲花绽，心神向日红。
澳门弥馥郁，无处不昌荣。

［注］①莲花：澳门市花。

游庐林湖

翠岭庐山上，林湖嵌壑中。
红亭光泽闪，倒影黛山融。
峪谷腾清水，石桥镌青龙。
五洲游客赞："绚丽景奇丰。"

排律·庐山锦绣谷

锦绣群峰耸，奇观映脑中。
天桥飞峡谷[1]，剑壁刺苍穹。
石似神兵降，花如少女红。
悬崖千曲路，险谷满罡风。
壮丽庐山景，山山气势雄。

［注］①传说朱元璋与陈友谅作战时，被陈军追到峡谷中，突然上天降下一座神桥，朱立即打马过桥，待朱过桥后，电闪雷鸣，山洪暴发，一声炸雷把桥击断了，只留下一个桥墩。陈军无法过桥，朱绝处逢生。

深宵聆听牯岭镇民间音乐

银晖倾牯岭，妙乐蕴真情。
赏者如云集，神驰美梦生。

千家哪日不春风

庐山峭壁险关雄，万绿丛中别墅红。
个个黎民真富有，千家哪日不春风。

排律·夜游庐山街心公园

暮色弥天际，繁星挂碧丛。
银河倾牯岭[1]，夜市闹苍穹。
卉店芳氛溢，心园[2]锦彩丰。
仙音[3]百客赏，恋侣两情融。

习习凉风爽，威威武警雄。
川流蓝鸟疾，剑舞雨花红。
庐岭街心灿，黎民永向东。

［注］①牯岭：指庐山牯岭镇；②心园：指庐山街心公园；③仙音：指庐山民间艺术家在街心公园吹拉弹唱之美妙音乐。

明月山观景

绚丽朝暾染岳红，层层山脉若飞龙。
青松岭上东风劲，翠竹茏中日影融。
瀑布飞流珠玉洒，野猪怒吼朗声訇。
潺潺绿水动情唱，明月春光暖意浓。

明月山庄农家饭

明月山庄灶火红，奇珍野味爽心胸。
乡村百姓情深厚，尽享醇香谷酒中。

神龟迎客

璧月映清泉，神龟坐玉盘。
欣迎遐迩客，福寿享天年。

黄山怪石

怪石成山别样形，拟人似物栩如生。
“金鸡报晓”红光闪，“喜鹊登梅”翠鸟鸣。
“猴子峰前”观海醉，“仙人岭上”下棋倾。
惟妙惟肖情切切，美景频收妙趣生。

黄山一线天

黄山一线天，险峻动心田。
宾客踵头接，长龙上下连。
游宾频仰首，碧宇巧呈弦。
绮景黄山有，新奇独领先。

风水宝地——西迪

峻岳罗峰[①]耸，巍巍碧嶂雄。
石狮盘北地，天马纵南空。
两水环村抱，三风[②]贯迪中。
船形[③]环衍地，气脉万年红。

［注］①罗峰、碧嶂、石狮、天马，山名，为西迪四周的山形；②三风：为文风、官风、财风；③船形：此庄像一艘大船的样子。

徽派建筑

歙州建筑耀荣光，徽派驰名四海翔。
二白一青[①]形态美，三雕[②]两马[③]意昂扬。
龙狮会舞人心爽，兽鸟和鸣天籁香。
国画诗词千户雅，家家气魄五洲彰。

［注］①二白一青：外墙、内壁均为白色的，瓦为黛青色的；②三雕：即石雕、木雕与泥雕；③两马：指每堵墙的左、右均砌成奔驰昂扬的马头墙。

西迪西园石雕

西迪[①]雕刻闪光华，圣帝周王拜子牙[②]。

圆洞井花[③]芳泽艳，凉亭春圃[④]美园佳。

鱼池盆景仙台妙，假岳明星卉

蕊霞。

透过“漏窗”三院见，神工技艺绽奇葩。

［注］①“西迪”字为前院石雕；②“周王拜子牙”为中院石雕；③“井花”字为中院石雕；④“春圃”字为后院石雕。

黄鹤楼眺望

新春眺望悦心头，万里生机好自由。
浩浩轮船破浪去，飞飞水鸟信天游。
乌龙蓦地驰南粤，铁隼倏然抵北欧。
贾客江城云集至，智能产品竞风流。

游宜昌车溪（三首）

哭嫁

峡谷琼楼爽意风，仙桥一座落山中。
忽闻鼓乐惊天响，哭嫁声声谢语衷。

凹形山崖

凹形峭壁屹苍穹，丽日霞晖染岭红。
展翅雄鹰飞掠过，骚人个个赋诗中。

奇石瑰宝

满目琳琅灿馆中，千奇宝石刻心胸。
“长河落日”红辉熠，“楚水行舟”细雨蒙。
“积雪峨眉”开慧眼，“春江帆影”映云彤。
泥沙黑土封不住，亿载千山今出宫。

游湖北通山县隐水洞（三首）

观仙人梯田

洞里玉田多，银粼圣水波。
层层皤石闪，处处翠荷歌。
稻穗迎宾舞，仙莽伴瑟和。
神工开妙境，怎及智人谋？

隐水洞开小火车

龙车滚滚蜿蜒行，洞里奇观满目生。
隐水哗哗翻白浪，仙羊咪咪迓宾鸣。
马良命笔题诗妙，大圣求师学艺诚。
四海游人乘坐爽，怡心赏景涤心尘。

隐水洞瑰宝

葡萄仙果艳，翠绿劲松苍。
玉象迎宾舞，银龙伴凤飏。
鲁班修殿阁，虎将镇边防。
锦绣通山美，财鹰展翅翔。

游九宫山（三首）

迎客松

东风拂绿枝，舒袖展英姿。
绽靥开颜笑，高吟迓客诗。

小雨观云中湖

细雨霏霏下，蒙蒙白雾氤。
楼台亭阁隐，宝塔帝宫神。
硕硕乔松伟，粼粼绿水春。
悠悠虚幻景，爽气濯心灵。

晴日岭上观云中湖

悦立崇山岭，云湖倩影收。
层层琼阁美，叠叠碧山柔。
寺庙敲钟响，游人祈福稠。
湖心镶翠岛，屿上耸高楼。

九宫山四季铜鼓包风光（四首）

春天铜鼓包

鼓顶金铜面，恢宏跑道宽。
龙车攀岳岭，墨客诵诗圆。
雾绕青山垴，宾成九宇仙。
圆圆红日笑，蕊绽百花妍。

夏天铜鼓包

铜鼓夏风凉，生灵聚一堂。
斑鸡栖树唱，猛虎啸山冈。
梆鼓金声咏，蛙鱼乐瑟扬。
五湖四海客，合诵郁金香。

秋天铜鼓包

劲疾秋风啸，千山落叶飘。
枫林呈彩锦，翠柏竞妖娆。
绿绿松林咏，橙橙野果香。
铜包多韵味，壮景逐心潮。

冬天铜鼓包

雪卷北风嚎，冰凌撞击鸣。
包晶银草劲，树舞鼓山莹。
旭日雄峰起，妍霞峻岭明。
豪情心里涌，落笔律诗成。

九宫山泉崖喷雪

万绿丛中险峻崖，红亭绝顶沐云霞。
风吹雾散苍岩峭，雪喷泉飞细雨斜。
壑谷深深千尺暗，清流溅溅百条花。
重重碧岭腾飞疾，笔泻浓情万赋佳。

九宫山十八潭

九宫十八潭，胜景映心田。
泻瀑飞珠洒，吟潭奏瑟弹。
山鸡枝上唱，黑麂树中翩。
淑女天桥过，歌声颂梦圆。

周家大屋[1]

绝壁悬崖两面环，清溪澄澈绕庭园。
重重大屋多荣耀，显赫周功[2]代代传。

［注］①周家大屋：据说此大屋居的是东吴周瑜的后裔；②周功：指周瑜为孙权联蜀抗曹立下了赫赫战功。

游无量禅寺感怀

葱茏翠绿九宫山，殿阁辉煌寺院妍。
拜佛求神何必要？心无贪念自然安。

重庆朝天门

凭栏观夜景，旖旎动诗心。
铁隼星空击，游鱼白浪吟。
航行红舸疾，跨越彩虹横。
岸上群龙舞，熙和万载春。

洪崖洞

凉亭花榭丽，洞水赤光柔。
泻瀑潭中溅，游鱼水底悠。
巍巍雕虎勇，扁扁古钟讴。
独特风光美，洪崖万载秋。

重建后的映秀镇

满谷玉琼楼，纵横阔道优。
龙车驰万里，喜爆响全球。
户户红旗挂，家家旅客游。
愁容飞不见，映秀笑声稠。

映秀羌寨游

家家片石楼，灿灿彩旗悠。
玉米金光闪，柳沟肉[①]味稠。
山歌迷远客，刺绣醉全球。
劲舞氛围烈，怡神度百秋。

［注］①柳沟肉：是一种香味扑鼻的肉。

成都锦里小吃

张飞牛肉沁心脾，豆腐麻婆诱客迷。
最是美滋“三大炮”，怡于餐桌不思归。

成都锦里俗趣

泥人糖画彩灯明，剪纸玩牌对唱情。
喝酒嗑瓜聊夜话，人生爽快胜仙神。

游九寨沟(四首)

镜海

海面蓝蓝似镜平，晶莹剔透霁光荣。
云天翠柳湖中漾，鸠鸟金猴泊里鸣。
黛绿崇山成倒影，鲜红野果戏鱼群。
实虚难辨成迷景，似幻如真万象生。

箭竹海

葱茏箭竹锋，挺立冷杉松。
鸠鸟歌喉展，锦鸡彩羽丰。
流波摇褐草，赤鲤戏虾虫。
倒影山姿美，映入绿潭中。

长海

犹如长翡翠，酷似靛青龙。
海底乔松漾，涛间白卉冲。
藻丝随浪舞，锦鲤恋霞红。
借问长青故，自然过滤功。

悬崖剑锋

远望如同一剑雄，近观峭壁刺苍穹。
葱茏树竹相摇舞，闪闪银光射九重。

清音阁(二首)

馥郁牛心[①]峻岭雄，双亭玉立两虹中。
二江[②]相汇春雷响，一石横拦骤雨丰。
缕缕霞光幽谷照，妍妍丽水梦乡融。
烟尘涤尽神情爽，正直为人美境鸿。

碧阔禅房气势宏，三尊佛祖[③]供堂中。

虔诚旅客全朝拜，祈保平安百代雄。

［注］①牛心：指峨眉牛心山；②二江：为白龙江和黑龙江；③三尊佛祖：为释迦，普贤和文殊。

一线天

峡谷龙江一线天，悬崖绝壁袅云烟。
临溪栈道萦回处，霹雳隆声震九天。

游黄龙（五首）

排律·叠彩池

喜上黄龙坝，疲劳立刻消。
层层池水艳，叠叠玉盘娇。
淡绿深黄水，橙红紫靛娆。
霏霏烟雨罩，闪闪彩光飙。
四海逍遥客，源源涌似潮。

金沙铺地

灿灿黄沙陡地融，犹如金毯挂山冲。
三千游客尽陶醉，摄影频频正兴中。

莲台飞瀑

旭日林梢照，千奇盛景嫣。
群龙争起舞，叠瀑竞飞欢。
声似千雷响，势如万马腾。
银珠山野洒，兴致喜狂然。

［注］群龙：此指林中数条奔腾的流水。

锦坡多俏丽

爽气空中溢，苍烟潭里悬。
层层坑洞秀，串串石盅圆。
眨眼红暾照，倏而紫卉翩。
锦坡多俏丽，悦目爽心田。

水柳田

远望如同一亩田，近观却是柳丰园。
晶莹宝镜银光闪，倒影婆娑展俏颜。

峨眉山麓人猴共乐（二首）

滴翠崇山莽莽林，悬崖耸立足千寻。
金猴戏嬉自由地，游客头上试嗓音。

戏闹金猴不怕人，欣同远客亮金音。
深山喜拍和谐照，共进中餐奏雅琴。

峨眉金顶

雾海茫茫罩岭巅，轻风拂煦逐云烟。
普贤十像金光灿，涤尽心尘万里妍。

曙光台观日出

俯瞰地平线，碧蓝天际边。
丝丝霞彩露，朵朵玉花妍。
紫色纤芳艳，橘红宝石悬。
金光千道闪，日子比糖甜。

曙光台观圣灯

月皎风清子夜莹，幽深壑谷圣灯明。
问君此是何缘故？磷化氢燃耀烨荣。

游光明山报国寺

背靠光明山势雄，凤凰[1]相伴吉祥融。
青松翠柏环殿宇，绿草蓝花衬佛宫。
件件奇珍惊世界，重重庙宇耸苍穹。
沧桑巨变经多少，阅尽人间血雨风[2]。

［注］①凤凰：此指凤凰包；②血雨风：指该寺于明末毁在战火中，顺治十一年（1654 年）闻达禅寺重建。

游乐山大佛（三首）

脚踏岷江首顶天，坐姿肃穆靠云巅。
眼神炯炯赐仙佛，普度群生结善缘。

云山乃是一尊佛，弥勒金身像座山。
面向三江[1]淋法雨，黎民万福镇贪官。

似海游宾笑脸开，汗流浃背曲弯排。
为求弥勒神灵佛，好运源源接踵来。

［注］①三江：指岷江、青衣江、大渡河。

都江堰（二首）

宝瓶口

貌似金瓶宝口灵，离堆蓄水缓流行。
问君水蜮何降服？扼住狂澜肆意行。

二王[1]不朽功

据势分流巧导洪，狂澜力挽锁蛟龙。
良田亿亩千秋笑，彦圣双王万世功。

［注］①二王：此指李冰父子。

登贵阳甲秀楼

阳春四月好登楼，景色迷人一望收。
广厦巍巍连碧宇，轿车辆辆达全球。
南明碧水穿城过，国酒茅台醉客留。
彩练虹桥成甲秀，商家开市竞风流。

游贵州水上石林

鬼斧神雕精刻功，奇形怪状醉心中。
形如利剑穿穹宇，势若蛟龙卷碧空。
绿水潺湲游峡谷[1]，帆船[2]浩荡驭春风。
石礅金字[3]光灿灿，倒影嶙峋映翠宫。

［注］①峡谷：有些巨石间形成一道峡谷；②帆船：有的巨石像帆船一样，在水上航行；③石礅金字：水上石礅 365 个，取其整数 400，每块石礅上刻有金字。

黄果树瀑布

日照峰峦冒紫烟，银河泻瀑落蓝天。
仙人俯瞰心惊叹，万朵银花绽碧川。

观昆明金马碧鸡坊

牌坊耸立入云霄，金碧辉煌灿八方。
四海游宾频拍照，雄鸡骏马起狂飙。

游昆明翠湖

翠柳凉亭映赤暾，微波漾漾泛柔情。
湖中倒影迷人醉，疑是仙园水里生。

观昆明世博园钟中花

钟里鲜花着意开，园丁巧手悉心栽。
长针自动顺时转，玉犬迎宾接踵来。

世博园中遍地花

世博园中遍地花，茫茫浩瀚广无涯。
仙天哪有中华好，锦绣河山美国家。

游大理蝴蝶泉

绿树参天彩蝶翩，清泉激涌笑声圆。
秋波就是红姻线，男女双双结囍缘。

观云南大理玉雕展

大理“雄狮”翡翠璃，玲珑剔透九龙琦。
貔貅玉镯绿光闪，巧夺天工万世祺。

佳画天成

云南大理石板上，一幅幅自然的作品，岁月的作品。

千山万水一层层，酷似蛟龙骏马腾。
莫道名家亲绘就，神奇锦石自生成。

坐索道上大理苍山

春风翠叶赴胸怀，骤雨澄清万里埃。
驾雾腾云乘索上，龙泉峡谷笑颜来。

高原神潭水

碧玉潭中蓄福泉，龙山[1]雪水灌良田。
游人不绝开颜至，手洗三回美梦圆[2]。

［注］①龙山：此指终年积雪的玉龙山；②据传说从玉龙山流下的神潭水，洗一回可带来财运，洗两回可带来官运，洗三回可带来桃花运。

丽江古城见闻(三首)

绿柳依依拂水波，古城清沟唱欢歌。
金鱼戏谑潆洄耍，四海游人起笑波。

芦笙曲调荡心波，靓妹民歌唱月娥。
四海游宾牵手舞，中华民族赤心和。

清溪流水唱欢歌，百岁桥[1]边福寿多。
过路行人停步坐，琴声入耳悦心窝。

［注］①百岁桥：小石桥名。此桥环境优美，潺水声、弹琴声、织机声、声声入耳，奏成美妙的乐章。人们常坐聆听，心声怡和，有好多百姓活了一百多岁。

坐索道上丽江云杉坪

莽野青杉别样情，熊吟瀑泻锦鸡鸣。
山花馥郁香心底，人与天然互共生。

从云杉坪赏玉龙山奇景

人间奇景玉龙山，五月冻雪盖峰巅。
白雾团团随意舞，阳光灿灿逐烟欢。
萋萋绿草呈风采，嘻嘻牦牛戏美婵。
川流不息游宾至，不尽财源变富泉。

乘车于呼伦贝尔大草原幻见

茫茫碧野望无边，辆辆游车驶向前。
极目天沿潮水涌，谁知仍是草坪原。

游内蒙古呼伦贝尔大草原

一望无垠大草原，春荣嫩绿映蓝天。
雄鹰展翅穿云过，骏马飞蹄踏露还。
少女歌声怡肺腑，牧童笛韵润心田。
宽宏大道通芳野，不尽车流向日边。

北极风光

美女香樟落叶松，金黄璀璨伴青葱。
白桦万丈冲天起，北极风光别样中。

[注]美女、香樟、落叶松：均为东北松不同的种类。

漠河腾飞塔眺望

一望无边黛绿原，繁花处处笑开颜。
T形阔道车流疾，俄式琼楼尖顶嫣。
铺里蓝莓香喷喷，城中劲草色斓斓。
腾飞火箭[①]冲九宇，集镇黎民美梦圆。

[注]①腾飞火箭：此指腾飞塔，形似飞行火箭。

踏莎行·漠河松苑

1987年大兴安岭林区，发生世界罕见的大火，瞬间摧城池，毁生灵，漠河被吞噬于火海之中。然而其松苑安然无恙。民间传言：松苑乃吉祥之地，有神灵保佑。火魔不敢，也不忍。

北极城中，青菁松苑。昂扬秉直冲天殿。英姿飒爽四身雄，心灵洁净雍容面。　　七八年间，火魔肆爨。山林闹市焦土遍。威严正气镇妖邪，祺祥圣地晖芳甸。

蝶恋花·游满洲里猛犸公园

白鹤欣栖青草地，展翅欲飞，迥异形神丽。丘顶红花迷客醉，园边巨象造型艺。　　人马传情同唱戏，骚客奇惊，作品心中蕙。更有俄宫无比类，心潮漫卷歌边镇。

满洲里夜景(三首)

北海

碧绿红黄紫靛妍，圆尖宫殿映心田。
江中倒影霓光闪，璧月繁星笑语甜。

外交会馆

亮塔层层屹夜空，光芒四射五洲中。
外交会馆人才济，特色人文万里通。

陶娃广场

俄式宫楼光彩妍，陶娃货店笑声圆。
游宾多少神情爽，人人竟购悦空前。

文明城市满洲里

放眼全城屋顶莹，红蓝广告爽心神。
车龙往返飞驰疾，不见街中一缕尘。

生查子·长白山观景(五首)

生查子·山峰眺望

白云似颢绸,积聚银山状。境界碧江流,浪卷高歌唱。　　江连岳麓边,峻岭层峦嶂。欲睹景观奇,陟步飞登上。

生查子·天池观景

火山石浆腾,岩柱三千丈。万里物飘浮,碧水天池漾。　　沙锥九宇凌,细砾千层状。鸭绿松花江,自此飞流盎!

生查子·泻瀑入海

锦江白瀑飞,疾泻三千丈。皓玉溅山岩,绿水高歌唱。　　悬崖叠嶂环,入海江河壮。骇浪涌惊涛,誓把污泥荡!

生查子·温泉长白水

长白涌温泉,富寓维生量。矿物锂锶锌,润体身强壮。　　天天泡脚勤,日日舒筋脏。治病逐魔妖,百岁人还旺!

生查子·胜景怡神亮

红阳照翠山,陟步天池上。放眼碧波烟,浩浩连天广。　　男宾奏乐狂,女客高歌唱。借问是何因,胜景怡神亮!

南乡子·观太阳岛龙凤造型遐想

五色草如花,织就凤凰耀彩霞。百鸟和鸣欢快唱,兴家。万树春风喜吐芽。　　户户把龙夸,气势吞云卷奢华。铲尽虎蝇除孽种,甚佳。党帜红光照海涯。

太阳岛园林春色

红黄紫绿满园春,滴露松林氧气新。
水里游鱼亲翠柳,心潮澎湃赋诗频。

鹧鸪天·观黄河壶口瀑布

晋陕危山峡谷幽,黄河啸聚汹涌流。惊涛泻瀑从天落,撼岭轰雷动地球。　　珠雨洒,贯长虹,金龙漫卷起宏图。中华儿女雄心壮,宇宙飞船火星游。

观秦始皇兵马俑

头盔铠甲闪豪光,布阵威严铁壁墙。
战马飞驰惊地动,游宾络绎喜观光。

七、咏物寄意

沁园春·张家界市天门山珙桐

叠嶂层峦,莽莽丛林,峻岭园中。赏珙桐瑰宝,亿年化石;朝东卵叶,万岳骄容。闪亮红光,天门兴盛,褐干圆枝边忍锋。苋心貌,有花形似鸽,欲展蓝空。　　如潮远客成龙,观锦绣园林瑞气浓。看银翁美澳，频频摄影；亚非墨客，细绘芳从。禹甸淑姝，闻花沁脾，霎感身心馥郁融。瞧贤彦，悦吟诗作赋，气贯长虹。

轩辕栽柏树五千春

沧桑岁月五千春，浅淡银灰露峥嵘。
叶绿枝残身仍健，腰圆骨硬魄还灵。
历经冻雪狂风雨，屡战雷神闪电惊。
立地冲天豪气壮，轩辕气血畅流行。

柏树

雄姿挺拔耸云霄，黛绿葳蕤卷浪涛。
暴雨狂风何所惧，战天斗地逞英豪。

庐山翠柏林

庐山翠柏屹苍穹，耿直诚心众志同。
镇日成荫生爽气，迎宾逐暑笑容容。

张家界青松

青松郁郁乐融融，傲立悬崖绝顶中。
不惧严霜和暴雪，笑容满脸迓春风。

黄山奇松

层峦叠嶂绿葱茏，千载奇松耸玉峰。
峭壁扎根深千尺，危崖裂石矗百重。
披风冒雨开颜笑，斗雪驱霜战暴风。
酷吏行临惊壑吼，宾朋远至鞠三躬。

崖上青松

悬崖缝里屈难伸，撑破巉岩欲报春。
忽遇东风通夜雨，雄奇松树笑声频。

松林

峻岭崇山黛绿葱，千松万棵挡砂风。
同心协力凝雄气，造福黎民不居功。

蝶恋花·凤凰岛[①]上迎客松

湖畔凤凰秋韵浪，满岛乔松，阵阵欢声唱。起舞迎宾舒袖盎，五洲游客心神旷。　四海三江骚旅旺，作赋吟词，引得诗仙上。李白乐天杜甫亮[②]，红尘一梦回肠荡。

[注]①凤凰岛：地名，位于湖南郴州东江湖畔；②李白乐天杜甫亮：指该岛的迎客松牌上面对李白的《南轩松》、杜甫的《四松》、白居易的《松江亭携乐观渔宴宿》作了宣传。白居易字乐天。

山竹

长在高山上，阳光雨露营。
冰霜何所惧，仍就翠菁盈。

楠竹

根深蒂固扎深山，雪压冰凌不屈弯。
待到山花开放日，甘将嫩笋献人间。

棚竹

挺拔腰身铁骨坚，盘根错节抱成团。

任它暴雪狂风卷，稳似衡山绽笑颜。

雪梅

雪压梅枝鸟不飞，阳光照射尽朝晖。
扬眉吐气开颜笑，喜带春花壮气威。

赏广州萝岗雪香公园梅花

潮塘[①]绿萼美人梅，灿白桃红绚丽葳。
雨剑风刀摧不倒，芳香万里醉心飞。

［注］①潮塘、绿萼、美人梅：为三种不同类的梅花。

早梅花

疑是霜花满树丫，枝枝皓白满山洼。
熏风阵阵香心底，方晓早梅已绽花。

仙人闻香下凡来

阵阵香风冲九天，仙人个个悦心田。
腾云驾雾下凡至，爽目怡神不愿还。

南海滨悬崖（二首）

凸凸眼眼尽成麻，暴雨狂风日夜刷。
骇浪惊涛无所惧，全身尽挂光荣花。

勿言遍体尽成麻，那是浑身挂彩花。
倭寇当年枪炮击，鲜红热血化霓霞。

榕树

枝条生发发生根，直入泥中变茂林。
树冠芳菲迷远客，吟诗作赋奏琴音。

大叶榕树

四季常青树冠宏，巍身壮实可称雄。
坚强体魄耐干旱，硬质银心抗暴风。
污秽袭来何足道，沙尘卷至岂腾空？
千园万苑移栽种，秀丽风光惬意浓。

礼赞樟树村的樟树

根系深深扎土中，枝繁叶茂郁葱葱。
阳光甘露常滋润，雨水佳肥恒灌通。
敢斗狂风千里荡，虔敬黎民万年钟。
心胸广阔容日月，卓著奇勋谁不躬？[①]

［注］①樟树村樟树，又名红军树，在1934年贺龙率领的红军与郭汝栋的白军激战中，为红军挡过子弹。

湘大路两边樟树

青新樟树两边排，挡雨遮风护彦才。
烈日炎炎何所惧，荫凉一路爽心怀。

乌木

乌黑微红色泽鲜，温情脉脉质良圆。
为何不腐心神洁？铁骨铮铮万载坚。

裂树赞

长在深山壑谷中，根深叶茂裂纹丰。
遮阳挡雨固泥土，抗雪傲霜胜劲松。
哪怕浑身烧炭尽，行将烈火化春风。
一生一世为民暖，从未言谈不朽功。

昭山寺千年银杏神树赞(二首)

银灰树干耸云空，绿叶稀疏护寺功。
莫道高龄千岁寿，风霜雨雪仍英雄。

远客源源入寺中，披红挂彩敬神钟。
除灾灭病人兴旺，银杏欣然绽笑容。

岩业树

终生长在峭山崖，翠叶临风沐彩霞。
不惧暴雪冰万里，根粗干壮向阳华。

初冬檀树

风摧雨打结冰凌，叶落枝空木仍荣。
铁骨铮铮坚又硬，忠心不改向阳情。

踏莎行·青檀树

根系绵长，全身青亮。凹凸状态神心旺。椭圆卵叶茂枝繁，容光老裂迎风唱。　　质硬弥坚，身强体壮。公园别墅人心向。雕梁画栋醉春风，辟邪镇魍妖魔葬。

春三溪柳树

钢筋铁骨矗堤中，叶茂枝繁气势宏。
尽管高龄三百岁，防洪护岸仍英雄。

棕树

根须扎在大山中，抵抗冰寒滚热风。
移入园中添秀色，英姿飒爽笑声浓。

棕榈树

秉直身躯秉直心，根树壮实响金音。
园中净化妖除尽，正气张扬万载春。

油杉树

油杉挺拔傲苍穹，对抗炎炎腐蚀风。
馥郁峥嵘藏硬骨，甘为枕木铁衢通。

花椒树

绿叶繁枝爱向阳，浑身利刺不张扬。
一心只想结麻果，好伴农家菜肉香。

洪秀全故居龙眼树①

形身独特似蛟龙，纵体欢腾卷九重。
撼地惊雷难劈死，邪妖扫尽万家红。

［注］①此树是洪秀全青少年时代栽种的。距今近200年了，太平天国失败那年被雷电劈成两半，奄奄欲绝。清军借此警告："谁敢造反，就像这棵树一样，遭雷劈死。"后此树又奇迹般地活了下来，并以顽强的生命力长成一棵青龙体态的大树。

美人蕉

阔叶芭蕉似美人，彬彬有礼迓游宾。
芳香万里山原秀，处处温馨四季春。

爬墙虎

翠叶葱茏贴满墙，藤织网络结成章。
为民耗尽一腔血，竞逐炎阳好爽凉。

珊瑚树

珊瑚灿灿树枝红，浩海精华万载融。
瑰宝凝成生瑞气，中华一统亿年雄。

君子莲(三首)

碧叶田田连广宇，荷花灿灿艳天涯。
污泥不染真君子，洁白心灵烁烁华。

污泥浸没赤灵淳，菡萏红花滴露津。
吐故纳新排废气，身心健壮万年春。

干直身通地气连，根深叶阔绽花妍。
清风拂煦神情爽，藕白莲甜美梦圆。

紫薇花(三首)

夏日炎炎烈火烧，荒山野岭半枯焦。
百花园里多凋谢，独有紫薇红卉娇。

园中百卉多枯凋，只有紫薇喷喷香。
拼搏人生前景美，挥毫写出大文章。

热气蒸腾往上冲，蝉声阵阵闹心胸。
倏而两眼全清亮，灿灿紫薇霓彩红。

浪淘沙·大花紫薇

俏丽紫薇嫣，灿灿鲜鲜。栽培阆苑迓宾观。骨硬心红能拒腐，正气冲天。　　雨霁彩霞妍，伟绩篇篇。桥梁枕木厦楼坚。亿万苍生添喜讯，国泰民安。

向日葵

根深叶茂气轩昂，冠顶圆圆灿灿黄。
雨打风吹摧不倒，终生不改向丹阳。

观江门鞭炮花感怀

红黄串串笑颜开，绿叶丛丛护葩怀。
一望无涯千苑挂，家家致富上高台。

赏江门木棉花

枝繁干壮万花红，艳艳红霞映碧空。
莫道功能奇效少，黎民祛湿笑声隆。

桂花(四首)

乳白橙黄赤色花，芳香扑鼻醉天涯。
生津暖胃消痰尽，个个黎民脸泛霞。

满目园中翠，林间百鸟翔。
何来香沁肺，桂树溢花芳。
桂树黄花绽，微微细瓣张。
芳香飘万里，化作妙文章。

秋高天气爽，桂树叶芬芳。
馈赠全人类，时时扑鼻香。

菊花

舒枝展叶不弯腰，首戴金轮格调高。
岂惧寒霜和暴雪，园中盛放尽英豪。

冬菊

霜冰摧菊叶，挺杆向天涯。

不做妖淫者，宁为玉碎花。

野草莓

碧叶莓身面色红，圆圆脸蛋笑容容。
一心只盼滋民壮，从不称雄列果丛。

芦荟

四季青青绿叶薰，治癌祛痒最传神。
病人个个开颜笑，赋予人间万里春。

油菜花

处处田畴处处花，金黄灿灿满天涯。
生来秉性多奇怪，独爱寻常百姓家。

白岩山杜鹃花

岩山盛绽杜鹃花，岭岭湾湾放彩霞。
借问贤君何会此？红军热血染红它。[①]

［注］①1932年贺龙率领红二方面军在慈利县溪口镇白岩山与国民党郭汝栋的白军激战。结果红军虽取得了胜利，但也牺牲了不少勇士。

百合花

青山座座蝶飞翔，灿灿银花百里香。
秋后土中蟠果壮，滋颜补血亿民康。

南歌子·三角梅花[①]

叶子红花嫵，貌形三角妆。周身翠绿悦阳光。装饰庭园路径、笑容张。

一服心肠好，救人有妙方。调经活血病人康。好药神奇誉美、万年昌。

［注］①三角梅花：又名叶子花、九重葛、叶子梅等，属紫茉莉科，原产于秘鲁、阿根廷、巴西等地。

金银花

丛山遍野蔓藤丰，馥郁弥天寄意浓。
献出金银花万朵，为民健体立勋功。

晚稻花

青青稻叶列成行，淡淡飞花处处扬。
四野芳菲香万里，清秋穗穗闪金光。

烟花

冲天爆响一声鸣，滚滚烟火吉雨淋。
户户银钱千袋满，繁华盛世颂诗吟。

常春花

五片红花顶冠雄，常春绿叶一重重。
秋霜冷雨无何惧，北苑园中露笑容。

三角枚花

角枚赤卉南台栽，绿叶根枝耐旱灾。
夏日炎炎何所惧，红花朵朵向阳开。

一串红

串串红花众老栽，炎寒不怕笑颜开。
芳香万里浑身爽，逐散人间种种哀。

五色枚花

五色枚花北苑栽，红黄白绿紫颜开。
儿孙世世为民乐，助尔青云上锦台。

月季花(二首)

月季红花艳艳霞，青枝剑棘闪光华。
今人倘若生邪念，刺尔皮开肉绽花。

绿叶艳红花，青枝露刺牙。
见民开靥笑，遇鬼亮尖叉。

玉米花

壑谷山坡玉米花，红胡绿壳漫天涯。
微微粉粒随风撒，硕果金黄富万家。

科大赏樱花(三首)

校苑樱花盛，游宾涌似潮。
人人争摄影，俏丽又妖娆。

园中樱花绽，馥郁沁心田。
贵客争留影，红颜代代传。

满苑樱花放，缤纷万里芳。
翁婆心肺熠，老树着春光。

红积木花

绿叶赤花妍，同胞肺腑连。
形成新世界，雅意颂春天。

绣球花

嫩绿疏枝阔叶芳，球花艳丽尽春光。
清香渗入人心里，甜蜜婚姻日月长。

樱桃

五月樱桃盛，枝枝蜜果红。
滋滋甜腹里，万世吉祥中。

咏湘潭九华德文化公园
五类植物

德文化公园栽种了象征“廉”的竹、睡莲、荷花；象征“礼”的梅花；象征“忠”的金银花、桂花；象征“义”的红杉；象征“孝”的樱花。深感构思者之妙、之巧，则赋五首七绝以歌之。

德化公园映彩霞，睡莲翠竹又荷花。
虚心向上节连长，出自污泥廉洁佳。

纷飞白雪刺骨寒，遍野山林百卉残。
独有梅花含靥笑，频频致礼迓宾欢。

灿灿金银桂卉开，芳香万里喜心怀。
中华儿女忠于党，美梦圆圆追逐来。

红杉翠绿赤心丹，不惧严霜冰雪寒。
“义”字当头摧不倒，同心协力笑开颜。

樱花三月好风光，万紫千红百花香。
孝顺儿子千里至，频频合影享安康。

水牛

山坡啃草不声言，镇日春耕趟水田。
莫看一头憨厚像，每逢恶兽忒凶顽。

老黄牛(二首)

天天嚼草壮心脾，日日耕田自奋蹄。
从不歌功夸懿德，何谈显绩享安颐。

杂草丛生满岭坡，晨曦开拓不蹉跎。
西山日落回家去，脚踏银晖唱凯歌。

孺子牛

溪畔啃青草，四身骨骼强。
源源丰乳出，敬献满城乡。

湘潭县梅林山庄石牛造型

壮实似高山，耕耘不着鞭。
全凭精气力，幸迓美春天。

巴马乳猪肉

火烤乳猪千里香，初闻涎水万寻长。
游宾即刻飞腾至，怡入口中美味尝。

蚌

铁壳铮铮护肉身，泥塘海港蕴心神。
不思自个前途美，兴替神州毓宝珍。

虎威(二首)

莽莽丛林白虎雄，穿行绿海忒威风。
腾身一跃三千丈，百兽惊鸣远遁中。

茫茫林海虎安家，破雾驱云踏岭洼。
大吼三声千岳颤，腾身猛扑把狼抓。

雄鹰

雄鹰展翅搏长空，壮志红心万里通。
暴雨狂风何所惧，茫茫宇宙显神功。

鱼鹰

腊月寒江白浪寥，鱼鹰扎入水中瞄。
倏而似箭腾飞去，叼上肥鱼拍翅骄。

锦鸡

深山野岭锦鸡家，造就红蓝彩羽花。
跳去飞来添秀色，和谐自在迓朝霞。

公鸡

一声啼叫震天庭，划破长空报晓明。
提醒黎民清早起，终生一贯不图名。

浣溪沙·珍珠鸡

脑小面青紫喙尖，眼圈洁白锦衣鲜。肉垂形状赤红妍。　褐羽圆圆银色点，犹如灿灿宝珠穿。谁人见了不欢颜？

浪淘沙·孔雀开屏

四月艳阳光，凤岛[①]花香。雌雄孔雀恋情扬。公雀开屏蓝羽展，绚丽心翔。　雌雀吐氛芳，配偶圆房。育雏喜气满湖乡。生态林中民致富，又谱新章。

［注］①凤岛：指郴州东江湖凤凰岛。

蜜蜂

阳春四月好风光，飞去飞来采蜜忙。
酿得甜汁千万桶，滋民壮体富而康。

波罗门引·凤凰岛[①]

凤凰岛上，乔松挺立树林中。路旁禽兽兴浓。孔雀开屏艳丽，百众激情冲。人人争摄影，喜气如虹。金猴味趣，虬枝上、竞飞松。更有珠鸡[②]美翅，俏映山丛。羊驼迓客，眯眯笑，婆翁笑语融。如画卷，意境深鸿。

［注］①凤凰岛：地名，位于郴州东江湖畔；②珠鸡：即珍珠鸡。

晶莹石

深山峡谷土中埋，满腹经纶久屈才。
偶遇贤仁识宝者，光芒四射上高台。

玉石屏风

异彩屏风玉石莹，中华国宝世闻名。
裕仁窃贼垂涎久，精卫求荣卖国淫。
抗战雄威瀛寇惧，降旗破落丧钟鸣。
神州瑰宝归还日，载舞讴歌万众迎。

黄山怪石

怪石形神特逼真，拟人似物激情深。
金鸡报晓[①]红光闪，喜鹊登梅翠鸟迎。
猴子峰前观浩海，仙人岭上下棋争。
惟妙惟肖情切切，美景频收雅趣生。

［注］①“金鸡报晓”“喜鹊登梅”“猴子峰前”“仙人岭上”等均为怪石形态。

赏醴陵瓷器

醴瓷图案美，旖旎醉心神。
百鸟松枝啭，雄狮峻岭行。
龙腾苍宇卷，虎跃绿林惊。
釉彩多妍丽，大师睿智铭。

醴陵巨碗

瓷碗高高耸碧空，橙黄白紫智星融。
登峰造极人称赞，美誉频频播外中。

玉石白菜

翠叶根茎皓似银，晶莹剔透一心明。
雕工手艺多奇巧，白白青青是否分。

天壶

悬壶泻瀑自何来，动地惊天万卉开。
远客人人心暗问，莫非又出创新才。

珠海渔女雕塑

两手持珠举脑中，容颜俊美略微红。
腰身嫚曲形姿俏，一颗红心对国忠。

港珠澳大桥

百里长虹跨海洋，港珠澳市巨龙翔。
古今睿智齐凝聚，震撼环球美誉扬。

矮寨大桥

峭壁悬崖万丈渊，长虹跨越两山巅。
一瞰不见腾飞过，定是神工下九天。

连三桥

我去矮寨大桥观光，途经自下而上的高速公路上，建有斜陡的三座吊桥。桥下万丈深渊，吾心潮澎湃，赋诗一首：

长虹座座入云天，俯瞰幽深万丈渊。
滚滚龙车腾九宇，如同梦里坐飞船。

渡船

昼夜渡乡民，严寒自未停。
终生江水浸，倾尽一腔情。

茶陵犀牛造型

洣江水畔黑犀牛，日晒雨淋仍渗油。
体健不生斑驳锈，角锋还闪烈光流。
肚圆身壮眉目悦，声吼嘴张雷电遒。
奋跃姿形追美梦，中华宝物世难求。

西安大雁塔[①]

巍巍雁塔耸苍穹，体壮身强气魄雄。
地震狂风摧不倒，唐僧设计冠西中。

［注］①大雁塔：据悉此塔是唐三藏去西天取经，返回大唐后设计的。该塔有防震功能，虽遭一次大地震，却安然无恙。

西安古城墙

风吹雨打雪霜封，屹立昂然意气雄。
中箭三千身不动，飞刀一万体挺胸。
青砖糯米魂中铸，彦士天分魄里融。
紫气东来光闪闪，浩然正气国之龙。

排律·观潮州木镂雕笼

玻璃柜里木笼妍，技艺超群震宇寰。
樟木原型成整块，镂雕手法显奇观。
笼中母蟹红唇绽，镜内公螃恋眼传。
疏密构图思序妙，张弛有度术浑圆。
活灵活现风姿俏，错落匀称序列连。
水石衬托形体美，草花搭配线条牵。
树皮呈现天然美，野趣无穷肺腑牵。

紫福口服液(FDP)

唉声叹气日难挨，恶煞无常[①]夺命来。
紫福精灵驱魅鬼，春风满面笑开怀。

［注］①无常：迷信传说，无常是阎王派到人间索命的鬼。

浏阳花炮(四首)

良辰吉日艳阳天，贵客盈门笑语甜。
花炮千红飞玉宇，彩珠万紫洒山川。
渊源脉脉传承久，信誉诚诚恪守坚。
睿智中华全铸入，浏阳美梦五洲圆。

万紫千红彩爆隆，天宫玉女悦心中。
舒飘广袖浏阳至，载舞载歌敬酒恭。

隆隆花炮响，赤雨洒山洼。
借问因何事，阿哥落妹家。

宝马飞驰接踵来，如云贾客上金台。
银钱闪亮箱箱满，美誉如花广宇开。

红砖

本是丘山赤土身，熊熊烈火铸红心。
铮铮铁骨如钢硬，广厦完工万载春。

地铁

阔道城区不现身，时时地府响雷音。
车流载负何言苦，日日全掬一赤心。

忆红二方面军红色标语

灿灿红标逐雾霾，光芒万丈射狼豺。
天翻地覆江山改，作主黎民笑满怀。

扫帚的心愿

尘埃飞洒九州天，朝暮清除不计年。
待到新鲜空气日，还原锦绣美江山。

路灯

茫茫夜色临，喜照庶民行。
笑放光和热，送君满腑情。

掘机

脚踏山原头顶天，颀长手臂扫云烟。
三山五岳飞旋过，石土千层眨眼搬。

太阳能热水器

宇宙太阳能，时时汇聚存。
缸缸温热水，敬送亿家人。

天线

日夜开怀傲碧穹，多方信息聚芯中。
时时播向城乡里，化作千家万紫红。

湖南红星盛康茶油

纯清淡淡透微黄，日月精华蕴味香。
去臭脱胶分腻脂，黎民服入百年康。

夕阳

夕阳西下满天霞，笑映人间万物花。
我辈银翁豪气在，全将睿智献中华。

西迪[①]牌楼

璀璨牌楼矗九霄，悠悠云彩绕浮雕。
“恩荣”二字金光灿，石柱四根德懿昭。
虎啸龙吟镂刻妙，狮鸣马叫镌神豪。
吉祥如意人才旺，瑰宝牌楼万世骄。

［注］①西迪：古名西川，又名西溪，位于安徽黟县东南部。古代此处设有传递之驿站，遂称“西迪”。

赏西迪瑞玉庭天井

小巧玲珑斋，雕图天井嫣。
朝阳丹凤艳，国卉牡丹妍。
喜鹊登梅唱，鸳鸯戏水圆。
云霞镂刻秀，雕家智慧全。

黄山天下名泉

汤泉依伟岳，喷涌发源池。
溅玉飞珠舞，腾云吐雾时。
莹莹清澈亮，漾漾画中诗。
沐浴周身爽，天然治病师。

暴风雨

地动山摇霹雳鸣，残枝败叶满地横。
洪流滚滚腾千里，荡尽尘埃处处新。

风

峻岭平畴四海游，吟诗唱曲逐波流。
炎炎夏日赐凉爽，富氧予民洪福收。

雪

铺天盖地满山洼，素裹银装烁烁华。
世上害虫全冻死，春临遍野绽红花。

野葛

叶蔓藤粗缠绿树，长长硕果土中埋。
一心只待开山日，济世为民献宝来。

板栗

浑身长满刺芒针，铁甲微红护体身。
莫道层层封锁紧，为民尽献一忠心。

核桃

黄皮铁骨纵纹深，雨打风吹不怕浸。
聚得终生山里宝，为民敬献一金心。

苦瓜

青藤绿叶映丹霞，纵裂周身尽眼麻。
莫道口中微觉苦，为民解毒壮中华。

南瓜

根深叶茂粲花黄，稚嫩青瓜满嘴香。
愈老愈甜滋肺腑，愿民福寿比天长。

联棒果[①]

长藤蔓蔓绕檀松，代代扎根翠岳中。
脸上微红含羞笑，甜甜蜜果馈农工。

［注］①联棒果：高寒山区的一种野果，每年阴历八、九月份成熟，皮微红发光，果肉甜美可口。

粑粑蒿(二首)

青菁嫩叶迓风扬，长在山坡道路旁。
不择荒凉贫瘠地，安家落户储芬芳。

蓬丘绿叶闪青光，远近山坡竞吐芳。
俏丽姑娘双手采，蒿粑揉得满村香。

大蒜果

日月精华聚土中，清渣解毒又除风。

行凶细菌全杀死，立下人间第一功。

七姊妹辣椒

虎岭龙岗淡雾缠，红湾七姊笑声甜。
湘川妹子常称道，助我人生似火燃。

野葱(二首)

长在山坡壑谷中，青葱滴翠激情浓。
虽然杂草常缠绕，仍播芳香万里空。

熟地荒山不惧风，周身上下绿葱茏。
心中爽快朝阳笑，敬送芳香万庶中。

马铃薯

凌空红日照，绿叶舞春风。
果实山坡长，奉民默默中。

白菜

风刀剑雪雨霜寒，紧裹身躯保腹安。
内白外青心神健，一心为庶美味鲜。

芙蓉镇米豆腐(二首)

嫩绿容颜美，清香入口鲜。
问君何会此？晓庆饪调圆。

晓庆金牌灿，宾心向作坊。
蓬松形态丽，耀眼笑颜芳。
缕缕香氛沁，滋滋美味尝。
心神均已醉，谁不入仙乡？

姜糖

口味辣而甜，芳香脆自然。
刚刚尝一口，蓦地醉心田。

印花布

花开呈白色，印布现天然。
满店祺光灿，堪称世领先。

溆女泡君山毛尖

溆女轻盈上，苗条着淡妆。
冲茶茗直立，泡水色微黄。
品品心酣醉，闻闻肺透芳。
毛尖何质感？天下永留香。

孝感麻糖

孝感麻糖脆亦甜，醇馨可口润心田。
飞驰骏马闻香气，似箭飞行至店前。

丹霞山栈道

峭壁丹霞险，金猴见胆寒。
谁人修栈道，赛过鲁神仙①。

［注］①鲁神仙：指鲁班。

宁乡古鼎“四羊方尊”

如生栩栩四方羊，挂彩披红瑞气扬。
瑰宝方尊光闪亮，镇宅辟邪幸运昌。

清平乐·四羊方尊

如生栩栩，挂彩山羊煦。处处宁乡呈瑞府，福寿临门喜赋。　方尊瑰宝灵犀，醉人肺腑神怡。镇宅辟邪铲恶，千家万户心齐。

八、田园新咏

农村新貌

绿水青山满岭苍，天宫画境落山庄。
琉璃别墅排三列，阔道车龙达四方。
旷野机鸣翻作浪，瓜棚花放远飘香。
农夫上网促销产，笑语欢声处处扬。

排律·长沙鸿天康逸山庄

横空出世接云天，馥郁乌山生紫烟。
古木锦鸡欢悦舞，山花野果笑含妍。
黄莺独唱歌声美，翠竹奏弹琴瑟圆。
冷冽龙泉滋肺腑，怡和富氧润心田。
双双耄耋闲游爽，对对棋朋战弈酣。
树下京腔迷百鸟，场中剑艺醉千仙。
银翁池岸钓霞乐，皓妪庄中舞袖旋。
骚客挥毫抒雅意，老夫聚智写鸿篇。
桃源秀境何庄有？康逸鸿天享乐园。

排律·观湖南农博会

灿灿三湘特色怀，湖南省府筑平台。
“隆平米业”银光闪，“炽盛蜂糖”本色乖。
“舞水冰橙”红艳艳，“湘西腊肉”黝排排。
“君山茶叶”清芳溢，“张界丛鸡”妙味来。
“临武鸭香”传万里，“永州蛇酒”誉千街。
财源滚滚连连至，富裕湘农靠智才。

排律·游示范山庄宁乡关山村

两面青山一湾田，临风玉树奏琴弦。
琼楼栋栋冲天宇，翠竹枝枝迓客翩。
蔬菜畦中开靥笑，葡萄架下耀珠连。
鹅浮碧水高歌唱，鸟展金喉雅曲圆。
阔道车流通百国，奇珍绿蛋达千川。
关山网络联非美，世界商情播岭湾。
户户银钱箱柜满，家家海味碗盘鲜。
花鼓声腔迷耳目，游舟恋侣结良缘。
何言极乐桃源有，此处村庄胜桃源。

浣溪沙·浏阳官渡古镇前街

溢彩红灯挂屋檐，椭圆立体笑容嫣。长龙灿灿吉千年。　　闪闪银墙光灿灿，柴扉黝黑进财源。麻条石道换新颜。

浣溪沙·浏阳官渡古镇后街

绿水官河百里长，江中锦鲤竞飞翔。一条栈道闪金光。　　古柳繁枝蝉戏闹，轻风习习爽身凉。诗人兴起赋诗章。

满江红·浏阳官渡国际度假村

三面松山，菁菁茂，银宫环抱。流水唱，清明透亮，叮咚含笑。艳艳鲜花罗汉树，棚棚凤竹栖身鸟。众斑鱼，竞逗草边蛙，心神皞。　　微风煦，胸怀旷。黄白黑，婆翁少。跳入清池里，抛光烦恼。浇水泅游争渡妙，欢声笑语萦回闹。最欣荣，爽快乐无穷，大同好。

满庭芳·游湘潭中路铺

万里晴空，红暾照耀，风轻云淡鹰翔。青山环抱，岳麓美山庄。锦阁琼楼入画，紫薇艳、滴翠棕樟。又观那，猪羊满圈，犬吠主人张。　　田园，油菜粲，无涯一片，灿灿金黄。馥郁沁心房，梦绕魂徉。更有蜂飞蝶舞，宾竞摄、影入芯箱。龙凤苑，蜂糖白酱，贸易曜华章。

蝶恋花·参观湘潭龙凤园

艳艳鲜花含蕊放，树漾女贞，笑看游宾状。闪闪红灯迎客亮，厅中产品犹欢唱。　　剔透蜂糖金粲盎，白酱芬芳，缕缕香心上。吃罢蜂胶心体爽，人人百岁身还壮。

鹧鸪天·游湘潭县梅林生态园

黛绿群山玉谷湾，梅林翠竹耸云天。葡萄架下珍珠串，基地园中鸡鸭喧。　　羊满圈，兔弥山。池塘锦鲤跃龙潭。源源不绝游宾至，致富脱贫美梦圆。

湘潭雍雅休闲山庄

亭园雍雅爽心田，野趣甜甜润肺圆。
菡萏摇摇迎客舞，黄花艳艳笑容妍。
红鱼水里逗宾笑，翠鸟空中谑我喧。
皓妪篁楼弹曲美，银翁木阁对弈酣。
休闲胜景天然丽，逸兴和谐盛世天。

湘潭县半仙峪见闻

青山对峙一湾田，翠绿禾苗尽笑颜。
大道宽宏通百国，村民傍晚驾车还。

过湘潭市郊野

茫茫白雾隐丘山，四野黄花绽笑妍。
细雨霏霏潜入土，清香喷洒满平川。

八声甘州·毛公下凡巡视湘潭梅林山庄

恰毛公鸟瞰美人间，锦绣梅林庄。着中山正服，腾云驾雾，疾落家乡。爱赏群峰碧岭，绘就妙文章。不见洪荒迹，处处新装。　　翠竹松林白兔，又乳猪鸡鸭，圈圈山羊。更鱼塘满峪，鳊鲤水中翔。尚雅园[1]、长廊曲径，假石山、百卉绕池香。尤欣慰、人文书画，鼎盛隆昌。

［注］①尚雅园：为梅林山庄庭园。

行香子·观赏石门夹山镇杨坪村

笑立山岗，眺望杨乡。叠层峦，山脉翱翔。枇杷金灿，杂稻吐芳。悦柑橘旺，药材盛，羚羊昌。　　碧阁红楼，翠树翳阳，美姑娘，织就锦章。镶嵌花卉，万里喷香。引嘉宾赏，诗人诵，舞仙狂。

暗香·观石门县夹山镇杨坪售橘

乘车疾劲，越石门青岫，沉迷锦绣。恍入仙山，岭岭坡坡金橘熟。树树鲜颜色美，空中鸟、盘旋已久。兔动心，往返腾观，起舞翩翩逗。　频频商贾购。农车三路至，长排等候。笑容满脸，数票开颜怡福寿。喜梦萦萦浪涌，齐聚首。敲锣打鼓，对山歌，唱盛世，千民庆富！

石门夹山镇杨坪见闻

路畔山坡青翠滴，红柑蜜橘压枝低。
马龙车水争销去，富裕千家耀彩辉。

乘车经益阳常德去石门杨坪途中

双丘滴翠彩霞天，竞疾腾飞一溜烟。
道畔琼楼观不尽，繁华盛世耀心田。

杨坪山顶眺望

层峦叠嶂望无涯，处处长湾处处洼。
杂稻山中铺绿毯，琼楼峪里映霓霞。
池塘似镜镶丛谷，翠岳如姑戴锦纱。
橘树坡坡红果闪，朝暾照耀富千家。

溪口王家坪改植

靛紫红黄翠绿中，无涯果树舞东风。
如云贾客从天至，不尽钱财路路通。

忆苟峪开梯墩栽果树

奔腾澧水浪涛汹，帜海人山苟峪中。
汗洒荒坡流峡谷，锄飞大地卷狂风。
梯墩块块连穹宇，果树层层耸碧空。
忆想当年黄土谷，今朝梨橘满山浓。

雪岭垭梨果丰收

山坡梨果压枝弯，过路行人涎滴干。
不尽商人车驾至，财神火箭射云端。

路通财来

悬崖瀑布茂林葱，虎吼龙吟险谷雄。
筑起多条通富路，财源滚滚万村丰。

春耕

细雨霏霏百鸟喧，牛哥峪里去耕田。
机声阵阵惊天响，泥浪滔滔破土翻。
俏妹含颜开靥笑，情郎会意恋波传。
春天播下金黄种，秋日丰收硕果甜。

山村春日

春风又绿莽山川，柳拂微波北燕喧。
嫩草青青和雨舞，红花簇簇笑容妍。
机鸣壑谷翻泥浪，姑撒金芽下水田。
待到秋天收割日，欢天喜地梦团圆。

高山耕作

梯地层层上岭巅，山民耕作彩云边。
春时播下精良种，白露粮堆接九天。

靓妹山坡牧羊

红霞一片荡天庭，靓女牧羊云岭行。

悦耳歌声传千里，错将俏妹当仙人。

立春

苍山白雪一时消，树吐新芽蕴绿娇。
百鸟枝头相嬉闹，神州处处泛春潮。

新春

万里晴空现彩霞，欣观绿野绽红花。
新春吉日何飞至？喜事桩桩报国家。

喜春

夜雨洗尘埃，朝阳扫雾霾。
鲜花含露笑，鸟语叫春来。

挖茶茏

赤日山头照，茶林滴翠稠。
锣声通岭响，靓女展歌喉。
灿灿锄光闪，滔滔热血流。
春潮翻板土，茶果满层楼。

药农上高山采药

攀崖采药上岧峣，百载灵芝赤褐娇。
治愈黎民多种病，驱狼逐虎镇魔妖。

垂钓

翠鸟树枝歌，微风拂碧波。
夕阳潭里笑，钓鲤满筐箩。

星夜开渠

火把熊熊逐夜明，疑为天上降星云。
人欢马叫机声吼，夯舞歌扬渠道成。
流水哗哗银汉落，禾苗绿绿露珠莹。
村民胸有移山志，敢教金银撒满坪。

［注］金：指金灿灿的稻谷；银：指白晃晃的棉花。

兴修水利

机鸣马叫战严寒，筑坝修堤不惧难。
锁住千年洪涡水，笑流万载米粮川。

插秧机

万里春风万里华，秧苗现世改机插。
横横纵纵织纹锦，倩女田间绣翠花。

抽水机

骄阳似火汗涟涟，稻菽禾苗绽笑颜。
借问因何甘雨降，农机抽水上梯田。

人工降雨

夏日炎炎似火燃，林中静坐汗成川。
稻苗卷缩将枯死，泥土裂开变网田。
大炮轰云飞吉雨，焦禾逐渐转青颜。
如今降澍人工化，岁岁丰收过大年。

飞机降雨

雄鹰长啸火红天，疾速风流喷白烟。
沃野田原飞吉雨，稼禾吐穗笑声连。

山村之夜

山风习习吹，皓月照农归。

四野蛩蛙唱，道中“蓝鸟”[1]飞。

［注］①“蓝鸟”：小轿车之名。

昔今除水田草之比（二首）

顶日田畴去，弯腰扯草多。
浑身如火烤，直背曲成驼。

田中无杂草，稻浪唱欢歌。
这是因何故？神奇野老[1]多。

［注］①野老：一种除草的药，撒在田中，只死草，不伤害禾稻。

送去农夫情

踏露披星戴月行，肩挑十里日微明。
岂为卖菜谋生计，送去农夫一片情。

回老家

乘车峻岭行，穿越万山林。
眨眼乡园至，临家问路人。

乘车回大浒途中

山山岭岭杜鹃开，扑鼻芳香醉我怀。
借问银翁何会此？红军英烈报春来。

牧牛老汉

皓老牧牛芳翠湾，山中绿草喜连天。
银珠闪闪含颜笑，玉树摇摇迓耋欢。
牲甩尾巴吃嫩草，翁歌壑谷袅清烟。
倏然悦耳手机唱，定是孙儿心挂牵。

故乡新庄见闻（五首）

新庄秀貌

座座青山耸九天，晶莹滴露袅清烟。
圆圆旭日危峰笑，熠熠新庄秀貌妍。
别墅层层依峪建，农机辆辆耟田欢。
金光大道通千市，旖旎新庄梦境圆。

故里亲情

偕妻回故里，户户兴飞迎。
堂侄宰鸡鸭，贤孙捕鸠莺。
丫丫寻食蕈，仔仔网红鳞。
谷酒滋心悦，三更肺语诚。

相会情切

细雨霏霏下，呻吟拄杖行。
相瞧亲近拥，热泪纵身横。

排律·倾心谈吐

烈炭熊熊火，映红别墅墙。
衷心掏肺腑，暖语贴心房。
避暑到俺家，驱寒返故庄。
升天骑白鹤，吊唁设灵堂。
热血心中涌，感时老泪汪。

良好民风

闪射精钢放路旁，无人窃取屋中藏。
新庄就是民风好，哪个闻知不赞扬？

电灯照山村

千年黑夜枞光照，今晚通宵电灯明。

佛祖云游从此过，疑为仙境落山村。

错将靓妹当花芳

姑娘铲草上山冈，一路歌声一路扬。
结队糖峰飞舞至，错将靓妹当花芳。

少女雾中采茶

蒙蒙白雾罩峰峦，淑女采茶翠岭山。
若暗若明时显现，红光闪闪逐云烟。

德寨姑娘采云茶

丹霞染透白云天，七彩霓虹跨岭巅。
德寨姑娘披锦彩，柔灵手指采毛尖。
歌声悦耳迷群鸟，倩影风姿醉八仙。
馥郁新茶销百国，山区无处不欣然。

锦品鲜花满寨开

湘西绣妹尽奇才，锦品鲜花满寨开。
四海订单含笑至，财源滚滚顺心来。

寨中瑞气浓

枫叶遍山红，寨中瑞气浓。
家家钱袋满，户户子成龙。

樟树村家家液化气烹饪

村中不见袅炊烟，户户佳肴碗碗鲜。
借问贤君何会此？熊熊绿火笑声圆。

樟树村已用上太阳能

山村沐浴喷头淋，不见炉膛烈火升。
笑问家家何变化？顽童笑指太阳能。

樟树村已安上空调机

户外阳光似火烧，家中凉爽奏春箫。
贤君问我何所故？格力空调令众骄。

樟树村已用上洗衣机

山溪不见捣衣声，户户门前晾服盈。
镇日家家何变化？婆婆笑指洗机神。

麻阳“八怪”(四首)

“八怪”生猪似箭飞，精良快马亦难追。
欲知奥妙在何处？放养山坡[①]耀彩辉。

橙黄闪亮肉馨香，户户加工有妙方。
鹊起名声传四域，神州贾客竞观光。

肉质橙鲜口味芳，包装精美闪金光。
东南西北销售旺，不尽钱财满袋装。

兴农重奖授麻阳，万众欢腾喜亦狂。
注册商标“猪八怪”，朝阳产业耀城乡。

[注]①放养山坡：就在住户人家的后山上，把山拦起来，不让猪钻出去。所养的猪在后山，可以自由活动，自由奔跑。这样，放养的猪，瘦肉多，肥肉极少，味道鲜美。

观岳阳县南墙镇葡萄基地

银棚光灿灿，绿架一行行。

串串葡萄美，甜滋万里香。

山村留学生回国

丹霞尽染翠山亭，壑谷乡村喜鹊鸣。
笑问阿婆何事美？三娃留美返京城。

观广东百万葵园

百万葵园次第生，形态各异尽传神。
东畦冠冠朝阳笑，西圃茵茵吐叶菁。
北地迎风摇曳舞，南园好客展奇珍。
一年四季多风景，哪位贤君设计成？

百名游客乘火车赏葵花

哪里龙车[1]似瑟弹，声声入耳爽心田。
好奇疾步一惊睹，原是观光旅客翩。

［注］①龙车：此指观光的专列火车。

顺德杏坛蓬简村巨型红果组塔

巨底圆圆绝顶尖，层层赤果接云天。
甜甜日子何方有？皓妪欢言蓬简园。

湘潭梅林山庄柳塘

湾湾峪谷柳塘多，叠叠回环绕绿坡。
鲫鲤雄鲢黄鸭叫，飞来合唱脱贫歌。

九、校园风貌

湘潭大学校貌巨变

昔日荒凉黄土岭，今朝崛起巨黉城。
高楼座座雄而伟，玉树行行茂亦荣。
绿草茵茵心肺爽，红亭艳艳画眉生。
泉山秀岳风光美，桃李芳菲万里春。

湘潭大学韶风论坛

湘大空中飘彩云，八方学者聚潭城。
高贤策论惊千座，泰斗华章启万英。
四海嘉宾频赞赏，五洲教授竞书评。
问君贵校因何盛，领袖题词美梦成。

湘潭大学六十年

砥砺艰行六十年，辉煌光焰耀山川。
荒坡野岭苍颜笑，绿树红楼画境妍。
鼓钹咚锵迎桂冠，国牌闪射靓花园。
贤师泰斗金言灿，桃李芳菲满宇寰。

行香子·湘大南门

湘大南门，樟杏参天。萋萋绿草鸟声喧。平平石板，闪闪光鲜。看沙池软，细岩白，稚童欢。　　三道拱门，文理工全。德崇高，博学行坚。伟人嘱托，铭记心间。悦新人物，新特色，新峰巅。

清平乐·湘大琴湖夜

明星朗月，七姐飞飘落。喜见琴湖心胸豁。万丈深情浩阔。　　摇头愰脑挥弹，声声沁入心田。领袖殷殷嘱托，铭心奋进梦圆。

临江仙·湘大老年大学二十周年庆

弹指之间二十年，丰盈硕果圆甜。诗词歌赋颂春天。翁婆书画灿，技意典言涵。　气贯长虹红彩艳，景观摄影芯田。雄浑曲调动山川。铜锣腰鼓劲，业绩誉人寰。

欢庆湘大老年大学成立十五周年

华堂盛会聚英才，四海嘉宾祝贺来。
共喜黉宫多硕果，如今又上一高台。

欢庆湘大老年大学成立十周年

弹指之间已十年，丰盈硕果满黉园。
诗词雅韵辉星月，书画精魂灿岳川。
太极高招迷慧眼，胡琴曲调醉心田。
铜锣腰鼓传神采，鹤发童颜赛少年。

湘大老年大学扫描（廿一首）

诗词书画

诗词书画满园花，春意浓浓烁烁华。
扑鼻芳香滋肺腑，彤红艺果灿天涯。

艺术摄影

崇山峻岭亘蓝空，滴露鲜花遍野红。
意境深涵翁妪笑，神情融入美姿中。

琴声悦耳

琴声悦耳润而圆，激越刚柔错杂弹。
皓妪皤翁和拍唱，心神浩阔满堂欢。

铁拳雄风

锦缎妍妍丽彩妆，铁拳出击闪豪光。
倏而阵阵龙风卷，砸碎妖魔歹毒狼。

腰鼓秧歌

红绸彩带美人妆，钹鼓齐鸣震四方。
秀腿金腰挥拍舞，人人赞赏醉心房。

民族舞蹈

朵朵鲜花台上开，轻盈步履悦心怀。
琴声四溢欢歌舞，疑是天仙九宇来。

百人大合唱

悬崖飞瀑下，霹雳响天涯。
万朵银花绽，歌声颂国家。

花卉栽培

春风熙熙百花开，万紫千红醉客怀。
胜景迷人谁造就？婆翁笑脸别心裁。

巧编国结

心灵手巧寄深情，闪闪红绳热血凝。
织就同心中国结，中华盛世万年荣。

打气排球

接发高球稳，腾空杀射刁。
群声齐叫好，喝彩起狂飙。

感人京腔

悦耳京腔合拍吟，京胡激越满堂情。

银翁问我何人唱？讲座名师赵保成。

象棋对阵

旭日临窗照，双翁对弈酣。
两军相搏杀，月出笑颜欢。

银翁垂钓（二首）

白浪舞斜阳，鲈鲢戏柳狂。
银翁飞钓起，脸上闪红光。

披星戴月还，满袋淡鱼鲜。
一路欢颜笑，锅中美味圆。

集邮（二首）

休言邮票小，万里寄深情。
肺腑温馨话，催人德智荣。

盛世邮图丽，辉光熠熠生。
终身常汇集，百载价连城。

人造网丝花

堂中花朵俏天涯，四海婆翁翘指夸。
不是有人来点破，谁知竟是网丝花？！

观编织物感怀

红黄编袋最奇珍，雪白天鹅展翅频。
手巧心灵生宝物，人间织女胜仙神。

倾听电子琴音乐会之声

曲调动人心，如同万籁音。
明珠晨露滴，白练泻流鸣。
啸啸狮声吼，潺潺碧水吟。
雅琴齐合奏，观众激情奔。

电子琴班出艺才

阵阵琴声哪里来？声声曲韵动心怀。
泉山静谧随音赏，鸠鸟怡神合拍阶。
贵客人人翘指赞，贤师个个笑眉开。
名生抢摄满堂彩，电子琴班出艺才。

《逸兴集》赞

诗词曲树众人栽，绿叶青枝涤尘埃。
雨露阳光常润泽，鲜花“逸兴”万年开。

揭牌

湘潭大学老科协与湖南社会科学普及基地红色文化教育中心在韶山揭牌，心潮澎湃，浮想联翩，赋诗、词各一首：

七绝·揭牌

种子彤红破土欢，新芽茁壮映蓝天。
平原峻岭鲜花绽，硕果丰盈满宇寰。

南歌子·揭牌

种子彤红透，心神破土磨。黄芽渐渐绿山坡。耸入苍穹竞放、发枝多。翠岭千山界，繁花涌碧波。丰盈硕果满巍峨。宇宙银河说唱、凯旋歌。

观赏湘大老年大学书法展

银墙书法诱人留，满目琳琅笑眼收。
挺拔阳刚如亮剑，轻盈秀美若丝柔。
奔流热血传神悦，洒脱羊毫走墨遒。
济济才翁生宝物，声名远播誉全球。

赞何同甫翁(三首)

何翁书法

刚柔有度笔形工，股股才情蕴骨中。
一颗红心毫里闪，谁人赞赏不身躬？

冒雨上学

滂沱大雨水奔流，路上行人哪不愁？
独有何翁飞健步，黉门迈入笑心头。

给老同学送书法

深情汩汩四身流，雅韵诗词泻笔头。
落笔一挥光泽闪，化成厚谊载千秋。

马立扬先生创作诗词

豪情万丈涌胸膛，笔泻诗词意闪光。
化作珠玑成瑰宝，中华万代永留芳。

剑师陈新膺(二首)

身穿锦缎美唐装，转体轻盈柔带刚。
剑击空中风起浪，招随雅乐入仙乡。

愉悦笙歌响校园，旋飞宝剑卷云烟。
身姿俊美迷千眼，疑是名家八卦拳。

督导(二首)

犹如大浪涤泥沙，又似明珠剔砾渣。
指点迷津心眼亮，鹏程万里沐朝霞。

春风拂煦满园花，透亮清泉润物华。
棵棵新苗乘势长，煌煌湘大誉天涯。

听文新学院刘老师上广告课

春风得意上平台，图案如云网里来。
并茂声情传睿智，丝丝滴滴沁生怀。

通宵备课

灯光闪烁夜通明，陟步知峰摘斗星。
聚萃全球文理典，搜罗四海古今经。
随心勘探银河宝，立意精收璧月能。
正反思维多绝妙，彤红硕果压枝频。

授课

理律文风信捻来，化成睿智润生怀。
派头手势随音展，课堂掌声逐浪排。

远程教育

贤师斗室著华章，句句知行播远方。
九域华堂呈律理，芳菲桃李溢飘香。

跋涉书山

书峰跋涉八三年，多少通宵夜不眠。
莫道呕心沥血苦，科峰摘果喜狂然。

攀登科研高峰

科研道路绕山盘，跃上葱茏四百旋。
网海搜询求睿智，书山挑选觅佳篇。
涤除杂垢开心境，掘取精华拓矿源。
陟步危峰凌绝顶，撷收硕果梦团圆。

湘大教授科研

贤师探究梦难圆，彻夜沉思怎可眠？
网上搜寻中外术，刊中鉴阅古今篇。
玻璃管内测奇据，广宇书山觅玉泉。
顺想三年多困惑，逆思四日喜狂然。

古稀之年撰写学术论文

夜伴明灯久未眠，古稀网上觅知泉。
人生撰得雄文出，纵下黄泉心亦甘。

众多知名学者来我校讲学

千川汇聚成沧海，学派交融百卉开。
视野宽宏多见识，煌煌湘大出人才。

百花齐放

鲜花怒放吐芳频，姹紫嫣红万里春。
科学园中添秀色，贤才辈出九州新。

湘大毛泽东思想研究基地

旭日凌空出彩霞，丹红基地闪光华。
毛公思想传千古，打造金牌特色花。

欢呼湘大出版社成立

浩荡湘江日夜流，神州泰斗立潮头。
人间睿智毫间涌，化作华章耀五洲。

图书馆外借人员微笑服务

亲和对话语声甜，十指轻飞操键盘。
信息如花银幕绽，疑难读者笑开颜。

山村女教师家访

冰封万里望无涯，越岭翻山挂彩花。
血染斜坡何所惧，深情话语暖农家。

曹妈妈①与贫困大学生谈心

话语亲亲句句温，丝丝点点沁心神。
胸中苦涩全飞出，满面桃花尽是春。

［注］①曹妈妈：指曹素芳副教授。她担任班主任期间对学生关怀备至，因而学生们叫她“曹妈妈”。

邱兴隆教授获全国十佳青年法学家称号

青山玉树沐朝霞，绿叶高枝烁烁华。
春日耕耘裁剪好，秋时硕果灿天涯。

退休教师种蔬菜

踏露披霞担粪便，汗流浃背汇成川。
心中美味甜如蜜，静看青苗笑语甜。

退休教师自赏所种之菜

微风习习拂苗斜，翁妪双双赏菜华。
丽日圆圆西岭下，心神酣醉忘回家。

雨天学生到经管楼听课

细雨霏霏下，撑开锦伞花。
入楼寻宝石，熠熠闪光华。

凯旋

我校本科生在湖南第十届英语演讲比赛中，获团体一等奖，外国语学院张竞同学获英语专业一等奖，商学院彭世琦同学获非专业英语一等奖。闻此喜讯，赋诗一首：

万丈条红溢彩光，山欢水笑着红装。
喧天钹鼓豪气壮，闪亮金杯熠八方。

烧开水女工

万籁音屏息，银晖北苑莹。
炉中红火烈，尽注一腔情。

园工(二首)

烈日当空照，蝉虫闹不停。
园工除杂草，岂惧汗淋淋。

修枝剪叶一腔情，着绿兴花铲草勤。
裁出园中奇丽景，千红万紫尽芳春。

校园环卫工

熹微初照驭车行，扫帚清除路上尘。
莫道周身灰未尽，丹心一颗比金纯。

保安夜巡

漫天暴雨似盆浇，洪水奔流卷浪潮。
彻夜巡逻从未断，师生梦里度良宵。

湘大雷锋公司(二首)

运汽汗水汇成江，翘指银翁盛赞扬。
舍己为人功德美，公司无处不氛芳。

钱财瑰宝兴归还，失者人人绽笑颜。
不昧心灵光灿灿，公司懿德誉人寰。

偶逢女大学生舞蹈

苍茫暮色彩灯开，曼舞轻歌醉众怀。
我与行人忙止步，错当仙女下凡来。

常德卷烟厂助我校贫困生

壮志寒生热泪流，捐资接过解千愁。
攀缘步步登峰顶，无限风光一望收。

湘大师生聚会华南理工大学(二首)

学府黉门敞亮开，华堂会聚爽心怀。
今天彦导因何乐？个个贤生尽栋材。

满脸春风惬意怀，五湖四海喜飞来。
休言翁妪容颜老，百岁还能上高台。

八五级校友回母校团聚(三首)

卅年风雨挟雷鸣，万里征程万里辛。
汗水涟涟流不尽，琳琅满目耀千城。

炎炎炉火喷红云，百炼成钢举世闻。
今日门生撑广厦，明朝报国写雄文。

卅年美梦实难圆，八十银翁眼望穿。
喜见贤生情浪涌，诗词一赋万千篇。

军训晨跑

号音响彻九重天，似虎雄兵跃下山。
大吼三声惊睡鸟，飞奔两峪震雄关。
晨风阵阵撩衣叫，鸠鸟翩翩展翅喧。
踏露千程身健壮，行将敌寇化灰烟。

冬日雪融后跑步

东方红日笑，树上鸟儿鸣。
踏雪飞行疾，前程万里荣。

夏日秀山行见闻

旭日凌空笑，林中百鸟鸣。
圆圆珠露滴，嘻嘻少儿烹。
学子吟诗琅，银翁步韵行。
贤昆攀科顶，国栋出黉城。

秀山雪情

幸望青峦变颢山，千松万梓舞翩跹。
林中雀鸟喳喳叫，树下顽童嘻嘻喧。
淑女怡留姿影俏，奇男喜捏雪人团。
人间此岳风光好，更有诗声荡九天。

观泉山晨景

黛绿泉山淡淡烟，圆圆旭日映峦巅。
群群小鸟披霞叫，淑女歌声绕碧天。

步步高升上锦台

日照泉山沐俊材，葱茏玉树敞胸怀。
一条石路通天顶，步步高升上锦台。

湘大樱花园

樱花翠叶满园芳，缕缕清风沁肺香。
莫道容颜今已老，百年古树又春光。

沁园

玉树亭台伴假山，层岩流水唱声欢。
茵茵绿草春阳照，雅韵诗词颂校园。

静园

茵茵绿草丰，月季绽花红。
暖暖春风拂，诗人醉意浓。

泽园(四首)

月夜欣观池水天，灯光倒影逸楼妍。
苍穹万颗星星闪，宇宙飞船巡校园。

白昼池中蓝蔚天，丝丝柔柳荡秋千。
涟漪锦鲤亲红日，岸上贤生领奖还。

亭台廊架沐春风，绿草葡藤柏树葱。
倩女声声英语琅，相逢老外话音通。

玉帝赐俸长把伞，宽宏靓丽沁心田。
遮风挡雨避雷电，豪放诗词颂梦圆。

夜赏画眉潭

夜色茫茫璧月圆，人间丽景画眉潭。
凉亭宝顶红珠闪，麻石曲桥爱语甜。
岸上银灯朝柳笑，波中俏女奏琴弹。
飞船疾驶中天过，不尽风光美校园。

晨赏画眉潭

日照潭中白雾烟，飘飞突见画图天。
红亭灿灿麻栏妙，绿柳条条蛙鼓喧。
岸上歌声腔调美，水中倒影舞姿嫣。
诗人激越豪情壮，笔泻诗词颂校园。

移山建教师公寓

机鸣车吼臂飞旋，万仞黄山赶下湾。
栋栋高楼依地建，家家花炮响蓝天。

排律·湘大教师公寓

教师公寓百花芳，绿草萋萋郁树香。
别墅豪华怡眼目，凉亭古雅惬心房。
太阳能水沐身澡，计算机芯储玉章。
网络家家揽理智，空调户户爽风凉。
开屏彩电春潮涌，制冷冰箱海味藏。
“老九”如今逢盛世，创新硕果五洲扬。

湘大图书馆前彩喷

七彩喷泉不夜天，明珠串串绽芳妍。
馆中信息银屏灿，首创奇观集锦篇。

观逸夫楼前迎新夜景

紫绿红黄尽锦华，层层池水盛开花。
气球标语迎风展，笑迓新生满脸霞。

迎新宽敞路

常青玉树两边排，庆贺红灯笑靥开。
阔道条条通世界，前程似锦上金台。

湘大标志性建筑物

巍巍饰物屹堂前，底座圆圆厚重坚。
五八初开涵广宇，乘风破浪驭飞船。

［注］“五八”初开：指湘大创建于1958年。

商学楼条幅

碧叶红花衬白楼，条红百丈迓名流。
门生四海营商富，济世经邦展远猷。

湘大三道拱门

题词焰焰照前程，三道拱门披彩云。
文工理学齐奋进，英才辈出撰雄文。

湘大第三教学楼

黛绿苍松气派雄，萋萋嫩草翠葱葱。
琼楼耸立冲天顶，网络搜询纳信丰。
教授堂前风采展，银屏幕上智能融。
英才辈出行天下，禹甸城乡耀玉龙。

武汉大学图书馆顶观夜景

碧绿红黄一望中，明星彩带水晶宫。
机鸣舰吼人欢笑，百万黎民尽向东。

忆武汉大学图书馆阅览室

步履轻轻上殿堂，智星彩照耀红墙。
魂腾九宇揽明月，魄入千山觅宝藏。
泰斗新知铭脑海，高贤雅韵蕴心房。
珞珈嗣胄多奇志，独创名牌万域扬。

中国电源插座之王阮立平[①]

创业精神耀五洲，公牛牌照誉千秋。
休言命运天生好，哪晓征途峡谷稠。
专注神心恒砥砺，全凭睿智上高楼。
人生闪亮光芒灿，插座风行万古流。

［注］①阮立平，浙江慈溪人。武汉大学1980级机械工程系校友。他21年如一日打磨品牌，最终树立了行业标杆，缔造了世界闻名的电源插座“公牛”品牌，年销售额达20亿元人民币，成了赶超“西门子”“松下”等国际大名牌PK的国牛品牌。——摘自《武大校友月报》2016.6.30.

十、玫瑰杂咏

贪吏

仙歌伴舞裙，海味并山珍。
贪吏一盘菜，农夫十载辛。

岂抵腐官心（新声韵）

五甲棒蛇[①]口，黄蜂尾上针。
何言前两毒，岂抵腐官心。

［注］①五甲棒蛇：是高寒山区最毒的一种蛇，如果人被咬一口，五步之中必丧命。

走上断头台

天仙小组抱胸怀，雾里云中醉梦来。
出手一挥三十万，哪知走上断头台。

某宾馆妖精（二首）

流红溢彩室堂皇，小姐粉妆妖气腔。
污吏神魂全夺去，云中雾里醉心狂。

溢彩流红满馆“春”，财源茂盛笑声频。
欲询奥妙今何在？婉丽姿容钓客魂。

神骗

神经控制靠迷方，百万钱财入黑箱。
失主捶胸悬挂吊，为何还没斩魔王。

法网恢恢

法网恢恢罩，骗魔无处藏。
奋飞三尺剑，紫气满城乡。

懒汉

懒汉天天想发财，
梦中躺在白金台。
人间哪有这般事，
唯有辛勤活水来。

忌妒

见强眼就红，心里实难容。

设法拦绳子，摔他赴地风。

排律·湘西某地开钼镍矿污染环境

草木全黄死，山溪锈水流。
虾鱼均不见，禽兽实难求。
老板乘蓝鸟，贪家盖锦楼。
男人危洞掘，妇女暗房愁。
噩耗传庐宅，哭声动地球。
伤天亏理事，怎未斩魔头？

贪吏评上“教授”

教授头衔耀彩光，贪婪口水万寻长。
署名巨著凭官位，自此心虚暗地藏。

纨绔学生

上网通宵夜不眠，白天鼾睡梦中甜。
家财万贯愁何在，广阔前程仍可圆？

第二辑

珠联玉对

一、时代风华

欢庆十九大(二副)

秋风拂面,中华大地人人爽;
硕果垂枝,禹甸雄峰座座荣。

十月阳光温暖神州大地;
九天雨露滋荣禹甸鲜花。

不忘初心　坚持正义

不忘初心,高举红旗,阔步朝前追美梦;
坚持正义,清除废物,拍蝇泯虎镇魔妖。

民富国强　路正心红

东风浩荡,山河壮丽,国强民富军威武;
政策昭明,烝庶归心,路正心红业辉煌。

党正军强

党正江山固;
军强气魄雄。

特色社会主义新天地

洪福降临,南天北地腾紫气;
春风浩荡,东海西陲沐朝阳。

欢庆新中国成立七十周年(四副)

战鼓咚咚,红旗猎猎,浩气冲天,污泥、浊水、残渣全荡涤;
公司旺旺,商旅频频,国门敞亮,币值、品牌、财富竞飙升。

龙车屋脊驰骋疾;
玉女平湖喜照妍。

母舰雄雄威敌胆;
飞船虎虎绕星球。

港澳珠桥多创举;
香深广铁尽通联。

人类命运共同体

全兴典策全球盛;
一带文明一路妍。

神州喜讯

春风吹拂,艺苑鲜花绽放东西南北;
好雨降临,神州喜讯飞传美澳欧亚。

颂党伟功

妙笔横书歌盛世;
豪诗咏业颂党功。

宏伟工程

西气东输,万户炉中绿火开颜笑;
南流北调,千城管里清泉喷玉欢。

嫦娥奔月　庶富军强

秋高气爽嫦娥一号奔明月;
庶富军强禹甸千红唱凯歌。

中国盛事

健将雄光灿灿，搏杀银球，奥运场中夺桂冠，国帜迎风升碧宇；

英豪虎气生生，欣登驾位，飞船舱外摘繁星，仙军列阵迓沉雄。

观湖南建设成就展

帷幄运筹，聚四海精英，融五洲资本；
鼎新革故，奠三湘基业，建千世奇功。

杭州湾跨海大桥

跨海长虹连广宇；
通商铁马达全球。

武陵巨变（三副）

往昔千山皆野兽，荒峦恶水凝寒露；
今朝万壑尽鲜花，峻岭奇崖醉贵宾。

一条隧道穿巍岳，迎来四海五湖骚客；
百辆轿车驰武陵，欣赏一山两谷风光。

长龙滚滚，驰原钻洞骋山谷；
铁隼隆隆，破雾穿云掠碧空。

乘车返故乡途中所见

昔日沿途尽是茅房土屋，羊肠小径光秃岭；

今朝路畔全为广厦琼楼，宽阔大道碧翠山。

攀科学高峰

攀科学高峰，飞腾碧宇揽明月；
创高新重器，潜入汪洋探宝珍。

创建奇功

众杰欢乘海舰，测南端风雪；
诸雄喜驾飞船，揽北宇月星。

寄期湘潭大学出版社

聚古今精华，拓展人文新领域；
容中外睿智，敲开宇宙玉霄门。

三峡巨坝

雄雄巨坝拦滔浪；
浩浩长江起玉湖。

水陆畅通

钢龙穿百洞，风驰电掣；
澧水驭千帆，树疾云飞。

湘大教师公寓（四副）

别墅琼楼怡眼目；
凉亭雅座惬心房。

太阳能水沐身澡；
计算机芯储玉章。

网络家家揽理智；
空调刻刻爽身凉。

开屏彩电春潮涌；
制冷冰箱海味藏。

韶山灌区建成五十周年纪念(三副)

群星闪闪千秋照；
渠水滔滔万载流。

处处清泉流福祉；
丘丘杂稻绽花香。

韶光灿灿湖湘照；
党惠源源肺腑怡。

生态昂然

虎啸猿鸣千岭唱；
龙翔凤翥万人歌。

良言润心　体魄融天

良言泽润心灵生懿德；
体魄融和环境享怡神。

登高山绝顶　立浩海瀛滨

登高山绝顶，五洲锦绣全收眼底；
立浩海瀛滨，四海军民尽入心中。

福诗之源

福满源于千辈德；
诗佳来自万山游。

创作修行

天天创作天天乐；
刻刻修行刻刻仁。

人间热血温情

腔腔热血，暖化西疆冻雪；
股股温情，迎来南海熙春。

吉祥如意

鸿运盈天，世界奇才来禹甸；
红光遍地，中华瑰宝返家乡。

正本清源

荡涤污泥浊水；
清除窃贼贪官。

二、新春吉祥

春风细雨

春风拂叶山山绿；
细雨滋花朵朵红。

大地回春

春回大地千家暖；
花绽神州四海馨。

洪福常临

春风吹拂山山绿；
洪福常临户户欢。

雄鸡报晓　喜鹊登梅

雄鸡报晓歌盛世；
喜鹊登梅报佳音。

鸿运齐天

祺祥喜气频频至；
福寿财源滚滚来。

辞旧迎新(二副)

鞭炮声声辞旧岁；
春风煦煦迎新年。

花红柳绿山河秀；
日丽风和社稷昌。

双喜临门

人财两旺；
福寿双全。

洪福降临(二副)

洪福降临南天北地腾飞紫气；
春风浩荡东海西陲沐浴朝晖。

春风浩荡，山河壮丽，国强民富形势好；
领袖英明，黎庶归心，路正心红国梦圆。

喜迎新春

热血催生千岳绿；
初心绽放万花红。

湘大画眉潭春色

柳绿桃红，雕梁杰阁，岸畔书声琅琅，欣呈幅幅迷人画；

水清鱼跃，鸟语花香，潭中白浪滔滔，喜展张张醉客图。

江门东湖公园春色造型

孔雀开屏花卉绽；
蝴蝶展翅妩媚生。

金鸡报喜　玉犬迎春

金鸡展翅，去瑶池报喜；
玉犬腾身，来禹甸迎春。

三、先锋人物

抒怀

韶峰作笔，大地作纸，怎能写尽神州南岳壮；

湘水当墨，红霞当情，岂可书全公仆顺民心。

俊杰风采

华夏健儿，手搏银球，奥运赛中全夺冠；

炎黄赤子，身怀绝技，飞船窗外巧摘星。

纪检书记

两袖清风，日日为民谋福祉；

一身正气，年年替国镇贪官。

国之彦才

旷世奇才，仗满腹经纶书创举；
仁人志士，倾一腔热血写春秋。

人民公仆

世界风云收眼底；
黎民冷暖放心头。

一生甘为人民牛马

鞠躬尽瘁宁为百姓好牛马；
竭力倾心甘做黎民顺意牛。

下乡干部

跋山涉水，穿村入户聊家话；
沥血呕心，送宝传经济寨民。

村仆张安成(二副)

终生克己奉公替百姓谋福利；
一世鞠躬尽瘁为村民费辛劳。

披风沐雨，穿村入户，宣传政策；
顶雪踏霜，越岭翻山，馈送温情。

礼赞柳树林会长(二副)

红心灿灿，欣奔四处，时时尽理节能事，为民谋福，家家燃喜爆；

铁骨铮铮，礼待八方，日日全掏益众心，替国创收，市市竞飙升。

人离灯灭，厅中漆黑，节能术妙；
庶至光明，室里亮堂，柳老功高。

一生献身科教事业(二副)

一生著作等身，创意立言，功成名就；
三尺讲台报国，培桃育李，花艳果馨。

一腔热血壅培桃李；
五尺讲台谱写春秋。

容汇灵智

血涌心狂挥妙笔；
歌豪墨舞走神功。

征途搏击

踏遍三山五岳人生路；
闯过万险千难科研关。

睿智育才(二副)

龙泉滚滚奔浩海；
睿智滔滔育奇才。

凭睿智培桃育李；
用丹心树栋架梁。

笔下生花

滔滔热血胸中涌；
灿灿华章笔下生。

逆思奇效

顺想三天不见丝毫效果；
逆思半日竟呈满目奇文。

大器晚成

夕阳呈彩锦；
老树着春光。

督导

导引宽宏高速道；
壅培俊秀栋梁材。

杨静婉副团长(二副)

铁肩铮铮挑道义；
丹心耿耿为师生。

疴身抛脑外；
督导入心中。

胡在立书法家

血涌情腾心喷智；
龙飞凤舞笔生花。

胡润连先生

文韬武略惊四海；
德懿艺馨纳百川。

赵山岗先生

智浪滔滔倾笔出；
诗词滚滚迓春来。

企业家莫伯平先生

拓展五洲市场；
广开四海财源。

农民企业家龚安崇

风风火火，翻山越岭，穿村入户，欣收红辣子；

喜喜欢欢，祛渣遴优，拌蒜渗油，创出大品牌。

敲凌架线工

钢锤敲碎层层冰雪，井架浑身耀眼；
铁手送来股股温情，城乡一片光明。

湘西苗寨抗洪

暴雨狂风，洪水奔流，寨寨冲堤毁宅；
黎民公仆，奇兵汇聚，人人舍命救生。

探矿地质人员

跋涉山河浩海何知苦；
披揽日月星辰不觉难。

大理神工妙手

神工刻出九龙共舞；
妙手描成八景齐辉。

石寨村画师妙手

妙笔描成千岭秀；
铜锤敲出万江春。

森林卫士

穿云破雾翻山岭；
擒贼驱狼护莽林。

湘大学子杨怀保

钢肩荷孝义；
铁笔绘商峰。

风行天下——献给
儿子张翔，女婿陈汉培

喝五洲美酒；
书商海华章。

多才多艺的覃建女士

美妙歌声传四海；
兴隆生意达三江。

献给后代

天天学习知识博；
步步攀登眼界宽。

誉满全球

律诗首首吟传万代；
宏论篇篇享誉全球。

四、缅怀纪念

始祖轩辕与先贤杰胄功绩礼赞

始祖轩辕辟地开天，创立文明，佳绩铭千载；

先贤杰胄泯封逐帝，倡廉反腐，功勋耀万秋。

缅怀伟人毛泽东（五副）

雄才伟略，挥师歼魍魉，韶光辉百国；
壮志豪情，命笔赋诗词，雅意播千秋。

丰功齐日月；
伟绩壮山河。

位高权重不谋私，圣者是谁；
智睿胸阔能建国，神人毛公。

广阔胸膛怀日月；
威严气势壮山河。

飞龙舞风藏雄骨；
覆地翻天斩魍魔。

谒孙逸仙遗像

翠柏苍松披瑞雪；
黎民公仆谒中山。

瞻仰任弼时铜像

沥血呕心，不惧艰危，骆驼精神传万代；
诛魔斗疾，坚持革命，顽强意志播九州。

彭德怀元帅（二副）

平江怒火冲天顶；

大渡雄兵捣蒋罗。

亮剑太行惊倭胆；
挥师半岛斩凶魔。

礼赞陈毅元帅、诗人

元帅纵驰疆场，叱咤风云，虎气干云霄，杀寇尸横野；

诗人赏爱峰峦，观揽海浪，豪情冲玉宇，赋诗意闪光。

缅怀桑植洪家关烈士(四副)

英魂永驻洪关地；
浩气长存宇宙间。

热血奔流豪气壮；
慷慨赴死鬼神惊。

血洒玉川冲皓汉；
身埋赤地壮河山。

山山水水铭先烈；
户户人人享福荣。

红二方面军长征出发气势

红军列队雄姿勃；
口号惊天赤地鸣。

国画大师齐白石

国画宗师描国画，张张成瑰宝；
和平使者卫和平，事事荡春风。

缅怀已故舅父纪检干部杜金生

为民尽瘁，两袖清风，滔滔澧水歌亮节；
替国效忠，一腔热血，莽莽武陵颂高风。

郑成功收复台湾

一声令下，千帆竞发，乘风破浪，雄师十万驱穷寇；

四次冲锋，百炮轰营，冒雨袭夷，劲旅九千复台湾。

瞻仰左宗棠(二副)

剑光闪亮歼夷寇；
战果辉煌保塞疆。

奇中寓正行书妙；
正内出奇气势雄。

李金镛功勋

护危济困掬心肺；
开矿安边固北疆。

缅怀湘西剿匪烈士

血沃龙山百岭；
功垂史册千秋。

怀念汶川遇难烈士

黄丝飘汶月；
烛火照川天。

纪念张志新烈士

铁肩挑正义；
浩气壮山河。

悼念彭煦宗副教授

一颗文星殒没；
千名学子悲鸣。

纪念外祖母李秀英

身居草屋，国事时时装脑里；
书传独子，民情日日放心中。

怀念母亲杜腊英（三副）

种庄稼，烈日高温从不歇；
操队事，寒风瑞雪仍辛劳。

鲜蛋天天积累，留给儿女；
土鸡日日饲养，敬献老人。

教女成才掏肺腑；
支前爱国送公粮。

缅怀胞弟张安南（四副）

铁骨柔肠肩道义；
惊天炮火见精神。

顶风冒雪翻雪岭；
值夜扛枪护绿林。

尊贤敬老传千古；
爱国为民誉万秋。

一生厚道为仁义；
万古长眠壮山河。

纪念内兄粟富初（二副）

杰出人才享誉三湘四水；
高尚品德传承万代千秋。

名垂宇宙音容常在；
绩誉湘苏智慧非凡。

五、雄心壮志

终生追求

网络五洲泰斗名文，撰就鸿篇巨制；
云游四海仙山秀景，敲成绝赋佳诗。

人生心愿

旭日东升，丽彩妍妍，敬献终生智慧；
夕阳西下，余晖熠熠，欣奉一颗红心。

成大业　写豪诗

人生拼搏成鸿业；
热血沸腾写豪诗。

血涌诗词来

一腔热血奔腾涌；
万首诗词飞泻来。

净化环境

铲尽人间丑恶，家家喜；
杀光山岳豺狼，个个欢。

恶境成才

高山涌出清泉水；
恶境锤成彦俊才。

高山将才

龙潭圣水高山出；
虎将奇才峡谷来。

人生之乐

广结宾朋通世界；
多添智慧摘金星。

出彩耀辉

父埋吉地呈霞彩；
子育贤才耀国徽。

金童玉女志趣

金童日日描摹国画；
玉女时时记诵佳诗。

还有更高峰

休言已绝顶；
还有更高峰。

六、感事抒怀

生死之愿

生为烝庶奉心智；
死替中华作鬼雄。

茁壮成长之源

纳皓月星辰瑞气；
容阳光雨露精灵。

夜步羊牯塘大道见闻

双龙腾牯镇；
万马卷风雷。

共建黉堂①

东风拂煦全园绿；
硕果垂枝满苑红。

[注]①指省部共建湘潭大学。

湘大老年大学书法展(二副)

挺拔阳刚如亮剑；
轻盈秀美若丝柔。

奔流热血传神笔；
洒脱羊毫走墨遒。

湘大教授科研(三副)

网上搜寻中外术；
刊中鉴阅古今篇。

玻璃管内测奇据；
广宇书中觅宝珍。

顺想三年愁苦恼；
逆思四日笑声甜。

多国飞机表演穿飞天门

神机旋转冲云霄，俄而闪过天门，丽日含颜笑；

众客欢腾摇翠岭，即刻惊呼险岳，金猴笑语甜。

昆明世博园

世博园中花似海；
金钱馆里客如潮。

抗震救灾 重建家园(二副)

天崩地裂，灾民滴血，汶川处处悲声咽；
警疾军驰，铁隼救民，华厦家家币囊倾。

天摇地动，汶川万户成砂砾；
世济国援，巴蜀千村耸锦楼。

细雨滋物华

霏霏细雨润青苗，渐渐乘风生长；
艳艳鲜花结硕果，滋滋吮味变红。

警惕

蝼蚁毁堤坝；
邪思葬俊才。

七、锦绣山河

游万楼

浩浩湘江，白浪滔滔流瀚海；
巍巍榭阁，红颜熠熠着盛装。

昭山(二副)

三城①“碧肺”怡身爽；
一水②“绿心”漾波涟。

杜甫《吟桃》千载诵；
润芝“筑梦”百年圆。

［注］①三城：指长沙、株洲、湘潭三市；②一水：指湘江流域。

湘潭高速公路桥上观景(二副)

阔道两条通岭外；
龙车百辆过山巅。

衢间柏树莼莼翠；
塍里鲜花朵朵妍。

湘潭雍雅山庄(三副)

菡萏摇摇迎客舞；
鲜花艳艳笑容甜。

红鱼水里逗宾笑；
翠鸟空中谑我喧。

皓妪篁楼弹曲雅；
银翁木榭对弈甜。

夜晚漫步湘潭二环线所见

路灯灿灿凌空照；
铁马雄雄阔道飞。

雨后湘大樱园吟诗

雨打樱花花纷谢；
翁吟诗雅雅生辉。

湘潭市八仙桥休闲地

夏日炎炎，汗水成川，碧树生荫，拂煦凉风习习，绝妙天然休闲地；

铜锣当当，琴声沁肺，笛音悦耳，曲调悠扬媛媛，极佳宽敞大舞台。

游湘潭县中路铺(三副)

崇山环抱，云杉翠滴，山花烂漫，无边景色无边美；

碧水绕楼，铁马驰骋，机器轰鸣，不尽庄园不尽华。

满野黄花，油菜光闪闪，游宾争摄影；
田原美貌，糖蜂舞翩翩，骚客竞吟诗。

菜卉绽妍妍，游宾肺腑多爽快；
糖蜂歌婉婉，骚客诗词最怡神。

湘乡水府景色(三副)

细雨云中下；
轻舟浪上飞。

蒙蒙云雾散；
浩浩碧波生。

春风吹柳绿；
细雨润花红。

长沙梅溪湖桃花岛

红叶红枝红根壮；
绿坪绿草绿岛妍。

望高桥乡白竹峪奇景

峭壁天门含赤日，风光神造；
骚人血气涌心胸，韵律天成。

大浒村五雷山秀景

一匹白练映红日；
两座青山舞彩虹。

忆游大浒五雷山寺庙(二副)

悬崖顶上兴修庙宇，金檐碧栋，披霞迎日，风光无限美；

巧匠手中显露才能，绝艺精工，刻画精心，菩萨有神灵。

庙宇雄浑傲首三千尺；
悬崖险峻飞垂一万寻。

仙神论道谈经

一张石桌凌云，立地顶天多气魄；
八位仙神屹岳，谈经言道好怡心。

洞溪乡碑垭雨后观景

座座青山好似巨龙吐雾舌云奔浩海；
条条锦带犹如彩凤披霞振翅翥长天。

荀子垭奇观

车龙碧岭奔腾去；
铁鸟云空搏击来。

溪口桃家嘴赏景(三副)

两岸青山野岭鲜花绽放；
一轮红日霓霞澧水漾摇。

两岸青山水下摇，群群赤鲤游玩乐；
一轮红日江中笑，只只褐凫戏嘻欢。

一条澧水绕山去；
两座青山逆舸游。

秋赏茅坡山枫树

百丈红枫披彩练；
千寻峭壁闪银光。

金鞭溪赏景(六副)

野鹤飞行峡谷披霞彩；
雄鹰搏击长空展英姿。

翠鸟谷中叫；
金猴树上飞。

鬼斧神工开险境，刀崖剑岭冲碧宇；
金鞭圣水唱欢歌，螃蟹娃鱼誉全球。

悬崖峭壁，金猴耍戏，披霞绿树迎朝日；
碧水清泉，圆鳖争游，结队斑鱼迓贵宾。

两座崖峰相对出；
一条绿水婉歌来。

墩升、壁削、霞飞，悦目爽心成国画；
鸟唱、溪潺、猴荡，迷人怡目诵和诗。

游宝丰湖(六副)

岸上民歌首首圆甜三岭乐；
船中笑语声声爽快百人歌。

悬崖鸟道通霄外；
玉阁天湖落山中。

四岸山歌首首，怡和俊美；
一湖笑语声声，爽快淋漓。

湖从天上落；
水自洞中流。

峻岭斜坡环泊外；
峰湖宝玉落山中。

鱼翔凫展，花红岳翠；
赋美歌欢，痌疾宾怡。

张家界黄狮寨观景

黄狮寨下潺潺绿水开颜笑；
壑谷山中灿灿红霞衬日圆。

张家界天子山放眼

层峦叠嶂，松涛震壑，悬崖万丈，屏宽壁立，风光无限美；

美女虔诚，玉手献花，菩萨三尊，法雨倾淋，盛世有贤君。

石门杨坪山顶览胜（二副）

池塘似镜镶山谷；
翠岭如姑戴面纱。

杂稻山中铺绿毯；
琼楼壑里映红霞。

游莽山（二首）

望莽莽崇山山山翠；
观潺潺溪水水水清。

猛坑石上观霞彩；
翠绿林中赏锦鸡。

洞庭湖美景

日自波间出；
舟从浪上飞。

桂林叠彩山胜景（三副）

山于城里耸；
市在岳中环。

漓江绿水弯弯曲曲滔滔舞；
叠彩奇山垛垛层层婉婉歌。

圆圆旭日山峰出；
绿绿漓江碧宇来。

赏桂林榕杉湖

巍巍宝塔，湖中含笑欢欢喜喜；
艳艳长虹，水里怡欣乐乐融融。

桂林银子岩（二副）

“黄金钥匙”[①]既光又灿；
“恩爱夫妻”虽苦犹甜。

“金盆松树”千年苍翠成奇景；
“龙脊梯田”万世丰盈铸福山。

［注］①“黄金钥匙”“恩爱夫妻”“金盆松树”“龙脊梯田”：均为神工铸就的天然熔岩貌。

柳州龙潭风景

悬崖峭壁架云梯，名家绘画挥书，光彩闪闪千秋耀；

绿水龙潭开快艇，骚客吟诗作赋，韵律圆圆万代歌。

柳州盘龙塔观景

石山环抱，琼楼耸立，长虹飞跨，飞腾铁马穿梭过；

瀑布泻江，柳水绕流，铝隼翱翔，愉悦渔船破浪归。

赏柳江夜景

灿灿星云，广厦流光，长虹溢彩，孔庙金颜辉柳市，市容多美妙；

莹莹宝塔，公园演戏，玉女唱酬，游船妍色醉诗翁，翁客好怡神。

通灵峡谷画景(六副)

一条小道蜿蜒下；
两座奇山胜景乡。

两眼秋波魂诱去；
一条险道景迷人。

串串桄榔[①]迎贵客；
熊熊火焰[②]绽花环。

千姿百态钟乳石；
四色三奇峡谷鱼。

洞中含洞洞岩怪；
溪下有溪溪水甜。

石垒营盘坚亦固；
英雄首领智而谋。

［注］①桄榔：常绿乔木，国家二级珍稀植物，花序的汁液可制砂糖，茎中的髓可制淀粉；②火焰：此指火焰树，国家二级珍稀植物。

通灵大峡谷游[①]

通地通天通海无他处；
游山游水游幽唯此方。

［注］①此联是修改该景区之联而成。

坐火车去贵州途中观溪山共舞

水抱青山飞泻下；
山环碧水势腾来。

登贵阳甲秀楼观景

南河[①]穿市城中过；
红楼倒影水里摇。

［注］①南河：指贯穿贵阳市的南明河。

水上石林

清波漾漾环岩柱；
怪石巍巍耸玉霄。

大理蝴蝶泉

龙泉圣水流福出；
寰宇游宾慕名来。

大理苍山峪谷

峡谷龙潭潭翠绿；
高山圣水水长流。

石寨村画师妙手回春

妙笔描成千岭秀；
铜锤敲出万江春。

玉龙山

龙腾九万银云岭；
玉蕴三千白雪山。

玉龙山[①]下深潭

清潭碧绿瑶池水；
雪岭雄浑玉宝山。

［注］①玉龙山：山名，在云南丽江边。

那琴岛风光（三副）

乱石穿空冲碧宇；
惊涛拍岸卷狂潮。

秋阳煦照红光灿；
快艇疾驶白浪滔。

五岭椰蕉[①]光灿灿；
三山桂荔[②]蜜甜甜。

［注］①椰蕉：指椰子与香蕉；②桂荔：指桂圆与荔枝。

江门东湖公园花卉造型

孔雀开屏花卉绽；
花蝴展翅妩媚生。

江门桃花源赏景

桃花盛开，岭岭湾湾红艳艳，迷心润肺；
远客频至，家家个个兴怡怡，摄影留芳。

江门福泉新气象

红灯户户门庭挂；
绿树枝枝彩花妍。

广东从化胜景

从化枫叶霞辉艳；
峻岭悬崖绮画妍。

九宫山云中湖

茫茫白雾湖中罩，蜃楼海市游船泛；
灿灿红暾昊上妍，宝塔仙亭彩锦披。

登九宫山观光

兴陟步廿三岭，阅尽人间春色；
观飞流十八潭，瞧全壑谷风光。

隐水洞观奇

洞中瑰宝知多少；
壁上神雕迎不暇。

隐水洞中小火车

龙车滚滚蜿蜒去；

远客频频喜悦来。

庐山之夜

群星灿灿，银晖挥洒庐山峻岭；
烈火熊熊，赤焰喷腾广宇苍天。

庐林湖景观

绿树摇摇呈绮阁；
微波漾漾绽银花。

庐山顶观夜景(二副)

一川碧水山湾泻；
万颗明珠壑谷莹。

一条街道光芒灿；
百座商家顾客盈。

九寨沟镜湖

镜里红花、绿树、青山，巧构天然奇景；
湖中金鸭、斑鱼、白鹭，形成锦绣彩图。

峨眉山银梯、金象

双排金象栩栩如生齐列阵；
百级银梯层层似仆共朝神。

福州西湖岛晨景

湖中赤日迷鲢醉；
岛上银翁舞剑神。

太鲁阁美景

白缎莹莹，喜挂雄雄伟岳；
红霓灿灿，欢披艳艳祠楼①。

［注］①祠楼：指为纪念修太鲁阁悬崖公路的老兵而建的忠烈祠。

阿里山小火车

长龙一啸穿林去；
银翁齐呼结伴来。

八、咏物寓意

松竹(二副)

岭上乔松蒂固根深，千载绿；
山间桂竹枝繁叶茂，四时春。

山涧桂竹虚心劲节冲穹宇；
岭上青松壮体虬枝傲雪霜。

江畔柳

惊涛拍岸，柳身壮；
铁骨担道，体魄雄。

庐山翠柏

秉直身躯冲碧宇；
菁华翠冠遮炎阳。

咏莲(六副)

干直身通连地气；
根深叶阔绽莲花。

藕寓污泥神心白；
身居浊水菡萏红。

亭亭玉立，姿身俏丽，出淤泥而不染；
艳艳花开，翠冠芳妍，着绿服则无妖。

晶莹滴露，犹如宝石皤光闪闪；
宽阔漪湖，好似瑶池白浪滔滔。

入药莲心除疾病；
就餐藕菜养容颜。

白藕洁身出淤泥而不染；
翠叶红花排废气则无尘。

清莲清官

绿叶田田连碧宇，荷花艳艳香四海；
清官虎虎斩魔头，旭日圆圆照九州。

云南瑰宝

普尔名茶香万里；
苍山画石富千乡。

绿壳蛋

绿蛋晶莹营养富；
嘉宾喜悦订单多。

阿里山红桧树栋材

倭寇东瀛锯断千年古树，犯下滔天罪恶，人人诛斥；

阿山红桧滋荣三代菁苗，长成盖地栋材，个个颂扬。

九、田园风光

岳阳南墙葡提基地

银棚灿灿连天宇；
紫玉圆圆接海涯。

银棚菜瓜香(二副)

瑞雪纷飞天地冻；
银棚喜罩菜瓜香。

野外山田飞雪舞；
棚中蔬菜溢青芳。

采云茶

碧宇朝阳晖翠岭；
红花少女采云茶。

景在画中

牛鞭甩碎云中雾；
玉女描绘画里人。

山区新村

村村广厦如林立；
户户轿车似箭飞。

十、校园风貌

母校武汉大学

树木葱葱，碧阁荣荣，艳艳樱花迷万客；
贤师济济，勋功赫赫，莘莘学子誉五洲。

宜人的湘潭大学

花香扑鼻沁心神，体健身怡多爽快；
树翠宜人清肺腑，头灵智睿最颐和。

湘大老年大学

汇聚贤才睿智；
传承泰斗华章。

诗词书画研讨班作品

诗词首首恢宏气势惊天地；
书画张张深邃海涵感师生。

摄影提高班女学员作品

黛绿崇山，似海翻腾腾骇浪；
苍皤众妪，如仙曼舞舞翩跹。

电琴弹奏

琴音典雅九天仙女奏；
曲调柔和四海福人听。

电子琴班音乐会

龙吟虎吼，潺潺溪水，音韵滋肺腑；
客醉师迷，静静学员，梦乡润心灵。

打气排球

弹撑高百尺；
腾杀重千斤。

睿智学府来

清泉碧澈深山出；
睿智晶莹学府来。

湘大老年大学二十年(二副)

谷雨熙风山地绿；
诗花国画满园春。

诗词书画满堂彩；
摄影电琴百卉生。

十一、婚姻和美

深山爱恋

两座青山衔浩月；
一双恋侣吐真情。

两心相连

清泉笑映一轮月；
绿树欢连两颗心。

喜结良缘(三副)

同舟共济，人生道上手牵手；
道合志同，改革途中肩并肩。

姻联千里远；

缘结百年长。

志同道合年年美；
夫唱妇随代代兴。

十二、讽谣杂咏

大浒钼镍矿开采污染环境(三副)

忆昔日山清水秀，斑鱼溪里逛，鲜花坡上笑；

看今朝岭锈苗黄，野兽笼中逃，鸠鸟林间亡。

坡坡锈水奔流，朵朵山花枯死，“矿爷”当判罪；

岭岭森林毁败，溪溪鲫鲤消亡，贪吏应罢官。

忆昔日青山绿水肥鱼笑；
观今朝毒气黄溪野草悲。

第三辑

新诗之页

一、讴歌领袖

幸福不忘毛主席①

（一）

四海的波涛，
向毛主席欢唱；
五洲的鲜花，
向毛主席开放。
我们师生的心啊，
像炽热的烈火
——熊熊燃烧；
我们师生的热血呀，
像汹涌的江河
——奔腾激荡！
我们尽情地颂呀，
我们纵情地唱！
千歌万曲高唱《东方红》，
千言万语齐颂毛泽东！

（二）

毛主席呀，毛主席，
苍翠的劲松当毫笔，
蔚蓝的天空作纸张，
饱蘸汪洋大海水，
写不完您带来的幸福长；
座座青山当琴盘，
条条江河作琴弦，
倾泻满腔的激情，
也弹不尽我们对您忠诚的心！
我们全体师生，
有多少热情的歌儿要对您唱！
有多少知心的话儿要对您讲：
万恶的旧社会
——人间的地狱。
地，是黑沉沉的地，
天，是黑沉沉的天。
我们的父兄都是睁眼瞎，
祖祖辈辈没文化！
终年，
脸朝地，
背朝天，
世世代代挣扎在死亡线！
可恨那凶恶的豺狼，
张开吃人的血口，
飞舞着血腥的皮鞭，
鞭鞭抽打在父兄的身上，
一鞭，一道伤痕，
一鞭，一记仇恨！
诉不完的苦呀，
申不尽的冤。
千年的仇，要报！
万年的冤，要雪！
多少次想绞死吃人的豺狼！
多少次想砸碎魔鬼的天堂！
革命的道路迂回曲折，
垂死的魔鬼更加疯狂，
不得不把仇恨的火种深埋心底，

心底的烈火愈烧愈旺！
仰望茫茫的苍天，
凝视沉沉的云海，
熬过漫漫的长夜，
盼望喷薄欲出的红太阳！
春雷一声震天响，
驱散乌云见太阳。
幸福啊，
像开了闸的春水，
波涛滚滚，一泻千里！
毛主席啊，
您灿烂的思想光辉，
沐浴着千万人民的心灵，
照亮了革命的征程！
您领导穷人翻了身，
把鲜艳夺目的红旗，
插遍了高山之巅，大海之滨！
您领导人民——
埋葬了吃人的野兽，
捣毁了魔鬼的皇宫，
把污泥浊水荡涤得一干二净！
千年铁树开了花，
万载枯藤结了瓜。
我们跨进了学堂的大门，
成了祖祖辈辈有文化的人！

(三)

在这幸福的日夜里，
我们师生的睫毛下，
为什么滚淌着激情的热泪？
我们师生的胸膛里，
为什么响着万声的春雷？
一九六四年十月一日，
晴空万里，红霞满天！
我们沿着革命前辈开辟的道路，
乘铁马跨越万水千山到了天安门。
啊，多么动人的景象，
人山人海，红旗飘扬，
天安门城楼上红光闪耀，
《东方红》的歌声响彻云霄。
满天的彩霞涌红日，
金光万道照大地。
伟大领袖毛主席和中央首长，
神采奕奕，满面红光，
迈步欣登天安门城楼上。
广场上欢腾着人群的海洋：
“毛主席万岁！
毛主席万万岁！”
欢呼声——
如大海的波涛滚滚，
似春天的雷声阵阵！
毛主席站在城楼上。
微笑挥手，挥手微笑，
灿烂的光辉普天照，
亿万人民心欢跳！
伟大领袖毛主席，
同我们是多么骨肉相亲
——心心相连。
他老人家要离开了，

一次又一次向我们挥手致意。
我们奔向天安门城楼边，
望着离开的车影，
久久凝视，久久向往……

（四）

毛主席呀，毛主席，
您带给我们的幸福，
千船装不完，万车载不尽！
我们全体师生啊，
怎能忘记您——
阳光的沐浴，雨露的滋润！
在寒冬的午夜，
在盛夏的清晨，
盏盏明灯，琅琅书声，
我们手捧《毛泽东选集》，
阵阵风雷在胸中激荡，
万道霞光在长空辉映！
革命的真理，
铭刻在我们的心田；
铿锵的语言，
注进了我们的血管！
什么样的妖魔鬼怪，
都蒙不住我们的火眼金睛；
什么样的甜言蜜语，
都迷不住我们刚正不阿的心！
我们坚定地沿着党指引的方向，
阔步前进，蒸蒸日上！
看！
我们全体师生，
戴上了毛泽东思想的照妖镜，
一眼就识破了化装成美女的蛇精，
对待恶毒的蛇精，
我们一双双愤怒的眼睛，
我们一颗颗仇恨的红心，
像发发出膛的炮弹，
直捣蛇精的黑心：
听！
讲坛上老农民的一席谈，
扣住了每个人的心弦：
“农民头上三把刀，
地租、劳役、坐监牢。
小儿肚饥叫爹娘，
爹妈心痛绞断肠。
自从盼来共产党，
搭帮毛主席得解放。
咱贫苦农民的子孙，
才成了文化的主人，
毛主席的话记心上，
为革命要深探知识宝藏。”
老农民的话儿刻在心坎上，
人人心里亮堂堂。
清晨，书声琅琅，
课堂，吸吮知识的乳浆，
夜深，字里行间，
麻麻点点，行行圈圈；
瞧！
校办农场逞英豪，
红旗如海歌如潮，

地动三河铁臂摇。
双双粗壮的铁手，
建起栋栋楼房，
开出了层层梯田，
凿穿了座座高山，
引来了股股清泉，
滋润着禾苗的心田；
满山梯田稻苗笑，
满坡小麦穗开俏，
满岭牛羊欣喜跳。
红日沐浴着千万株新苗，
株株新苗向着红日含苞待放！

（五）

啊！
阳光雨露把幸福的心花催放，
颗颗细胞饱吸着雨露阳光，
我们千遍欢呼，
万遍歌唱，
“敬祝毛主席万寿无疆！”

［注］①1973年创作，2013年修改，此诗在千古伟人毛泽东诞生120周年诗文书画大赛中，获北京墨缘文化中心特等奖。

难忘的接见

一九五八年九月十二日，
是多么难忘的一天：
晴空万里，红霞满天，
灿烂的阳光照遍了珞珈山。

一个惊人的喜讯，
在千万人群中间传扬：
“一位敬爱的首长，
要到操场把同学们看望。”

我们的心呀，
像长了金色的翅膀；
我们的心呀，
似离弦的箭一样。

我们一口气飞奔到操场上，
沸腾的热血——
就像汹涌的长江一样，
波涛滚滚，一泻千里。

我们血液沸腾、细胞跳跃，
放眼望，多么动人的景象：
人山人海，旌旗飘扬，
哪个眼中不闪着渴望的光？

台阶上红光闪亮，
《东方红》的歌声在我们的心中回响。
我们站在“一”字队形的前列，
等候我们日夜思念的首长。

我们的心啊，
同千万人的心一起跳荡。
我们已经听到：
千万人与我们的心发出同一个

声响：

“这位敬爱的首长
定是我们心中的红太阳！
因为毛主席胜过我们的爹娘，
时刻关怀着青年人的成长！

你看！台上放射的红光，
不就是升起的红太阳?!
你听！《东方红》的歌声，
不就是我们跳动的心房?!”

蓦然，天空飞起了万道彩虹，
映得我们的心儿乐融融。
啊，辆辆红旗牌的轿车，
就像驰来的一条雄劲的长龙。

一位身材魁梧的巨人，
跨出车门，伴着人群，
迈着刚劲、雄健的步伐，
走下台阶，挥手频频！

千万双渴望的眼睛，
一眼就认出了我们的亲人。
顿时，操场的上空滚过——
阵阵发自肺腑的欢呼声：

“毛主席万岁！毛主席万万岁！”
啊，响彻太空的宏音，
像春天的惊雷一声胜过一声，
像大海的惊涛一浪高过一浪！

啊，千言万语在心中激荡，
句句都梗塞着我们的喉嗓；
啊，满腔的激情在四身冲撞，
满眼的喜泪在脸上流淌！

即使端三江五湖的碧水，
又怎能抒发我们的衷肠？
即使呼三山五岳的春风，
又怎能表达我们的敬仰？

我们睁大着双眼，
望着毛主席慈祥的笑脸，
恨不能——
把毛主席丝丝笑纹都刻进心坎！

时光啊，
你要停一停，
让我们把毛主席高大的身影，
摄进我们的心境！

我们是多么想和主席多聚一会，
我们是多么想和主席谈谈心。
但毛主席日理万机一天，
我们又怎能再忍心劳累他一番？

伟大领袖毛主席啊，
是多么与我们骨肉相亲，
他老人家要离开了，

还久久向我们致意，挥手频频，挥手频频……

毛主席的轿车缓缓离开了，
我们一阵风似地涌向台上，
望着那缓缓离开的车影，
久久地向往，久久地向往……

我们摸着毛主席抚过的栏杆，
股股暖流又涌上我们的心间：
仿佛那高大魁伟的身影，
还在心中光耀闪闪，霞光灿烂！

二、敬颂我党

书记的笔

光秃秃的钢笔，
是满身的伤痕，
满身的伤痕啊，
记载着书记战斗的一生。

弹片纷飞的夜晚，
你用红色的笔尖刺向敌人的胸间，
作战图上的墨迹刚干，
炮声响处，敌人化成灰烟。

你用笔剑划破层层乌云，
又迎着晨曦登上了天安门；
你用这支笔记下了毛主席的声音：
“中国人民从此站起来了！”

你奉上级党委的命令又走进山村，
用这支笔记下农民三代的仇恨；
你把血泪化作愤怒的烈焰，
把恶霸地主烧成灰尘点点。

在与隐蔽的敌人作斗争的岁月里，
你用这支笔揭穿了多少阴谋诡计？
你用共产党员的火眼金睛，
射穿了魔鬼的黑心，捍卫了党的生命！

在“史无前例”的年代里，
你不怕“走资派”的帽子压万层；
你用这支战斗的笔啊，
戳穿了“四人帮”的阴毒黑心！

改革开放的一声春雷响，
你乘银燕到大洋彼岸观访，
你用这支斑驳神奇的笔啊，
签下合作科研的课题一项项。

你要用这支光秃秃的笔啊，
描绘出中华民族光辉灿烂的前程：

雪山寨寨仙楼耸，海岛家家电器盈；

母舰千群豪气壮，飞船万艘火星巡。

啊，我崇敬的老书记啊，

我从这支笔中看到了你战斗的一生，

我从这支饱含酸甜苦辣的笔中啊，

窥见了你与日月齐辉的功勋。

捍卫党[①]

人民的战士，
日夜守卫在祖国的边疆，
像保护自己的眼珠一样。

我，农民的儿子，
时刻捍卫着亲爱的党，
像保卫慈爱的母亲一样。

如果敌人胆敢露出一个毒牙，
侮辱心爱的党，
我一定挺身而出，
拔出他的毒牙！
粉碎他的尸骨！

[注]①1957年创作，此诗发表于《武汉大学报》。

团支部书记抢运煤炭

乌云滚滚罩屋檐，
扯起道道闪电，
隆隆的炸雷震地动天，
倾盆暴雨落得呼呼地喊。

团支书浑身似火焰，
红心系着公家的煤炭。
党支书抢运的号令刚下达完，
你带领同学呼的一声冲出门槛。

谁相信你腿上烂了个小眼？
穿飞在暴雨中似离弦的箭。
百斤重的担子压在肩，
健步如飞一溜烟！

耳边响起你豪迈的誓言，
句句铿锵，震撼山巅：
“宁愿扁担压肿双肩，
决不让洪水夺走公家煤炭半钱！”

你双眼像射着明亮的电，
黑夜中看得清坎坷不平的坑眼；
不是双眼射着明亮的电，
是党的光辉把你的心儿照遍。

洪水没有夺走煤炭半钱，
你望着洪水笑声连天。
胸中红日把周身暖遍，
胜利的凯歌在空中飞旋。

三、舍己为人

一曲舍己为人的凯歌

1962 年 12 月，武汉大学图书馆学系百余名学生，在党总支副书记带领下，经过数月苦战，胜利地完成了修建汉丹铁路的任务。返校途中，在武昌火车站下车后，沿京汉铁路边向武昌大东门进发，当时正值晚上 9 点多钟。此时，便发生了一桩惊人而又感人的事。

（一）

夜幕从天际向大地徐徐降临，
万家灯火把江城照得通明。
同学们满怀豪情向学校回营，
长龙似的队伍在铁道边前行。

人人四身散发着泥土的芳香，
胸前挂着胜利的奖章。
个个怀着满腔的激情，
高亢的凯歌盖过了汽笛长鸣。

只听一声震天动地的嘶吼，
仿佛黑夜中腾出一条巨大的长龙，
只见一道灿亮的电剑一闪，
铁道两边刮起一阵飓风。

只听声声哐当、哐当……
人龙唰地向道坡下滚躺。
欧阳海的形象在玉兰脑中一闪，
“叭”地把同学推到安全地点。

玉兰的背包划开了一条长洞，
人被抛到道坡下石砟当中。
玉兰闭着眼睛，微微吐着气，
满身鲜血，染红石地。

人人“呼”地围在玉兰身边，
一声声地把玉兰名字呼唤。
两位女同学把玉兰抱在身上，
个个心中像扎着把把刀尖。

副书记“嘶”地撕开了自己衬衫，
轻轻扎着伤口，泪水滚流成川。
跳动的红心周身温暖，
同学们抢着把玉兰送进医院。

（二）

夜深人静，星星眨着眼睛，
急救室门外踱着嚓嚓的步声：
“医生为啥还没出房门？
能否挽救玉兰的生命？”

时钟滴答、滴答的响声，
声声敲打着师生焦急的心。
突然急诊室传来一声输血，
门外的人群排成长龙一列。

副书记抢先站在队列第一名：
“我的血是O型、O型！”
有些同学脸上露出急促的神情：
“我的血也是O型、O型！”

大伙望着副书记纤瘦的躯身，
异口同声地道出了共同的心声：
“副书记，输血还是我们年轻人，
我们青春的鲜血正在沸腾！”

医生凝视着要输血的学生，
激动的泪水浸透了衣襟：
“让我们的鲜血汇流一起，
用千万颗红心换来姑娘的生命。”

大家异口同声
喊出了同一个声音：
“让我们的鲜血汇流一起，
去驱散罩在玉兰四周的鬼影！”

人人好不容易熬到医生开了门，
“哗”的一声，围拢人一群：
“医生，手术是否很顺？
能否保住玉兰宝贵的生命？”

玉兰是个可爱的姑娘，
他的业绩像金子一样闪光。
窗外霞光，缕缕柔照，
医生脸上透着丝丝微笑。

玉兰缓缓地被推出急救室的门，
忍痛的脸上露出了丝丝笑纹。
同学们的心快跳出了嗓门：
“玉兰！好样的！定能战胜魔神！”

（三）

颗颗红心换来了玉兰的生命，
玉兰渐渐地睁开了吃力的眼睛：
“莫管我，快救救朱亚男。”
“玉兰，亚男现在很安全。”

玉兰的脸上泛着丝丝的笑，
脸蛋像朵鲜花微微开放，
仿佛驱散了罩在身上的阴云，
仿佛难见疼痛钻心的神情。

副书记馈赠了一枚毛主席像章，
又送来了盒盒补品、袋袋营养；
班主任赠给欧阳海的画像，
又端来了鸡、鸭、鱼汤。

同学们奉送英雄群像，
又送来了奶粉、蜂王糖浆。
来自全校各系的慰问信啊，
像纷纷飞来的雪片一样。

玉兰凝视着毛主席像章，
好似良药驱散着身上的疼伤；
玉兰注视着英雄群像，

浑身增添了无穷无尽的力量。

玉兰瞧着慰问的补品、蜂王浆，
幸福的泪珠在脸上滚滚流淌。
玉兰的意志似钢铁一样坚强，
躺在病床上，从未哼出痛苦的声响。

啊，多么坚强的意志啊，
多么崇高的思想！
团结、友爱的精神啊，
正发出万丈光芒！

看！颗颗火红闪光的心啊，
硬是挽救了玉兰的可贵的生命！
瞧！在与伤痛作斗争中，
闪现出了一个灿灿发光的高大身影！

时钟嘀哒、嘀哒地敲响，
玉兰迈步回到了大学课堂。
前进的大道上洒满了阳光，
又把舍己为人的歌声高唱！

四、和煦春风

难忘火车里的春天

序

时光已流逝五十多年，
就像弹指一挥间。
桩桩感人肺腑的故事，
时时撞击着我的心田。

那是一个明媚的春天，
车外阳光、雨露、花瓣。
车内生机、热烈、奉献，
旅客的心中啊，泛起旖旎的春天！

(一)教唱革命歌曲

一位魁梧雄劲的战士啊，
好像那熊熊燃烧的火焰，
那晶莹闪亮的思想啊，
把车厢旅客的激情点燃。

嘹亮悦耳的歌声啊，
穿过原野，响彻云天。
教唱革命歌曲一遍又一遍，
句句渗透人们的心田。

听！“心中的太阳红艳艳，
雷锋形象永驻我们心间。”
啊，多么动人的歌声啊，
多么感人肺腑的诗篇！

旅客宽阔无垠的胸襟，
像被毛主席的思想红遍，
那翻滚的激情似惊涛拍岸，
革命歌曲唱了一遍又一遍。

(二)担当义务服务员

毛主席思想注入了战士们的血管，
雷锋的形象矗立在战士们的心间，
战士们心中的热血汹涌澎湃，
端水、送饭、清渣、擦地板。

战士们的双手是多么的巧，
地板擦得人影可以照见；
不仅是战士们的双手巧啊，
更是为人民服务的精神金光闪闪！

战士们担当义务服务员，
时时关怀着旅客的冷暖：
“大娘，您要几两米的饭？”
“婆婆，您是否要用水把心田暖暖？”

“爷爷，我送您慢慢下站，
大哥，切莫忘记把行李担。”
多么亲切的话语，多么闪光的思想，
感动得旅客们个个热泪盈眶！

(三)向母子奉送温暖

列车像条巨大的长龙，
吼叫着驰骋在地洞、山崇。
多么可爱的战士啊，
又写下了更加动人的诗篇：

广播中传来一阵急促的声音，
拨动着颗颗火热的红心：
“蔚蓝的天空飘着彩霞，
有位大嫂生下个胖娃娃。”

“望同志们给母子送些温暖，
好让母子一路平平安安，
好滋补大嫂虚弱的身体，
好呵护刚出生婴儿的生命。”

广播员求助的声音刚停，
战士们如同听到了冲锋的号令，
眼中流下了激动的热泪，
把绒衣、人民币送到列车员手中。

战士们送的不是普通的绒衣、钱币，
是战士们颗颗赤诚的心，
颗颗赤诚的心激动着多少人啊，
多少人争先恐后地表达内心的真诚的情谊：

“我有几个鸡蛋、一只母鸡。”
“我有床小棉被、一件童衣。”
鸡蛋、母鸡、小棉被、童衣，
列车员代向母子表达颗颗火热的心。

(四)就像捂住颗颗火热的心

朵朵白云飘在高高的蓝天，
有位白发老大娘愁眉不展，
滴滴泪珠挂在眼角边，
口袋、身上搜了一遍又一遍。

一位战士轻轻走到老大娘跟前，
一股关爱的深情涌向嘴边：
“老大娘，您有何难事悬在心间？
有啥贴心东西没有找见？”

“老大娘！您静心地找找看，
心中别焦躁不安。”
“我身上、袋中找了好多遍，
就是带的路费钱找不见。”

“老大娘，我身上有津贴二十八元，
您先拿去用作路费钱。”
“娃子，我怎好用你的钱？
你一月的津贴就那一点点。”

“老大娘，把我当您的儿子看，
见您有难，我怎能不管？”
老大娘接过战士手中的钱，
就像捂住一颗火热的心在胸间。

(五)我叫中国人民解放军，

灿烂的阳光射进车厢，
窗台上一朵朵鲜花怒放
列车里股股温情渗入旅客心房，
道不尽的知心话终生难忘。

爷爷、奶奶、大婶、细娃，
围着可爱的战士拉开了心里话：
“同志们，你们姓甚名啥？
是哪个部队的，给俺说说吧。”

“我们都叫中国人民解放军，
我们都是人民的子弟兵，
我们的宗旨是一心为人民，
我们都是大爷、大妈的子孙。”

“你们都是世上一等的好人，
你们身上都闪着雷锋的精神。”
“我们都是咱百姓勤务兵，
为您尽点力，是我们应尽的责任。”

(六)都成了义务服务员

战士们下车已渐渐步向远方，
旅客们伏在车窗久久地凝望，
好像个个战士的声音容貌，
还在耳边聆响，眼前闪亮……

“我看他跟雷锋一个样。”
“我看他跟张思德有些像。”
毛泽东思想哺育成长的战士啊，
人人都是雷锋、张思德、黄继光。

虽然战士的身影远了，远了，

但战士的形象仍在旅客的心中缭绕、缭绕……

听！“心中太阳”的歌声嘹亮不断，

看！个个都成了热情的义务服务员！

尾声

啊，多么明媚的春天，

车外阳光、雨露、花瓣，

车内生机、盎然、好事绵绵，

雷锋精神就是永恒的春天！

五、校园风华

献诗——为参军的学生而歌①

握着你的手，

激情满喉头，

幕幕往事啊，

又涌上心头：

夜深，人静，

你高大的身影，

映在墙壁！

嚓嚓的钢笔声，

是你向科学进军的鼓点；

点点红笔水，

是你留下的攀登足迹。

眉宇间丝丝皱纹，

是你在思考如何登上科学的峰顶，

胸中跃出红日一轮，

你越过深涧，

攀上绝壁，

把红旗高高插上峰巅！

你是学习的模范啊，

又是科研的闯将！

记住吧，同学！

祖父身上条条鞭痕，

还深深地刻在全身；

祖母用过的讨饭棍

还记着农人的酸辛！

别忘了，同学！

毒蛇还没有冻僵，

牙齿咬得咯咯响；

豺狼还在张牙舞爪，

妄图把我们一口吞掉；

恶虎脸上堆着笑，

心里恨不能把我们吞进肚肠！

望着万里晴空，

要看到乌云狂风；

看着平静的大海，

要想到波涛澎湃！

祖国人民的眼睛，

港澳台同胞的心，
海外华侨的激情，
一齐凝聚在你的枪炮的标尺、准星。
一齐注入你的血管、全身！

那鲜血染红的旗帜啊，
经过生与死的验证，
寄托着红军战士颗颗红心，
记载着先辈们的功勋！

只听指挥员一声命令：
“打！”
你哒哒哒的机枪声，
喷射出万丈怒火星！
轰轰轰的大炮声，
发出千万人怒吼音！
呼呼呼的导弹声，
爆发出亿万人仇恨的心！

弹头落处，
凶狼倭寇尽埋葬！
毒蛇炸成泥浆！

硝烟散去，
一派明媚的春光！
人民望着你胸前闪光的勋章，
满脸微笑，豪情激荡！

［注］①此诗载入《世界汉诗大典》获第三届“花艺杯”世界汉诗大赛特等奖。

暴雨天上学

暴雨似盆倒，
今日怎到校？
胸中激情万丈，
嘿！暴雨岂能难倒?!

门前，洪水吼叫，
拦住到校去道；
一拍大腿哈哈笑，
盘山绕道，悬崖绝壁也要上！

狂风呼啸，
“叭”的一声摔一跤，
滚到半山腰，
翻身爬起志更高！

哈！洗掉泥水，
揩干血迹，
踏着红军的足印，
攀登步步急。

雷鸣，闪电，
前边大树轰断！
“哗”的一声震山湾：
止步，莫前！

嘿！正好练练胆，
双脚一溜烟，
走路如射箭！

眨眼，翻过几座山！
雨住，云散，
红日照山涧，
山头挂上一条彩练，
为优秀学生按时到校喝彩、呐喊！

赞美红旗[①]

大组公布了今天的成绩，
红旗归了我们。
同志们呀，
你看那姑娘的心里乐开了花，
笑在脸上，甜在心里。

人们问她为什么这样欢喜？
她说：这集体的光荣，
我也有一分。
明天，我们更要以出色的成绩，
赞美这面鲜艳夺目的红旗。

[注]①此诗于 1957 年创作，发表于《武汉大学报》。

拾金不昧

一位拾金不昧的学生捡了一个精致的钱包，他将钱包交到班主任手上。我见了激动不已，赋诗一首。

他脸上露出焦躁，
心儿怦怦地跳，
他手捧一个精致的钱包，
恭敬地往班主任的手上递交。
班主任接过闪光的钱包，
像捧着颗红心一样，
仿佛看到一粒红色的种子，
深深地埋在他的心壤上！

攀登[①]

听不到鸟儿一声吱吱的啼鸣，
冬夜是这般的柔静……
然而科研尖兵并未停息哟，
听，嚓嚓的音响，攀登的步音。

科研大军在攀登悬崖峭壁啊，
看，鼻尖汗水点点，滴湿纸面。
忽儿眉下浮着一缕愁云，
忽儿脸上挂着一丝笑意。

悬崖峭壁上留下串串足迹——
麻麻点点，行行圈圈，
峭崖哪能阻挡英雄尖兵啊，
查书、讨论，思绪滚翻。

黎明的钟声当当敲响，
科研大军啊，已攀登到峰顶上：
喜报像灿烂的红霞飘向党委会，
伴着红日，伴着党的路线光明。

[注]①此诗于 1957 年创作，发表于《武汉大学报》。

科研尖兵[①]

夜深、人静，大地早已入睡，

窗外飘飞着沙沙的落叶声；
文学院还闪着一盏明亮的电灯，
是谁啊，通宵不肯入眠静心？

我踮着脚步，轻轻走到门边，
啊，老夏！
汗水满脸，湿透衣衫，
像是把科学宝藏深深钻探。

他两手撑在额前，
眼眉连成一线。
我“啪”的一声，
把他从沉思中惊醒！

我指着他的鼻尖：
“你为啥不爱惜自己的身板？”
他红着脸儿笑盈盈：
“任务没完成，哪能睡得安稳？”

[注]①此诗于 1957 年创作，发表于《武汉大学报》。

深夜备课的教师

狂风呼叫，
雪花飞飘，
人们已进入梦乡，
你还伏在书案上。

你胸中的激情燃烧，
时时将学生装在心坎上。
你像名辛勤的矿山工人，
深夜，还钻探在书山矿井。
书上的圈圈点点，
是你掘进的井眼；
备课本上的板书提纲，
是你挖出的矿藏！

备课本上的重点、难点，
是你最优质的矿选。
待明日喷出股股知识乳浆，
融进学生宽阔的心胸上！

生动的一课——听陈占武姑姑惨死情景后①

陈占武的父亲参加红二方面军以后，他的家人及亲属惨遭杀害，陈占武幸免于难。解放后，才见天日。我听了他的讲话后，愤怒难平，赋诗以记之。

肚子被白军划破，
根根肠子往外屙，
惨叫声声刺心窝！
活人丢进油锅，

骨头炸成黑坨！
心中满腔怒火，
一拳把桌击破：
什么“白军性本善，
是为了地方一带的平安”，
完全是一派骗人的胡言！

[注]①此诗于 1976 年创作。

耿耿红心为学生——记胡舸老师[1]的事迹

月儿欢笑满园温，
丝丝温情沁入学生的心。
你用药水轻沾学生腿上的脓水，
股股热流暖着学生的身。

沾重了哟，怕学生疼，
沾轻了啊，又怕脓水沾不尽。
学生腿上一点点疼意，
像针尖刺着你的心。

学生脸上一丝笑纹，
似蜜糖输入你的心。
你为啥有这样一颗火热的心？
因为你心中响着为人民服务的雷声。

[注]①胡舸老师，曾任湖南慈利三中副校长，中国驻肯尼亚大使馆翻译，回国后任张家界市旅游局副局长。现因病仙逝。

吴远松老师[1]与学生谈心

月牙在波浪上笑，
风儿在枝头上跳。
你和学生边走边谈心，
句句贴心的话儿，仿佛融入学生的心。

“两眼被云雾迷上，
双腿又哪能走上正道？
毒草小说，黄色小调，
那是杀人不见血的刀。”

学生低头不作声。
边走边眨巴着眼睛。
脚一滑，差点跌倒坑里，
你一把抓住了他的衣襟：

“两眼要看着前方，
不然脑袋都会摔伤。”
语重心长的话，扣住了学生的心，
像干枯的禾苗把雨露吸吮：

“潺潺流水淙淙响，
农家的苦水哟，流成了江。
你爹小时挑粪上山岗，
路过校门向教室望了望。”

“毒不过蛇蝎，凶不过狼，
最凶的还是吃人的校董事长。
横眉怒眼山羊胡子翘，
口吐恶言把嘴张：

穷光蛋，满身粪水沾，
还想进校把书念？
怒火冲天映红山，
你爹的拳头捏得咕咕喊：

‘有朝一日乌云散，

定要砸碎阎王殿!’
竹竿子戳到黄蜂窝,
气得董事长摸家伙。

顺手捡根柞刺棍,
棍子挥舞呜呜呜。
一棍,眼眼血印,
一棍,记记仇恨。

柞刺棍上血肉条条点点,
满腔怒火烧红了天。
千里雷声万里闪,
天兵天将扎营到山川。

斗倒了凶恶的魔王,
绞死了吃人的董事长。
天上星星亮晶晶,
共产党搭救穷人翻了身。

山坡上野花映红云,
你这农民的孩子进校门。
今天你哼唱黄色调,
只怕是黄毒浸心魂。

一轮圆月当空照,
共产党给俺指明了光辉道,
农家的孩子迷了向。
赶快回头,将灿烂的红光照。”

学生好半天没出声,
脸上泪水滚滚湿衣身。
望着天上的启明星,
沿着阳光大道飞向校门。

学生额头淌着滴滴汗,
看着做出的难题绽笑脸。
推开窗户迎彩霞,
心儿沿着红色的路线奔天涯。

[注]①吴远松老师:现已驾鹤西去,曾任湖南慈利三中教导主任多年,是一位优秀的人民教师。

春风化雨润心田——记赵山岗先生授课

尽管您苍老的脸上,
刻着沧桑的岁月,
但您满脸的笑容里,
则露出熠熠生辉的深情。

您步履轻轻,走进了课堂,
学员眼中闪着愉悦的光。
当您一登上神圣的“老大”讲台,
雷鸣般的掌声响了起来。

讲义中古奥深邃的诗句、韵律、意境,
就像阴云遮住了学员的眼睛。
您时而剖析,时而评赏……
学员心随语行,情伴诗境。

如痴如醉,眼亮心明。

待到下课时间，先生您戛然而止，
那经久不息的掌声啊，
就是对您无限的崇敬！

献给邓楚贤先生

啊，邓楚贤先生！
你风度翩翩地——
站在老年大学神圣的讲台上，
将自己心爱的照相机拆开，
让满堂渴求知识的学员——
看得真真；
满堂凝神注目的学员——
将照相机的零件、结构，
摄入脑中，刻得深深！

啊，我尊敬的邓楚贤先生！
你拆开的不仅仅是——
闪光的相机；
而是浓浓的——
大公无私的火热激情！
是一颗鲜红鲜红的——
闪闪发光的赤诚的心！

六、运动奇葩

田径运动员赞歌

迎着艳艳的彩霞，
踏着细细的泥沙，
你，矫健的运动员，
又向新的目标进发！

你的双眼，
是那样的深邃、晶莹！
你的前额，
是那样的宽阔、深沉！
你的胸襟，
是那样的磊落、光明！

看！
百米起跑线上，
“叭的”一声枪响，
你双脚飞点，
道上一股轻烟卷到天上！
弹指间，
你箭一般射到了终点！

瞧！
五千米起跑线上，
你两眼注视前方，
只听信号枪一响，
你似脱缰的骏马一样，
飞奔在环形跑道上，
一圈、一圈、又一圈，
哪管汗水湿透衣衫，
哪管气喘口干，
哪管精疲力竭到极点，
你心中只有一个信念：
冲！冲！
冲得更快些！
奔！奔！
奔得更猛些！

你踏着急促的鼓点，
你伴着震天的呐喊，
心中滚动着声声春雷：
为人民冲到最先，
为祖国夺取桂冠，
眨眼，你弹一般地射向终点。

看台上——
响起掌声一片！
舞起鲜花千万！
一群帅哥飞奔而来，
把你抛起，在空中飞闪！

看！
跳高起跑点，
你揉揉膝盖，
活活手腕，
助跑——
如骏马狂奔；
飞跳——
似银燕轻腾；
仰望——
飞上高高的云空；
俯视——
落到柔软的沙中！

看！
操场中间，
你紧握手榴弹，
站在起跑线，
像座巍巍的高山！
助跑——
响起咚咚惊雷；
丢弹——
“呼的”一声，
击碎朵朵白云；
弹头——
飞向太空，落到天边！

瞧！
操场的一边，
你跳远奔腾的身板，
如同扯起一道闪电！
只听见哒哒哒的飞步声，
似马蹄，如鼓点；
只见到你快速的身影，
若飞箭，犹流星。
倏然，“哒的”一声，
你跃出数丈远，
落到沙坑的最远点！

啊，
我亲爱的运动员，
这就是你摘下的桂冠，
这就是你向祖国献上的礼单。
为了这神圣的一天，
你战胜过多少艰难！

啊，
哪条道上，
没浸透你涔涔的汗水？
哪个沙坑，

没留下你深深的脚印？
哪个手榴弹上，
没留下你带泥的指印？

你，
爬起，
摔倒；
摔倒，
爬起——
你心中滚动着惊天的雷鸣：
怕什么摔破皮，
怕什么摔伤腿，
怕什么极度劳累！

你为了人民，
为了祖国，
又披晨星，踏夕阳，
战寒风，迎春光！
日日月月，
季季载载，
战斗在运动场！

啊，
我亲爱的运动员，
你用一双铮铮的铁脚，
踩出了一条通向胜利坦道！
你用坚强的意志，
迎来了光辉灿烂胜利的红光！

胜利啊，
它只是一道新的起跑线，
你啊，
又伴着改革开放的进行曲，
向着最新的纪录冲击！

赞乒乓球赛精彩的一幕

五洲风雷胸中涌，
万钧雷霆耳边鸣！
挥巨臂，猛抽杀，
“叭！”——
卷起一股台风！
银球飞射对角边，
刚刚擦着边线！
眼看球会落地面，
你突回板，
轻轻一削，
落到对角，侧射数丈远！

万众呼声一片：
“好！”
阵阵掌声卷狂澜！
高超的球技哟，
英雄的胆，
是你将一颗彤红的心，
向党奉献！

扭扁担

你右手紧握扁担，
像把老虎钳，
任凭对手用力万千，

难动你毫厘半点。
那钢铸铁打的身板啊，
似撼不动的泰山！
那高高屹立的形象哟，
如巍巍的擎天柱一般！

啊！壮士，英雄，
你为啥有这么大的力量？
看！
臂膀暴起的根根青筋，
火光闪闪心中升：
手中捏的仿佛不是扁担；
是捏住倭寇的喉管！

七、荧屏世界

电视新闻媒体颂歌

为什么刚看完——
“神舟五号”飞向蔚蓝蓝的天；
又见到刘翔在雅典奥运会上——
飞步跨栏夺得了桂冠？

为什么才知晓——
“神舟六号”升上太空绕轨回还；
又见到印度洋地震掀起的海啸，
冲毁了印尼、斯里兰卡、印度、泰国人民美丽的家园？

啊，是神奇的电视机——
让我们有了顺风耳、千里眼；
是妙不可言的光纤、微波、电波——
传来了五洲的风云！四海的波涛！宇宙的花环！

啊，不仅仅是电视机的神妙——
灌满了我们的心田，开启了我们的智团……
更是日夜忙碌奔波的记者、通讯员——
将寰宇震荡的风雷、光彩的人生……
完完整整地摄现在我们的眼前；
更是通宵鏖战不息的编辑、制作人员——
将光彩夺目的喜庆、惊涛拍岸的海浪、烽火连天的硝烟……
实实在在地展现在我们的眼前！

啊，我们最可爱的记者、通讯员、制作人员——
是你们让我们的视野跟宇宙一样宽阔空前！
是你们让我们的精神像哲人一样升华飞延！
你们是我们的生活之源、知识之源、创造之源泉！

你们与千千万万人民、人民中的模范、英雄、伟人一道，扫荡着前进中的障碍，驱散着精神上的阴霾和硝烟！

推动着历史的车轮向前！向前！再向前！

迎着灿烂的阳光，直到共产主义的明天！

农用飞机洒落及时雨

火热的阳光照射在大地、空间，
树枝上的蝉，嘶呀嘶呀地叫喊；
人们坐在屋中周身都是汗，
屋外的树叶都卷着圈圈。

此时，我透过神奇的银屏，
听到了农用飞机动地的哗喧，
刹那间，雄鹰飞上了火红的天，
机尾上拖着长长的白色云烟。

云烟下，晶莹的雨点，
洒落到广阔无垠的田间。
田野中禾苗喜地欢天，
饱吮着雨水滋滋的甘甜。

禾苗趁着微风舒展着身板，
翩翩起舞，姿态万千，
田野的农民狂跳呼喊：
如今农用飞机降雨赛过神仙！

第四辑
民间歌谣

颂党歌儿用船拖

站在溪口唱颂歌，颂党歌儿用船拖。
这边湾到桃家嘴[①]，那头连到护城河[②]。
千歌万曲一齐唱，激情滚滚涌江波。

［注］①桃家嘴：地名，位于湖南慈利县溪口镇的街头、澧水滩边；②护城河：水名，位于北京天安门金水桥下，环绕天安门、故宫，党和国家领导人多次在天安门城楼上接见数万群众。

1975 年创作，同年发表于《慈利文艺》。

千秋万代心连心

高山劲松枝连根，根根系着盘山筋。
党和人民情相印，千秋万代心连心。

［注］1972 年创作。

灵芝献给毛主席

灵芝长在悬崖巅，山鹰掠过颤心间。
万丈峭崖谁能上？我采灵芝把崖攀。
灵芝献给毛主席，愿他寿高比南山。

［注］灵芝：赤褐色或暗紫色，有环纹，并有光泽。中药，据说吃了长寿。我国古代用来象征长寿。

1962 年创作。

庄稼汉子诗神仙

庄稼汉子诗神仙，田头一唱诗万篇。
篇篇歌颂毛主席，共产主义光闪闪。

［注］1958 年创作，同年发表于《武汉大学报》。

政治好比方向盘

政治好比方向盘，业务好比江中船。
把正方向鼓满帆，一桨划破万涡潭。

［注］1959 年创作。

机器车水上高峰

哪里飞来数条龙？条条苍龙上高峰。
嘴喷清水银光闪，江河湖水引上山。
不是龙来不是龙，机器车水上高峰。
稻苗向着村民笑，喝水迎风滚万重。
哪怕百日不下雨，抗旱抗到天低头。
天低头来丰收到，满坡金谷乐融融。

［注］1975 年创作。

挑黄土

楠竹扁担闪呀闪，肩挑两座黄金山。
一声吆喝山打战，健步如飞一溜烟。
身上汗水流成川，脚下岩石汗滴穿。
心中想起毛主席，万座高山把家搬。

［注］1958 年创作，同年发表于《武汉大学报》。

南天门前开梯田

脚踩云山头顶天，南天门前开梯田。
引来天上银河水，挖出地心老龙泉。
长成万斤“金皇后”，赛过蟠桃粒粒甜。

［注］1958 年创作，同年发表于《武汉大学报》。

月夜修梯地

一轮圆月挂蓝天，银光洒遍茅坡山。
通宵苦战修梯地，满手血泡力争先。
周身泥土不觉倦，黎明砌上白云巅。
身披彩霞红日笑，似见秋后黄金山。

［注］1975年创作。

犁梯田

万仞高山接碧天，山坡小伙耕梯田。
竹鞭甩碎云中雾，吆喝唤日上峦巅。

［注］1959年创作。

锄草

日照茅山地冒烟，热风阵阵四身钻。
山民汗水起波浪，周身干劲冲破天。
只听阵阵薅锄响，眨眼锄上白云巅。
回望满山苞苗壮，郁郁青青喜无边。

［注］1959年创作。

薅杂草有感

学子如苗私似草，锄清杂草苗欢笑。
恰遇东风携喜雨，雨滋苞苗迎风俏。
待到秋天黄金日，双双硕果向党报。

［注］1974年创作。

挑粪

两座粪山一担挑，驾着云彩上山岗。
心里好似喝蜂蜜，欢欢乐乐把歌唱。
莺雀喜得来帮腔，太阳喜得放霞光。
凤凰忙唱跃进调，秋后粮山耸云霄。

［注］1958年创作。

襄阳采石场打岩

阳钢巨人跨山间，铁锤一飞撞破天。
石山吓得打冷战，“当的”锤掉半座山。
若问顶天英雄汉，红色愚公红鲁班。

［注］1967年创作。

乡村情歌(四首)

(一)郎妹赛

一杆红旗堤上飘，妹跟郎哥比“过招”：
郎挑一百似飞鸟，妹挑一百快如镖。
郎得红旗逞英豪，妹得奖状乐陶陶。

(二)妹瞧郎

情哥驾驶拖拉机，卷起春风撩起衣。
妹薅麦草地里刨，眼递秋波把哥瞧。
姐妹见了嘻嘻笑，羞得阿妹脸发烧。

(三)送粮情

满天星星月牙明，哥妹挑粮喜盈盈。
阿哥翻山快如箭，阿妹紧追踩白云。
阿哥回头望阿妹，阿妹含笑表衷情：
“不等天亮赶进城，夺得红旗进你门。”

(四)绣锦绫

月牙弯弯灯儿明，阿妹灯下绣锦绫。
绣得心儿甜如蜜，绣得脸蛋泛红云。
阿妹为啥这样喜？送郎参军绣锦绫。
锦面绣郎握钢枪，杀尽豺狼保和平。

［注］1960年创作。

第五辑
格言笃行

一、人生观念

●一个人为自己活着，不见得是快乐幸福之人；只有为千千万万人民和亲爱的祖国与伟大的中国共产党活着，才是终生快乐、幸福之人。

●人生价值的实现，是要用心血谱写的，胜利成果的取得，是要用拼搏精神夺取的。

●山外青山楼外楼，层岭之上有奇峰。

●创新与奉献是人生最大的快乐。

●不忘国耻，实干兴邦，同圆中国梦。

●谦虚，人进步；骄傲，人落后；快乐，人长寿。

●多干实事，少说空话。

●不因失败而丧气，不因成功而满足。

●一滴水是不足为奇的，只有流入清溪，汇入江河，融入浩海之中，才能形成汹涌澎湃的壮阔气势；一个人是微不足道的，只有加入集体，融入国家，汇入我党之中，才能形成无坚不摧之震撼力量。

●为人民勇于粉身碎骨，为党和国家敢于赴汤蹈火。

●人的一生在于奋斗，只有奋斗，才有光辉灿烂的前程。

●人生价值的大小，是与他为国家，为人民贡献的大小成正比的。贡献越大，价值越大，否则相反。

●用心血谱写人生，凭智慧拓展未来。

●一个人的力量与智慧是有限的，团队的力量与智慧凝聚在一起，将是难以估量的。

●国家富强，人民幸福，个人才有美好的生活与前程。不然，就无从谈起。

●树高千丈，根基为本。

二、道德修养

●一个人不但要听取赞扬的语言，更要听取批评甚至反对的声音；不但要听从领导的指示，更要听取群众的呼声，才能贴近群众，深入实际；才能更好地为民解难，为民除弊，有所作为；才能称得上一个有益于人民，有益于国家，有益于党，能实现人生价值的人。

●人不能太自私，太自私就会眼光短浅，心胸狭窄，失去朋友，失去亲人，成为无人问津的孤家寡人；大公无私，就会眼光远大，心胸开阔，融和朋友，眷顾亲人，为他人多着想，成为庶民敬重的志士仁人。

●家和生财，家吵必败。

三、坚持即胜

●看准目标，纵有千难万险，只要有雄心壮志，不怕困苦、持之以恒的精神，不断地奋斗下去，就会有胜利的一天，就能到达光辉的顶点。

●人的一生不可避免地遇到多种艰难险阻，一帆风顺的事是少之又少的，只有敢于面对它，战胜它，才是勇敢者，胜利者，才有无限光明的前途。

●一个人的挫折、失败不可怕，可怕的是在挫折、失败之后，一蹶不振，从此消沉下去，迎接他的只能是深渊、死亡；只有那些不怕挫折、不怕失败，敢于挺起腰杆，善于吸取教训，总结经验，发扬拼搏精神，奋勇前行的人，才能见到胜利的曙光，摘下胜利的果实，实现人生的美梦。

●坚持意味着胜利，懈怠意味着失败。

●好事多磨，办一件事，只要自己有信心，有恒心，不断地坚持下去，是一定会成功的。

四、不惧艰险

●以顽强的意志战胜艰难险阻，用满腔的热情谱写光辉的人生。

●一个人只要有不怕吃苦，不怕挫折，不怕牺牲的精神，才能从一个胜利走向另一个更大的胜利，才能登上人生高峰的顶点，才能站得高，望得远，才能未雨绸缪，运筹帷幄，料事如神。

●以顽强的意志战胜艰难险阻，用满腔的热情谱写光辉的人生。

●明知前方沟壑险，为民也敢赴深渊。

五、奉献精神

●家庭的大事相对国家的事而言是小事；国家的小事相对家庭的事而言是大事，马虎不得，要做到先国家后家庭，舍小家为大家。

●夕阳无限美好，是因为它奉献了全部的热能；老年人多么美好，是因为他为民尽了全部的智慧，为国家献出了耿耿忠心，是因为他感到祖国多么富足，多么强大。

●尽管人已退休，但仍是学苑中一名辛勤的园丁，要用身上的热血，绵薄的力量，脑海的知识，人生的体验，辛勤的耕耘，浇灌施肥，奉献晚年。让灼灼的桃花更艳，让灿灿的李花更白，让累累硕果更丰，让人生的价值更耀眼。

●扬华夏文明，将自己的热血与智慧奉献给伟大的祖国和勤劳的人民。

●继承先烈遗志，奉献人生的心血，追逐中国美梦。

六、科技创新

●科技只有创新，才能造就卓越的人才，创造丰厚的物质财富，享受幸福的生活，增进国家的富强；才能创造人间的奇迹，开拓人类的未来。

●科学研究的核心是创新。要创新就要有创新意识，创新精神，创新思维，创新技巧；就要有宽厚的知识积淀，对现状全面、深度地把握；就要善于吸取中外前人、他人的研究成果的精华，作为自己开拓前进的借鉴与起点；就要独辟蹊径，采用独特的方法，走前人、他人未走过的路。

●路是人走出来的。世上原本没有路，只要做有心人，只要敢于拼搏，敢于披荆斩棘，敢于创造，是可以开出一条新路来的，是可以创造人间奇迹的。

七、教育兴国

●教师是铸造人类灵魂、传授科学知识的先生，是塑造人类光辉形象、造就栋梁之材的巨匠，是国家富庶强盛，百姓安康幸福之保障；没有教师，一切就只能是空谈、妄想、人类就只能处于愚昧无知、贫困衰弱之状态，国家就只能有任人欺负、任人宰割之命运。

●执教之路，是一条艰难曲折之路，是一条坎坷不平之路。在这条道路上行走，不要沮丧，不要徘徊，不要灰心，不要后悔，而是要朝着胜利的方向和目标，以大无畏的拼搏精神，奋勇向前，向前，不达目的誓不罢休。

●爱与严相结合，是培养出出类拔萃人才的两个法宝。

八、诗联创作

●生活是创作的源泉，只有深入生活，才能激发灵感，创作出感人肺腑的诗篇，只有反复地推敲，才能准确地表达情感，写出动人闪光的诗句。

●感人至深，流传千古的佳作，是诗人、词人、联家不断地深入生活，反复多次地推敲的结果。

●诗歌创作，是作者心灵的写照，道德的体现，境界的反映，因此，要写好诗，先要正其心，优其德，开其境，再炼其字，修其词，锤其句，掘其意，最后谋其篇，方能奏效。

●诗词联创作，要做到形象美、情

感美、韵味美、意境美。

九、勤奋学习

●时代不断地前进，环境不断地变化，学习不能止步！

●只有勤奋学习的人，才能成为聪明的人。

●不断地勤奋学习，是成功之母！

十、思维方法

●一个人不仅要习惯于从正面思考问题，更要善于从反面思索问题；不仅要从表面看问题，更要透过表面、深入本质分析问题，才能把握运行规律，有所开拓，有所前进！

十一、记忆传承

●记忆是人保存在脑子里的过去事物的印象，是人生轨迹的印迹，是有志者拼搏奋斗的真实写照，是一笔不可多得的宝贵的精神财富。对这笔财富，要以文字为载体把它记录下来，传承下去，让中华儿女 从中吸取有益的营养，为实现中国梦而放射出灿烂的光芒！

十二、颐养康乐

●老年人要有平和的心态，恰当的营养，适当的运动，个人的爱好，才有健康的身体，丰富的文化生活，奉献的余热，才能做到大器晚成。

●文化养生，愉悦心神，充沛精力，方能晚年有彩，奉献余热。

第六辑

散文天地

一、向辛勤的园丁致敬

每当我走进百花盛开的花园时，阵阵春风吹得我心花怒放，心旷神怡。股股馥郁的香气扑鼻而来，沁入我的心田，融入我的肺腑。我浑身洋溢着喜气，感到十分痛快，十分自豪！

花园中绿草如茵，杨柳依依，水波荡漾，桃花红艳艳，李花白灿灿，小鸟枝头欢歌，雄鹰搏击长空，好一派生机盎然的景象！

啊，花园中为什么繁花似锦，本固枝荣，生机勃勃，引人入胜呢？

是辛勤的园丁踏着晨露，顶着炎阳，披着晚霞，施肥、浇水、除草、剪枝、杀虫，让花草、树木、根系饱吸着水分和营养，让阳光、雨露更加充分，更加和煦，让树木茁壮成长，鲜花艳丽如霞；是无数园丁冒着暴雨，顶着狂风，剪去一根根毒枝，清扫一片片败叶，流着一身身汗水，让其树木挺拔奇秀，向阳生辉，让其灿烂的花朵耀眼入目，簇簇动人！

看到这一切的一切啊，我思如潮水，奔腾澎湃，一泻千里！

我们的人民教师啊，不正是辛勤的园丁吗？他们栽培的学生已是红花朵朵满园开，桃李芬芳满天下！

看！那不是国家空间技术科学院来信吗，我们人民教师培养出来的科学家，已研制成功新的多级火箭把宇宙飞船安全地送上了太空，探索宇宙空间的奥秘，取得了丰硕的成果。祖国和人民授予他特级多级火箭专家的光荣称号，少先队员给他戴上了光荣花，国家给了他最高的精神与物质奖励！

喂！那不是上海造船厂的来信吗，我们人民教师造就出来的学生，新评上的年青的教授级高级工程师，已同他们的团队共同研制成的、具有自主知识产权的万吨以上的远洋货轮，满载着中国人民的深情厚谊，向五大洲多个国家航行了，把中国自己创造的机器、仪器、设备货物顺利地运送到了各目的港口，胜利的红旗已在远洋的大海之滨，港口之上迎风飘扬！

瞧！湖南农业科学研究所上报了，我们的人民教师培养出来的学生，已晋级为研究员，他们的团队经过多年的试验、探索，已育出一种新的杂交水稻良种。此良种长出的稻子穗长、粒大、发蔸大，产量高，大面积栽种获得了农业大丰收，不仅解决了十四亿人的吃饭问题，而且还有粮食出口，国家给评上了科技进步奖，戴上了大红花，披上了红彩带！

哟！祖国海防前线又来信了，我们人民教师培养出来的学生，在保卫海防前线的夜晚巡航中，歼灭了数十名企图偷袭我军舰艇的倭寇，获得了国家功臣的光荣称号，戴上了耀眼夺目的大红花！……

啊，耸入云空的苍翠大树，鲜艳绽放的大红花，哪一蔸、哪一枝、哪一朵没有我们人民教师——辛勤的园丁浇灌过的汗水，倾注过的心血？

千万黎民百姓从内心深处发出由衷的敬佩：向辛勤的园丁学习！向辛勤的园丁致敬！

有多少个不眠的夜晚，人民教师伴着明亮的灯光批阅作业，指导毕业设计与毕业论文写作，将自己满腔的热情，全部的心血，倾注在学生作业本上，毕业设计和毕业论文写作的初稿纸上。那红色的圈圈点点，是人民教师心血的结晶，那设计图和论文上的指导语言、批改文字，是人民教师导引学生不断前进的脚印，是开启学生智能的钥匙！

有多少个风雨交加的日夜，人民教师伴着时钟滴答、滴答的脚步声，争分夺秒地深钻每章、每节教材的精髓，吃透每个规律、原理、公式和案例的精神实质，重点难点，演绎沿革和计算方法与技巧，然后把它化成易吸收的知识营养，智能乳汁，让学生全部吸收。备课中，头昏眼花了，就用冷水拍拍前额，让自己清醒清醒；身困了，就伸伸腰板，锤锤肩背，动动四肢。把瞌睡虫驱散了，又马不停蹄地深钻、深钻。为了给学生“一杯水”，自己则储存着“一桶水”“一缸水”。

有多少次课堂授课，人民教师将娴熟的内容，用口头、肢体语言，以姿势助说话的方式，抑扬顿挫的声调，栩栩如生地表达了出来；用 PPT 在屏幕上，将早已设计好的图文并茂的案例，生动地展现了出来。个个学生睁着入神的双眸，随着银箭的移动而动，伴着生动的讲解而思维，而层层深入。当引人入胜的讲解结束时，课堂上立刻爆发出雷鸣般的掌声，经久不息……

有多少个炎热的夏日，人民教师为了随时把握住每个学生的思想脉搏，踏着月光，披着雨露，深入到寝室与学生谈心，以化解心中的苦闷、彷徨、忧愁、痛苦、让和煦的春风吹拂着学生的心灵，让温馨的阳光照亮着学生的胸膛，让心中的苦、忧化作明媚的春光，灿烂的笑容，奏响与时俱进的主旋律。

有多少个凛冽的严冬，人民教师利用节、假日，踏着冰雪，迎着狂风，深入大街小巷，步入山乡农庄与家长沟通、交流，让学生发扬出闪光的亮点，更上一层楼，成为国家的栋梁之材；让学生逐步涤除思想上的污泥浊水，茁壮成长！

啊！敬爱的人民教师，无愧于“园丁”光荣的称谓，无愧于“人类灵魂工程师”高度的评价！

可是，几十年前，在“四人帮”横行的年代里，“造反派”给人民教师扣上了“臭老九”“反动学术权威”的黑帽子，让其流放到高寒山区劳动、劳动、再劳动，改造、改造、再改造；让其拿起扫帚扫厕所，拿起扁担挑大粪！是多么不公正，不人道啊！是多么浪费人才，大材小用啊！更有甚者，有的还被戴上高帽游街，被侮辱批斗，妄图置之死地而后快！

春雷一声震天响，正义的宝剑斩断了“四人帮”的喉嗓！

被践踏的花园，经暴风雨的洗礼，党的雨露滋润，阳光的照射，慢慢地复苏、昂起了头，挺起了腰！鲜花更艳丽了，树木更繁盛了！

我们的人民教师，又恢复了“园丁”的称谓，又获得了“人类灵魂工程师”的评价！

啊，园丁！我们的人民教师！哪能沉醉于光荣、幸福之中，而不思进取呢？

听，新长征的号角已经吹响，科教兴国的时代最强音，已在人民教师心中荡漾，已溶入了血液，化作了行动，又迈着雄健的步伐开始了新的战斗！

彻夜不熄的明灯，又伴着人民教师度过一个又一个深宵，迎来了一个又一个黎明！

闪光的笔尖，又伴着人民教师度过一个又一个春秋，学生作业本上、毕业设计、论文稿中留下了一道道深深的明亮痕迹；洁白的银幕中、扩音器里，又展现出了图文并茂的课件，响着抑扬顿挫的声响！

“春蚕到死丝方尽，蜡炬成灰泪始干。”可敬的人民教师——辛勤的园丁，已将自己全部的知识与睿智注入了学生的血管；已将自己闪耀着火花的语言，为人楷模的行为刻入了学生的心田！

啊，人民教师——辛勤的园丁！满天下的桃李正向您微笑！全世界人民正向您致敬！

（此文曾载于《中国当代散文家力作选》，《百年散文名家》第八卷，北京：中国文联出版社，2017。）

二、秀山的松树精神

湘潭大学葱茏翠郁的秀山上，生长着挺拔俊秀的松树。那一蔸蔸历经春雨洗刷，夏日蒸晒，秋风扫荡，冬雪冰冻的劲松啊，在贫瘠的黄土岗上，在偏坡的山湾中，竞沐浴着雨露阳光，向蔚蓝的天空中，不断地生长、生长……那粗壮的躯干上，一层层，一块块浅红色的硬壳，那一条条，一道道长短交错的裂纹，是他与大自然风雨霜雪、雷鸣闪电搏斗的痕迹，是他英勇奋战，不怕艰难，不怕牺牲的记载！他那刚正不阿，从不屈服的品格，是多么令人崇敬啊！

他尽管历经岁月沧桑，吸吮的只是黄土岗坡，幽静山湾的水分、养料，但仍生长着翠绿翠绿的松针。东风吹来，迎风飞舞，高唱着动人的歌曲，吟咏着铿锵的诗句。他心神愉悦，精神抖擞，眼光远大，不断地吸吮着日月星辰的精华，山泉雨水的良液；不停地吐着新鲜的氧气，营造着负离子充盈的氧吧；不断地制造出抗病毒的药剂——松针，让人们煎服，抗击体中之病菌，确保人民的健康，颐养天年，长命百岁！

他和他的战友樟树、樱花树结成联盟，形成美好家园，春天成景，夏日遮晒，冬天挡雪，让谦谦学子诵读，让校园翁妪养生，让远近游客赏景！

啊，我们湘大老科协的老教授、老先生，不正是具有此种不畏艰苦，坚强不屈，团结向上，无私奉献的松树精神吗?!

（此文曾载于《中国当代散文家力作选》第八卷，《百年散文名家》第九卷，北京：中国文联出版社，2018。）

三、情系故乡

当我节假日在靠椅上休息的时候，我的眼前往往呈现出故乡一幅幅自然的壮美图景：清晨，置身高山之顶，放眼远眺，一望无际的崇山峻岭，如同浩瀚的海洋，林涛滚滚，汹涌天际。一轮圆圆的红日从东方的天边冉冉升起，霞晖洒满山岭，染红人间；中午，置身峡谷，凉风习习，多么爽身清新啊！仰望，陡峭的石壁、石峰、直刺云霄，只见一线天；傍晚，高立山腰，会望见高耸挺拔的石林中，石孔含日娇，云霞穿洞飘。再望，那澧水蜿蜒流动，如仙女飘洒的蓝色的带子，在霞光中拂动。此时，若有兴致，进入宽宏的山洞，就像进入皇宫一般。盏盏电灯，如闪烁的群星，五颜六色的石笋，耸立洞中，令人惊异不止。一条碧波荡漾的阴河上，划着一叶轻舟。游人悦耳的歌声，爽朗的笑声融汇一起，震荡山洞，沁入心脾，令人流连忘返！

啊，我可爱的故乡，您多么俊俏！为了明天的景色更加美好，我正以满腔的激情，辛勤地耕耘着。我将汗水与心血铸造的成果，为您增光添彩。

我是张家界大山的儿子，1961 年 7 月毕业于武汉大学，现任湘潭大学教授，中华诗词特级著作家，国家一级作家，湘潭大学社会科学联合会顾问，中华诗词学会会员，中华当代文学学会会员。曾任湘潭大学信息管理系（相当现在的院）副主任、主任，湘潭大学老年大学副校长、校长，湘潭大学老科协副会长、湘潭大学教育教学工作督导团专家，中国管理科学研究院研究员，中华对联文化研究院研究员，湖南图书馆学会常务理事，湘潭图书馆学会顾问等职。曾于 1989 年获湘潭大学教学优秀奖，1994 年获湘潭大学优秀科技工作者光荣称号，1997 年被评为湘潭大学管理先进个人，2008 年被评为湘潭大学科学研究先进个人，2011 年被评为湖南省先进老年教育工作者，2012 年被评为湘潭市老年教育先进个人，2015 年被评为先进老年教育工作者，2016 年被评为中华诗词特级著作家，国家一级作家，2017 年被评为湘潭大学离退休人员先进个人，2018 年被评为湘潭市先进老科技工作者。

我以顽强的毅力，攻克了多项科研课题，撰写出版了具有理论指导意义与实际应用价值的著作 10 部，发表学术论文 90 余篇，其中在学科一级刊物上发表 3 篇，国家级刊物上发表 8 篇、核心刊物上发表 60 余篇、全文转载于《图书馆学、信息科学、资料工作》6 篇，详摘载于《高等学校文科学报文摘》1 篇。出版了纪实文学《拼搏灿烂人生》《心潮集》等诗词联著作 4 种，发表诗歌 1800 余首，我独著的《经济信息学理论与应用研究》获得湖南省图书馆学会优秀著作一等奖，《社会主义市场经济与图书管理改革》获得湖南省社会科学省级优秀著作奖，《21 世纪我国信息产业发展趋向、道路与对策研究》系列论文获湖南省第五届社会科学优秀论文奖。我还参加了国家社科基金项目“社会科学咨询数据库研究与建设”，任副主持人。我主持了省社科基金项目“21 世纪我国信息产业发展趋向、道路与对策研究”,研究成果经国内同行著名专家鉴定,“达到了国内领先水平”。我还承担并完成省教委项目 2 项,校级项目 5 项。

我的业绩已载于《中国社会科学家大辞典》《中国高等教育专家名典》《中国作家大辞典》《中华诗人大辞典》等 200 余部工具书之中。

啊,故乡,我可爱的故乡,我献给您的礼虽薄,但我的心是诚挚的,是滚热的!

(此文 1997 年创作,发表于《张家界日报》1998 年 11 月 13 日,2015 年又作了修改,收入张安珍《心潮集》,北京:作家出版社,2016。)

四、我可爱的故乡——新庄

2010 年 4 月的一个清晨,我怀着渴望已久的心情,携妻回到了日夜思念的故乡——新庄。

当我长途跋涉,一登上土地垭时,放眼望去,一幅引人入胜的画卷,便立即展现在我的眼前,刻入我的心田。眺望正前方,层层翠绿的崇山峻岭,如浩瀚翻腾的海洋,在春风的吹拂下,一浪高过一浪地涌向碧蓝碧蓝的天际……一轮浑圆浑圆的红日,从东方冉冉升起,万丈彩霞染透了翠绿的崇山峻岭,顿时呈现出一块巨大的锦缎,红光闪闪,百花齐放,百鸟和鸣!啊,多么美丽迷人,引人入胜啊!

再观赏两座相对而出的青山(一座名曰“榜榜山”,一座名曰“王榜山”),像两条奔腾起伏的巨龙,向着东方广阔无垠的海洋汹涌,山上的苍松、翠竹、杂木在春风的吹拂下,欢快地摇曳着树枝,好像在鼓掌欢迎我俩;山坡、山岗上的野花满含微笑,吐着芳香,像在迎接我俩——久违的游子;树丛上的斑鸠、锦鸡、竹鸡、喜鹊飞来舞去,叽叽喳喳地叫个不停,也像在喊着:“欢迎,欢迎,热烈欢迎!”山峪溪沟的水潺潺流响,像是在春风的伴奏下,欢歌跳舞迎接我俩一样。

我印象中的故乡小道,是一条弯弯曲曲的泥泞小径;现在全变了,呈现在眼前的是一条宽阔的水泥大道。此条大道依山而建,连到王家坪、张家界、长沙、北京、全世界。对面山脚下,一栋栋翘檐耸立的木楼房,一栋栋整齐排布的砖瓦房,依山而建,甚是迷人!我和老伴情不自禁地大声呼喊:变了,变了,故乡全变了,变得多富,多美啊!过去的茅棚、矮屋不见了。

欣赏到此,我和老伴心血翻滚,老泪纵横,激动不已,仿佛已年轻 20 多岁,背着行李，大步流星地向山下走去。忽然，我远远地望见山下大道上一群人正向我们走来，并高喊着："您是幺幺(当地土话是叔叔之意)、婶婶吧！"我高兴地跳了起来："是啊，你是子荣堂侄吧！"

对方回答："是。"

话音刚落，堂侄、堂侄媳、堂侄孙、堂侄孙女便飞奔过来迎接我们！

我们见面了，大家毫不拘谨，互相握手，问好，一点也不感到生疏。我想这是为什么？这大概是血缘亲情的关系吧。我们正是70多岁的人了，礼品是背不起了，便将早已准备好的钱，给每家300元作为见面礼，给年幼的侄孙、侄孙女每人几十元及一些糖果，以示对他们的关爱！

堂侄、堂侄媳们异口同声地说："给啥钱呢，能回老家看看，亲人们见见面，就是最好的礼物！""改革开放后，路通、财通了，木材、香菇、野果、野兽皮、野禽都可以换钱，年轻的外出打工了，年年有钱寄回，现在的高寒山区，比以前强多了，家家开始富裕起来了。"

说罢，堂侄、堂侄媳、堂侄女、堂侄女婿争先恐后地邀请我俩去做客。

我笑容满面地说："会家家户户到的！""子荣，你给我安排一下。"

子荣说："好！由近及远，每家吃一餐饭，你们先准备吧。第一餐饭，先到我家吃！"

随后，子荣、清廉两夫妻把我俩带进他屋里。我一看，四间大房子，一色镇板屋，足有400多平方米，除堂屋、灶房外，其他的两大间，都一分为二，间隔成内外两间了。中间是宽敞的堂屋。正中堂上供有张家祖宗牌位，堂屋两边挂有漆得油光发亮的牌匾；牌匾上镶嵌着"懿德至上，敬孝为先"等金光闪闪的大字；西房内间，是堂孙、媳的歇房，暂空着的。小两口已到长沙开发区自己创业，做手机生意去了。据堂侄子荣介绍，现已积累了不少的钱，只五年多的时间，就买了一个铺面，一套三室一厅的房子，一辆小汽车。听后，我夸赞说："后生可畏啊，有点出息。"再扫视这间新房：床上全是闪闪发光的丝绵被，一色的锦缎，柔软发亮；窗户边漆得油光闪亮的桌子上摆了几口皮箱。桌子内侧，是装饰一新的梳妆台，是堂孙媳描眉整妆之处。此房暂时空着。每年回家过年，堂孙媳才回家歇三五夜。西房外的一间，是堂侄子荣暂时的办公用房。他是老龙口村的电工师傅，全村安装，整修线路全由他负责。房中放着整齐的电线、电灯泡、日光灯管、工具等，东边两间大房，除最东的厨房外，还有一间客房。客房中有一个取暖的火坑。高寒山区，尽管已时值四月，还是有些冷，特别是下雨天如此。于是火坑中生有炭火，熊熊的烈火，烧得通红、通红的，仿佛亲人们赤诚、火热的红心一样，映射在板壁上闪闪发光！火坑架上熏着黝黑发光、香气扑鼻的10多块腊肉。堂侄子荣见我仰头观看，便兴奋地说："这是我们自己养的猪，全是吃猪草长大的，没吃过饲料，待长到100多斤肉时，用自种自收的苞谷催壮，过年前宰了两头，一家人一年四季不用上街买肉了。我们这儿家家户户都是这样。"

到了吃晚饭的时间，侄媳清廉走过来叫我们："幺幺，婶婶，俺这里不像大城市，都是自己种的，饲养的，山上采的。实在对不住呀，请您两位长辈上桌吃饭吧。"

伴随堂侄媳的恭请，我和老伴起身在子荣的陪同下，走进餐厅，各种香气扑鼻的农家荤菜、山珍令人爽目怡神，漆得油光发亮的餐桌上，中间摆了两个炖钵：一个是沁人心脾的土鸡肉，一个是香气诱人的麂子肉，四方摆着荤素搭配的腊肉、山竹笋、鸡肉蕈、枞蕈，还有一些家常小菜，十分丰盛。我们一上桌，堂侄子荣就说："喝点我家自酿的谷酒吧。"我和老伴异口同声地说："我们全家三代人是烟酒不沾的。这你是知道的。"

"那就多吃点菜吧。"堂侄、媳同时说。

他们两口子一边给我们夹菜，一边兴奋地说："这些都是自产的，没有一丁点儿污染，有益于长命百岁。"我们非常融洽地边吃边聊，一餐饭吃了半个多小时。

刚放碗不久，堂侄子武、子文、子雄、堂侄女升桂，堂侄婿全子军也闻讯从方世坪小学赶来了，邀请我和老伴到他们家去看看，去吃餐饭。我俩觉得盛情难却，就叫子荣给我们作了安排："每家吃一餐。"

晚饭后，子荣先后接到堂兄安成、堂弟安福等的电话："听说安珍从湘潭大学回来了，我们带着升月、升莲、升蝉，并通知了升浓，看亲人来了，现在车已开到李马界，还有2里多路，因山上滑坡阻塞了，只能步行前来，正往新庄走呢。"

我一听年近80岁的堂兄安成、体弱多病的堂弟安福不怕远隔100余里，看我俩来了，心情十分激动，便忘了自己已是年逾古稀之人，在子荣的陪伴下，向下新庄、李马界方向奔去，迎接10多年未见面的堂兄、堂弟，待我沿着公路快步走到山脚时，远远望见安成哥、安福弟拄着拐杖在侄女们的扶持下，正向这边赶呢。我抑制不住内心的激动，三步并作两步奔向他们的身边，还隔100多米，就高喊着："是安成哥、安福弟、侄女们吧。"他们不约而同地齐声回答："是！"四周山上的回音也是:“是!”这震撼山林的声音,是亲人们发自内心的宏音,是亲人们心的和音。

眨眼间,我们会合了,大家还来不及相互问候,就情不自禁地相互握手,兄弟间干脆拥抱了起来,兴奋的热泪像雨点一样夺眶而出,好长时间才松开手。站在旁边的堂侄女们感动得泪流满面,热血奔流。亲热好久,大家才相互牵着手边走边聊。安成哥对我说:“安福身体多病,走路喘气不赢。听说你们两夫妻回来了,便不顾自己体弱多病,坚持乘车到李马界后,才慢慢步行过来,中途还歇了好几次。”听后,我更感到兄弟手足情深,血浓于水啊!

由于兴奋,大家忘记了路途的颠簸疲劳,不知不觉一会儿就到了子荣家。待他们吃完晚饭后,大家围着大火坑烤火时,便聊起了家常话。当聊到百年后的事,大家异口同声地说:“还是回老家好,子武家侧面后山上有块好地,背山面水,龙腾虎跃,你俩以后长眠此地,子嗣会兴旺发达的。”“到那个时候,我们给你俩设灵堂。”

安书弟(已故)的女婿全子军说:“灵堂就设在我家堂屋中,离那块墓地近些。”

听了他们发自肺腑的声音,我眼中的泪水倾盆而下,止都止不住。我心中想:“农村有一种风俗,不是自己的亲生父母,是不让将灵柩放在正堂屋中的;若放了,是不吉利的。看得出来,他们是把我俩当作自己父母一样看待的。”可见,他们的孝心是多么诚挚可贵啊!

第二天晚饭后,堂兄安成、堂侄子荣陪伴我俩到对面山麓马路上散步,我们边走边聊,不时谈起了故乡乡亲们的人品风气。当漫步到上新庄拐弯处,看到路边还放一些建筑材料,我就说:“把这些材料放在大路边,就不怕有人偷吗?”子荣笑着说:“幺幺,咱新庄的人人品、风气就是好,你就是放一块金子在路边,也没有人要,更别说偷。前年建筑公司因第二期工程政府拨款没到位,路修了一段就停工了,将暂没用完的钢材、水泥放在路边的工棚内,达一年之久。第二年待资金到位后,又才来修路,进棚一看:原放的物资原封原样,一点没动,一点没少。修路的工人、技术人员感慨万千地说:这儿的民风真好,人真纯朴!”听后,我为家乡亲人的高贵品格,感到自豪与骄傲。

当漫步到下新庄时,太阳离落土还有丈多远,我忽然瞧见靠山的水沟畔有一栋砖房屋,关门闭户,空无一人。屋旁的山边上有 20 多只鸡,相依为伴,四处觅食，水沟中有6只鸭子，游来游去，寻找他们的美食：虾子、小鱼。我好奇地问子荣："这是谁的家？人到哪里去了呢？这些鸡鸭无人管会不会丢失呢？"

子荣回答说："这是您堂侄孙张有盛的家，一家三口，您堂侄孙媳与重孙（有20多岁了，气力很壮）都到春三溪下边碑垭木工厂打工去了，一个月搞得2000多元钱，比待在家中强。"

"那些鸡鸭谁管呢？"

"无人管！鸡自个儿在山上找蝗虫、蚯蚓、青草等吃，鸭子就在沟里，田里找食吃。一天到黑肚子填得饱饱的。"

"那晚上怎么办？"

"天快黑了，那些鸡鸭就摇摇晃晃、高高兴兴地唱着歌自觉地回到笼子里歇憩去了。到了第二天清晨，又到山上，溪沟中觅食了。"

"那这些鸡鸭，不是变成野鸡、野鸭了吗？"

"谁说不是呀！"

"那些鸡、鸭很好吃吗？"

"顶好吃的，跟山上的野鸡、湖里的野鸭差不多，真正的山珍，非常环保。"

"那就没有人趁黑夜从笼子里捉几只，拿回去杀了吃吗？"

"现在家家户户富足了，哪能做那些见不得人的丑事呢？"

听到这里，我十分兴奋，更感自豪！我故乡人的人品、风气真好！已达到"道不拾遗，夜不闭户"的程度了。

说到这里，一幕幕往事又涌上我的心头：

我父亲、母亲、岳父的寿材都是到老家买的。名义上是买，实际上是人家半卖半送的，不仅价格上只有当时市场价的一半，而且让我们选山上最大、最好的杉树砍。有一年外地的商人到新庄购木材，安成哥将每根树蔸筒一丈多长，留下给我父亲做寿材，只将中间与尖上的两筒卖给商人。

2003年我给祖父张家禄、祖母鲁周英各打了一趟碑。这些碑的石料用货车运到枞木岗垭上后，没有车路了，只能将那些石碑卸到垭上，然后找人一块块地抬到祖父、祖母不同地点的坟头边。当时正值10月份高寒山区的收割稻谷的季节，请人工十分困难，新庄、广东山、李马界、万家河的张家亲人们得知此信息后，马上放下手中割谷的镰刀，扛着抬石料的木杠、绳索、清场砍杂木的刀，挖土的锄头，从各自不同的地方赶来，比较年轻的男人抬石头，妇女清场，砍杂木、挖土、干得热火朝天，汗流浃背。只半天的时间就将祖父立碑的石料抬到坟地边了。到堂侄子雄家吃过中饭后，大伙在龚岩匠的指挥下，只三个多小时就将石碑立了起来，坟四周的水泥砖也砌好了。然后大家将早已准备好的鞭炮放了起来，噼噼啪啪的鞭子声，隆隆隆的爆竹声，响个不停，有的还冲向天空后爆炸了，寂寞已久的山谷被震得地动天摇。野兽逃遁到远远的山岗上向油浮池（祖父坟地名）观望；群群鸟雀飞上天空盘旋观赏，享受这热闹非凡的场景。

给祖母鲁周英打碑的石料，我是承包给表哥龚保林的，由他组织5个人，再加上一匹马，也只花一天的时间，也就将碑料运到了枞木岗的山坡上（祖母坟地），第二天也将坟碑立了起来。立碑那天新庄的亲人们也都来了，其热闹的场面，与给祖父立碑的场面，同样热闹非凡。

两重碑立起来后，当我给表兄及他相约的友人的工钱时，他们欣然接受了。半天后，待表兄等回家了，我给新庄的亲人们工钱时，他们说什么也不肯收。并说："你的祖宗也是我们的祖宗，给啥子钱呢，给钱就见外了。要不是秋收割谷时令紧急，季节不等人，给你祖母的石碑，我们也会给你抬的，不得要你的钱。"

啊，新庄，我可爱的故乡，你山美、水美、人更美！

（此文曾载于《中国当代散文家力作选》第六卷，北京：中国文联出版社，2016。张安珍：《心潮集》，北京：作家出版社，2016。）

五、追思刘骖老人

刘老呀，您怎么就驾鹤西去、飞上天堂了呢？在您走的前10多天，我与谢兄、胡兄、黄弟到您家中慰问，您的身体不是还可以吗？您侄儿告诉我：您常常倚在窗户边，向往秀山，向往您念念不忘的老年大学吗？您不是说，待晴空万里时，您还要来老年大学听课、吟诗吗？

您托人带的30元学费、会费，我已转交给贺敬东班长了。您把2014年上、下期的学费、2014年的会费都交了，不就是说明您还要继续在老年大学学习、创作吗？您的思想、灵魂不还是在老年大学吗？您那颗永远爱老年大学的心，不还是在怦怦地跳动吗？我已感觉到了，我们全校每一个师生都感觉到了！

您托人带来的10多首七律诗，我已转交给胡兄了！转交前我已拜读了数遍！我深深地被您的佳作吸引住了，我长时间沉醉于您的诗意、诗境之中，您的诗不仅语言美、韵律美、对仗美、意境美，而且情感更美，思想更美！在您的诗中饱含了对祖国、对党、对人民深深的情，真挚的爱；对贪官污吏、日本侵略者咬牙切齿的恨！

这一切的一切，不仅反映在您发表于《诗联研讨稿》《逸兴集》《白石诗苑》《湖南诗词》之中，更集中地反映在您在岳麓书社出版的《八八诗翁话养生》之中，您的诗字字铿锵，句句闪光！它将与您的名字——刘骖一起永载千秋，永垂史册！

您告诉我！您在法学院任教的是“古代法学史”，在神圣的高等学校讲坛上，您讲了数十年的课，直到75岁时，您才从三尺讲台上退下来！您的学生个个出类拔萃，誉满天下！您是一位“春蚕到死丝方尽”的教育家！

刘老呀！不是我夸您，您不仅是一位爱国诗人，一位法学教育家，您还是一位帮助人、鼓舞人的贤师呀！

我记得，深深地记得，您还是住在北斗村12栋时，我常常到您家切磋诗，您在充分肯定我的诗的优点前提下，还指出其中的不足，并帮助我修改！使我受益匪浅！当我在《诗联研讨稿》上发表了《李世的故事》《老年大学组诗》时，您兴奋地对我讲：“《李世的故事》采用排律的方式，一韵到底，对仗工整，语言生动，故事曲折，写得好，真不容易呀！你写的《老年大学组诗》写得形象、生动、深刻，特别是《教学名师赵保成》，我喜欢！”刘老呀！我写诗刚刚入门，哪有您说得那样好呢！您这是在鼓励我，激励我，要我不断地创作，不断地前进！

刘老呀！您一路走好！我们不会忘记您的，您永远活在我们的心中，我们向您保证：一定把湘大老年大学办好！一定把湘大老年大学办成示范性老年大学！

（此文曾载于张安珍《心潮集》，北京：作家出版社，2016；《中国当代散文家力作选》第八卷，《百年散文名家》第九卷，北京：中国文联出版社，2018。）

六、感人肺腑的孝心

当我回想起今年元月底自己患了一场大病——心血管病，生命处于垂危之中，是我可爱的儿女、媳妇、女婿们，一片感人肺腑的孝心，硬是把我从死亡线上拉了回来。他们不惜重金，倾其全力，及时把我送进离二儿子张翔家较近的广东省第二人民医院抢救，进行了必要的紧急处理。但该院设备条件、医疗水平有限，又毫不犹豫、立即转到离张翔家较远的、设备条件好的、医术高明的广东省人民医院住院治疗。前后整整半个月的住院、治疗期间，他们团结一心，不顾疲倦，精心护理，日夜守护，那一颗颗金子般的孝顺之心，驱散了阴霾，逐走了病魔，让我的心态闪射着愉悦的光芒，让我的健康渐渐地恢复了。那感人至深的情节，那感人肺腑的孝心，请见下面分解：

（一）

我 2017 年 9 月从东北三省旅游回湘潭大学北斗村 4 栋 2 单元 01 号之后，身体健康状况发生了较大的变化：2017 年 6 月份到湘潭市中心医院体检的结果：血压在 80—130 mmHg 之间，心脏跳动正常，没有心律不齐、早搏的现象，大脑灵活、正常，没有冠心病。糖尿病更是不存在。然而到 10 月份之后，我每次到户外走动时，就感到胸部有些疼痛，刚开始走动 5 分钟之后，疼痛渐渐消失了。等半月之后，在户外走动，一直疼痛不止，自己感到是血流不畅，问题不大，没有引起足够的重视，更没有到医院去检查。

2018 年 1 月 28 日前后，天寒地冻，冰天雪地，我和老伴乘高铁到了广州我二儿子张翔的家里。当天晚上身体有些不爽，就睡在床上进行全身自我按摩，结果不但身体不爽的状况没有减轻，反而更为严重了，呼吸十分困难，上气不接下气，感到死亡的魔影已经降临，便把老伴粟伏玉叫来，交代一下我的存折密码及著作处理的问题。第二天清早起来，我二儿媳蒋凤玲给我们做早餐吃后，便立即带我和老伴到广东省第二人民医院就医（二儿子张翔已到海南省海口市出差办事去了）。经此院内科主任医生谢富兰在抽血化验、心电图检验的基础上，进行了科学诊断，心脏缺血，生命垂危，要我马上住院。我当时有些犹豫不决，便说："还是回湘潭住院去，报销方便些。"谢医生规劝说："你心脏缺血，血管阻塞不畅，危险！如果你们实在不愿马上住院，就叫你们的子女签字。出了意外，医院概不负责！"既然如此，我们就决定住院了。

我二儿媳蒋凤玲马上暂交了 3000 元钱，并打电话给她在海口市出差的丈夫张翔："爸爸生了重病，并在广东省第二人民医院住院，医院要求交住院费 10 万元，你把要处理的重要事办完了，赶快回来！"我二儿子接电话后，抓紧处理好了几件要事之后，提前返回了广州。一回到广州，立即就给我大女儿张红打电话，要求速来广州，商量父亲住院动手术的有关事宜。我大女张红一接到电话，立刻向单位领导请了假，自己开车赶到了广州。一见面，他们不约而同地说：“爸的生命是最大的事，一定要动手术、安支架，钱不是大问题。”张翔用微信联络的方式，给在湖南慈利县的大哥张鹰、大嫂王文姣，在湘潭大学的小妹张艳、在重庆的小妹夫欧阳新明发信息：“父亲病重，住院要钱，每户先交 2 万元。”我大女儿张红说：“我先交 4 万元，2 万元肯定不够！”我大儿、大媳、小女、小女婿获悉后，立即每家汇来了 2 万元到我二儿子张翔的账上，并分头打电话给我，询问病情，进行了安慰。二儿子张翔接到了兄妹们汇来的钱，交齐了一切住院动手术的费用。

二儿媳蒋凤玲趁她弟弟回家之机，叫他留下来看护我一个晚上。我女婿陈汉培、外孙陈晨、外甥于先伯，各守护一个晚上，待他们回单位上班后，二儿子张翔守护我两个晚上。在此过程中，以一位副主任医师为我造影后，紧接着便在我上身的右边、血管不太复杂之处安了两个支架。而后将我推回住院部的病房。此时，主管医生要求我睡在床上只能仰着，两条腿要笔直地伸着，不能弯曲，时间一长，十分难受。屎、尿要接，不能下床上厕所；不然，将产生一些严重的后果。天天白日、晚上不仅吃饭、喝水要喂，而且时时要守护着。弄得亲人们不能很好地睡觉，十分疲倦；大小便要接，臭气熏天。但儿女们没一个因此抱怨的，他们感到这是一份责任，一份担当！这是实实在在的真诚的孝心体现！

在广东省第二人民医院内科住院治疗一个星期之后，尽管右边安了两个支架，但还不能解决问题，要在上身的左边安三个支架。左边上身的血管弯弯曲曲比较复杂，血栓阻塞比较严重，血流十分不畅。广东省第二人民医院内科的主管医生找到我二儿子张翔说：“给左边的血管安支架，我院可以做，但风险性较大，你们子女要签字。”我二儿子张翔经过深思之后，说：“你们是专业人士，动手术有无把握，你们医院要负责，怎么要我们家属签字呢？”双方相持不下，二儿子张翔只好给我在江门市的大女儿张红又打电话，要她火速来广州，商量是否转院的问题。我大女儿张红接到电话后，马上向单位领导请了假，自己开车心急火燎地赶到了广州。二儿子张翔经过调查，了解到广东省人民医院对心血管病治疗技术高，全国名列第三，等张红一到，俩兄妹研究决定：“转院治疗！”

（二）

二儿子张翔通过老乡、朋友的关系，联系到了广东省人民医院的床位。便快速办好了出院、转院的手续。到广东省第二人民医院住院治疗的时间只一个星期，出院结算，从 10 万元中扣除了全部住院治疗费用，还退了 35,000 元。

出院时，二儿媳蒋凤玲和我老伴向院方租了一张轮椅，将我从七楼推到电梯中，而后乘电梯下到了一楼。到一楼后，她们将我推到院外我大女儿张红的小轿车边。大家护着我上车后，大女儿张红开车两里多路后，见我脸色苍白，腹里只想呕吐，头也有些眩晕，判断这大概是供血不足、缺氧的缘故吧。我大女儿张红立即将车窗、顶窗全打开着，氧气充足了。我的身体好转了一些，既没有呕吐、头晕的症状，脸色也不苍白了，便顺利地将我载到了广东省人民医院，等在医院门口的二儿子张翔及全家人护着我住进了该医院的住院部。

第二天二儿子张翔、老伴粟伏玉陪着我进行心电图、彩超，抽血检查。检查的病人特别多，每检查一项，要排队一个多小时，才轮得到。待必须检查的项目检查完之后，主任医师把我二儿子、大女儿、老伴叫去，说："就我院而言，安支架已是成熟的技术，只有1%的风险。"听了此话之后，我二儿子、大女儿、老伴一颗悬着的心，终于安定了下来。该院从事此项目治疗的主任、副主任医生比较多，相应的手术室也较多，心血管病人更多，除了广东省的心血管病人外，还有从外省转院过来的有关病人。待我和我的家属等了差不多一个半小时后，服务人员才叫上我的名字。我信心十足地走进了消毒室，家属在门外等候着。消毒的医生将我的两只手膀子消毒之后，让我躺在一张铺有柔软的棉织品的手术推车上，而后将我推了好几个弯曲的走廊，才到达一间手术室的外边候着，但一动也不能动地，等了可能有60多分钟了，还没有轮到我。因此我心中有些焦虑不安，就忍着性子，问从我身边进进出出的医生："医生！怎么这么长时间了，还没轮着我呢？"那些忙碌的医生，一个也不搭理我。我有些生气了："怎么等了一个多小时，还没轮着我呢？等在外面的亲人，不知多着急呢！"过了一会儿，一位女医生走到我的身边说："老爷爷！有位危重病人，要马上抢救，请您谅解一下！"听了她告知的实情，我心中的怨气、怒气一下子就烟消云散了！

大约又过了40多分钟，那位危重病人的手术做完了，轮到了我，那些医生中有两位年轻的，将我推进了手术室。我躺在手术台上，开始安支架15分钟之后，背部的腰间疼痛得十分厉害，感到腰快断了似的。我怕影响手术医生的情绪，便忍着、忍着，后来实在忍不住了，便"唉哟，唉哟"地哼了起来……我为什么会如此呢？自从到广东省第二人民医院住院，后又转院到广东省人民医院七八天的时间，医生要求我保持一个姿势——仰体向上躺着，又加上在手术室外面的手术推车上躺了一个半小时，腰上的骨肉损伤得相当严重，才如此的。在痛苦之中，好不容易度过了50多分钟，手术做完了，将三个支架安了上去。当时大约已是傍晚6点多钟，下班的时间已过了。那些医生疲倦了，便匆匆忙忙地做了一下收拾的工作，一位医务人员将贴在我右手的纱布、粘贴的布条用力一撕，将我的右手撕掉了一块皮，且流了一些血。待医生将我推出手术室时，家属们一拥而上，焦急地问我："感觉怎么样呢？"我回答说："还好，还好，手术是成功的，三个支架安好了。"对于我在里面待这样长时间的原因，和右手脱皮的情况作了简单的解释之后，他们虽感到有些遗憾，但没有说什么了，人人脸上露出了丝丝的安慰，心中的石头总算是掉了下来。

（三）

手术完之后，我又在护士、家属的搀扶之下，回到了住院部的病房。当天晚上是大女婿陈汉培守护着我。他白天在广州出差，忙碌了一天，晚上还要受苦受累，真难为他了。由于是转院后的第一个晚上，没来得及购买地毯、枕头和盖的薄被，他就躺在两张椅子上。那两张木椅由于比较窄小，拼放在一起，连头、上身都躺不下，只好将两张椅子隔一段距离，头搁在一张椅上，臀部躺在一张椅上，大腿、小腿、脚向上翘着，搁在我的病床边沿上，一旦我要大小便，就马上翻身爬起，用医院的大小便器接。就如此折腾了一晚！他是广东省江门市汉正工业产品设计有限公司的董事长兼总经理，何时吃过这么大的苦、受过这么大的罪？这是一种什么力量支撑着他？是孝心！是感人肺腑的孝心！

手术后的第二天，我的电话铃响了，一听是小女婿欧阳新明的声音，他说："爸！你得了重病，我放心不下，准备明天乘飞机从重庆到广州去护理你几天。"我心中想，重庆离广州路途遥远，非常不便，又加上他是一家股份有限公司的总经理，实际的负责人，这副担子怎么放得下呢？便回答说："我这里有你二哥张翔，二嫂蒋凤玲，姐姐张红、姐夫陈汉培，外甥陈晨，侄子张扬关照，你就不用来了。"他在电话中说："我已买好了从重庆到广州的飞机票，明天上午9点，就能到达广州，护理您是我们做晚辈的应尽之责，您就不用推辞了。"果然，手术后的第三天上午，他就来到了我的身边。从那天晚上开始值班，一干就是三个晚上（白天是我老伴值班），值班期间除了护我上厕所外，有时还护着我在住院部的走廊上走一走，以活动活动筋骨，不然长时间躺在床上，就瘫痪了。待到第三个晚上，我的小女儿张艳（他的妻子）打来了电话，要他还值两个晚上的班，他毫不犹豫地回答说："可以，没有问题！"又值了两个晚上，连续干了五个晚上后，才返回重庆。

这是一种什么精神激励着他？是孝心！是感人肺腑的孝心！

我的二儿子张翔，为了给我治好心血管病，主动承担了全部重担，几乎把全部精力放在为我治病上了。他把通过投标获得的广州中央空调生意，全部转让给别人了，把在海南省海口市的中央空调工程交给他的助手打理了。他整天忙前忙后，不是通过手机联系为我检查身体的事，就是通过微信给他大哥张鹰、小妹张艳联系筹集治疗资金的问题。第二次治疗费还要8万元，他又通过微信将资金筹集齐后，便排长队给广东省人民医院交费；费交了后，不是为我排长队检查身体，就是通过熟人关系为我找名医生，咨询如何才能治好我的病。我动手术、安支架之后，引起了一些并发症：小便阻塞、屙不出尿来；大便不畅，七八天才屙一次；食道不畅，吃东西常常阻在喉管、食道之中；左腿冰冷，血流不畅。他又跑上跑下，与主管医生，泌尿科、肠胃科、神经科联系治疗的问题。经过他跑上跑下，不怕麻烦，不惧困难，终于联系好了。泌尿科派一位医生到我的病床边，在尿道中插了一支管子，在体外吊了一个尿袋，解决了排尿的问题，经过10天之后，尿管拔出后，能正常排尿了；肠胃科的医生检查之后，开了进口的排大便的药。此种药既有驱动功能，又不会产生依赖性，经过一个星期的治疗，逐步恢复正常了，排大便从7天1次，恢复到2天1次了；食道阻塞的问题，经过医生精心的治疗，几天之后也恢复到了正常状态；只是左腿麻木、冰冷的问题还未解决。我在广东省第二人民医院、广东省人民医院住院期间，二媳蒋凤玲不辞辛苦，不怕麻烦，任劳任怨，想方设法给我做可口的、有营养的饭菜，天天送到医院病床边给我吃，让我早日康复。特别是出院的那天，还买了花叫8岁的小孙女瑾瑾献给我。我当时感动得热泪盈眶！他两夫妻发自肺腑的孝心，真是感天动地，令人难以忘怀！

我大女儿张红，在我住院期间，常常挂念于心，每隔三五天向她单位领导请假，来医院看望、护理我一次。我出院一个星期后，就去了广东省江门市休养，她对我体贴入微，关心备至。有一次她上班去了，老伴也出去了，只我一个人在她家的三楼躺着休息。不一会儿，我似乎听到一楼有响声，便翻身爬起走到了门边，突然头脑一昏，不知不觉地倒在地上，背上在床沿边刮了三处伤，有一处还刮得比较深，手上也摔了一处伤，流了不少的血。待我苏醒过来后，立刻打电话给大女儿张红、老伴粟伏玉，她们一接到电话后，飞快赶了回来。老伴先到，给我消了毒，上了云南白药，血止住了。大女儿张红赶回来一看，心急如焚，便说："要到江门市正规的大医院看看去!”我说:“就到附近找个诊所包扎一下就可以了!”她说:“不行!”说罢,便立即开车赶到江门市人民医院急诊科,经医生诊断,立即给我打针、上药,进行了包扎。待医生、护士处理完毕后,才小心翼翼地把我护送到车上坐稳后,才开车回家。从这天开始,连续一个星期,天天开车把我带到该院就诊、换药,直到痊愈后,才停止。她为什么能全身心地关照、护理我呢? 是孝心! 是感人肺腑的孝心!

(此文曾载于《中国当代散文家力作选》第十卷,北京:中国文联出版社,2019。)

七、最后的冲刺

(一)临难受命

我校信息管理系图书情报专业自 1984 年始招专科,1985 年始招本科专业,至 1998 年 7 月已有 14 年了,档案学专业自 1987 年合于我系,也已有 11 年了。在这 10 多年中已培养了 1100 多名本科生,600 多名专科生。其毕业生的质量享誉广东、湖南、北京地区。前任系主任已经卸任,系务委员会研究决定,并报学校批准,由我担任系主要负责人(系主任)的工作。

我心里十分清楚,学校准备进行行政体制改革,实行校、院、系三级管理制,信息管理系有可能一年后被撤销,划归于相应的学院。本系图书馆学硕士点授予权,已申报好几次了,每次都没通过,总差几票。如果 1998 年下半年还不通过,恐怕要推迟若干年后才有可能。因为本系 6 名教授中,李培清教授已退休,朱建亮教授已调入华南师范大学,荀昌荣、张安珍两位教授一年后就满 60 岁了,刘炳延教授 3 年后会退休,就只剩下比较年轻的陈能华教授了。我是临难受命。如果此次难得的机遇不抓住,不进行最后的冲刺,年轻一代一时又上不来,只怕要延迟 10 年之久,才具备申报的基本条件。于是我和夏家绥书记商量召开一次系委会,会上呼声很高,大家一致决定,由我和夏书记前往北京、武汉向国内有关的同行专家宣传我系的科研、教学实力和成果,让专家们充分了解,给予大力支持和帮助。

(二)艰难之行

我们信息管理系是学校的一个小系,行政经费有限,创收经费不多,为了确保“图书馆学硕士点申报成功”,只能发扬艰苦奋斗的作风,少花钱,多办事,办好事。我和夏书记商量决定,上北京、去武汉只乘硬座,不买卧铺票。

我们大约是1998年6月18日中午12点多,从湘潭火车站出发,乘硬座前往北京,到19日晚上9:30左右才到达北京火车站。下车后,公共汽车已没有了,我们乘出租车到北京大学附近的旅社下车。下车后,我们四处寻找旅店,家家都满员了,没有地方可住。天气炎热难当,坐了两天的车,人已相当疲倦了,只想找个旅社好好休息一下,睡个好觉。后来在一个小巷子中打听到了,北京大学成教学生租住的地方,或许还有房间可临时租住。我和夏书记通过一个狭窄的巷子总算找到了一个租房。房中住满了北京大学成教的学生。夏书记和成教的学生住在同一个大房间中。我住在一间窄小的阁楼中,屋里放了一张床,床上虽有蚊帐,但有小眼,有的长脚蚊时不时钻进来,嗡嗡地叫喊,天气又十分炎热,汗流浃背。由于两天一晚没睡觉,实在太困了,就倒在床上,不久便睡着了,仍凭蚊子叮咬,吸吮我身上的血液。

第二天清早,吃过早饭后,我和夏书记找到了我武汉大学校友、北京大学秦铁辉教授家。秦教授热情地接待了我们,并将我们安排在中国科学院招待所住了下来。

(三)结交宣传

住宿问题解决后,秦教授给了我们不少的帮助。依据秦教授的建议,我和夏书记分别找了北京大学的周文骏、吴慰慈、赖茂生等教授,中国科学院文献情报中心孟广钧教授、中国情报研究所梁战平教授、中国人民大学档案学院曹喜琛教授等国内外知名专家。他们相互间隔得比较远,我们向秦教授了解了诸位的电话号码和住址后,便一一进行了登门拜访。

我们首先拜访了周文骏教授。周教授住在离中关村不远的地方,一座三层楼的房屋。他住在二楼两室一厅的房屋中。他在书房接见了我们,并倾心地进行了交谈。他侃侃地谈起了来我系讲学的情形,对我们当时热情的款待深表谢意。我和夏书记趁机将我系的科研、教学情况作了介绍。我系有教职员工30余人,现有教授4名,编著出版学术著作40余部,发表学术论文400余篇,在国内权威性刊物《中国图书馆学报》《情报学报》《图书情报工作》《大学图书馆学报》

《档案学研究》上发表了20余篇，在全国核心刊物上发表了300余篇，主持国家、省部级社科基金项目6项，获得省部级以上6项奖励，已为国家培养了1700余名本、专科毕业生。这些学生毕业后在工作岗位上已茁壮成长，有不少在广东、湖南、北京等图书、情报、档案及其他战线上做出了重要贡献，成为各单位的领导或业务骨干，有的出国留学，考上了硕博连读的研究生。本系1997年获评校教学管理先进单位。周教授听了给予了高度赞扬，并表示一定全力支持。

后来，我和夏书记又一一登门拜访了吴慰慈、赖茂生、孟广钧、梁战平、曹喜琛等知名教授。在这些教授家中，我们在沟通思想情感、交流科研、教学经验的基础上，将我系科研、教学的成绩作了如上的宣传。他们听了后，都给予了称赞，并表示尽力帮助。

使命暂告一段，我和夏书记又乘火车硬座，返回湘大。在校休息几天后，又坐火车到武汉大学登门拜访了彭斐章、马费成两位教授。彭教授是一位和蔼可亲的人，我在武汉大学执教时，与他同在目录学教研室工作。他是教研室主任，我是他领导下的一名教师。他曾多次来我系讲学，见了我们非常亲切。我们便轻松愉快地进行了交谈。交谈中，我们向他汇报了我系科研、教学的情况，他听了非常高兴，说我们干得不错，成绩斐然。马费成教授，虽然我们不曾相识，但他知道我曾是武汉大学图书馆学系的一名教师，听说我们来后，便派了一名副院长专门招待了我们。后来，我和夏书记又到他家中进行了交谈。交谈中，我们谈了我系科研、教学的成果，他听后，给予了充分的肯定。

该做的工作，我们都尽了最大的努力，进行了最后的冲刺。几个月后，捷报传来，我系图书馆学硕士点授予权，经国务院学位委员会图书情报档案专家组研究，高票通过了。全系教职员工得知后无不欢欣鼓舞，并情不自禁地说："终于办成了这件大事，冲刺成功了！"

（此文曾载于《中国当代散文家力作选》第十卷，《百年散文名家》第十一卷，北京：中国文联出版社，2020。）

第七辑
传记文学

一、艰苦拼搏的灿烂人生

(一)家庭背景

我叫张安珍,派名张正卿,1937 年 7 月 31 日(农历六月二十四日)出生于张家界市永定区王家坪镇蔡家坪村一个贫苦农民张凤立家中,土家族,1961 年毕业于武汉大学图书馆学系。我在蔡家坪李家湾出生以后,由于家里很贫穷,父母亲就决定搬到慈利县洞溪乡春三溪住居。为什么?因为我的外公、外婆、舅爷等都住在春三溪,亲戚多一些,可以相互关照。

图 1　家人照(张安珍在第一排右 2)

在那里我们家是租种地主李玉花的田谋生的。对租谷的分配是按 4∶6 的比例分成的。我父母脸朝地、背朝天地干,从春天忙到秋天,收割 20 担谷,我父母只能得到 8 担谷,而地主不劳而获,坐享其成却能分到 12 担谷。这时候我父母非常伤心,不断地叹气,说:"这个日子怎么过呢?一家 5 口人,这点粮食吃不到半年就完了,以后怎么办呢?"

由于地主老财的盘剥,我家实在过不下去了,两年后又从春三溪搬到了大浒村,到大浒后,我父母就搭了个茅屋,一家人睡的是破被子,用的是我母亲结婚时的一棚蚊帐,多少年了,已经变得很黑了。在这种情况下,家里处于非常困难的境地。我们一家几口人,当时有四弟兄,后来大弟弟因公殉职了,两个小弟弟英年早逝,四个妹妹,一个终身残疾,生不如死,还有两个,只一两岁就夭折了,一个小妹妹由于营养不良,也是骨瘦如柴。

(二)艰难的求学之路

我家经常搬动,从蔡家坪,搬到春三溪,又从春三溪搬到大浒。我上小学开始是在春三溪的一家私塾读的。私塾一期要交三担谷子,家里怎么交得起呢?后来就转学到大浒小学。大浒是个高寒山区的坪坝,在这个村子里,大部分人姓彭。在姓彭的人家当中有一个保长叫彭任生,一个甲长叫彭仓正。他们霸持一方,欺压百姓,作威作福。

我父亲刚刚搬到大浒时,烧火做饭要砍柴,于是就在彭仓正的黎家垭砍了一些杂木柴,还砍了一些松树枝。按照当地老百姓不成文的规定,砍杂木柴,没有关系,对松树只要不砍它的主干,砍一些松枝是允许的。但是彭仓正得到这个信息以后,就大发雷霆,气冲冲地吼着:“敢在老子头上动土,有他好看的!”于是就把保长彭任生接来,在众目睽睽之下,逼着我父亲向他们赔礼道歉,赔偿所谓的“损失”。不仅如此,还要我父亲——这么大年龄了,向他们姓彭的人转着磕头。我听到这个消息以后,非常气愤,恨不得马上报仇才好!

差不多快过去半年的时间,国民党溪口乡公所派了三个狗腿子,背着长枪,闯进了我家,向我家征税,我家拿不出钱来,就待在家里不走,要杀鸡宰猪,弄得鸡飞狗上屋。我父亲得到这个信息后,怕被捉走后受煎熬,就跑了。跑到沅陵县乡下一个亲戚家里躲避灾难,躲了一个多月,到大年三十,父亲才回家。为什么这时候才回来呢?因为狗腿子自己也要回家过年,是不是?所以他回来时将身上仅有的一点钱买了一斤猪肉带回来,一家五口人才过个年,好不凄惨啊!

当时,我就下定决心,一定要发奋读书;不发奋读书,就只能跟我父母亲一样,受压迫、受剥削,一年到头辛苦劳作,还得不到温饱,要受人家的欺压。由于这个原因,我在大浒小学好不容易才读到初小毕业。毕业以后,就跑到大田村蚕儿峪爱我、心疼我的外婆家里,去沅陵王家坪完小上高小五年级。在此校上高小,每个学生一学期要交三斗谷作为学杂费。当时上学只一个多月就散了。为什么?因为沅陵的土匪头子董二麻子和大庸张三溪的土匪唐凡士、小二佬、彪二佬打起仗来了。为什么打仗?目的是为了争夺王家坪大地主张良球的财产和他漂亮的小老婆,黑吃黑。我们这些小学生怕殃及池鱼,都赶快各顾各,四分五散了。我也跑了,从王家坪小学跑到桥边河;从桥边河跑到枣儿岗;又从枣儿岗跑到老龙口;最后才从老龙口跑到外婆家里。

王家坪完小的校长叫唐游之,他实际上和张三溪的土匪是一伙的,也加入了争斗之中。我们交的学杂费也打水漂了。后来怎么办呢？还是要读书，不读书不行，我就到大田小学插班。这所小学当时没有五年级可上，只好插班到六年级。六年级还没有毕业，由于家里穷，交不起学杂费，只好作罢了。这时快要解放了，差不多到1949年了。没多久，中国人民解放军来了。正在这个时候，我们在碑垭里，第一次碰到了戴红五星帽的中国人民解放军，他们看上去多威武雄壮啊！

他们要剿匪，有一天我在春三溪一个舅爷家玩，一位荷枪实弹的解放军战士和蔼可亲地问我："小朋友！唐凡士、小二佬他们在哪个地方？你知道吗？"我回答说："土匪在哪里，我怎么知道？"我只能知道多少，就告诉他们多少。当地解放后不久，很快就把这些恶霸地主、土匪扫光了，全打死了！

解放以后，我高小还没有毕业，就到澧西中学去考学，一考就中了。我到澧西中学读书时，由于家里非常贫穷，到学校寄宿没有钱，那时只有十二岁的我，自己挑着用具、吃的粮食、干菜和木箱，一步一步地走过火炼岗，翻过苟子垭，穿行杜家溪，跨越雪岭垭，到了我同父异母的姐姐、姐夫家里。在姐姐、姐夫家里，煮饭、炒菜都是我自己做。每天起来煮好苞谷米早饭、炒了个小菜，吃后，就沿着弯弯曲曲的小路，大约走了五里路的样子，才到达澧西中学上学。

到姐姐、姐夫家去了一个多月，姐姐由于家庭附近没有多的土地，就在理仁溪的大山上搭了一个茅草棚，种玉米、锄草、收玉米。家里只有姐夫和他的母亲。我在他家住了一个多月后，不知为什么，姐夫怒气冲冲，不吭一声，就把我的书籍、穿的衣服、用具与煮饭的工具，一股脑儿地扔到门前塌里去了，意思就是赶我走。我当时想：怎么办呢？到学校寄宿又没有钱，如何是好呢？忽然想起来了，我母亲有一个义父（农村的说法叫干爹），住在离慈利三中（此时的澧西中学已改为慈利三中）还近些的溪口镇田湾里的。我就把行李挑到他家里了，举目一看：义爷爷当时有七十多岁了，满头白发，高个儿，义奶奶也是六十大几了，满头的银发，背也驼得差不多接近90度了。

两位老人看我来了，便异口同声地喊我："安珍！"听到这亲切的喊声，我心中的忧愁，一下子就烟消云散了。他们家里，毕竟也很穷，义爷爷是弹棉花的，以弹棉被为生。他家有好几口人，我当时是跟三舅舅睡的。吃饭是我自己在火坑角里找三块石头架一口锅做饭吃。做饭吃的粮食是从自己家里带过来的。那菜怎么办呢，烧的柴又怎么办呢？烧的柴是我自己在星期天、节假日去狮子垴或洋人垭的山上砍的，吃的菜，一半是从家里带的干辣椒、干豆角，还不够，放学以后就挖一些野菜，在溪里抓点小鱼。

刚才我讲了是跟三舅舅一起睡的。三舅舅因为家里比较贫困，卫生也搞得不太好，床上有很多跳蚤，掀开被褥以后，黑色的小跳蚤不断地跳动，我学习劳累了一天，非常疲倦，也就慢慢地睡着了。早上爬起来一看，身上被咬得又红又痒。就这样熬到了初中二年级一期（在义奶奶家时，我晚上就着火坑的光亮看书的）。到二年级一期以后，吃了晚饭才走到慈利三中23班去自习。我买不起煤油灯，就在其他同学旁边，把桌子搬到一起借光看书。

在义爷爷家里，节假日就不用说了，早晚做饭时，一有空就看书，一心钻研书中的知识。不久我又搬到哪里去了呢？搬到学校寄宿去了。夏天五六月份，我睡觉没有蚊帐，因为在高寒山区不种棉花，只有稻谷和玉米，不种棉花，又没有钱买蚊帐，又加上当时刚解放不久，学校的卫生条件也不好，不但有蚊子，而且有臭虫，到晚上灯光一熄，长脚蚊在我的耳边飞来绕去，不停地吸我身上的血；那些臭虫也来凑热闹，吸我身上的血。尽管如此，由于太累、太困倦了，也还是渐渐地睡着了。睡着以后，任凭蚊子、臭虫叮咬，到第二天起床的时候，身上到处是叮的红点点，又痛又痒，难以忍受。

冬天到了，大雪纷纷飘飞，大地，树木结上了厚厚的一层冰。我穿得单薄，又没有活动，就用嘴巴里的热气呵一呵，脚冻麻木了，就在楼板上慢慢地搓一搓。尽管在这样恶劣的社会环境和家庭环境下，我从来没有放弃自己的学业。在学校放学以后，就跑到慈利三中后面的虎头豹上，躺着看书；有时候就在前面的杜家溪找一个安静的地方看书。时光慢慢地过去了，不知不觉就到了初中三年级一期。此时慈利县文教局下了一个文件，要我们这一批学生提前半年毕业，为什么呢？因为国家急需建设人才，当时有文化的人太少，读到三年级一期时，就要毕业了。毕业前夕，要报考高一级的学校，大多数同学报考的是师范、军工两类学校，为什么考这两类学校呢？因为考这两类学校，考上了读书不要学杂费，不仅仅如此，还有零用钱。我为什么家里这么穷不考这两类学校呢？我心里想：他们考这两类学校，读师范三年以后，只能教小学；读军工三年以后，只能当技工。考大学是不允许的。除非极个别突出的，可以保送外，不然，是根本不可能的。我当时的志向是考重点大学。要考重点大学就必须读普通高中。读普通高中是要钱的，怎么办呢？我想：一方面找舅舅给点支援，另一方面在寒暑假自己想些办法，去筹集学杂费，所以我就报考了石门一中。考石门一中，当时慈利县没有考点。慈利三中在溪口镇，离石门一中有几百里路，我走了三天才赶到那里。当时正值夏天，我是光着赤脚走过去的。走到那里，身上没有钱住旅店了，就在石门一中旁边教室里歇息。在一个陌生的环境中，天气又热，蚊子又多，白杨树上的蝉(我们的土话叫呀嘶)不停地叫，难以入眠。由于没有睡好觉，加上三年一期的课上完以后，根本没有时间系统复习，就匆匆忙忙地参加升学考试了。考试的结果如何呢？回家一个多月之后来了通知：没有考取。此时心里非常难过："我的理想是将来考上重点大学，现在不仅仅是考上重点大学没有多大指望，就连高中都没考上，何谈上重点大学呢？"到后来又一想："不就是一次失败吗，一次失败不要紧，如果失败以后就消沉下去，一蹶不振的话，等待我的只有失败、失败、再失败，前途一片黑暗；如果振作精神，发奋图强，想办法再复读、再考，才有光明的前途！"想到这里，我的精神开始振奋了起来，就背着锄头到一座叫冈家坳旁边的大山上和乡亲们一起薅苞谷(玉米)草，歇会时有的乡亲就嘲笑我："张安珍！你窝火了(乡里土话，就是没有考上)，考学么，又没考上，干工么，肩不能挑，手不能提，那你今后怎么办呢？"听了这个话，我本来就很难过，现在是火上浇油——难过极了，恨不得挖一个洞钻进去就好，真是难以见江东父老！今后只有设法复读后再考！

但是复读要钱，钱从哪里来？靠父母吗？他们是泥菩萨过河——自身难保，那怎么办呢？只有想办法做生意赚钱，没有其他的出路。做生意又没有本钱如何是好呢？我就找到了我奶奶的堂弟鲁建云舅爷，我说："我们一起去做生意吧！"他说："要得！"我又说："没有本钱怎么办？"他讲："那不要紧，我带你去，我们一起赊账。"由于他这个人说话算数，非常守信用，所以当地老百姓都相信他，没有两天我们就赊了6头猪。6头猪每头有100多斤，我们两人打算一起赶到桃源县的黄石镇销售。黄石镇离春三溪有两百多里路，比较远。那6头牲口不走大路，专钻刺蓬。当时，我穿得比较单薄，拿着竹响嘎来赶，我和鲁舅爷两个人费了九牛二虎之力，才把这些猪赶上路，一天只赶40多里，还要起早贪黑才行，所以我们赶了三四天，才赶到去芭茅洲的路上，离黄石镇还有三十多里的路程。那时已到了冬月间，天气很冷，又加上猪走得很慢，身上更加寒冷，冷得打哆嗦。此时，我们看到路边有一个杀猪的肉铺，两个人就商量：这六头猪赶不到黄石镇啦，把它们卖掉算了。鲁舅爷是一个农民，没有做生意的头脑，那六头猪不是连毛过秤的，而是把猪杀后，剐了毛才过秤的。结果钱没赚到，反而亏了。我心里十分难过。本来想赚点钱解决复读的学杂费问题，哪知道钱没赚到反而欠了一屁股的债。我在客栈里，晚上翻来覆去地睡不着，辗转反侧，怎么办呢？第二天早上我想：钱是鲁舅爷掌握的，我向他借了100多元钱。钱借到后，我就赶到芭茅洲镇上一家卖百货的老板那里。我到那里了解到了百货与废铜的价格。我晓得咱们山区老百姓家中的废铜烟斗、废铜墨盒、废铜脸盆较多。了解价格以后，我选购了山区人民需要的一担日用百货，就挑着百货走了百多里路，回到了我外婆家中——蚕儿峪。

到那里以后，第二天早上我就挑着一担百货到春三溪、搭堡岭、洞溪、珊瑚洞、洞湾、老龙口等山区农村去卖。这些山区离溪口镇有50多里山路，老百姓哪怕是买一斤盐，一天来回翻山越岭要走一百多里，多难呀！所以老百姓看我挑了一担百货去后，家里的老奶奶、老爷爷、妇女、儿童都围过来了，特别是一些小姑娘、小伙子，看到这些百货很稀奇，有钱的就用钱买，没有钱的怎么办呢？家里有废铜烟斗的，废铜脸盆的，废铜墨盒的都拿来，我就将那些废铜换成钱折价销售，卖了一些货给老百姓。那些老百姓非常高兴，就对我说："张安珍你真是一个好人！我们在家里就可以买到所需要的日用百货了！"在这种情况下，我只用几天的时间，就把一担百货卖完了。我把这些废铜挑到芭茅洲卖出去了，并卖了一个好价钱。到巴茅洲我又买一些百货挑回来，一个冬天反复多次地来回赚，赚足了。赊账的钱也还了，一个学期上学的学杂费也有了。从此再也没有做生意了。

第二年上半期一开学，就赶到慈利三中插到25班复读。复读之后，我知道机会来之不易，学习非常用功，读半年后，又进行了集中复习，再去石门一中参加升学考试，结果考取了。那种心情是多么高兴啊！我不怕人家笑话，就对着大山喊："我考取了！我考取了！"大山的回音也是："我考取了！我考取了！"

图2　张安珍在石门县一中读书时之照

考取石门一中之后，到了开学的日子，我穿着草鞋，挑着担子去上学，走了100多里路。草鞋穿烂了，就打着赤脚，挑着担子去石门一中读书。读一年以后，地方上出现了灾荒。此时正放暑假了，自己要回去筹办下学期的学杂费，不筹集学杂费，下学期怎么办呢？于是放假以后，我就赶快回家。当时我是和溪口的同学一起走的。从石门到慈利当时有汽车，并不是没有，只不过汽车道是土路。我们这些穷学生是不可能买得起汽车票的，大多数都是走路回家的，有时候甚至是连夜走的。从石门到慈利有90多里路，我们经过苗儿峪，翻过荫浸垭，到天黑才走到慈利县城。到县城之后，我就找了个价格便宜的小客栈歇息。当时我身上只有几元钱，吃了一碗稀饭后，就睡觉了。

第二天，天还没亮，我又出发了，一直向甘堰方向走去。从慈利县城到甘堰有90多里路，当我走到弄子头时，差不多快九点多钟啦！太阳已经是火辣辣的了，身上走得汗流浃背，全身的衣快湿透了，但还是坐渡船过澧水后，沿着小路一直朝渔冲桥走去。当走到渔冲桥时，太阳已经偏西了。我稍微休息了一会儿，又翻山越岭、不辞劳苦地坚持走到了甘堰。走到甘堰后天已黑了，我身上只有住客栈的钱了，吃饭的钱没有了，怎么办呢？我洗了冷水澡以后，就上床睡觉了。睡到半夜起来去解小便，已经站不稳了。我就扶着床和板壁才走到厕所里。解完小便后，又扶着板壁才回到房间安睡。待起床后，已到动身回家的第三天了。我便慢慢地、一步一步地向溪口方向走去，走到路上饿得不得了，全身直发慌，没有一点东西吃。毫无法子，就只好喝路边上的泉水，这样才好一点。好不容易才走到长潭垭上，远远地一望，看到了我的母校慈利三中，就好像久别的儿子，看到自己慈祥的母亲一样，精神立刻振作了起来，便很快地迈开大步走到了慈利三中。当我跨进三中时，正好遇到总务主任陈其勋先生，陈先生看到我就说："你怎么瘦成这个样子了，是几天没吃饭吗？"说罢，便三步并作两步地跑到厨房里打了一碗饭，还给我盛了一些卤肉和素菜，给我端来了，我接过饭菜就大口大口地吃了一顿饱饭，精神好多了，第四天才走到家里。回家以后，又想办法筹钱，找亲戚朋友"化缘"，大家你给一点，他出一点，就这样把一个学期的学杂费凑齐了。等到下学期开学时，我又回到石门一中读书了。

时间过得真快，转眼间就到了高中三年级，一年之后，就要参加高考了。当时老百姓也好，政府也好，看你这所学校办得好不好，就看这所学校考取重点大学的学生有多少，考取得多，自然名气就大；不然，人家就瞧不来。为此，我们石门一中就将原有的高七班、高八班、高九班，分为理科两个班，文科一个班。我是分在文科班的。到这个人生的关键时刻了，我自己已深深地认识到：这是我人生转折点的最重要时刻，考取重点大学后，就有大的希望、大的作为了；考不取就只好回老家——高寒山区，背朝天、脸朝地务农了。所以，我就拼命地学，除了在课堂上听课外，吃晚饭后就到石门一中礼堂的台子边靠在墙上看书。由于看书的时间长了，原来笔直的背就慢慢地变得有些微驼了，有时候还跑到学校后面的山上躺着读书复习，一直到晚上上自习的前10分钟，才回到班上看书。到晚上十点半以后，打了熄灯铃，学校再不允许学生到外边看书去了，怎么办呢？我就躺在床上把老师讲的、自己复习的内容，从头到尾回忆一遍，这样做的效果比较好。有些回忆不起来的地方，一起床就赶快翻开看："哦！原来是这样的！"这样做印象更深刻一些了。当时由于劳累过度，又加上营养不良，黑发变白发了。

我在这文科班读书，考试比较多，三五天一次，有小考、中考、大考，每次考试，我都是第二，杨胜超第一名，他比我厉害一些。我怎么学也超不过他，后来自己问自己：这是为什么呢？原因在哪里呢？经过几天的思索，我想到了：这个杨胜超之所以考得好，原因是他经常去图书室看书。他看的书，除了把老师讲的、课本上有的内容掌握以外，还在阅览室看了很多有关的书籍，自然是学得活一些，内功也深一些；而我呢，只钻研课本上有的、老师讲的内容，当然是赶不上他啰。

经过八个多月的复习，到了报考大学志愿的时候了。我心中思考着：到底是考什么大学，什么专业好呢？当时，有的同学想考中国语言文学专业，将来好当一名文学家，或者是作家，或者是新闻记者；有的想考法律专业，将来好当审判官、检察官、辩护律师或法学家；有的想考俄语专业，将来好当翻译家；我呢，却与众不同，想考图书馆学专业，为什么呢？图书馆是知识的宝库，是知识的海洋。我从历史知识、故事、老师的口中了解到：毛泽东主席就到北京大学图书馆工作过，列宁本人编著过著名的《卡尔·马克思参考书目》，列宁的夫人克鲁普斯卡娅就是国际上著名的图书馆学专家，我国维新派知名人士梁启超是著名革新家、目录学家，他编著过著名的《西学书目表》，于是我就想报考图书馆学专业。学图书馆学不但可以接触到大量的图书、期刊，而且也可以出名，成为图书馆学专家、目录学专家，可以报国！就这样我决定报考此专业了。那么考哪所大学的图书馆学专业好些呢？武汉大学开办此专业比北京大学早一些，武汉大学是二十世纪二十年代就办了，北京大学是二十世纪四十年代才办的，自然武汉大学的师资力量、教学、科研、设备与经验等各方面要好些，但是一般同学认为考北京大学难些，考武汉大学容易些，原因是什么？经过深入了解才知道：对图书馆学专业新生的招收，两校有一个分工，黄河以北的图书馆学考生归北京大学招收，黄河以南的图书馆学考生归武汉大学招收。自然武汉大学在南方的图书馆学招生指标多得多，北京大学在南方的图书馆学招生指标少得多，只有一两个，招的全是特别拔尖的，因此考武汉大学容易一点，我就报考了武汉大学图书馆学专业。

当时高考的考点是设在哪里的呢？是设在常德师范的。我们石门一中的考生在老师的带领下来到了常德。在常德师范参加了高考。考完以后，我仍是打着赤脚走路回家的。到家里等消息，等了一个多月，到八月中旬还没有来通知，我等不及了，就走了 50 多里山路，到慈利县溪口镇邮局打长途电话给石门一中的刘校长，刘校长很高兴地告诉我："你考取了武汉大学图书馆学专业了！"一听到考取了武汉大学，我便高兴得跳了起来，身上沉重的包袱一下子就掉了下来，浑身轻松多了。

我考取以后，又跋山涉水地到桑植县竹叶坪乡找我的舅舅杜金生，舅舅当时是该乡的党委副书记。他听说我考上了武汉大学，就主动地给了我 20 元钱，解决了我的路费钱和生活费问题。第二天清早我步行到了慈利县城汽车站，而后就乘车到了津市。到津市后在商店里买了一床绣花被面，紧接着又乘船经过洞庭湖到了长沙。到长沙后，就到火车站买了一张到武昌的慢车票，坐了一晚上的火车，第二天上午 8 点多，才到达武昌车站。下车以后，挑着行李一步一步地向武汉大学迎新站走去。武汉大学迎新站的老同学见我来了，便热情地接待了我，并立即将我和先来的同学一道坐上一辆大卡车，沿着高低不平的泥土车路，从武昌火车站一簸一簸地开到了坐落在珞珈山的武汉大学。我到武汉大学看了四周的环境，觉得非常漂亮，全校古木葱茏，宽阔的水泥大道环绕着整个校园。接着又和原来中学的老同学跑到武汉大学珞珈山顶上瞭望：啊，多美呀！就像是一幅美丽的图画，碧绿浩阔的东湖水，微波荡漾，渔船点点，白鹭飞翔；像宫殿一样的图书馆耸入蓝天，翠绿的琉璃瓦在阳光的照射下，闪闪发光；图书馆左右有两栋琉璃瓦砖房，老同学告诉我："左边的是法学院，右边的是文学院。中文系和图书馆学系就在文学院里，与图书馆相对的这边山下，是校办公楼。此座办公楼与众不同的屋顶全部是特质玻璃的，办公楼前的下方是上下并列的大小操场。"此时，我心中非常高兴，觉得武汉大学的校园环境如仙境一样美！

图 3　张安珍（第一排右 3）与武汉大学图书馆学系 61 级部分同学合影

到武汉大学以后，生活比中学不知好多少倍，不仅有新鲜可口的蔬菜，而且还有好多荤菜，中学时代哪能吃到好多肉？经过几个月的伙食、心理调整，我的头发由白变黑了，身体也强壮了。当时，我在武汉大学图书馆学系学习的课程比较多，除了图书馆学的专业课之外，还有俄语与英语等。我学习非常用功，除了认真听老师讲课、记笔记外，晚上还到图书馆刻苦钻研，因此考试成绩都比较好。到后来我又想，作为一名重点大学的学生，不只是要学习好，还必须要有较强的科研能力，于是我积极报名参加了科研活动。在老师的指引下，我们 56 级、57 级的同学一百多人，共同分工编撰《武汉大学图书分类法》，经过两年多的时间边学、边研究、边干，终于编纂出了《武汉大学图书分类法》，后又反复讨论、琢磨、修改，于 1959 年由湖北人民出版社出版了。

图 4　张安珍（第一排右 3）与武汉大学图书馆学系部分同学合影

这个成果，除了老师把关外，具体操作还是我们同学，大家把自己的智慧、精力都融入其中了。出版以后，我一看是厚厚的一本，非常高兴，便跳了起来。我还有一个特点，就是喜欢写诗，在《武汉大学报》上先后发表了10多首自由诗与民歌。1958年9月12日这一天，我正在武汉钢铁厂图书馆搞调查。当我回到武汉大学老斋舍时，快到下午六七点了，斋舍中一个人也没有，当我跑出来时，恰好遇见了一位同学，他告诉我说："有一位中央首长要到武汉大学接见我们！"我一听，连晚饭都没吃，便飞快地跑到大操场一看，满场都是人，尽是我们武汉大学、武汉测绘学院、武汉水利电力学院的大学生。我赶快跑过去，挤到前面一看：主席台上红光四射，不断地播放着"东方红，太阳升，中国出了个毛泽东"。我心里暗自思忖着："这位中央首长，一定是伟大领袖毛主席！"大概等了差不多半个多小时，十几辆小轿车驶过来了，小轿车中坐的是湖北省委书记王任重、省长张体学、武汉大学校长李达（他与毛泽东同是中共"一大"代表，曾任"一大"的宣传部部长，是中国共产党创始人之一）、校党委书记刘仰峤等，他们陪着毛主席视察武汉大学。待毛主席一下车，操场上群情激动，不断地高呼："毛主席万岁！毛主席万万岁！"毛主席形象高大，身材魁梧，迈步走到主席台上，向大学生挥着手，走过来、走过去地向同学们致意！我们希望毛主席讲讲话，但是他老人家忙碌了一天，太疲劳了，没有讲话。毛主席接见我们大约只有十几分钟的时间，他恋恋不舍地、一步一回头地上车走了，同学们目送毛主席，久久不想离开……待毛主席走了以后，我的心情无法平静，非常激动，便一气呵成地写了一首长篇抒情诗《难忘的一天》（此诗2016年刊载在《心潮集》之中，刊载时改题目为《难忘的接见》），以作纪念。这是我在武汉大学终生难忘的一件事情。

我读了四年大学，到1961年6月下旬快要毕业了。毕业后，到哪里去工作呢？全听从组织上的分配，分配到哪里，就去哪里。到毕业后正式分配的时候，组织上根据我个人的表现和专业成绩，分配我留校任教了。

（三）武汉大学教书之途

留校任教的第一天，所有分配到武汉大学任教的老师，都到行政大楼的会议室开会，由党委书记刘仰峤、校长李达接见我们，跟我们讲话。当时从苏联留学回来的彭斐章先生，也参加了此次接见会，聆听了校领导的讲话。

图5 张安珍(左)与武汉大学资深教授彭斐章(右)合影

接见完了以后,我、杨建东、郑锋、王远良被分配到目录学教研室工作。目录学教研室的主任是彭斐章先生,副主任是陈光祚先生。当时教研室开会,分配给王远良的任务是教数学书籍目录学,分配给杨建东的任务是教生物书籍目录学,分配给郑锋的任务是教马列主义、毛泽东思想书籍目录学,分配给我的任务是要两年之中开出物理书籍目录学。我心中想:自己上大学的时候哪里学过物理书籍目录学呢,只学过普通目录学,是吕绍虞教授给我们讲的。我们武汉大学图书馆没有这种书,国内外也没有这样的教材,两年之内,要开出这门课程,还要编教材,是非常困难的,怎么办呢?我就提出申请,希望送我到物理系去进修。当时的领导,党总支副书记黄宗忠同志,总支宣传委员兼目录学教研室主任彭斐章同志答应了我的请求,同意我去物理系进修,重点学习两门课程:一门是普通物理学,一门是高等数学。我根据领导的指示,就去了。

去了之后,我就跟物理系的学生一起听课,当时讲高等数学课的是数学系的张远达教授,讲普通物理学的是物理系的一名女教师(此教师的姓名忘记了)。张远达教授是数学系的主任,很有名气,所以我记得他的名字。高等数学是公共课,有300多人一起听。张远达教授风度翩翩,以姿势助说话,课讲得深入浅出,分析得非常透彻,头头是道,但我还是听不明白,弄不懂,做作业更困难,感到非常苦恼,那些同学我一个也不认识,何况我是一位刚留校的教师,他们是学生,且又不是一个系的,不好意思问他们,怎么办呢?我高中三年级就没有学物理、数学了,大学是学图书馆学的,不用学物理和数学,原有的一些高中数理知识已忘到九霄云外去了。这时,我就把高中的代数、几何、物理书从箱子里翻出来,天天晚上默默地温习了一遍又一遍。过了一个多月以后,有了点基础,那些知识在我的头脑中开始蠕动、蠕动,慢慢地活跃了起来。我再听张远达教授的课时,觉得听得懂,没有那样吃力了。

张教授讲课分析得比较深刻,虽然我们学图书馆学的有些知识用不上,但还是要做《高等数学》的作业。经过几个月的学习、磨炼,自己一个人也可以完成作业了。与此同时,我又去武汉大学图书馆阅读一些比较通俗的科普知识,掌握一些物理学的前沿性的知识。普通物理学的数学公式、演算少一些,我听得懂课。

到物理系读一年以后,要回来编教材了。要编著物理书籍目录学教材,必须有物理学和目录学两门学科的知识,才能将二者融合起来,成为一个有机的整体,一个知识信息系统,不能一半是物理学,一半是目录学。这是不行的,那样就不像一门学科讲义了,所以我要深入图书馆、资料室去。

武汉大学是一所综合性大学,因而武汉大学图书馆中文、理、工的书刊都有,不是太专。为此,我不但要去图书馆,还要去物理系资料室。物理系的物理学书籍比较多,期刊也不少。我就从这两处入手,到图书馆、资料室查阅了几个月的时间。每天不论是天晴、刮风还是下雨都没有耽误。一去图书馆、资料室,我就对有关的类别,一个类别一个类别地查阅。那个年代不像现在有计算机和网络,只能手工操作,到书库里查,书目、索引中去检索,对物理书籍、期刊资料,只是了解一下还不行,更重要的是要辨明那些是有价值的,那些是没有价值的,没有价值的收进来怎么能行呢?那么怎样辨别它的价值呢?我认为:

第一,要看书名、文献标题。这就要看它有没有创新性,是否能吸引学生的眼球;

第二,要看作者。看这个作者在国内外有没有名气。有名气说明所著编的书与撰写的文章是有价值的。但是也不尽然。有些年轻的教师、年轻的物理学家所写的东西,也是很有价值的。这就要去了解作者;

第三,要看出版社与报刊社。出版社与报刊社是有级别的。有国家级的、省级的。国家级出版社、报刊社,一般而言,出版的书,发表的文章要比省级的有价值一些,水平高一些。同时有的是综合性出版社、报刊社,有的是专门性的出版社、报刊社,要注意判定它的价值。

看一本书的价值,除看它的外形信息要素外,还要看它的内在要素:内容提要、前言(序)、后记(跋)、目录等。这些可以看出一些基本的内容和价值来。必要时,还应阅读部分主要章节。依据这些信息要素,可以判定其价值的,就留下来。但是,一本一本地读,哪有这么多时间呢?不可能。最快捷、最有效的方法,是了解、掌握与物理相关的书目索引。书目索引有综合性的,也有专门性的。综合性的有物理学的相关类目,专门性的,所收集的全是物理学文献信息(含图书与文章)。编得好的书目索引,除了可以控制、了解其文献信息的类别、外观特征外,还可以对其重要的图书文章的提要、摘要、注释或标示符号有所了解,才可以判定其文献信息的价值,因此,要编写物理书籍目录学的提纲和讲义,就要掌握物理学重要的图书、期刊与书目索引。图书系统性强,但不少的书前沿性、时效性比较欠缺;报刊的时效性、前沿性强,但系统性较差。图书、期刊的内容详尽,但比较零散;书目索引可控性强,但对其文献信息的内容难以了解。只有将图书、期刊、书目索引汇集起来,才能起互补作用。所以我根据所掌握的全部材料,列出一个大纲。大纲列出后,我就交给了教研室主任彭斐章同志。彭主任立即召集全教研室所有的老师一起开会讨论,大家在肯定其优点的前提下,又进行了一些补充,结果纲目定下来了。

纲目出来以后,我差不多花了半年多的时间才写出讲义来。写出来后,我就把《物理书籍目录学讲义》稿拿给彭斐章主任看,他仔细阅读以后,高兴地对我说:“你这个讲义可以交印刷厂刻印后,发给学生用了!”他这样说了以后,又交代我:“光写出讲义还不行,还要试讲一节课,试讲成功了,才能登台讲课。不然的话,是没有资格上台授课的!”当时我表态说:“一定要备好课!一定要通过试讲关!”我准备试讲的内容是《物理书籍目录学的研究对象和内容》。根据这个内容,光把讲义上的东西搞清楚还不行,还要找一些参考资料,不能照本宣科。经过一个星期的努力,我要讲的内容已准备好了。准备好了以后,我就在武汉大学的树林里,没有人的地方,自己一个人阅读、记忆、讲解,讲解、记忆、阅读,经过多次反复准备,到了正式要试讲的时候,我就早早地在工农楼第一层靠右边的一间教室里等,大约等了5分钟左右,教研室彭斐章主任、陈光祚副主任、教研室的老师都来了。开始前两分钟,我心中咚咚地跳个不停,后来跟自己暗暗地讲:都是天天见面的几个人,又不是不认识,再说也准备了这么长时间啦,慌什么呢?越慌张越讲不好。这样自我安慰以后,一颗慌乱的心又慢慢地平静下来了,开始试讲了。我试讲的时候,由于准备比较充分,是脱稿讲的,不是照本宣科。讲解不但条理清晰,层次分明,而且板书时,纲目和零散的词语分开写,左边为纲目,右边为零散的词语。45分钟很快过去了,自我感觉良好。大家评论说:“你的讲课还是可以的,有条有理,有一定的深度,表达比较自然,可以上台讲课了。”此时,我一颗乱跳的心才放下来。经过教研室批准，试讲成功了，我才上台讲课。给学生讲课，我的心情又不一样。心想：自己是一个助教，人家上课的都是教授，你算老几，跟学生比，我也大不了几岁。我上课时，学生不一定瞧得起，搞不好，若把我赶下台了，那就太没有面子了。为此，我还要作进一步的准备工作，经过长达一个月的努力，结果学生还是比较欢迎的。我就这样把这门课讲完了。

当好一个助教，除了上课以外，还要带实习。带实习是助教的重要任务之一。副教授、教授会带实习吗？不带。当系领导分配我带6401班的实习任务以后，我二话没说，就愉快地接受了。我接受这个任务以后，就立刻到中国科学院武汉分院图书馆去联系。这个图书馆在哪里呢？在水果湖，离湖北省政府不远，距武汉大学也不远。此馆上午八点上班。我八点十分就赶到了那里，进馆一看，桂质柏馆长正在办公室办公，虽然过去没有打过交道，但是他给我们上过课，一见面就认识。桂馆长是留美博士毕业的，学的是图书馆学，在国内是有影响的人物。我心里想：自己是一个年轻的、初出茅庐的助教，人家理不理你还不一定。心里像打鼓一样。我一进门，向他问声好后，他还是很客气，做了个手势，让我到他办公桌对面沙发上坐下。我坐下之后，便从口袋中掏出系介绍信给他看，并说："我们系6401班的学生要来贵馆实习，可以吗？"他说："欢迎！欢迎！实习的具体事情，你跟我的助手——一个年轻人，一起商量商量。"他的助手先带我到各个部门参观，认识一下各部门的主任。参观之后，他就安排好男女学生的宿舍、就餐和学生实习分组的问题。我们根据该馆的部门设置，分成了三个组，一是中外文图书采购组，二是中外文图书分类、编目组，三是参考咨询、流通组。这三个组的实习任务，并不是固定不变的，而是轮换的，每个组实习10天后，又轮换一次。每个学生一个月之中在此图书馆都要实习到，都要掌握实习的内容，但是开始还是要分三个组进行。我把这个安排带回以后，就指定学生实习组的组长，把每个组的人分好，并交代要做好如下的准备工作：一要做好思想准备工作。实习是非常重要的一门课程，以前在学校学的理论要与实践结合，要到图书馆实践中去体验，去学习，去求教；二要做好业务准备工作。我到中国科学院武汉分院图书馆了解了一下，他们使用的是《科图法》(《中国科学院图书分类法》)，大家对这部分类法虽然也学过，但现在还是要复习一下，《分类编目条例》虽然大家也学习过，但也要复习一下，不然实习中就会出差错；三要做好生活准备工作。要带好自己用的钱、粮票、衣服和生活用品等，不能去实习下班后，又跑到学校里拿，要做好准备。

我布置完以后，就回到所住的湖滨 5 舍 221 号房，心中在想：他们用的是科图法，此种图书分类法，我在大学时代虽然学过，但实际操作不多，不是很熟悉。我就把科图法拿来仔细地钻研了一下。有些搞不清楚的地方，就问教分类法的周继良老师，直至彻底弄明白。

到了实习约定的时间，学校派大卡车送我们。我和 6401 班实习的学生一起坐着大卡车，从武汉大学出发，只坐 20 多分钟就到了。到了之后，让同学们安顿好住宿，摆好行李后，大家集合到会议室，由桂馆长向实习的同学全面介绍了图书馆的情况，是什么时间成立的，发展的过程，有什么特点，等等。此馆不像武汉大学图书馆是综合性的，而是科技性的。服务对象主要为数学研究所、大气物理研究所、生物研究所的研究员、副研究员、助理研究员。所收藏的文献以这三方面的中外文书刊居多。桂馆长介绍之后，就将实习学生分到采购部门、分类编目部门、参考咨询与流通部门等等。按原协议，学生去了以后，就由各部的部主任担任实习学生的指导老师，因此实习学生一到，三个部门的指导老师就分别介绍其操作规程，注意事项，有什么经验，等等。说句实在话，有些实际经验是课堂上学不到的。指导老师讲完了以后，实习学生都领会了，很快地操作起来了。但是他们在实习过程中并不是没有问题：

第一个问题，他们那里的读者都是教授、研究员、副研究员等，不是普通人，而我们这些实习学生学的是图书馆学，对科技知识只是学了一些概论性知识，数学、物理、生物等专业知识不太懂，因此这些用户提出的信息需求，具体的含义怎样，范围如何，深度又怎样，我们不是很明白。

第二个问题，实习学生查询很多资料后，不能把所有的资料一股脑儿地提供给用户，要把最好的、最有价值的给用户看，那怎么辨别呢？大家感到有些困难。

第三个问题，中国科学院武汉分院图书馆是研究性的专业图书馆，服务的对象基本上是高级知识分子，所收藏的书刊中，俄语、英语比较多，起码要看得懂书名、文章题名，有些实习学生感到困难。因为他们在武汉大学学习的是综合性的俄语、英语内容，专业性的词汇不多。

第四个问题，在那个时代大部分书商是好的，但也有少数书商不讲信用，就是钱寄出去了，书没有收到，受骗上当的事，有的图书馆曾出现过。

对于以上四个问题，我是这样给他们解决的：

对于第一个问题，你首先要向用户虚心求教。在接受查询资料时，就向用户问清楚这方面的有关问题，因为用户本身就是某方面的专家，问清楚了就好办了，万一没有问清楚，就问你的指导老师，再不行就问桂馆长。

对于第二个问题，文献的价值问题，怎样区分其优劣？我说："你先看书名、题名有没有前瞻性和新颖性，再看此作者有没有知名度，你若不清楚，就问用户。用户对本专业范围的名人、后起之秀，是很清楚的。然后看看书的内容提要、前言、后记、目录与出版社。期刊中的文章，要看期刊的级别、题名、内容摘要、作者知名度，书刊的评论文章。当然若有时间，就可以有选择地读一两节，这样就可以判断书、文的价值了。"

对于第三个问题。为解决俄、英语单词量不够的问题，你就翻阅有关的专业词典或双语词典，万一不行就问指导老师或桂馆长。

对于第四个问题，凡是新华书店来的采购目录或单子，我们就查看当时的北京图书馆（就是现在的国家图书馆）编的《全国新书目》（月刊），采购时以此为参考依据：凡是单位来的，书商来的。你就要慎重一些，不清楚的，就问指导老师，或者问有采购经验的人员，不能随便来，特别是原版书要注意一下。对这个事情不能出任何纰漏，一旦出了纰漏，钱寄出去了，书又没收到，是要赔偿的。杂志订阅，也要慎重。

实习学生听了我的解答以后，心里的疑团散去了，心中也有些底了。参考咨询与流通组的同学给用户提供的图书资料，也普遍受到了欢迎。参考咨询部原编的书本式书目、卡片目录，一般只对外形进行著录，没有对有价值的著作、文章写提要，或摘要，经我和指导老师商量后，对有价值的书要写提要，对重要的文章写摘要。对提要和摘要如何写？在课堂上已讲过了。传统的提要写法有三种：叙录体提要，传录体提要，辑录体提要。现代目录提要的写法有：相互比较法，述评结合法，解释题意法，重点突出法，列举说明法，摘录警句法，转引评语法，追溯源流法，辑录资料法，指导阅读法，拿来改造法，综合分析法等。对摘要的写法有四种：组面分析法，冗余剔除法，重新组合法，客观陈述法等。实习学生在指导老师的引导下，在我的提示启发下，卡片目录、书本式目录的质量提高了，起到了"辨章学术，考镜源流"的作用，得到了馆方的赞扬。

在实习过程中，我还强调写实习日记，写日记不能写得太简单，敷衍了事，要写实习的具体内容，遇到了什么难题，是怎样解决的，有什么好的建议、见解，都可以写，但写的意见，不能随意散布，要通过组织反映。他们所写的实习日记，每天下班后，由组长收齐交给我。我晚上逐本进行查阅、眉批、尾评。一个月的毕业实习很快就过去了，在实习总结会上，实习指导老师赞扬说："同学们的专业基础知识学得扎实，适应能力强，操作能力也不差，毕竟是重点大学的学生，就是不一样！"

实习圆满结束了，我怀着喜悦的心情，带领实习学生回到了武汉大学。学生回到了原来的宿舍；我回到了湖滨5舍221号住所，见到了同一住所的、年轻的王远良老师。他告诉我："张老师，告诉你一个好消息。系里为了庆祝建国十五周年，向党献礼，准备出版一本《武汉大学图书馆学、目录学论文集》，号召大家写论文。"又说："皮高品教授、吕绍虞教授、杜定友教授每人写一篇，有的老师也是一人写一篇，只有一些助教两人或三人联合起来写一篇。"我当时心想：全国学术性的图书馆杂志只有一家，就是北京图书馆（现在的国家图书馆的前身）主编的《图书馆学通讯》（现在《中国图书馆学报》的前身）发表论文是很难的，机会是很少的，现在是一个机会。

第二天王文杰老师听说我带学生实习回来了，就找到我和王远良老师说："我们三个人共同写一篇论文，怎么样？"我和王远良老师异口同声地说："要得！"于是我们三个助教组成了一个课题组，这样就可以起到"三个臭皮匠，抵一个诸葛亮"的作用。课题组是成立了，那么由谁来负责呢？我说："王文杰老师当助教的时间长一些，科研训练也多一些，我们两个刚毕业不久，科学研究少一些，我推选王文杰老师为课题组组长。"王远良老师也表示同意，王文杰老师也欣然接受了。我们研究什么课题，课题探索的原则是什么？初步的大纲是什么？我们就进行讨论，讨论的结果是：题目为《高等学校图书馆期刊宣传和利用的几个问题》，因为我们与高校图书馆接触多一些，公共图书馆、科学院图书馆接触得少一些。题目定了后，又研究了论文写作的三结合原则：理论性与实用性结合，前沿性与现实性结合，继承性与创新性结合。三结合的原则，最重要的是创新性，但是要创新没有前人和他人的基础是不可能的。万丈高楼从地起，要站在巨人的肩膀上往上爬，才能获得比较好的效果，才能达到创新的目的。原则明确了，那么此课题写作的纲目是什么？经过反复研究讨论，王文杰老师归纳了四个大的纲目："一、关于现期期刊通报的几个问题；二、关于编制期刊目录的几个问题；三、关于编制期刊索引的几个问题；四、期刊阅览与外借的若干问题。"纲目拟定后，王文杰老师根据我和王远良老师个人的兴趣，作如下的分工：王文杰老师写第一、二部分；我写第四部分；王远良老师写第三部分。为了提高论文的质量，课题组三位老师讨论时都说，资料的来源，除了从本校图书馆借阅图书资料、过期期刊合订本、查阅现期期刊（现刊不能外借）外，还要进行调查研究才行。根据课题组的研究结果，我就到武汉大学图书馆、中南财经学院图书馆、中南民族学院图书馆、湖北省图书馆、武汉市图书馆等进行了调查研究；前后深入以上图书馆与有关人员进行了个别访谈、实地察看，获得了不少实际生动的材料和经验，再加上在杂志上看的一些材料，把它们加以整理、综合以后，我整天不断地进行思索、琢磨它的新意。我天天思索、思索，思索了很久，最后觉得新意有了时，便花了四天半的时间写出来了。写出来以后，又反复进行修改，逐步推敲：语言是否准确，连贯是否紧密，逻辑性是否强，新意是否突出。当自己觉得比较满意之后，就将稿子交给课题组组长王文杰老师。王文杰老师将三个人写的稿子合在一起，进行了有机联系，统一了行文风格，便形成了一篇水平较高的学术论文。而后交给了《武汉大学图书馆学、目录学论文集》编辑部，经有关专家“三审”之后，全文刊载了。

我在武汉大学期间除了教学和科研外，还参加了汉丹铁路（武汉到丹江口）的修建；参加了武汉大学襄阳分校附近的三线建设工作（三线建设当时是保密的）；参加了孝感草店公社的农村社会主义教育工作；等等。这里主要讲一下农村社会主义教育问题。

武汉大学党委依据湖北省委的指示精神，分配我们图书馆学系的师生到孝感草店公社后与黄陂的干部共同组织成一支农村社会主义教育工作队，由黄陂的潘书记任正大队长，我们武汉大学图书馆学系的两位领导黄宗忠同志和彭斐章同志担任副大队长。我和数位教师担任小队长，分别带领一至两名学生从事社教工作。社教工作的内容是“四清”，即清政治、清思想、清经济、清作风。当时对工作队的同志要求非常严格，提出了三点：第一点，只准你去最贫困的农民家里，与社员同吃、同住、同劳动，不准住在经济条件好的家庭里；第二点，不能上街东游西逛，买好东西吃，发现后严厉批评；第三点，不准谈情说爱，出了问题，就双开：开除公职，开除党籍。

我们这些人还敢违背吗？决不会！我和小郭（一名女学生）被分配到孝感草店公社草店小队社教，小郭是湖南益阳人，我是此队的负责人，就住在一户最贫困的贫农社员家里，她住到一户最贫困的寡妇家里。

当时我们住在最贫困的贫农社员家里，与他们家的人同吃，每天按工作队补助标准给住户4角钱，8两粮票。不能吃荤菜(实际上无荤菜可吃)，只能吃素菜；同住，就是天天要早起。早起后打扫卫生，出牛栏、猪楼等；同劳动，就是与社员一起挑粪、整田等。我在“三同”的过程中，发现草店生产队的保管严加双同志，是一位大公无私的好榜样。他是长工出身，干保管十多年了，哪怕是三年困难时期(1959—1961年)，哪怕是患病了，卧床不起，从来不拿队里一分钱，一粒粮，工作十分卖力。他就是做到了“大葱拌豆腐——一清二白”，“常在河边站，就是不湿鞋！”“我发现这个典型后，就把他作为大公无私的好典型向上级反映了，并大力加以宣传。这是正面典型，同时也有反面的典型。虽然当时社会要求很严格，还是有多吃多占的，有贪污的人，特别是个别会计、出纳。当时贪污虽只一两百元钱，那个时代，一两百元钱也不少了。对此问题，我进行了内查外调，人证、物证弄清楚后，便召开全队的男女社员会议，进行了批评教育，并要求当众退赔，作检讨。在小队里，还有一名女同志是大队妇女主任，她的丈夫在部队工作，社员反映：这个女同志与大队的另一位干部有作风问题。经调查核实后，我跟她进行了个别谈话，在指出问题的严重性后，又从思想上进行了教育。过后，又悄悄地跟上级领导作了反映。不久，纸包不住火了，那个女同志怀孕了，肚子大起来了。孝感县公安局得此破坏军婚案的信息后，就把那个男干部抓去了。经审判，判了两年刑。

(四)曲折的调动之道

我到武汉大学上学四年，工作了10年，教学、科研出了成效，有了起色。为什么我又要调到慈利三中去呢？因为当时我已有三个小孩了，我们夫妻结婚已有10年了，原想把我的爱人粟伏玉同志调到武汉去的，结果没有成功。在这种不得已的情况下，只好下决心从世界名牌大学之一的武汉大学调到湖南慈利三中执教去了。

我在慈利三中工作了13年。在此期间，我担任过语文教研组组长、教导主任、慈利县语文学会副会长，并且写了一篇论文《谈“见”字的用法》。此篇文章在慈利县语文教研大会上进行了宣读，得到了与会者的好评。我每年既当教导主任又教高中三年级重点班与一个普通班的语文课，送毕业班参加高考。1983年7月的高考结束后，我接到了湖南省教育厅的一个通知，要我赶到湖南师范学院

(现在的湖南师范大学)评阅高考语文试卷。全省每个县选派一名高中三年级语文教员,我是慈利县选派的一名。

到湖南师范学院评阅语文试卷时,正是炎热似火的天气,太阳照得大地上像蒸笼一样,地上晒得滚烫滚烫的,我进入教室评阅试卷时汗流浃背,喘气都有些困难,但我还是认真地评阅每一名学生的语文试卷,因为这关系着学生的前途问题。下班以后,我就去岳麓山马路边散步,当我走到一家书店的新书台边,一眼就看到了武汉大学王秀兰女士(当时可能是副教授)的一本著作《西文图书编目教程》,詹德佑老师(可能也是副教授)的一本《中文工具书》。这两本书就像两束强光一样刺着我的心,每翻一页就好像一根根银针刺着我。我心里想:我原来在武汉大学的时候,无论是科研能力,还是教学水平绝不比他们差,甚至还略胜一筹。事隔 13 年,他们已是图书馆学专家了,已经出了著作,而我还是一个微不足道的中学语文教员。不比不知道,一比吓一跳!把语文试卷评阅完以后,我很快回到了慈利三中,行李一放,就马上给武汉大学、湘潭大学、中山大学等写信表达了要求调入的想法。湘潭大学正在筹建图书情报学系,急需专业教师,所以湘潭大学方面不仅给我回了信,而且还给大庸县(现在的张家界市永定区)的图书馆馆长汤甲荣、石门县图书馆馆长夏铭益写了信。待我们三个人先后回了信,便约定于 1983 年 11 月 5 日赶到石门县图书馆试讲。得信之后,我立即给原来的教研室主任彭斐章教授写信,恳求给我寄些目录学教材和资料来。彭教授接信之后,马上给我邮寄来了武汉大学和北京大学合编的《目录学概论》和武汉大学编的《目录学研究资料汇辑》。我如获至宝,便在通读的前提下,选择了"汉代刘向、刘歆父子的《七略》研究"作为 45 分钟的试讲内容。对于此内容,我在武汉大学读书期间学习过,又加上深入地阅读、钻研了彭教授所寄的相关资料,便写成了有一定深度的教案。教案写成后,又利用一切空余时间,反复阅读、记忆;记忆、阅读,作了充分的准备工作。

待约定试讲的前一天,我便乘火车前往石门县,当火车开到石门县火车站停车后,我一下车走到火车站出口时,荀昌荣、姜戈、邓群芳、夏铭益、汤甲荣等同学接我来了,一见面大家握手、拥抱,倍感亲切。我很快就住进了早已安排好的宾馆。第二天试讲时,由于都做了充分的准备,再加上 20 多年的摸爬滚打,经验丰富,试讲时,三人都沉着冷静,娓娓道来,条理清晰,有理有据,令人满意,试讲均通过了。

不久，湘潭大学人事处就向我们三人的上级领导部门发了商调函，汤甲荣、夏铭益两人有些犹豫不定，后来没有调到湘潭大学来。我则不同，是坚决要求调到湘潭大学去的。

试讲以后，大约有一个月了，我还没有接到调动的通知，心中特别着急，便又写信给筹备组的荀昌荣、樊长新、姜戈，询问有关调动事宜。他们回信说："湘潭大学人事处早已给慈利县教育局发了商调函，而慈利县教育局则回信说：'此人因工作需要，不能调动。'"得此信息后，我心急如焚，便马不停蹄地坐火车到慈利县城找教育局局长陈立抗先生。陈局长曾在慈利三中当过校长，我们曾是同事，我就跟他讲："我是学图书情报学专业的，不是学中文专业的，到中学教语文不是我的专长，湘潭大学来函接收我了，我要调到湘潭大学去，请您放我走吧。"他就劝我说："从你送几届毕业生参加高考的成绩来看，你教的语文考得很不错，你已经是专家了。"一个中学语文教员算什么专家呢？他这是给我戴高帽子。我又说："我还是要调走。"他仍然坚持说："这几年慈利三中给北京大学、中国人民大学、武汉大学、南开大学、天津大学等一些全国名牌大学输送了不少合格大学生，说明你在语文教学方面还是不错的。调动问题，以后再说。"显然是不让我走。此时我心中非常着急，星期六一上完课，就从溪口坐火车到县城，找县委组织部部长说："我在慈利三中教书不适合，不能发挥我的专长，我要求调到湘潭大学图书情报学系去执教，以发挥我的专长，为国多做贡献。"组织部门负责人对我说："我到过慈利三中你家里，看到了你发表的诗歌作品，水平不错嘛，聘请你当县文联主席怎么样？"我就跟他讲："虽然我对诗比较感兴趣，但这不是我的专长，当县文联主席干不了！只有将我调到湘潭大学去后，才能扬我所长。"还是谁也说服不了谁。没有办法，我又要回来上课。每周一上完课，我就往县城跑，再次找县委组织部，县委组织部部长对我说："调你当文化局局长，怎么样？"我回答说："我不是当官的料，只适合在大学搞教学和科研工作。"结果不欢而散。接着我就找慈利县管文教的副县长卓德元同志。卓副县长是武汉大学经济系毕业的，是我的校友。原来听说过，后来一见面谈起来很亲切，这大概就是校友情吧。他对我说：人才不只是我们慈利县的，是国家的。你不要着急，我跟县委书记通气以后，再做教育局的工作，你不要直接找县委书记。找县委书记，他若不同意，你就没有回旋的余地了。隔一周以后，县常委会开会，卓副县长站在全局的高度给我讲了话。县委书记看我也留不住，就同意调我走了。这样我就跟湘潭大学图书情报系筹备组，湘潭大学人事处通信以后，湘潭大学人事处再给慈利县教育局发了商调函。慈利县教育局看留不住我了，才同意放我走。湘潭大学人事处收到回信后，立即通知我去报到。但是，我在慈利三中工作13年了，家里有很多家具，特别是一些柜子，我要带到湘潭大学去。这是一个难题，我就打电话问姜戈老师，湘潭大学能不能派一辆卡车来接我，他回答说："没有这个先例。"也就是说任何人调到湘潭大学去，都没有派车接的。

恰恰我的运气好，中南林学院的莫耀祖老师，他到溪口来送货，有一辆大卡车回株洲。我得到这个消息以后，马上联系好了。第二天(9月13日)慈利三中后勤处的陈汉英老师给我装了一天的车，七七八八，满满一大卡车家具。当时我的父亲张凤立，岳父粟余廷两个人一言不发地坐在那里发闷，饭不吃，茶不喝。我寻思着：他们为什么不想我调走呢，原因何在？他们已是80多岁、快90岁的人啦，也许是因为溪口到湘潭天远隔地远，生活上有困难，想要点钱多不方便呀，想看看更是难上加难。想到这里，我就给他们做工作，我说："现在溪口到湘潭的火车路也修通了，待我到湘大安定下来以后，教学上了轨道，就把你们接过去住一段时间。"他们经我做思想工作后，心里才好过一些。

1984年9月14日那天天气晴朗，霞光撒满了大地。我心想：这是一个好兆头，此去一定前程远大！大卡车开动了，我心里暗暗地说："慈利三中，你是我学习3年、工作13年的地方，再见了！"大卡车从早上六点多开到下午四点多，就到了湘潭大学校门口。姜戈和他的夫人邓琼芳跑来接我们一家人来了，姜老师跟我说："现在住宿还比较困难，只能把你们一家人暂时安排在校外家具仓库旁原湘大子校教室住宿。"于是车子倒过来便开到车库的教室边上。我下车一看那个教室较大，可以住下一家人。他俩很惭愧地对我一家人说："暂时委屈你们一下！"我毫无怨言地说："没关系，你们不要担心！"说罢，84级的学生就卸下了满车的家具和日用品。卸下之后，我和夫人粟伏玉就将五个柜子间隔成四间房：一间是我两个闺女张红和张艳的歇房；一间是我和夫人的歇房；一间是我备课的办公房；还有进门的旁边有一个空的地方，既作厨房，又作客房。当时我的大儿子张鹰已经有工作了，并与他的同事王文姣老师有恋情，所以没有调来；二儿子张翔在西安交通大学上学，不用调。故此，我们一家只4人来到湘潭大学。

(五)湘潭大学执教之路

我调入湘潭大学后,心里就盘算着:要走好“湘潭大学执教之路”,就要分三步走:

第一步,要评上讲师。要走好这第一步,就要能独立地开出一门必修课。为此:待我们一家人安顿下来以后,筹备组的荀昌荣同志根据我的专业特长——过去学过目录学,教过物理书籍目录学,便安排我和王晋卿两位老师教目录学。此门课程虽然以前学过,但是毕竟十多年没有接触了,专业荒废了。我就和王晋卿老师两人商量,目录学理论和目录学史比较难,又在目录学教材的前面,由他教;书目方法论和书目工作方法较容易,又在教材的后面,由我教。王老师教的部分,我还不太熟悉,已经忘光了。我怎样才能过好第一关——教学关?怎样才能在最短的时间里有效地掌握这方面的知识,以弥补我的缺陷呢?靠自己从头摸索,要花很长的时间,还是虚心地向王老师学习比较好。但同时心里又很矛盾,为什么呢?在武汉大学读书时,我们是同班同学。他由于家庭经济困难,只上三年学就停了,去武汉大学图书馆学系资料室当资料员;而我读完了四年大学,拿到了本科毕业文凭,毕业后又到物理系进修了一年,现在听他的课,同学怎样看我呢?接着又想起了古代贤哲的名言:“知之为知之,不知为不知,是知也”,“三人行必有我师也。”根据这样一种思想,我就打消了这个不好的念头,全身轻松多了。王老师每次上课,我都提前15分钟赶到教室。上课铃一响,我就先当小学生,不仅记他的教学内容,也记他的教学方法,记他列举的典型实例。有时候没有记下来,就把他的备课本借来抄写。就这样,听一次课等于自己备了一次课,能为以后独立开出目录学课程节省不少的时间和精力。与此同时,还要备好自己要讲的内容。我心里十分明白,在湘潭大学站稳脚跟的关键之一,是要讲好课。讲好课的前提,是一定要备好课。为了备好课,我不仅对所要讲的教材内容,做到了融会贯通,而且联系目录工作实际写好了详细的教案。教案写好后,我又反复阅读、记忆,记忆、阅读,直到滚瓜烂熟,娴熟于心。到了我上课的时间,我着装整洁,抑扬顿挫地娓娓道来,第一炮打响了,赢得了学生的好评。从此,就这样讲下去,一个学期很快地结束了。

到第二个学期时,我自己一个人可以独立上目录学课了,效果也比较好。我当时不仅仅教八五级、八六级、八七级的本科生,而且还给长沙、岳阳、衡阳、湘潭、株洲的在职干部上课。在职干部都是有实践经验的成年人,有的已工作十几年,差不多二十多年了。给他们讲课比给学生讲课要求高一些。由于我准备充分,教学受到学员的普遍欢迎。至此,我进入湘潭大学的第一关——教学关,基本上过了。

在大学当老师与在中学当老师,是迥然不同的。在中学当老师把书教好了,受学生的欢迎就是顶呱呱的老师了;在大学当老师,除了把书教好外,更重要的是搞好科研,要过科研关。我自己在武汉大学是亲历过了的,对科研是相当重视的。1984 年 9 月 14 日调入湘潭大学后,1985、1986 年我发表了 8 篇学术论文:

1985 年在湖南的《高校图书馆工作》第 2 期上发表了《谈图书馆教育改革的两个问题》;在《图书馆》(此杂志现为 CSSCI 源刊)第 4 期上发表了《五类书目类型浅析》,对此文,曾主陶曾在《十年来湖南目录学研究进展》一文中评论说:“他(指张安珍)的这篇文章从另一个角度上来研究书目类型学。”在甘肃的《图书与情报》(现为 CSSCI 源刊)第 4 期上发表了《谈几种书目类型在收录范围上的特点》;在广西的《图书馆界》第 4 期上发表了《谈目录的形成》。

1986 年我在《云南图书馆》第 2 期上发表了《书目提要编写十二法》;在《湖北高校图书馆》第 3 期上发表了《从价值观念看图书馆有偿服务的几个问题》;在 12 月 23 日的《湖南文化报》上发表了《湖南图书情报教育发展预测与对策研究》(摘要);在《河南图书馆学刊》第 4 期上发表了《从我国目录学的产生与发展过程,看目录学的规律》。

由于我在教学上能独立教一门课,科学研究在短短两年中发表了 8 篇论文,校职称评审委员会研究通过,我 1986 年晋升为讲师了。晋升为讲师,这只是最基本的第一步。

图 6 张安珍(第二排左 2)与客座教授彭斐章(第二排左 3)及全系教师合影

第二步要评上副教授。要评上副教授，就要“过三关”。

第一关为外语。外语是敲门砖，如果外语不合格，评职称报名的资格都没有。对于外语，我虽然在初中学过英语，高中学过俄语，大学英语和俄语都学过了，但是几十年没有跟英语和俄语见面了，已经忘得一干二净了。在20世纪80年代中国社会上流行的外语主要是英语。对于英语我们这代人多数不行。当时有人开玩笑地说，英语的“no”“OK”两个词，都很难学会。学校为了给老师们排忧解难，就指示大学英语部办一个英语培训班。该部根据学校的指示精神，派一位50多岁的罗副教授授课。授课的教材有5万多字，内容有经济方面的，有周恩来总理的革命故事等文章。那时我的教学、科研任务重，只能够利用课余时间进行复习，老师给我们翻译、讲过一遍了，考试的时候，就是只翻译5万多字中的一部分。到考试的那天，我打开一看，是考翻译周总理革命故事那一部分英语文章。文中80%的英语单词还是认识，只有20%的单词不认识，我就把它的前后意思串联起来，译成中文文章。两个小时的考试结束了，自我感觉良好。一个星期以后，英语考试的结果下来了。我考了88分，超过了60分的合格线，外语这一关算是过了。

第二关为教学。此时，我的教学不仅是主讲目录学这门必修课，而且正在准备开设图书馆管理学，这门课的教材已编著出来了，并交到学校教材科内部出版了。后来跟广西人民出版社联系出版，他们经严格审阅也同意出版了，但是要2000元的书号费，我当时家里人口多，上有老，下有小，负担重，拿不出钱来，这本书也就没有正式出版，只是一部讲义，但教学质量比原来前进了一大步。

第三关为科研。1986年我评上讲师，1987年就申报副教授。虽然只有一年的时间，但是这一年我发表了有较大社会影响的四篇论文：

第一篇，是谈《卡尔·马克思参考书目》的编制特点。此文，1987年发表在《湘潭大学学报》(社科版)第1期上；此文发表后，中国人民大学主办的《图书馆学、情报学、资料工作》，1987(11)全文转载了；

第二篇，是《湖南图书情报发展战略研究》。此文1987年曾作为湖南图书馆学会召开的全国性大会上，作为“四大主题报告”之一，在大会上宣读过，获得了与会者的好评，并发表在《高校图书馆工作》1987年第1期上；

第三篇，是《谈目录学教学的几个问题》。该文1987年发表于《高等教育研究》第2期上；

第四篇，是《论信息化社会目录工作与目录学》。该文1987年发表于《四川图书馆学报》1987年第3期上。该文发表之后，在全国影响比较大。当时我把它作为参加中国图书馆学会举办的全国性学术论文评奖会评奖，结果被评为优秀论文（当年评为的优秀论文没有分一、二、三等奖）；还获得中国新闻文化促进会法制新闻工作部的"共和国重大前沿理论成果"创新特等奖；1989年湖南省图书馆学会成立10周年时，在湖南出版总署工作的曾主陶先生在《湖南省图书馆学会成立十周年文集》（以下简称《文集》）中发表了《十年来湖南目录学研究的进展》一文。文中指出："张安珍1987年发表的《论信息化社会的目录工作与目录学》一文，所作的阐述，也引起了目录学界的重视。在他所设计的体系中，将目录学分为普通目录学、专科目录学和边缘目录学。其中边缘目录学包括书目计量学、书目控制论和书目经济学。边缘理论实属一种崭新的提法。"又说"张安珍在此文中指出，世界书目控制论的发展已经过五个阶段及今后研究的途径"，认为"对书目控制理论研究颇具有新颖性"。从那时开始一直到现在还有不少单位转载此文。如2017年9月又入选《国家重点理论自信创新与发展文选》及《纪实中国》丛书之中。这么多年了，我再看此篇论文还是比较新颖。

我将外语考试的成绩、教学质量、科研水平报到校职称评审委员会并顺利地通过了，但是湘潭大学当时没有评审决定副教授的权力，要将材料经校评审委员会签署意见后，报到湖南省评审委员会研究决定。湖南省评审委员会之中没有设图书情报专家组，就把我们的材料放到历史专家组评审，历史专家组由于不同行，隔行如隔山，一个人也不认识，事先无法沟通。然而材料比较过硬，还是通过了；最后湖南省评审委员会开全体会议投票决定，结果有3人的票没有过半数，我是其中之一，此次没有评上副教授。

当我得到这个不好的消息时，心里非常难过，非常丧气，心想：我的年龄已有50岁了。50岁还没评上副教授，虽然与我本人的努力程度有一定的关系，但整个国家很多年不评职称，只能说明自已生不逢时，运气不好，按当时湖南省的规定，要5年后才开评，到那时已55岁了，还有多大搞头呢?！后来一想，不能就这样消沉下去，还是要站起来，挺起腰杆，继续发扬不断拼搏的精神，不断地前进，是一定能更上一层楼，评上副教授的！有了这样好的积极向上的想法，便化为了实干的行动，到1992年开评时，我已取得了丰硕的成果：

教学上，我除了可以独立开出目录学、图书馆管理学课程外，还和朱建亮、荀昌荣共同编著出《经济信息学概论讲义》。讲义写出后，由我一个人讲授。对我所上的三门课，学生比较欢迎，每次教务处组织学生给授课的老师打分，我都在80～90分之间；学校专家组听课，不是优就是良，因而，1989年学校组织对教师的教学评奖时，我获得了“教学优秀奖”（当时没分等级）。

科研上，有新的成果。这段时间（1987－1992年），我除了内部出版的3部书外；正式出版的学术著作（合著）也有三种：

第一种就是我和国内的一些专家一起编著的《中国图书馆事业十年（1978—1987年）》。此书是1989年由湖南大学出版社出版的，主编是张白影、荀昌荣、沈继武，我任编委，重要执笔人之一，所撰写的是此书的第八部分“图书馆学情报学教育”，主要执笔写了《图书馆学情报学教育十年概述》，编写了44所高、中等图书馆学情报学学院、系、科、学校简介等。撰写此部分是很难的，因为当时没有互联网，只能采用通信的方式给每个大学的图书情报学院、系、中专的图书情报学校写信，请求他们介绍本系、本校的情况，以便为他们进行宣传。他们各单位都及时回了信。回信以后，我用了近半个月的时间在综合的基础上进行了论述，而后分地区对各图书情报学院、系、校进行了整理、刊载。

第二种是《毛泽东研究文献综目（1936—1991年）》。此书是1992年为纪念毛泽东同志诞生100周年而编著的。主编是朱建亮、张安珍、史大浩、舒俊杰。全部的编撰工作主要是由朱建亮和我带领湘潭市7所主要图书馆骨干完成的。史大浩当时是《湘潭大学学报（社会科学版）》的主编，他主要负责出版工作，舒俊杰当时是湘潭市图书馆馆长、湘潭图书馆学会会长，他为第四主编，实质上是荣誉性的。此书出版以后，当时长沙交通学院图书馆的副馆长、副研究馆员彭长城发表了一篇评论性的文章，题目是《一部不可多得的毛泽东工具书——评〈毛泽东研究文献综目〉》（此文载于《湘潭大学学报（哲学与社科版）》1993年第4期），他认为此书“真可谓集毛泽东研究文献检索工具书之大成，而又有诸多创意。阅读之余，我认为：完备性、思想性、科学性和现实性是该书的主要特色”。

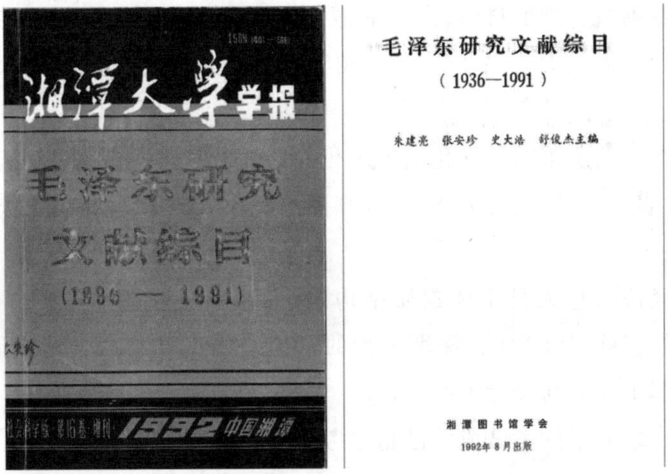

图 7　1992 年在湘潭大学学报以增刊形式出版的《毛泽东研究文献综目(1936—1991)》

第三种是《怎样当好馆长》。此书是重庆市图书馆李洪福主编的,我是副主编之一。该书是成都科技大学出版社 1992 年出版的。全书分为四篇:《馆长议论篇》《改革·管理篇》《方法·经验篇》《借鉴篇》。我撰写的《论实行馆长负责制》是刊在《馆长议论篇》之中的。

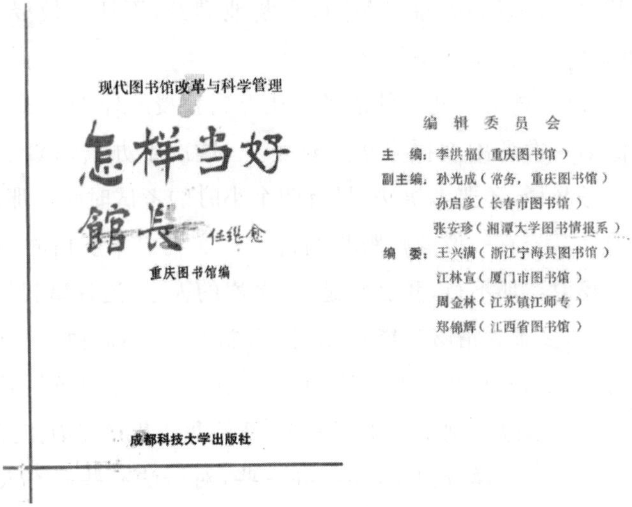

图 8　1992 年在成都科技大学出版社出版的《怎样当好馆长》

我发表的学术论文有 11 篇,其中有代表性的有:

·《论图书馆时间管理》,《图书馆学研究》1988(6),后摘载于《图书馆学文摘》1989(3)中。

•《论图书馆管理的科学性》,《湘潭大学学报（社会科学版）》1989(1)。此文发表后,中国人民大学主办的《图书馆学、情报学、资料工作》1989(8)上全文转载了。

•《论图书馆决策的科学化与民主化》,《湘潭大学学报(社会科学版)》1990(4),此文发表后,中国人民大学主办的《图书馆学、情报学、资料工作》1990(12)上全文转载了。

•《论经济信息人员个体素质结构》,《湘潭大学学报(社会科学版)》1991(3)。此文发表前,1990年在深圳举行的全国经济信息与商务情报研讨大会上宣读过,引起了大会与会专家的赞赏。

外语考试,原来的考试成绩已超过考试分数线,此次不用再考试了。

由于我的教学质量大有提高,并获得了教学优秀奖,科学研究水平较高,且在全国产生了一定的影响,外语考试成绩合格,1992年职称评审开评后,我顺利地通过了报名资格关、学校评审报送关、省评审小组评审关、省评审委员会评审投票关,终于被评上了副教授,走完了职称晋升道路上的第二步。

第三步,就是要力争评上教授。根据当时的明确规定,职称评定五年一次,不像现在每年开评一次。我要继续努力,不断地攀升,不评上教授,誓不罢休!为此,又要过更高层次的"新三关":

第一关,新外语考试关。此次外语考试比上副教授的外语考试严格多了,也困难多了。不像第一次评副教授有培训班可上,这次不办培训班了,并打了招呼,考试时,不仅考翻译,还要考语法,只有两个小时的考试时间。那次考试是在湘潭市一中考的。事先有一位老师跟我们讲:"你实在搞不明白时,趁监考人不注意时看夹带!"我说:"那不行,我已经是50多岁的人了,这种事我从不做,若是被监考人员发现了,多难为情呀! 能过则过,不能过,也不后悔!"我还是尽力拼搏! 除了必要的教学与科研外,每天19:00—24:00自己钻研英语教材,记英语单词、学语法,从未放松过。到了考试那一天,开始我心里还是有点慌张,但很快就安定下来了。将英文翻译成中文,还好办一些,对语法有些搞不太懂,对一些选择题,我都打了一个勾。考试结束之后,大约等了半个多月,成绩出来了,我考了72分,超过了60分过关线。

第二关,新的教学关。我所开出的三门课程——目录学、图书馆管理学、经济信息学均为必修课。对此三门课程的教材,除目录学是用的武汉大学乔好勤教授编著的《目录学》教材外，其他两门课程的教材全是用我自己编著的、已由湖南科学技术出版社出版的教材。授课已做到了理论与实际结合，课内与课外结合，教学效果优异，深受学生的欢迎！

第三关，科研创新关。我的科研成果累累，创新成绩显著。

出版的学术著作有四部：

第一部是《社会主义市场经济与图书馆管理改革——关于创收与创优问题探讨》，此书既是学术专著，也是高校教材。它1994年经湖南科技出版社出版以后，引起了国内学者高度关注，中南民族大学图书馆学书评专家罗德运教授给这本书写了一篇评论性文章。文章的标题是《图书馆改革与发展的理性思考——简评〈社会主义市场经济与图书馆管理改革〉》，发表在《图书与情报》1995年第2期上，评论文章指出了此书有三大特点。第一个特点，创收与创优虽不是作者第一个提出来的，但是探讨在社会主义市场经济条件下怎样进行创收与创优，还是第一本专著；第二个特点，是融学术性和实用性于一体；第三个特点，是理论联系实际。评价是比较高的。

图9　1994年在湖南科学技术出版社出版的《社会主义市场经济与图书馆管理改革》

第二部著作，是《经济信息学理论与应用研究》。此部著作是1996年由湖南科学技术出版社出版的。这本书实际上是创新性研究成果。对于经济信息的研究，在此书出版以前研究的人不多；该书出版以后，武汉交通管理干部学院图书馆副研究馆员倪春发在《湘潭大学学报（社会科学版）》1997年第1期上发表了一篇评论性文章《经济信息学研究的突破——评〈经济信息学理论与应用研究〉》。该文从理论和应用两方面进行了评价。在理论上，该文认为我提出的经济信息学研究对象是“信息现象领域中经济运动与经济信息的矛盾”；经济信息，是对经济运动变化发展的状况、特征、本质与规律的一种最新的反映，是经济运动联系的客观表征；经济信息学的性质是一门综合应用性学科；经济运动的特点，具有基础性、联系性、转移性、调节性、竞争性、周期性；经济信息人员的见识体现在：无中见有，小中见大，大中见小，独创意识，一眼透底等，以前没人这样提过，是一种创新。实践方面，增加了很多新的材料，概括了很多新的方法。这是很重要的一本书，是我有代表性的著作。

图 10　1996 **年在湖南科学技术出版社出版的《经济信息学理论与应用研究》**

第三部著作，是《社会科学信息咨询指南》。该著作是 1996 年由湖南出版社出版的。主编是朱建亮，我是副主编之一。它是国家社科基金项目“社会科学咨询数据库与建设”的成果。此成果经北京大学著名的周文骏教授等鉴定：“达到了国内领先水平。”

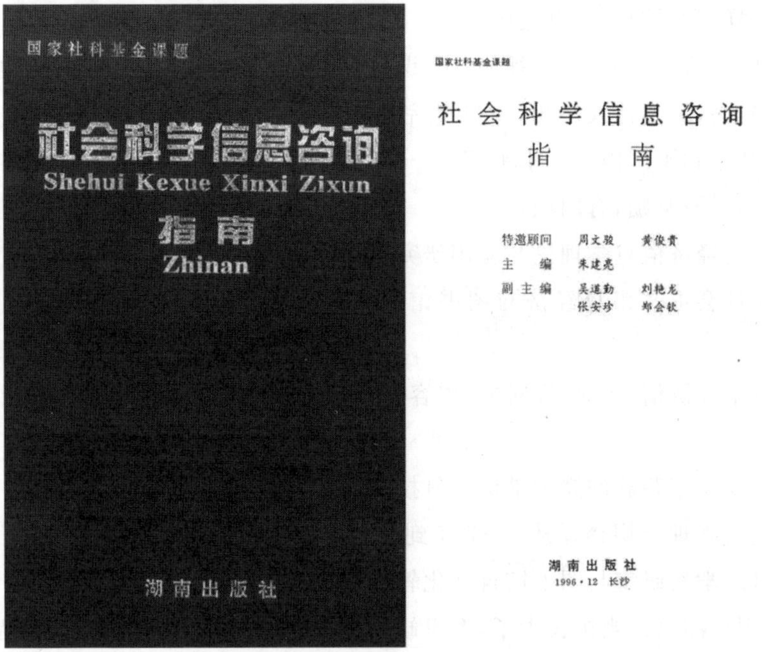

图 11　1996 年在湖南出版社出版的《社会科学信息咨询指南》

第四部著作，是《中国图书馆事业（1988—1995）》，此书的主编是荀昌荣、张白影、刘元奎等，我是编委之一，主要撰写第四部分《图书馆为经济建设和社会发展服务》，有 2 万多字。此书出版后，曾被评为湖南省优秀著作三等奖。

发表的学术论文，主要有 5 篇：

一是 1993 年发表在《湘潭大学学报（社会科学版）》第 1 期上的《论经济信息学研究对象、内容与任务》，此文发表后，《高等学校文科学报文摘》1993 年第 4 期的《交叉学科》栏目摘载 1500 字；

二是 1994 年发表在《湘潭大学学报（社会科学版）》第 1 期上的《谈〈毛泽东研究文献综目〉的编制》；

三是 1994 年发表在《湘潭大学学报（社会科学版）》（增刊）上的《社会主义市场经济与图书情报教育改革》；

四是 1995 年发表在《湘潭大学学报（社会科学版）》第 3 期上的《论图书馆经济信息开发》；

五是 1996 年发表在《中国图书情报工作文库》中的《论实行馆长负责制》。此文原载于 1992 年成都科技大学出版社出版的，由李洪福任主编、我为副主编之一的《怎样当好馆长》一书之中。

完成的科研课题有：国家社科基金课题“社会科学咨询数据库研究与建设”，主持人朱建亮，副主持人是我，1996 年完成。结题时，经国内著名专家周文骏教授等鉴定，“达到了国内领先水平。”

获得的科研奖励，有四项：

一是《论经济信息学理论与应用研究》，获湖南省图书馆学会一等奖；

二是《社会主义市场经济与图书馆管理改革》，获湖南省省级优秀成果著作奖；

三是《论经济信息学研究对象、内容与任务》，获湖南图书馆学会优秀论文二等奖；

四是 1994 年荣获湘潭大学优秀科技工作者光荣称号。

第四步，管理上层楼。从 1987 年到 1993 年我一直担任目录学教研室副主任、中共目录学教研室与图书馆自动化教研室支部书记。1993 年系副主任朱建亮教授调到校图书馆当馆长去了，系里缺一名副主任，经全系教职员工投票，我的票数最多，但由于系主任个人的偏见，就报了余紫冈老师为副主任到学校，一年后余紫冈老师随丈夫调到厦门大学去了。系里又缺一名副主任，系主要负责人只好报我到学校任副主任，管理教学和科研工作。

我从 1992 年评上副教授开始到 1996 年只有四年的时间，按正常申报的规定要 5 年，我抱着试试看的态度，想给评委留一个初步的印象，便提前一年申报了教授。提前申报，虽然条件要高一些，但我的教学、科研十分突出，申报资格与外语考试成绩也合要求，因而经湖南省人事厅资格审定、历史专家组评审和省评审委员会评审，一路过关斩将都通过了，我被评上了教授。

我评上教授以后，有人说，可以“刀枪入库，马放南山”了，可以休息一阵子了。我却不是这样的，仍继续进行科学研究。1997 年我与朱珍民、侯经川一起组成课题组，共同申报了一项湖南省社科课题，题目是“21 世纪信息产业发展趋向、道路与对策研究”，经省社科基金会研究通过了，拨款 3 万元，要求三年研究完成。在研究过程中，朱珍民博士是学计算机的，他原来在我校任副教授，到北京读博士后，出站之后，评上了教授。不久就调入了中国科学院计算机研究所工作。他写了《第一章 信息产业发展的技术基础》，我写了《绪论》《第二章　信息产业对社会发展的影响、现状与趋向》《第三章　信息产业发展的道路和对策》

《第四章　信息产业发展的关键和动力》。《附录》部分，主要是我研究的阶段性成果及社会反响的证明。侯经川当时要考博，实际上没有参加研究。

课题完成以后，要聘请专家评审。当时本应把专家召集起来集中评审，但我们没有那么多经费，招待不起，就把我的阶段性研究成果、研究报告一起分别寄给了北京大学信息管理系周文骏教授、秦铁辉教授，武汉大学图书情报学院彭斐章教授，中南大学医药信息学系柳晓春教授，华南师范大学信息管理系罗健雄教授。他们经过仔细地阅读，深入地思考后，均写了详尽中肯的评价，并给出了结论。周文骏教授的结论是“国内领先水平”；秦铁辉教授的结论是“国内先进水平”；彭斐章教授的结论是“研究成果可以作为政府的参考”；柳晓春教授的结论是“国内领先水平”；罗健雄教授的结论是“国内的先进水平”。而后我将诸位教授的评价表一起寄给了评审专家小组组长周文骏教授。他阅读完诸位专家的评价后，归纳出了五个特点：选题意义大，研究起点高；研究方向与研究方法正确；内容全面，资料丰富，结构合理；探讨深入，多有创新；社会反响较广泛和强烈。最后的结论是“研究成果属国内领先水平”。

1997－1999 年我一共发表了 12 篇论文，其中影响比较大的有两篇：

一篇是《中美日信息产业发展比较研究》。此文于 1997 年发表在《中国图书馆学报》(权威性一类刊，CSSCI 源刊)第 3 期上，当时中国人民大学主办的《图书馆学、信息科学、资料工作》1997 年第 8 期全文转载了，《中国社会主义文明建设宝典》《中国改革开放系列全书》《中国当代战略文典》等书刊全文转载了。《湖南新时期社会科学优秀成果荟萃》也转载了(转载时，改题目为《借鉴美日经验，发展我国信息产业》)。

二篇是《论中国特色的信息产业发展道路》。这篇文章寄出去只十多天的时间，我就收到回信，告知我发表在《中国图书馆学报》(权威性一类刊，CSSCI 源刊)1998 年第 2 期上。此文发表以后，《图书馆学、信息科学、资料工作》1999 年第 5 期全文转载了。还有中国改革与发展征文活动委员会主编的《管理世界》与四川西南记者站共同主编的《中国新时期管理科学论文选编》系列丛书及《中国改革与发展理论思考》也全文转载了；《图书情报知识》(CSSCI 源刊)1998 年第 2 期摘载了。

还有一个最重要的问题，是办学层次更上一层楼的问题。1997 年之前，我们信息管理系只办本科，没有硕士点。当年全国有 15 个信息管理系申报硕士点，而评上的指标只有3个。我们要在15个申报单位中脱颖而出是很不容易的。原来每次申报硕士点，原系主任只给评委打一个电话就完事，结果是“竹篮子打水——一场空”，没有一次成功的。原系主任任期满了，要马上退下来，到我手中担任系主任只有一年半的时间。为什么？因为到1999年，我们湘潭大学的管理体制要改革，要从原来的“校—系—教研室三级管理制”改为“校—院—系三级管理制”，我就给校长潘长良打报告，要求成立信息管理学院。他说：“你们信息管理系规模不大，不能成为一个院”，可能一年半以后，要并到新成立的管理学院去了。在这样一个关键时刻，我下定决心非要把硕士点搞上去不可。于是我就提拔了两位年轻的副主任：一位是唐跃进副教授，管教学；一位是陈能华教授，管科研。我集中全部精力抓硕士点的申报工作，让我系的人才培养上一个新的平台。于是我就和系总支书记夏家绥同志商量：要让全国硕士点评委会的有关评委全面了解我们，就只能到北京和武汉走访诸位评委专家。当时我们系里很穷，我和夏书记两个人坐火车到北京去，不是坐的卧铺，而是坐的硬座。从湘潭出发，到北京已是第二天晚上九点了，当我们走出火车站，然后坐公交车到北京大学外面一看，家家旅社都满员了，我们没地方睡觉了。此时，我们走到了一个巷子里面，看到一位年龄比较大的行人，大概50多岁了，我就问：“先生，哪里有可住宿的旅店没有？”他说：“北京外来的客人很多，这个时候了，肯定没有旅社可住了，只有北京大学函授站可能还有住处，离这里有300多米，你们去看看吧！”说罢，我就和夏书记两个人在巷子里走了280米左右，一看前面，一栋房子里灯火通明，肯定还在营业，就迫不及待地迈开大步走去问老板：“现在还有没有床位？”那位老板回答说：“有床位，但是条件比较差，在阁楼上。”没有办法，我们只好在这里住下了。

当时已两天没洗澡了，身上有一些臭味了，已到晚上10:30了，便洗了个冷水澡后睡下了。第二天，我们四处打听，找了很久才找到秦铁辉教授的家。秦教授跟我熟悉，他在武汉大学读本科时，我给他上过课，相互间比较容易沟通。找到他的住所叩门进去一看，他脑顶的头发掉了不少，我说：“你真成了一个大教授了！”他忙说：“哪里，哪里，在老师面前不敢！”说完，便示意让我们坐下，相互聊了一会后，就把我们去的意图跟他讲了。请他在评硕士点的问题上给我们帮帮忙、说说话。他很快答应了。他接我们吃了午餐以后，就把我们介绍到中国科学院招待所住下了。

到了住处以后，他给我们出主意，并告诉了我们北京大学吴慰慈教授、赖茂生教授，中国科学院孟广均教授，中国情报研究所梁战平研究员，中国人民大学曹喜琛教授等人的住所。他们住的非常分散，几乎遍布北京的各个城区。我们克服种种困难，一一找到了他们。找到他们以后，先从交流教学方案、科学研究的情况入手交谈。在交谈的过程中，他们问了三个问题：你们在《中国图书馆学报》《情报学报》《大学图书馆学报》《图书情报工作》《情报理论与实践》这些比较权威性的杂志上发表的论文有多少？出版了多少专著？完成了国家的课题有多少？我说："在权威性杂志上发表的论文有 40 多篇，出版的专著有 30 多种，完成国家课题有 2 项。"他们觉得我们湘潭大学信息管理系的实力比较强，就说了这样一句话："我们会尽力的！"一个个拜访完之后，我们就从北京回来了！

回到湘潭大学休息一两天之后，我和夏书记又动身到武汉大学去了。武汉大学当时担任国务院评审委员会的专家有两位：一位是资深教授彭斐章，一位是马费成教授。我在武汉大学执教时，彭斐章教授是我们目录学教研室主任，跟他打过多年交道，很容易沟通；马费成教授我们不是很熟，但是他知道我是从武汉大学调走的，也比较了解我这个人，我们也很快谈上了。他们跟我们讲得比较直接，说："从现在 15 所申报硕士点的信息管理系的情况来看，一个是四川大学信息管理系，一个是郑州大学信息管理系，一个是湘潭大学信息管理系，这三家实力比较强，到时候我们会公正评审，尽力而为的！"

几个月之后，国务院评审委员会对申报硕士点的单位进行了全国通讯评议，在此基础上，1998 年 6 月召集评审委员会评审，我们盼望很久的硕士点——湘潭大学信息管理系榜上有名了！申报成功了！捷报传来，全系师生无不欢欣鼓舞！

1998 年下半年开始，湘潭大学进行了体制改革。从原来的"校—系—教研室管理制"，改为了"校—院—系管理制"。我们信息管理系全并到管理学院去了。原有的信息管理系撤销了，所属的图书情报硕士点及第一届所招的研究生也一并归到管理学院名下了。管理学院个别领导在 2000 年第二届研究生招生时，他招收的专业方向报考的人少，没有上线的人，很不如意。他的忌妒心大发作了，便误认为我是他的"障碍"，就设法到校人事处把我从 1999 年底搞退休了（国家规定 60 岁退休，学校规定：如果教学、科研需要，教授 65 岁退休也可以）。当时，我还只有 62 岁。待我退休后，便将报考我方向上线的考生，分给另一名导师了。

(六)晚年无私奉献

我退休以后,并没有消沉下去,而是一如既往地从事教育工作。这反映在如下三方面:

一是研究生教育。我当时培养的研究生有两名:

第一个是文庭孝。该研究生思想品德好,学习成绩优异。他的专业底子厚实,对信息管理有自己的见解,对计算机情有独钟,十分爱好,读大四时被评为全省的特优学生。他考中山大学研究生时,笔试在所有考生中名列第二,他认为自己是"坛子内捉乌龟——十拿九稳"了,没有到社会上找工作。结果出人意料的是没有录取。此时已经到8月底了,社会上也不需要人了,黄花菜都凉了,怎么办呢?他的班主任侯经川老师带着他来找我,我当时是系里的主要负责人(即系主任),他说:"张老师,小文是一个可造之才,是很不错的!能否让他留校任教呢?"小文读本科时,我给他班上教过经济信息学,对他十分了解,便马上给他表态了。我说:"系里不成问题,我们可以接受,但是还要校人事处同意才行。"校人事处处长是刘国生同志,他住在北斗村14栋1单元103号的。我第二天早晨就过去了,敲门进去以后,刘处长看是我来了,便热情地接待了我。我就跟他讲:"文庭孝同学是省里特优学生,一名可造之才,让他留校任教怎么样呢?系里正缺教师呢。"他就跟我讲:"还要试讲,合格以后,给你一个满意答复!"一周之后,人事处就组织一些专家听他试讲。结果他讲得很好,通过了。第三天人事处打电话通知我:"要文庭孝赶快来人事处报到,办手续!"我接到电话通知后,立即将此好消息告诉了文庭孝,文庭孝高兴得跳了起来,马上就到人事处办好了一切手续,留校任教了。后来他成了我的在职研究生!

第二个是罗贤春。他是湖南农业大学国土管理专业专科毕业的,土家族,毕业之后,分配到湘西土家族苗族自治州古丈县国土管理局工作,一个月工资只有400多元钱,有时还不能按时发。他的妻子袁冰洁在古丈县纪检会工作,工资也很低,当时两口子有了一个女孩,叫罗梦兰。为了改变贫穷的命运,他走出大山,准备考我的经济信息方向的研究生,当我的弟子。他曾向我要了一本书《经济信息学理论与应用研究》,又设法买了政治、英语教材进行复习。他先后学习了一年多的时间,参加了1999年的考研,考试的结果,政治专业分数基本合格,当时少数民族的外语分数线是35分,他考了36分,上了线。此时,管理学院的负责人就问我："张老师，你愿不愿意录取这名学生？"我毫不犹豫地说："愿意！"那位负责人又说："那会给你带来很多麻烦的！"我斩钉截铁地回答说："我不怕麻烦！只要他肯努力，是一定能成材的！"就这样，我招了第二名研究生。

图 12 张安珍（中）与所带研究生文庭孝（右 1）现为中南大学教授、博士生导师，罗贤春（左 1）现为吉首大学教授

招来以后，如何培养这两名研究生？文庭孝不用说，他的功底比较扎实，每次专业、英语、计算机考试都是 90 多分。罗贤春虽然原来不是学图书情报专业的，但是他心中十分明白：唯有奋斗，唯有拼搏，才有出路，才能迎头赶上。于是除了上课认真听讲和必要的锻炼、睡觉时间外，日夜奋战，只半年多的时间，就把本科必修课补上来了，英语水平大有提高，研究生课程的考试，每次不比其他的同学差，知识面比较宽。

对研究生的培养，我除了给他们上基础课与专业课外，把重点放在研究能力的培养上。对此，我采取了三种办法：第一种是研讨法。每次上完课后，要求研究生在课外的时间，广泛收集资料，进行社会调查的基础上，写成 3000 字左右的文章，而后在课堂上讲解讨论，以培养其调查研究能力与表达能力。第二种是开书目单法。我开出专业名著10种左右，要求研究生利用时间必须看完。看完后，要写出读后感来，交给我进行点评。第三种就是课题研究法。每人必须确定一个具体的研究课题，而后独自进行研究。根据我的要求，文庭孝的研究课题是“网络信息咨询”；罗贤春根据专业培养方向，结合自己的兴趣，确定的研究课题为“经济信息分析研究”。他们确定研究课题后，经过我们三个导师共同研究讨论之后，同意了他们确定的课题。而后我跟他们讲，要把大题目分成一个一个的小题目，然后每个题目在研究的基础上写1篇论文。这样就可以化大为小，化难为易。根据学校的要求，每个研究生要求发表2篇论文，考试成绩合格，方可毕业。

在我的严格要求之下，经过一年半的艰苦探索，文庭孝发表了15篇论文，且质量很高，分别发表在我国权威性核心期刊，CSSCI源刊《图书情报工作》《大学图书馆学报》《情报理论与实践》《图书与情报》等杂志上，这些研究成果，在他的硕士学位论文《网络信息咨询》系统地体现了出来。其学位论文通过全国有关专家通讯评议，及以武汉大学博士生导师胡昌平教授为答辩委员会主席的答辩、评审，被评为“优秀”等级。

罗贤春的底子虽薄一点，但他的思路开阔，善于思考问题，创新意识强，能提出一些新的观点，人又很勤奋，在我的具体引导、启发下，发表了6篇学术论文，其中《论信息集成分析》《浅论图书馆群体信息服务》两篇论文水平较高，前一篇发表在国防科工委主办的《情报理论与实践》2002年第2期上，此文发表后，《图书馆学、信息科学、资料工作》2002年第8期上全文转载了。后一篇论文在中国人民大学主办的《图书馆学、信息科学、资料工作》2001年第4期上发表了。这两篇文章的精华部分，也有机地融合在他撰写的硕士学位论文《经济信息分析研究》之中了。此硕士学位论文通过了国家通讯评议，及以武汉大学博士生导师胡昌平教授为答辩委员会主席的答辩、评审，被评为“良好”等级。

二是对本校非信息管理专业的教育。我开设了两门全校性任意选修课程，一门是实用经济信息学，另一门是信息采集，加工与服务，每门课只有30节，2个学分。这些听课的学生开始是抱着试试看的态度来的，讲得好就听下去，讲得不好，下次就不来了；还有一种学生是为了将来找工作多一种选择而来的。开始报名时有500多名学生，但是教室容量有限，教务处只限定每门课300名学生选修，为了提高学生听课的趣味性，我不是按照教科书的顺序讲的，而是把趣味性、实用性强的先讲。我讲“经济信息功能”时，就简单地先讲一下经济信息有哪些功能，而后讲每种功能的含义，为什么具有此种功能，怎样发挥此种功能的作用。讲时切忌空谈，而是联系实例，予以深入地层层分析讲解。如讲经济信息决策功能时，就讲了为什么经济信息有这个功能。怎样运用此功能呢？我从理论上讲一下后，就列举了葛洲坝工程设计的典型实例加以了说明。当时专家设计了两个方案：一个是河道底宽 120 米方案；另一个是河道底宽 150 米方案。领导决定不下来，情报人员就收集、整理了国内外有关的资料 30 余万字，证明 120 米河道底宽的方案，可以达到船行航道的要求，120 米方案和 150 米方案相比，节约工程费用 2700 多万元。那个时候的 2700 多万元相当于现在上亿元的资金。那些学生听了以后，觉得还是有点味道，就这样听了下去！

三是给全省有关院校信息管理专业授课的问题。21 世纪初，还是信息大爆炸的年时，湖南有些大专院校信息管理专业，一没有教材，二没有相关的专业教师。比如湖南湘警学院坐落在离黄花机场不远的地方。他们学院既缺相关的专业教师，又缺教材。该院的副院长和教务长跑到我家里来说，聘请我当他们的兼职教授，我就说：“这里隔你们学院较远，要转好几次车，才能到达你们那里，不方便！”他们说：“您放心，我们每到星期二就派车来接您，休息一晚后，星期三上午连上四节课。课上完后，又派专人开小轿车送您回湘大，怎么样？”我说：“那可以！”我又问：“有多少学生听课？”他回答说：“有两三百名学生，五六个班。”我说：“怎么上课？”他说：“就在电教中心上课！”根据口头协议，他们每次一到星期二就派专人开小轿车来接我，歇一晚后，第二天星期三就到电教中心给学生上课，所用的教材全是我自己编著的《经济信息学理论与应用研究》。到开讲时，屏幕上先亮出我的肖像，下边为“张安珍教授主讲”几个字，而后显示出事先准备好的授课提纲。我就按照其授课提纲，深入浅出地、抑扬顿挫地给学生讲解。此种授课的方式，学生看得到我，我却看不到学生，无法互动。

讲课时，遇到重点和难点的地方，我就先设问，让学生思考半分钟，然后才讲出答案来，以启发、引导学生。每次上课快结束时，我都布置三个题目，要求学生做作业，第二次上课前我就抽几本作业看一看，看他们哪些接受了，哪些没有接受，并且听取他们对授课的意见，学生反映说：“您的课讲得深入浅出，我们听得懂，讲得比较好！”但是还提了一些好的建议。我虚心地接受了，并加以改进。一个学期的课讲完了，我就给他们编了一个小册子，把一些重点题目和答案打印出来，做到人手一册，让他们记、背。同时还面对面地给他们上复习课，两三百名学生，每次授课四五十名，天天面对面地给他们讲重要的内容和重点题目。这样的效果比在电教中心讲，效果好得多。我给他们复习了半个多月，全省统一考试，统一阅卷，效果非常好，所授课的湘警学院的学生，成绩在全省名列前茅。他们的副院长和教务长十分兴奋，专门开车到我家，给我发奖金和荣誉证书。没请我系统授课的湖南文艺学院等，只请我去讲复习课的，也考得不错，让人比较满意！

我从事教学 50 多年了。除了中等教育 13 年以外，高等教育已有 30 多年了，我有如下一些体会：

一是爱与严结合，是育人之本。所谓“爱”，就是对自己的教育对象有爱心。要喜在眉头，爱在心中。让学生从内心觉得老师平易近人，关爱有加。只有如此，学生才崇敬你，才爱听你的课。所谓“严”，就是对学生要求严格，要学生对所布置的作业一丝不苟地完成，对所学的课程在理解的基础上，创造性地学习，能提出自己的见解；对科学研究，要在网上、书刊中采集的基础上，深入社会进行调查；要提出自己独特的见解，并进行充分的论证。严禁人云亦云，抄别人的文章。二者只有有机结合，学生才不会拒你于千里之外，才能学到知识，增长才干，成为国家的栋梁之材。我对文庭孝、罗贤春两位学子就做到了既“爱”又“严”；

二是备好课是讲好课的前提和基础。备课的时候，不仅仅是要写好教案，更重要的是要熟悉教学内容，铭记于心，不能看一句，讲一句，无论如何是讲不好课的；

三是科研和教学要结合起来。教学对科研来讲，教学是科研的基础，是科研课题的来源之一；科研对教学而言，科研是教学的深化和提高，是充实与丰富教学内容的手段，二者是相辅相成，辩证统一的关系，是相互依存、相互促进的关系；

四是表达是教学效果的展现。对教学内容的表达，一要准确，二要清晰，三要概括，四要深刻，五要生动，六要应用。只有如此，才能产生良好的效果，才能让学生在愉悦的心情中，接受教师授课的内容。

五是实践是教学的重要环节。教学的目的之一，在于所讲的内容，学生能应用。能应用说明学生已经掌握；不会应用，还要在实践中边学边用。

如何学以致用；对于理论性强的内容，就出一些题目，要求学生写成文章，而后分小组展开讨论。小组讨论完之后，就推选出写得好的文章，表达能力强的学生，在全班进行沟通、交流；对操作性强的内容，可出一些题目，让学生进行具体操作，教师给予指导，纠正错误之处；对于需要调查的问题，要布置学生写好调查方案，实地进行调查，或网上调查，最后写出调查报告，交教师批阅。

我退休之后，不仅教学上成绩突出，而且科学研究结出了丰盈之果。具体体现在：

一是出版了两种学术著作。一种是《信息采集、加工与服务》。此种书是为适应当时社会上实际需要而编著的。在此之前，全省各校的信息管理专业从图书馆找出一本《信息采集与加工》的书，我看了以后觉得不太合适，就应湖南省教育厅的要求，用了两年的时间，撰写出了《信息采集、加工与服务》这本书，作为全省信息管理专业的教材用，并于 2002 年由湖南科学技术出版社正式出版了；二是《经济信息学理论与应用研究（修订版）》，此书在原版的基础上，为了跟上时代前进的步伐，我增加了《第十二章 信息产业和经济的可持续发展》，约 4 万字。该书于 2002 年 8 月由湖南科学技术出版社正式再版了。

图 13　2001 年在湖南科学技术出版社出版的《信息采集、加工与服务》

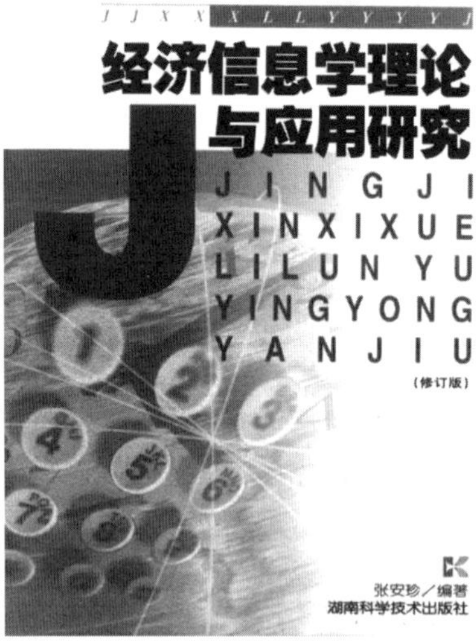

图14　2002年在湖南科学技术出版社出版的《经济信息学理论与应用研究(修订版)》

二是发表的学术论文。我自1999年12月退休之后，发表了学术论文24篇。现分述如下：

1.权威性一、二类刊上发表的论文

权威性一类刊《中国图书馆学报》(同时也是CSSCI源刊)上发表的论文1篇：

·《论网络环境下的信息服务模式》，《中国图书馆学报》2002(1)

权威性二类刊《图书情报工作》(同时也是CSSCI源刊)上发表的论文5篇：

·《论信息管理三相邻专业的整合与分化》，《图书情报工作》2002(1)

·《图书馆网络信息咨询的智能化趋势》，与文庭孝(第一作者)合作，《图书情报工作》2002(2)

·《一部具有创新性、系统性与实用性力作——评〈网络数据分析〉》，《图书情报工作》2005(5)

·《一部颇具特色的著作——评〈知识管理学〉》，《图书情报工作》2007(9)

·《网络信息时代“三计学”研究的发展与创新——评〈信息计量学〉》，与文庭孝(第一作者)合作，《图书情报工作》2008(10)

2.CSSCI源刊上发表的论文11篇：

·《关于信息管理人才培养的几个问题研究》，《图书情报知识》2000(1)

·《论信息产业发展的动力》,《图书馆》2000(5),此文发表后,被《图书馆学、信息科学、资料工作》2001(2)全文转载过。

·《中、美、日信息服务业发展比较研究》,《图书馆论坛》2000(5),此文发表后被《图书馆学、信息科学、资料工作》2001(1)全文转载过。

·《论我国知识的现状与对策》,《湘潭大学学报(社会科学版)》2000(6)

·《一部创新、实用、系统的力作——评〈市场经济信息学〉》,《图书情报知识》2002(1)

·《论信息集成分析》,与罗贤春合作,《情报理论与实践》2002(2);此文发表后,又全文转载于《图书馆学、信息科学、资料工作》,2002(8)

·《论经济信息的本质》,与罗贤春合作,《情报杂志》2003(7)

·《论网络环境下智能信息服务》,《情报理论与实践》2004(6),此文发表后,被《图书馆学、信息科学、资料工作》2005(1)全文转载过。

·《论信息产业与经济可持续发展》,《图书与情报》2005(4)

·《经济信息利用效益的提高》,《情报资料工作》2005(年刊),此文发表后被中国科学院2010年出版的《中国国学专家经典文论》全文转载。

·《论经济信息学体系结构》,《图书馆论坛》2006(6)

3.省级以上刊物(含《大学图书情报学报》《津图学刊》《高校图书馆工作》《高等教育研究》等)发表论文7篇。

4.全文转载退休前已发表过的重要论文2篇:

我在岗时发表的《借鉴美日经验,发展我国信息产业》与《论信息化社会目录工作与目录学》两篇学术论文,在全国影响大,退休后还多次被一些权威性学术机构全文转载过。

三是完成的科研课题。2007—2008年我完成了两项校金秋项目:第一项是“经济信息学几个理论与实践问题研究”;第二项是“构建和谐图书馆几个理论与实践问题研究”。

四是获得的科研奖励:

·2009年被评为湘潭大学“2005—2007年度科研工作先进个人”;

·2005年在《情报资料工作》(年刊)上发表的《论经济信息利用效益的提高》一文,同年获得中国社会科学情报学会举办的征文活动优秀论文二等奖;

·2010年所撰写的《以科学发展观为指针,加强老年大学师资队伍的建设》

一文获得湖南省老干局优秀论文二等奖；

· 2010 年撰写的《借鉴美日经验，发展我国信息产业》一文，获得第六届世界华人重大学术研究成果特等奖；

· 1987 年撰写的《论信息化社会目录工作与目录学》一文，获得中国纪实文学研究会红色经典文化委员会特等奖；

· 2015 年撰写的《创作与养生》，获得湘潭市老干局优秀论文一等奖；

· 自退休后所撰写的一类刊、二类刊、CSSCI 源刊上发表的论文获得的奖金共 32,800 元。

对科学研究要取得丰盈的硕果，我认为要把好三关：

第一关是题目选择。题目的选择非常重要，专业杂志编辑部的人一看你这个题目很新颖，有 50%发表的可能性。如果你的题目缺乏新鲜感，人家看都不看一眼，就扔一边去了，所以选题非常重要。怎样选呢？要选社会需要研究的题目；选学科前沿性题目；选专业空白点题目；选不同学科交叉点的题目；选比较性的题目。

第二关，是材料收集。要把好材料收集关，就要做到：

一要做到“广”与“精”的有机结合。所谓“广”，就是要做到，既收与课题有关的电子信息资料，纸质文献信息资料，档案信息资料，又要收实物信息资料，活的信息资料；既收正面的、赞同其观点的信息资料，又要收反面的、不赞同其观点的信息资料；所谓“精”，就是要从所收集的资料中，挑选重要的、有价值的、典型的、有说服力的、新的信息资料。

二要多途径收集有关的信息资料。就是既要从网上搜索，又要从图书馆、情报所的书目、索引中查找；既要从综述、述评中收集，又要从实际调查中收集。

三要多方法的收集。对网络途径，可采用集成式搜集法，关键词收集法，网络类别查询法；对书目索引途径，可采用分类、主题、题名、作者查寻法。

四要采用多种精选的方法有：内容判定法。就是通过浏览目录、提要或摘要、序、跋、后记等进行精选；形式判定法。就是从文献的题名、作者、出版项等进行判定；社会反响法。就是从其评论、书评、引用、运用、转载、奖励等进行判定。

第三关是创新。创新特别重要，一篇论文有没有创新，决定论文能否发表的关键，你炒人家的剩饭，怎么给你发表？现在的主编、编辑都是行家，想混是混不过去的。创新是科研的灵魂与成功的决定因素，是一部著作、一篇论文的价值所在，为此，必须创新。怎样创新？

一要观点创新。如何才能提出新的观点呢？可从有缺点的提法中，寻找完整、正确的观点。如我2002年在《中国图书馆学报》第1期上发表的《论网络环境下图书馆信息服务模式》一文中提出的“全方位、多层次、多角度的元素集成式”，就比前人、他人提出的观点，更完善、更合理些；可以在借鉴、比较的前提下，提出新的观点。如1998年在《中国图书馆学报》第2期上发表的《论中国特色信息产业发展道路》一文，就是在借鉴、比较美国所走的“先工业化，后信息化，自然增长道路”，日本所走的“政府干预道路”，巴西和印度所走的“自力更生的道路”，亚洲“四小龙”走的“出口导向道路”，与国内不少学者提出的很多观点的前提下，我从《文摘报》上看到的《我国经济发展战略》中得到了启发，提出了“龙头带动，全面促进”的新观点，并对其观点进行了具体论证，结果在国内引起了强烈的反响。

二要角度创新。别人从正面谈的，我从反面讲；别人从局部谈的，我从整体讲。如2004年我在《情报理论与实践》第6期上发表的《论网络环境下智能信息服务》，就是如此。

三要方法创新。别人用演绎法，归纳法，我用比较法。如2000年在《图书馆论坛》第5期上发表的《中美日信息服务比较研究》则是。

四要材料加工创新。就是从实地调查的第一手材料中，或从网络、报刊上寻找有用的材料进行智力加工，就可提出新的观点或方法来。如1986年我在《云南图书馆》1986年第2期上发表的《谈书目提要十二种方法》，就是从《全国新书目》所编撰的提要中概括、总结出来的。

文艺创作作品丰富。文艺创作上，我出版了10本文学著作，其中由作家出版社出版的文学著作有：《拼搏灿烂的人生》（纪实文学）（独著，2014年出版）、《心潮集》（独著，2016年出版）、《中华诗词十佳选集》（十佳之一，合著，2010年出版）、《中国诗人百强排行榜》（荣誉主编，作者之一，2015年出版）。内部出版交流的有6种（含合著）：《张安珍诗联选集》（独著，2006年出版）、《逸兴集》（四）（编委，2008年出版）、《逸兴集》（五）（第一副主编，2013年出版）、《逸兴集》（六）（第一副主编，2014年出版）、《逸兴集》（七）（第一副主编，2017年出版）、《韶风秋韵》（五）（第一副主编，2015年出版）。

图 15　2014 年在作家出版社出版的《拼搏灿烂的人生》

图 16　2016 年在作家出版社出版的《心潮集》

发表的诗词作品：在《诗词世界》《诗词国际》、武汉大学《校友通讯》和 200 余种国家级出版社出版的大型诗词集中共发表诗词 1800 余首。

发表的对联作品。在《中国对联作品集》(2005—2018)与《湘潭楹联》中，发表对联300余副。

发表的散文。在《中国当代散文家力作选》(第七—十卷)(中国文联出版社出版)、《心潮集》(作家出版社出版，2016年)等中，发表散文7篇。

发表的传记文学。在《共和国之子》(中国科学文化出版社，2019年，任特约副主编)中发表《公仆形象，光耀天地——忆优秀共产党员杜金生光彩夺目的人生》1篇，4万余字。

对文学创作的体会还是：古人所说的"读万卷书，行万里路。"

晚年无私奉献，担任多项职务。我1999年12月退休后，曾任多项职务，主要的有：湘潭大学老年大学副校长、校长，湘潭大学教育、教学工作督导团专家，湘潭大学老科技工作者协会副会长兼文史哲分会会长，湘潭大学社科联顾问，中国管理科学研究院特约研究员，中华对联文化研究院研究员，中华诗词学会会员，中华当代文学学会会员等职务。承担这些职务，我基本上是无私奉献，没有拿工资，而只是拿应得的退休金。现在主要讲一下，在湘潭大学老年大学任职的情况。

我在湘潭大学老年大学任副校长7年(2005年1月—2011年12月)，主管教学工作，任校长4年(2012年1月—2016年1月)管全面。现重点讲一下任校长时所做的主要工作。

我校老年大学在校党、政领导下，遵循《湖南省老年教育工作暂行规定》和"老有所教，老有所学、老有所为、老有所乐"的办学方针，我们干了如下十四件事：

第一件，制定了完善的规章制度。有《湘大老年大学校务委员会成员岗位职责》《湘大老年大学教学管理条例》《湘大老年大学财务管理条例》《湘大老年大学奖励条例》等，并照章办事；

第二件，举办了多类型、多层次的教学。具体如下：

1. 长年学习班。有诗联书画研讨班、中华诗词学习班、国画班、摄影班、电子琴班、电脑学习班、英语学习班、老年医疗保健班等，每期学员在130—200人之间；

2. 短期培训班。有太极拳、太极剑、腰鼓秧歌、军鼓、柔力球、编织、民族舞、广场舞等培训班，每期学员120余人。

3. 讲座。有医疗保健、饮食文化、低碳经济、花卉栽培、歌咏、戏剧、集邮、象棋、气排球、纳米技术等，每期学员300余人。

4. 报告。先后聘请了李广一教授作形势报告，谢罗奇处长作国内经济形势报告，唐湘麟(原白石诗苑主编)作诗词创作报告，市书协刘振涛、杨章禄作书法报告，刘庆云教授作李白诗研究报告，全国艺术考级评委洪声副教授作大调歌曲配置和声的报告，听报告的学员共有1000余人；

第三件，打造了教学精品。2013年8—10月响应湘潭市老干局号召，打造了六门课程的精品。经湘潭市老干局聘请有关专家评审，获得了两门优秀精品课程：《摄影技术理论与实践》《古典文学》；三门课程的优秀精品大纲：《京剧基本知识》《摄影技术理论与实践》《西方艺术欣赏》；三门课程的优秀精品教案：《电子琴课程》《中国对联文化》《中国古典诗歌》，一篇优秀论文《成绩显著，经验丰富》三等奖；一块组织奖奖牌等奖励；

第四件，创作了6块展板。为纪念全国老年教育三十年，我校创作了6块展板，参加湘潭市老干局展出。其内容是：起得早，坚持好；因需设课，形式多样；教学相长，各展所能；自编教材，打造精品；老不服老，精益求精；佐育英才，服务社会。此6块展板具有图文并茂，特点鲜明，人见人夸的优点。市老干局组织展出后，获得了湘潭市居民高度的评价与赞扬；

第五件，整理了17年的档案。我校整理小组的同志在张安珍校长带领下，整理了1997—2014年的《湘大老年大学全宗分类档案》，共11大类，即11卷32大盒；

第六件，编著了《逸兴集》(五)(六)和《韶风秋韵》(五)。此两书一刊含书法、绘画、摄影、格律诗词、对联、曲、散文等，前两种印了1600册，后一种刊印了300册；

第七件，编著了研讨稿。2012—2013年编著了《诗词联研讨稿》32期，每期印刷50份左右，共1600多份，主要发行对象是诗联书法研讨班的学员；

第八件，编著纪念册。四年来编辑了《追思刘骖副教授纪念册》《贺彭煦宗副教授90岁初度诗歌纪念册》等；

第九件，编辑墙报。四年来与文化艺术协会共同编辑了《艺海探珠》《摄影艺术》《电子琴弹奏》《编织艺术》《绘画艺术》《花卉栽培》等80余期。这些艺术作品光彩照人，形象生动，内涵丰富，人见人爱；

第十件，发表作品。2012—2016年1月我校发表诗词曲5338首，对联972副，书法76副，格言340则，其中在《中华诗词》《诗词世界》《湖南诗词》等国家、省部级诗词刊上发表诗词的有刘庆云、赵山岗、张安珍等40余首，诗论一篇，在国家级出版社出版的诗词集中发表诗词3600余首；

第十一件，出版个人诗集与自传。张安珍教授著的《拼搏灿烂的人生》一书，由作家出版社2014年出版；《心潮集》一书由作家出版社2016年出版。内部出版交流的有：谢龙翔教授的《平实诗联书法选》，彭煦宗副教授的《养怡斋杂稿》，萧正为副教授的《枯塘野趣》，罗训清先生的《罗训清书画选》，贺敬东先生的《贺敬东诗词选集》等；

第十二件，欢庆活动。2013年3月我校举办了"欢庆湘大老年大学成立十五周年大会"，所需资金，全是集资而来，给十五年对湘大老年大学做出过较大贡献的教师、管理干部、学员进行了精神与物质奖励；

第十三件，慰问病人。四年之中先后慰问了病情较重的教师、管理干部16人次；

第十四件，开展了表彰先进的活动。四年之中湘大老年大学为其做出过突出贡献的同志进行了12次精神与物质奖励。

由于我校2012年2月—2016年1月工作扎实，成绩突出，2012年12月获得了湘潭市老年教育工作先进单位，2013年12月获得湘潭市老干局全市"纪念老年教育事业发展三十周年系列活动组织奖"，2013年12月获得湘潭市老干局"全市老年教育精品课程"的荣誉，2015年获得湘潭大学先进集体的荣誉称号。2010年11月我撰写的《以科学发展观为指针，加强老年大学师资队伍的建设》一文获得湖南省老干局优秀论文二等奖，2011年获得湖南省老年教育工作领导小组的"全省先进老年教育工作者"称号，2012年获得湘潭市老干局"全市先进老年教育工作者"称号，2015年11月所撰写的《创作与养生》荣获湘潭市老干局优秀论文一等奖，2015年11月获得湘潭市老干局"先进老年教育工作者"的光荣称号。

（此文主要内容载于：张安珍《拼搏灿烂的人》，北京：作家出版社，2014年版；周发源《名家故事》，湘潭：湘潭大学出版社，2016年版；张安珍口述，蔡璐、陈湘、杨庆怀等整理《中国记忆——湖南图书数学资源部对张安珍教授采访内容的记载》。）

二、公仆形象　光耀天地
——忆优秀共产党员杜金生光彩夺目的人生

序

人民公仆,光耀天地。我舅舅杜金生生于一九二九年,殁于一九九一年,享年六十二岁。他出生于湖南慈利县洞溪乡大田村蚕儿峪一个贫农家庭。历任农会代表,慈利县溪口区供销社采购员、营业员,樊家坊乡供销社副主任,桑植县汆湖公社(乡)供销社副主任、支部书记,陈家河区仓关峪公社(乡)党委副书记、区组织委员,桑植县生产指挥组组长,县直机关政工组组长,县纪委常委等职。我舅舅杜金生与舅母汪菊翠于一九五九年结婚,直到我舅舅仙逝,他俩人共同生活了三十二年之久。从他们朝夕相处、相敬如宾的共同生活中,我舅母汪菊翠曾向我夸耀说:"你舅舅是我的好丈夫,人民的好公仆,党的好干部。你舅舅一生十多次被评为所在单位、县、自治州(他在桑植县工作期间,该县属湘西自治州管辖)的先进工作者,四次立功受奖。"今天当舅舅因脑溢血逝世二十八周年之际,我既为痛失一位最关心、最疼爱我的长辈而感到伤心不已、泪流满面,又为他感人至深、光辉夺目的一生而倍觉无上光荣、无限崇敬、无限鼓舞!他的灵魂虽已直上重霄九,升入仙境,但他的心永远在我的心中跳动,他的音容笑貌永远活在我的心中,永远活在他的子孙后代心中,永远活在千千万万老百姓心中!为纪念他光辉灿烂的一生,现将我最敬爱的、极不平凡的舅舅一生回忆如下,以勉励后人,将其发扬光大!

(一)苦难深重的年月

一九五九年九月的一个星光灿烂的秋夜,我舅舅和我坐在澧水河畔的草坪上聊着,习习的河风吹来,两人的身上感到是多么的凉爽、舒适、惬意。在这人生最美好的时刻,舅舅意味深长地对我说:"吃水不忘挖井人,幸福不忘共产党,翻身不忘毛主席!我们不能好了伤疤忘了痛呀,要牢牢记住苦难深重的岁月呀!"而后向我侃侃而谈起他的苦难家史:

1. 茅棚失火

一九三三年阳春三月的一天,在杂树丛生、枯草满山的宋家垴山麓,在蚕儿峪的一个深不可测的天眼旁，搭得有一个茅草屋。这屋是你外公、外婆、你妈和我的家。此茅屋是由一些较大的杂木树搭成的，屋顶盖的是从山上割来的茅草，四壁编织的是山竹和较直的树条，屋里除了一间放苞谷的木仓、两张用树木搭成的床、两床破旧的棉絮几个吃饭的土碗和几双竹筷子以外，空荡荡的，什么也没有了。

这年三月中旬的一个晴天，一家人吃过苞谷米糊糊的早饭后，我父亲(你外公)杜昌早上山挖地去了。我姐姐(你母亲)上山扯猪草去了。家中只留下刚满四岁的我和裹着小脚的母亲(你外婆)李秀英。我母亲正忙着干家务活，我一个人在屋门前玩耍。忽而一阵阵猛烈的山风刮得树枝、干枯的茅草嘶嘶地尖叫。不知是谁在宋家垴上烧火烤(高寒山区阳历三月、阴历二月还是料峭春寒)，一不小心，火星炸到四周干枯的茅草、树枝上，风助火势，猛烈地燃烧起来，呼呼地向山下扑来，映红了半边天，火星飞到茅屋顶上，一下子成了燎原之势。你外婆见势不妙，抱着两床破棉被奔出了柴门，我也吓得迅速跑了出来，四壁干枯的竹竿、杂树条呼的一声，便毕毕剥剥地燃成了大火，浓烟滚滚，红火冲天。我和你外婆吓呆了。待清醒过来，我父亲(你外公)、我姐(你妈)先后才跑回家。立即到小泉水凼里舀水灭火，但无济于事，火势太大，只能眼看着火魔吞噬茅屋和仅有的财产。一家人望着仓里度命的苞谷、绿豆被烧成灰烬，捶胸顿足，泪流满面，呼天喊地："天呀，你怎么不长眼睛哟，叫我们一家人怎么活呀！"

蚕儿峪地广人稀，整个峪从上到下，就我们一家人，与春三溪隔了一座山——樱桃垴，与陈化沟、裴家垭、茶园里隔了好几座山，更远一些。待春三溪、陈化沟等的乡亲们闻讯先后赶来，一家人还在抱头痛哭，不知所措。乡亲们看到这惨不忍睹的场面，没有一个不伤心叹惜、泪流满面的。有位叫胡子舅爷的长辈与大家商量："暂时把他们一家人接到我家住一段时日，大家本着一家有难，大家支援的纯朴民风，都慷慨的从自己还不够温饱的家中接济一些，你送几升苞谷、绿豆；他送几升干薯、大米；东家送几个碗，西家送一口铁锅。就可暂度一些时日。"大家异口同声地说："这个办法好！"话音刚落，大家都飞快地跑到自己的家里拿来了救命的粮、油、用具等。紧接着又采取打帮工的方式，又在上蚕儿峪建起了一座茅棚土屋(房顶盖着竹、树条、茅草、四周筑成土墙)，遮风挡雨，艰难过日子。

2. 艰难度日

一场大火，将遮风挡雨的茅草屋化为了灰烬。这漫长的饥荒难熬的日子，叫人怎么过啊！天无绝人之路，我父亲（你外公）、母亲（你外婆）、姐姐（你妈）背着背篼、锄头，拿着柴刀、镰刀向大山进军。每天拂晓，就爬上高山凸上、山湾中，挖蕨、打葛、开土仓。二月间的天气，在高寒山区，不仅荆棘丛生，山坡陡峭，而且寒风凛冽，北风呼啸。当我们一家人寻找到了一片干枯的蕨杆、叶子（蕨杆、叶子是干枯的，还没有发青，就说明蕨根、蕨筋的储藏量丰富；发青了，可食的蕨，就将其输送到杆、叶上了，根筋上的蕨粉少了），便兴高采烈地挖了起来，我父亲、母亲、姐姐不停地挖，我年岁小，只四岁多，就帮着收拾蕨根、蕨筋。当挖到粗长的、大的蕨根、筋时，便情不自禁地叫了起来："呵，今天的运气真不错，一家人有救了！"我更是手舞足蹈地跳了起来。一家人一下子挖了三个多小时，弄得汗流浃背，破旧的蓝布衫子都湿透了。尽管腰酸背痛，但心中还是美滋滋的。此时，你外婆、你妈和我就坐在地上歇会，你外公一个人钻到树丛的茨蓬中，发现了一蔸粗大的、乌麻的葛藤，便忘记了全身的疲劳，将四周的茨、刀把大的树砍掉后，一挖锄、一挖锄地挖，挖了好大一会，才挖出一蔸大的、含葛粉饱满的葛根，全家人满脸喜气，兴奋地说："今天收获不小呀！"

太阳已经偏西，大家肚子饿得咕咕叫了，眼睛直冒金花，好像肚皮快贴到脊梁骨了。一家人稍休息一会儿，便背着葛、蕨回家了。全家人吃了点苞谷糊糊后，点着枞光亮，锤蕨、打葛，待锤细、包好后，又放在木盆上过滤、重压，一个盆中慢慢地沉淀出了几寸厚的、酱紫色的蕨粑；另一个盆中慢慢地沉淀出了几寸厚的洁白葛粉。就这样日复一日地挖了一个多月，大约储存了可吃三个月的山粮。但是挖蕨、打葛只是权宜之计，不是长久之策。为了来年的生计，你外公不论炎炎烈日之天，还是大风下雨之日，没有一天不上山挖地、播种，或趁下雨天耕耙十年九不收的一亩多旱田及租种地主李玉花的水田。有一天电闪雷鸣、狂风大作，树枝被刮得呜呜地嘶叫，多数山区农民躲在家中歇息，或干家务活，而你勤劳的外公，为了来年不挨饿受冻，毅然决然地穿着蓑衣，戴着斗笠，冒着暴雨，上山挖地去了，别人劝他莫去，他却说："挖得一个岩拉壳，得一个岩拉壳。"

艰难度日三个多月之后，家中储备的山粮也吃完了。怎么办呢？只有东借西挪，吃了上顿，没下顿，有时一天只吃一顿饭，一家人饿得颧骨高悬，两眼凹陷，肚里空荡荡的，就连石头也啃得几口。有时实在没法子了，就只有刨草根、挖野菜，找观音土充饥。就这样好不容易度过了一个饥饿难熬的夏天，待秋天来临，粮食收回时。租地主的田，按 4∶6 的比例分成，收割二十石谷，地主得十二担，我家得八担。但还只到年底，又开始闹饥荒了。就这样艰难地度过了一年又一年……

尽管家徒四壁，空无一物，你外公还是想方设法，将我送到蔡家坪、郑家垴、枣儿冈读了四年私塾。

3.飞来横祸

船行险滩，祸不单行。一场大火，给我家带来了极大的灾难，还没来得及喘上一口气，一场飞来的横祸，又给全家带来了灭顶之灾。

一天，你外公上山挖地，到天快黑了才慢慢下山走在羊肠小道上。突然，一只夹着尾巴的大黑狗狂奔而来，你外公还没来得及躲闪，汪的一声，把你外公裸露的小腿咬了一口，顿时鲜血直流，还顾不上疼痛，就顺势一锄把那只狗子打得哇哇直叫，吓得它向红门口方向逃跑了。你外公才一瘸一拐地走回家，扯了些草药，锤细、锤烂后，将伤口缚上。约过了十多天，伤口结了壳，似乎好了。然而过了两个多月后，疯狗的病毒发了，毒气攻心，你外公疼得学狗喊，在地上打滚。此时家中的人才晓得：你外公是被疯狗咬伤的，现在病发作了，已到了无可救药的地步了。一家人急得团团转，无所适从。有些邻居得知后，马上跑过来，和你外婆、你妈一道把你外公抬到木床上，大约只过了几个小时，就闭上了枯涩的双眼，永远地离开了我们。你外婆、你妈哭得死去活来，仿佛天已塌下来一样，你外婆一边号啕大哭，一边哭诉着："天呀！你怎么不长眼睛哟，你把我们当家人收去了，怎么不把我也收去呢，叫我们一家人今后怎么活呢?!""杜四(你外公排行老四)，你在生没过上一天好日子，天天勤奋苦做，日日不分天晴下雨出工干活，却吃不饱，穿不暖，过着牛马不如的生活，现在你闭上眼睛了，彻底解脱了，留下我们孤儿寡母，我一个小脚女人，今后怎样活呀!"乡亲邻居们听了这痛切地哭诉声，没一个不流泪，没一个不感到凄惨的！你妈、你爸忍着悲痛，向亲朋借了一副棺材，请道士开了个路，让一些年轻力壮的乡亲，帮忙把棺材抬到宋家垴碾子湾的中间凸上，把你外公盖棺下葬了。

4.辍学躲难

你外公离我们去了，家里的顶梁柱倒了，仿佛天要塌下来一样。天是那样的黑，地是那样的沉，好像一丝阳光也没有，一毫温暖也没有。冬至快到了，我还穿着两件补丁加补丁的单衣，一条黑布裤子，四身冷得打哆嗦，像筛糠一样。我流着泪，一步一回头地离开了朝夕相处的同学，离开了尊敬的私塾老师。我的心像陷进了地狱一样，是多么的沉重啊，就像有一块大石头压在我的心中，喘不过气来。老师、同学们把我送了一程又一程，我在老师、同学们面前大哭了一场后，依依不舍地、一步一步地走回到了家中。

回到家里，只有我和你外婆两人。你外婆裹着小脚，年岁也一天比一天大了，只能在家喂猪、操持家务，难以上山种地，不能下田耕耘。当时我虽然只有十二岁，还是一个穷人家的孩子，但我心里十分明白，家中的千斤重担自然就落到我肩上了。好在春三溪、陈化沟的乡亲们十分纯朴，民风又好，一点也不计较其得失。乡亲们看我家可怜，当我与他们换工搭伙时，我给他们干轻一点的活，他们给我家干重一点的活。就这样在乡亲们的关照下，才扛过春耕种，夏薅草，秋收割的艰苦劳动，才勉强糊过苦似黄连的日子……

如此这样，冬去春来，叶青草黄，过了一年又一年，我已挨过了六年，长到十八岁了，成长一个棒小伙子了。

此时，国民党又挑起了内战，战争的烽火已经燃起来了。蒋介石为了挽救战场上的败局，下令全国各县的乡公所派狗腿子到山村四处抓壮丁，抓到一个就五花大绑，压到内战前线当炮灰，逼着他们卖命，妄图挽救被灭亡的命运。不少青壮年为躲避国(刮)民党抓壮丁，就四处躲难，有的偷偷地躲在山洞中，有的悄悄地躲在茨蓬里、密林中，天当被，地作床，不敢伸头露脸，万一不小心被抓住了，先是一顿打，接着将手反绑在背上，压送到前线挡子弹。

我算是幸运一点的。我家地处于慈利县与沅陵县交界处，中间相隔一条溪水，有一座木桥相连，两县以溪水为界，溪北归慈利县管辖，溪南归沅陵县管辖。一有风吹草动，家狗狂吠，我便飞奔越过边界线，翻山越岭，涉水穿谷，跑到沅陵县管辖的珊瑚洞远方姨妈、表兄龚石生家躲壮丁。慈利县溪口乡公所的狗腿子，不敢越界抓壮丁(当时政府有明文规定，不能越界抓丁)，因而才躲过好几劫。表兄龚石生一家，虽然也穷，但为人忠厚，很重情谊。他们家有一口吃的，少不了给我一口，是我的救命恩人。

待风声平息之后，我又偷偷地溜回家，看看可怜的焦躁不安的母亲(你的外婆)，让她老人家放心。每次回家，白天不敢行走，只有等到晚上，深更半夜时分，才敢回家。如果半路上万一遇到国民党的狗腿子，我身上带有尖刀、斧头，就跟狗腿子们拼个你死我活，同归于尽。

(二)驱乌云,闹土改

霹雳一声震天响,驱散乌云见太阳。一九四四年四月中国人民解放军第二野战军的勇士们,从常德出发,急行军二百三拾余里,飞行到了大田边、春三溪、张三溪和方石坪。张三溪的土匪唐凡士、小二佬、剽二佬,方世坪的土匪龚乔楚等大大小小的土匪,闻风丧胆,四处逃窜,顿时土崩瓦解,成了中国人民解放军的囊中之物,战的战死,活的活捉,举手投降了。从此,山村的老百姓,扬眉吐气,翻身得解放了。我舅舅杜金生,也走上了革命的征途。

1.当上代表

为巩固新生的人民政权,让穷人彻底翻身得解放,一九五〇年冬,土地改革的风暴铺天盖地席卷而来,湖南慈利县第二区的土地改革运动,在南下干部王政委的领导下,派胡耀辉同志带领近百名土改工作队的干部来到高寒山区的郝溪乡(就是现在的洞溪乡)。土改工作队指挥部是设在田家洞的。每个村派八至十名土改干部荷枪实弹地进驻各个村(因为土匪、恶霸当时还未彻底肃清,已躲到地下了)。每个土改干部头上戴着浅蓝色的帽子,身上穿着浅蓝色的棉袄,脚上穿着黄色的袜子与解放鞋,扛着一支长枪,以防残余的土匪、恶霸地主、坏分子的袭击。人人目的明确,精神抖擞,干劲十足,意志坚强。一进村就住在村里最贫穷的人家中,与穷人同吃、同住、同劳动、同闹土改。当时,一位修着齐耳短发,圆圆的脸上有着酒窝的、姓彭的女土改干部,一进门见到我外婆,就杜大伯娘!杜大伯娘地亲热叫着,就像是自家的亲闺女一样,叫得心中暖暖的;见着我舅舅这个二十一岁的小伙子,就小杜、小杜地叫着,脸含微笑,又十分庄重,比自己的亲姐姐还亲。没多久,相互间没有任何心理障碍了,就如同一家人一样,家中的活,如挑水、洗菜、劈柴等,都抢着干!

这时,我舅舅的家在上蚕儿峪路边搭了一个茅草屋。茅草屋四周筑的是土墙,足有两尺厚的样子。屋檐与土墙之间有一尺多的空白处,一大间屋,用木条隔成了三间,左边是厨房兼歇房,右边立有一个木仓,仓头上是我外婆的歇房,中间是烧火取暖的火坑屋。房门是用木条织成的柴门。山区人烟稀少,杂木裂树又粗又硬,砍一根树,锯断、劈开,可烧一个多月。一天,大雪纷飞,北风呼啸,天气寒冷,彭同志就和舅舅全家人一起劈柴烧火,火坑角里堆了一堆干湿相杂的裂树柴,待慢慢烧燃后,火势熊熊,红光闪闪,驱走了寒气,大家围着火坑聊着。彭同志开始了访贫问苦,嘘寒问暖:"杜伯母,小杜!你家为什么这样穷?为什么吃了上顿没下顿？为什么没过上一天安稳日子，整天提心吊胆的呢？”开始沉默思考了一会，我舅舅才回答说：“还不是有钱、有势的官老爷逼的。国(刮)民党抓壮丁，搅得老百姓鸡飞狗上屋，四乡都不得安宁呀！”我外婆补充说：“租种地主李玉花的田，一年忙到头，大半交租了，搭斗一竖，吃不上几个月就没有了。俺儿子杜金生搞生产不得安神，时时要防着吃人不吐骨头的国(刮)民党乡公所的狗腿子抓壮丁！”

彭同志说：“穷人要翻身，就得抱成团跟恶霸地主斗！杜伯母年岁高了，小杜！你年轻，是否可以跟我们土改工作队的同志一起干呀！”

我舅舅立刻回答说：“跟你们一道干，太好了！”

“那就当贫雇农的代表，参加农会怎么样？”

“好！”

2.访贫问苦

我舅舅当代表，是最适合不过的了！因为他从小就生长在贫困的高寒山区，对大田村的环境十分熟悉，就像了解自己的五指一样。他为人也非常随和，群众都非常喜欢他！老年人见了他，都亲切地叫他：“金生儿！”

中年人见了他，都叫他：“金生老弟！”

青年人见了他，都兴奋地叫他：“伙计！”

小孩见了他，都蜂拥而至，追追赶赶地喊他：“杜叔叔！杜叔叔！”有的小孩还亲切地、毫无顾忌地叫喊着：“我要骑颈项！我要骑颈项！”，还有些小孩央求着：“我要背！我要背！”

他笑嘻嘻地、一一满足地说：“好！好！”

说罢，马上把娃娃们骑在自己颈项上！或背在背上，嘴里还不停地喊着：“簸！簸！簸！”逗得娃儿们好开心哟！

与孩子们玩了一会儿，马上跟土改工作队的同志一道到了最贫穷的姚伯家。姚伯一家五口人，姚家伯娘，一个男孩儿，两个女孩儿。寒冷的冬天，一家人没有一床棉被，就把一些苞谷壳放在火坑边，烤火、睡觉、取暖，火坑中烧着裂树、坛树柴的大火。

土改工作队的王队长、彭同志、我舅舅一进门向姚大伯一家人问声好后，就坐在木凳子上，与姚大伯一家人一边烤火，一边聊天，慢慢地启发姚大伯、姚家伯娘的觉悟：“姚大伯，你还只四十九岁的人，为啥背都压弓了呢？为啥这寒冷的冬天还只穿一件肉见肉、眼见眼的破棉衣呢？为何寒冬腊月连被褥都没一床呢？一家人睡在苞谷壳里、稻草窝里呢？一年四季为啥连稀粥都喝不饱呢？”姚大伯、姚大伯娘都是老实巴交（土话，就是非常老实）的人，心中有点害怕，好一会不敢吭声，我舅舅便插话道：“姚大伯，姚大伯娘，别怕，土改工作队的同志，是共产党、毛主席派来的人，是我们穷苦老百姓的救星，你有什么话，只管说；有什么苦，只管诉，一九四六年闹旱灾，田里颗粒无收，你交不出租谷，大地主龚朝章不是逼得你归不得屋吗？”

一提到此事，姚大伯夫妇伤心得泪流满面，两眼红红的，闪烁着愤恨的光芒。姚大伯边擦眼泪，边诉说道：

“那年龚朝章带一帮打手逼上门，硬逼着俺给他们交租。我对他们说：‘今年是百年不遇的大旱年，稻田里裂缝有一两寸宽，像蜘蛛网似的，纵横交错，稻子打了苞出不来，就是有几根稻穗出去来了，也是白穗，瘪瘪的，没有一粒米呀！我一家人快饿死了，哪有谷交租呢？’

“狼心狗肺的龚朝章指示他的打手，硬逼着俺去借谷交租。我说：‘大旱灾年到哪里借去哟！谁又肯借给俺呀？’

“那些王八羔子，见实在榨不出油水来，就把我捆着打一顿后，便走到猪栏里看了看，还有几头猪，就立即要把那头大些的抬走！我堂客跪着向龚朝章和那些豺狼乞求道：‘这是我们全家人度命的一头大猪呀！你们发发善心不要把它抬走呀，我求求你们啦！’

“那个大个子打手，顺势就把我堂客踹了一脚，并凶神恶煞地骂人，硬是把那头猪抢走了哟！”

3.狠斗地主

土改工作队的同志在王队长的领导下，通过一个多月的访贫问苦，将苦大仇深的土改根子——贫雇农发动起来了。这些骨干如同一堆堆干柴，一旦浇上了“汽油”，就会轰轰地燃烧起来。王队长见时机已经成熟，就把谭阳生、裴公仆、全志生、杜金生、胡桃芝等组织起来，成立了郝溪乡大田村农民协会，由谭阳生任主席，裴公仆任副主席，全志生任治安委员，杜金生任文书，胡桃芝任妇女主任。土改工作队的领导幕后出主意，当参谋。

农民协会在王队长的支持下，召开了第一次会议。会议由农民协会谭阳生主席主持，杜金生书记员作记录，要大家放开胆子，畅所欲言地围着“农会成立后第一件大事是干什么”的问题发表意见。大家七嘴八舌，你一言、我一语地说：“要进一步依靠贫雇农，团结中农，中立富农，打倒地主！”“要更深入地发动贫雇农！”“要给地主戴高帽子游乡！”“要斗恶霸地主，让苦大仇深的贫雇农把苦水倒出来！”我舅舅兴致高昂地说：“先给恶霸地主龚朝章一个下马威，给他戴高帽子游乡后，再开斗争大会！”

谭阳生会长根据农会委员们先后发表的意见，再请示土改工作队的王队长后，拍板说：“就按杜金生同志发表的意见办！全志生同志带领青壮年民兵，胡桃芝同志带领中青年妇女到龚朝章家去给他戴高帽子，而后游乡，游乡的路线按我们内部定的办。我、裴副主席、杜金生委员在王队长的指导下，组织动员姚大伯、杨大伯等苦大仇深的贫雇农，作好上台控诉、批斗龚朝章大会的一切准备工作。”

散会后，全志生、胡桃芝两位农会委员带着三十多位青年民兵、妇女拿着梭镖、短刀、鸟铳，工作队成员背着长枪，冲进了龚朝章的家。龚朝章与他的老婆、儿媳、孙子、孙媳吓得浑身打战，跪地求饶。他儿子龚明渊在澧西中学教书没有回来。龚朝章更是吓得脸色铁青，全身颤抖。往日被压在十八层地狱的贫雇农仇恨的火焰在心中燃烧，一拥而上，把吃人不吐骨头的恶霸地主龚朝章推倒跪在地上，将两只手翻到背上，用箩筐索子捆着，又绕到肩膀上、胳肢窝后捆上，压着他从彭家埇出发，游到大田边，倒口湾、纂子山、裴家垭、茶园里、陈化沟、春三溪、塔堡岭，而后返回。大家一路上边走边喊口号：“打倒恶霸地主龚朝章！”“打倒国(刮)民党反动派！”“共产党万岁！”“毛主席万岁！万岁！万万岁！”那口号声惊天动地，声势浩大！一些受尽龚朝章剥削和压迫的贫苦农民，一个个蜂拥而上，人人气愤不已地指着龚朝章的头说：“你这个吃人不吐骨头的家伙，也有今天呀！”有些贫雇农愤恨地说：“龚朝章，我恨不得宰了你！”

游行队伍压着龚朝章一回彭家埇，左邻右舍、四面八方的贫苦农民，在斗争台下站着，黑压压的一大片！斗争台上挂着由我舅舅杜金生写的“控诉、批斗恶霸地主龚朝章大会”几个墨笔大字，农会的正副主席，工作队正副队长，文书杜金生坐在两边长凳上，只等游行队伍压着龚朝章一露头，我舅舅就情绪激昂地领头振臂高呼：“打倒恶霸地主龚朝章！”“打倒国(刮)民党反动派！”“共产党万岁！”“毛主席万岁！万岁！万万岁！”会场上人山人海，觉悟起来的老百姓也随之高呼起来！那口号声，愤怒声，惊天动地，排山倒海！仿佛整个彭家埇的两面高山、树林都在怒吼！都在战斗！龚朝章等几个地主早已吓得魂不附体，面如土色！

控诉、批斗大会在土改工作队的队长指导下,由农会副主席裴公仆主持大会,我舅舅杜金生作记录。裴副主席宣布:“控诉、批斗恶霸地主龚朝章大会开始,现在请农会主席谭阳生同志讲话:

“乡亲们!同志们!共产党、毛主席派工作队来我们大田村搞土改来了,有他们给我们撑腰、打气,大伙不要怕!恶霸地主龚朝章罪恶滔天,不断地压迫、剥削我们,不断地喝我们的血,吃我们的肉,让我们受尽了痛苦和折磨,大伙有苦的诉苦,有冤的申冤,把心中的苦水倒出来!把所受的压迫、剥削讲出来!现在是共产党的天下,是我们穷苦人的天下!大家只管挺起腰杆来,跟豺狼一样凶恶的大地主龚朝章干!不达目的,决不收兵!”话音刚落,会场上响起一阵阵的鼓掌声和口号声!

主持人裴公仆副主席精神抖擞地大声说:“把罪恶滔天的恶霸地主龚朝章押上台来!”

话音刚落,又是一声声震天动地的口号声!怒吼声!一些基干民兵在治安主任全志生的带领下,一阵风似的把龚朝章等一帮大地主压上了斗争台!

那些被龚朝章压榨的贫雇农,怒不可遏地、一个接着一个地对龚朝章进行批斗!

姚大伯第一个挺直腰杆走上台:“龚朝章!你这头凶狠的豺狼!那年大旱大灾,田里颗粒无收,你带一帮打手到我家,硬逼着俺给你交租!俺交不出来,你指示那些打手,把我家五口人度命的一头大猪抢走了!俺向你求情,给俺留条活路。你不但不答应,反而叫那些打手把我堂客踹、踢了好几脚;用枪杆子,把我打晕了,好久才苏醒过来。逼得俺一家人只有靠讨乞为生,好不悽惨呀!”控诉声刚落音,场上又响起了一阵愤怒声和口号声。

第二个上台控诉、批斗的是杨大伯。他拿着一条长长的辫子控诉着说:“龚朝章你这个畜牲!前年你逼着俺交租,我交不齐十五石租谷,就跑到大庸王家垴躲租,你便亲自出马带一帮狗腿子到我家逼租,你一进门就凶神恶煞地问我屋里人:‘你男人呢?’我老婆回答说:‘不知道!’‘你自己的男人到哪里去了,你不知道?骗谁呀!’说罢,就把我堂客五花大绑地捆起来了,把家里喂的几头羊、几只鸡抢了。不仅如此,还在光天化日之下,把我还只十六岁的姑娘杨晓翠强奸了!我姑娘受此奇耻大辱后,当晚就偷偷地吊死了!这是我姑娘上吊前留下的长辫子!”

说到这里，杨大伯已泣不成声！台下的贫苦乡亲们也泪流满面，齐声愤怒地吼道："打死这个畜牲！打死这个畜牲！"

正在这时，土改工作队的王队长马上站出来说："乡亲们！兄弟姐妹们！请大家不要乱，在台下站好！恶霸地主龚朝章罪大恶极，是一定会按照惩治恶霸地主的条例法办的，是一定给大家报仇雪恨的！请大家放一百二十个心！还有什么受压迫、受剥削的苦楚，只管控诉出来！"

接着又一些贫雇农纷纷走上台进行批斗，直到日头快下山为止，王队长作了总结后，才散会。

当晚我舅舅杜金生通宵达旦地将"批斗龚朝章大会"的纪录，又重新整理了一遍，才交给王队长上报。王队长见他两眼红红的，便关切地说："又熬了一个通宵吧，去上床躺躺。"

他说："没事，没事，还挺得住！挺得住！"

土改后不久，就将恶霸地主龚朝章的滔天罪行报到溪口区公所去了，经审核、批准，判了死刑，到溪口洋人垭枪毙的！

4.喜分果实

龚朝章依据惩治反革命条例，被枪毙之后，广大贫雇农们，人人喜上眉梢，做梦都笑醒了。走起路来昂头挺胸，嘴里还不停地唱着："解放区的天，是明朗的天，解放区的人民好喜欢，人民政府爱人民呀，依嚯呀嗨，依嚯呀嗨……"

一九五〇年寒冬腊月的一天，瑞雪纷飞，冰凌高挂。屋檐下，高崖处，树枝上，一排排，一根根，晶莹闪亮，耀眼明净。北风吹来，树枝上挂着的冰棍，不停地摇曳，不停地歌唱，不停地欢呼穷人翻身得解放，过上了好日子。

农会办公室里燃烧着一盆盆红红火火的炭火，映照着土改工作队的干部、农民协会的领头人和贫雇农代表通红的脸，大家正围着一盆盆炭火，热烈地讨论着"如何合理地分配地主的田地、房屋和钱财。"土改工作队的王队长说："分地主的财富，就是分土地改革的胜利果实，就要彻底贯彻党的'依靠贫雇农，团结中农，中立富农，打倒地主'的政策。地主是要扫地出门的，只给一点必要的吃饭工具，少量的口粮，让他们也尝尝忍饥挨饿，风餐露宿，衣不暖体的滋味。具体如何按党的政策合理进行分配，请大家畅所欲言，发表自己的意见。"

贫雇农代表们，七嘴八舌，你一言，我一语，各抒己见。

有的说："田地的分配，好差搭配，按人分配。"

有的说:“粮食分配,贫雇农都缺粮,按户、按人口平均分配。”

还有人说:“住房分配,贫雇农没什么好房子,都是茅草棚,有的根本就没什么房子住,因此先给无房户分,再给苦大仇深的分!”

更有人说:“农会干部日夜操劳,分配果实时,要适当关照一点!”

接着就有人迎合着:“要得! 要得!”

也有人反对说:“农会干部是贫雇农的带头人,不能搞特殊化!”

我舅舅杜金生却说:“农会的干部是村里贫雇农的带头人,贴心人,是为大伙办事的,不能特殊化,不能脱离大伙;恰恰相反,要适当少分一点,才能服众。田是农民最重要的生产资料、经济来源、生活依靠。可以将田分为三等,一等田为旱涝保收的肥沃水田;二等田为有水灌溉,但欠肥沃;三等田为无可靠的水源灌溉,又欠肥沃,是靠天吃饭的田。对田的分配,每户贫雇农一、三等田搭配分配,或只分二等田。对财物的分配基本上按贫雇农户的人口平均分配。个别困难大的适当照顾一下。对房屋的分配,先群众后干部,先无房户,后住房困难户。”

我舅舅的话音刚落,有的代表说:“农会干部都是贫雇农,要一碗水端平,不能让他们吃亏!”大家异口同声地说:“是呀,是呀,怎能让他们吃亏呢。”

最后谭阳生主席说:“暂时休会! 土改干部、农会干部、各代表小组组长,留下来商量一下。”

待上述骨干留下来后,王队长说:“分配方案基本上按杜金生同志的意见办。农会干部都是苦大仇深的贫雇农出身,跟贫雇农同等分配,既不搞特殊化,也不要让他们吃亏;中农是团结的对象,要适当分点财物;富农的财产、田土不动,以体现党的政策!”

谭主席说:“就按王队长的意见,分代表小组落实、制定具体方案。然后将各小组的具体方案交一份给杜金生同志,由他来汇总。汇总后交王队长和我,待审定后,张榜公布分配方案。广大贫雇农如果没有什么不同的意见,就按已定的方案实施分配!”

不少贫雇农分得了土地改革的胜利果实,心里像喝了蜜糖一样,心胸敞亮了,精神倍增了,走起路来,昂头挺胸,健步如飞,歌声嘹亮! 晚上做梦,繁花似锦,心花绽放,笑声甜圆!

5.光荣入党

一九五一年三月一日是个晴空万里的日子,清晨,红彤彤的太阳从大田村东方的山岭上冉冉地升起，照得全村的崇山峻岭一片通红，霞霓尽染，山上的斑鸡、竹鸡、锦鸡、野鸡兴奋地在草地上、树枝上唱着婉转动听的歌儿，脱下银装素裹的山林，在山风中轻轻地摇曳、荡漾，像是伴着天籁一样的悦耳琴音舞蹈。

大田村的村民们，像办喜事一样，无论男女老少，还是年轻的小伙、姑娘，都穿上了自己最喜爱的、干净的衣裳，一路兴高采烈地来到彭家埇农会的一间宽大的房子里，一个挨着一个地坐在一条条的长凳上，有的聊着翻身得解放的喜悦、快乐；有的吧嗒、吧嗒地抽着山村农民自己种的旱烟；有的妇女一针一线地纳着鞋底；有的轻轻地唱着刚学会的“解放区的天，是明朗的天”……

不一会儿，土改工作队的领导、干部、村农民协会的干部，也都穿着崭新的整洁的蓝布服装，粗布衣服，新做的布鞋登到主席台上。主席台的正中间挂着“中共慈利县郝溪乡大田村新党员入党宣誓大会”的醒目耀眼的横幅，主席台板壁的中间挂着中国共产党党旗。宣誓会由工作队的副队长老彭同志主持，王书记(兼土改工作队队长)讲话并引领宣誓。王书记精神抖擞，慷慨激昂地讲了国内外的形势，土地改革的全面胜利，农会干部的突出表现：谭阳生主席、裴公仆副主席，杜金生文书、全志生治安主任，胡桃芝妇女主任等都是贫雇农出身，对党、对毛主席非常忠诚，阶级立场坚定，有敢于斗争、敢于胜利的精神，有大公无私、吃苦耐劳的高尚品德。他们自愿申请加入中国共产党，每人由两名中国共产党正式党员介绍，经中共湖南省慈利县郝溪乡大田村土改工作队支部研究，报上级党委正式批准谭阳生、裴公仆、杜金生、全志生、胡桃芝为中共预备党员。顿时全场响起暴风雨般的掌声，经久不息……

当土改工作队老彭同志宣布“预备党员入党宣誓开始”时，五名预备党员热血沸腾，心潮澎湃，感到非常光荣和自豪，挺立在党旗下，在土改工作队王书记的带领下，庄严宣誓：

“我志愿加入中国共产党，拥护党的纲领，遵守党的章程，履行党员义务，执行党的决定，严守党的纪律，保守党的秘密，对党忠诚，积极工作，为共产主义奋斗终身，随时准备为党和人民牺牲一切，永不叛党。”

宣誓人：谭阳生、裴公仆、杜金生、金志生、胡桃芝。

这声音比钢坚，比铁硬，比山高，比海深，比日明！

一年后这五位同志均转为中国共产党正式党员，成立了中共郝溪乡大田村党支部，谭阳生同志任书记，裴公仆同志任副书记，杜金生同志为宣传委员，全志生同志为组织委员,胡桃芝同志为委员。

党支部的成员人人都锻炼成长了,支部已成了大田村的战斗堡垒。土改工作已经结束了,农会、党支部的成员与土改工作队的全体同志结下了深厚的革命友谊!临走时个个都流下了难舍难分的眼泪,送了一程又一程,一直送到碑垭里才返回!

(三)不顾个人安危

圆圆的太阳从层峦叠嶂的东山山峰上升起,灿烂的霞光把翠绿的山林染得通红、通红的,温馨的阳光轻轻抚慰着万物生灵,站在高高的山岭上,举目眺望,让人感到是多么的心旷神怡,幸福无边啊,那无边无际的崇山峻岭上的鸟儿在翩翩起舞,放声歌唱;山溪、山沟中的流水发出叮咚、叮咚、哗哗的流水声,仿佛是奏响了一曲曲感人肺腑、引人遐想的美妙曲调一样。

我舅舅杜金生在党的亲切关怀下,在上级政府的栽培下,在暴风骤雨的斗争风浪中,已锤炼成铮铮铁骨的汉子,一颗忠于党、忠于毛主席、忠于人民的心坚如磐石,在当时文化水平不高的人群中,在广大百姓的眼中,他成长为一个有知识、有文化的人,在广大人民的心中,他已是一个见人就笑、和蔼可亲的人,他被上级领导看中提拔成一名农村脱产干部,半年之后又因工作出色,调到溪口供销社担任采购与营业的工作。

1.夜送货物

一九五三年阳春三月的一个夜晚,皓月当空,银晖满山,我舅舅杜金生挑着足有110多斤的布匹、日用百货的担子,从溪口区供销社出发,一出门,就陟步耸入云霄的高山峻岭;就一步一步地登上高低不平、弯弯曲曲的虎头凸、洋人垭、柳树垭;就一步一步地越过烟斗里、土地垭、郝溪后面的高山之巅,全身湿透了,滚滚的汗珠,从头直流到脚跟。稍歇一会儿,又挑着重担往山下行进。此时群山中的各种鸟儿,早已在窝巢中睡着了,发出微微的鼾声,四野一片寂静,只有夜老鸦"哇、哇"地在空中飞翔、叫喊着,山区的人中有句不祥的预兆:"老鸦喊,有人死,是鬼缠身"这嘶叫的哇哇声,确实叫得舅舅心中有点心惊胆寒。但他又定神着"什么老鸦叫有人死,什么鬼缠身,全是迷信,自己吓自己","共产党员是唯物主义者,人死如灯灭,哪有什么鬼呀!"想到这里,心中畅亮轻松多了,便借着明月的光亮,又咕咔、咕咔地挑着担子向山下健步如飞地行进着,没走多远,只听得有一头大野猪横路呼啸而过,舅舅赶紧把担子放下,握着扁担准备与野兽作殊死的搏斗。幸好，那头大野猪也怕人，便快步钻进深山老林中去了，有惊无险。待心绪平定下来后，又挑着担子艰难地下到了山脚，挑着货物到了郝溪乡供销分店的门外。该店的服务人员早已呼呼地睡着了，进入了甜蜜的梦乡。舅舅他放下担子，“啪——啪——”地敲着门。

“谁呀！”

“我呀，杜金生！给你送货来了！”

店中睡得正香的吴子明同志，听到是杜同志的声音，便翻身爬起开了分店的大门：“杜同志！你怎么夜晚送货呀，从溪口到郝溪是近40里的高山峻岭，难道你就不累、不怕呀！”

“一个大男子汉，热门熟路，累啥，怕啥呀！白天我要到溪口供销社营业，只能逞天黑了，才能送货来呀！你把货清点验收一下，我还要赶回去呀，天亮后，要开门营业呢！”

“难道你就不休息一下呀！”

“不啦！”

待小吴清点完了货物，结了账。舅舅又连夜从郝溪赶回了溪口，还只早上5:30。等洗了个澡，换了身干净的衣服，便和衣睡了两个小时，到食堂吃了早饭后，又迎着旭日东升的阳光，开始新一天的工作——营业了！

2.深夜抢险

舅舅杜金生由于工作成绩突出，于一九五五年被提拔为区供销社副主任。当年三月又调入樊家坊供销社任副主任。该社前面临街，后边是一条较宽的溪。一九五六年五月的一天，云雾罩在四周的山岭上，风一丝也没有，整个樊家坊就像一个封闭的巨大罐子一样，沉闷得让人难受，似乎喘气都有些困难，深宵一楼的地面上、墙面上渗出了一层明亮的水气，看样子天要下暴雨了。此时，樊家坊供销社主任已到县总社开会去了，留守的负责人就是我舅舅杜金生。当时他正患有重感冒，有些头痛发烧，鼻涕不停地长流，喷嚏一个接一个，不断地喷洒。忽然，天空乌云密布，雷声阵阵，闪电像把把长剑划破了长空，炸雷惊天动地，乌黑的天空像要快跨了似的。阵阵狂风伴着铺天盖地的暴雨倾泻而下，樊家坊四面八方的洪水奔腾而至，汇聚在溪流之中。立即又像一匹匹脱缰的野马，呼啸狂涌而下，汹涌的浪头，不断地拍打着堤岸，发出巨大的咆哮声，黄色的水珠向着溪流、夜空、溪畔的柳树喷洒而下，汹涌的洪浪一浪高过一浪地向下推进。

樊家坊溪中的洪水猛涨，暴雨只下一个多小时，呼啸而来的洪水，离堤岸就只有两尺多了，马上就会弥漫堤岸，向四处泻来。正在这危急的时刻，舅舅他顾不得自身的安危，召集在单位的六名供销社的工作人员，下达了马上转移国家财产的命令，令二名女同志用塑料捆包布匹、糖、盐、日用百货，两名男同志和自己一起搬运货物至高坡上村党支部书记的木仓中，一名女同志在木仓中整理、守护货物。舅舅他身先士卒、不顾自身病重的痛苦，穿着一件塑料雨衣，带领两位男同志背着捆好的国家货物上下、来回地在暴雨狂风中，在弯曲的泥淋小路上飞行。供销社的同志看在眼里，敬在心中，异口同声地说："杜副主任！你的病没好，还在发烧呀，你就在屋里指挥、指挥就行了，我们保证完成任务，不让国家的财产受损失！"

"别说了，这点小病算不了什么，我坚持得了。咱又不是泥捏的，一时半会，不会倒下，抢救国家的财产要紧！"说罢又背着一大捆用塑料包裹的布匹，冲进暴风骤雨中，登上了高坡，向村支部樊书记家的木仓中运送，那两个男工作人员看见杜副主任不要命地干，身上热血沸腾，干劲更足了，在狂风暴雨中飞奔，抢救国家的财产。村党支部樊书记见此情景，便发动了村里就近的党员，也自觉地加入抢救国家财物的队伍中了。

舅舅冒着狂风暴雨，带着重病，带头扛着国家的物资，在漆黑的夜晚上下山岗，来回奔波，头痛得更厉害了，全身有些发烧，眼睛有点发黑。此时舅舅心中十分明白："自己是供销社的领导，又是一名入党多年的共产党员，我要坚持、坚持、再坚持，不能倒下！不能倒下！不能让国家的财产受到丝毫的损失！"想到这里，他硬是凭着顽强的毅力，硬骨头精神挺着干。供销社的工作人员、村党支部的共产党员看见杜副主任不顾个人安危，带头拼命地抢救国家的物资，大伙心中一股股冲劲顿时涌上心头，不到两个小时的时间，国家的财产已安全转移到村支书木仓里了。此时汹涌奔腾的洪水，已漫过溪堤进入供销社的屋中一米多深了。尽管狂风暴雨还没停下来，洪水还没有消，但与刚开始比，还是减弱了一点，国家的物资已安全转移，得到了保障。突然，精神稍一松懈，便倒在地上了。他面色发乌，嘴唇发紫，手触头额，炙热发烫。在场的供销社人员、村支部党员等，赶紧把他抬到樊书记的床上，急速把乡里的郎中请来打了一针，又喂了些中药，还不见多大的好转，便立即向慈利县城供销总社打电话，反映杜副主任的病情："喂！是县总社吗！"

“是的，请到总社开会的樊家坊供销社樊主任接电话！”

樊主任听说单位打电话来了，便从床上翻身爬起，跑到电话机旁接电话：“天还没亮，有什么紧急的事吗？”

“杜副主任本来就有病，昨天晚上樊家坊下了通宵的暴雨，刮了一夜的狂风，他带病领头冒雨抢运供销社中的国家货物，待抢运完了以后，就倒下了，正发高烧呢！”

“立即把杜副主任送县人民医院治疗，我马上请示县总社去，定会同意的！”

这时，天快亮了，狂风暴雨也已经过去了。供销社的同志到村里请了四个壮小伙子，用睡椅作担架，马上启程，轮流抬送，要送杜副主任到县人民医院去治疗。我舅舅杜金生慢慢睁开双眼说：

“不行，供销社有大堆事要处理，我离不开！就在当地找个郎中开个单子抓些药吃就行了，何必要到县医院去治疗呢，从这里到县城有好几十里路呢。”

同志们异口同声地说：“是樊主任请示了县总社作的决定，你就服从吧。社里的事，你交代一下就行了，我们一定会好好完成的！”

听说是县总社的决定，他只好服从，于是那四个壮小伙子，又翻山越岭，把杜副主任送进县人民医院住院治疗了。

县人民医院内科主治医生，经询问、诊听、照X光，确诊为重感冒引起肺炎，转为早期肺病。经差不多五个月的住院治疗，吃药、打针，病情有所好转。我舅舅坚持要出院，回到工作岗位上去。

县人民医院的主治医生，在他的坚持下，又开了一个月的药，让他回到工作岗位上，边吃药、边工作！

3. 临死不回

一九六一年的夏天，灼热、灼热的太阳，烤烧着大地，地面上的水分，快蒸发干了。稻田里拆的裂口，纵横交错，像蜘蛛网似的。稻禾的叶子半蜷缩着，呈现出半枯焦状态，好像在哭诉着说：“火辣辣的太阳烤得我们实在受不了啦，身上一点可怜的水分都快蒸发光了！”树枝上栖着的蝉虫不断地发出“嘶(死)呀——嘶(死)呀——”的叫声，满山的野草，像经过开水烫了似的，弯着腰，叶子半枯、半黄的，好像只有一口气似的，打不起一点精神来。人们就是坐在家中，穿一件汗衫，汗水也一滴、一滴地淌着。从一九五九年至今连续三年的自然灾害，是前所未有的。它吞噬着人们度命的粮食，颗粒无收。整个国家的物资极度地匮乏，处于暂时困难时期。每个干部、每个职工的口粮，一个月只有二十四斤，猪肉要凭票，一个月难以称到一斤肉，油也难以称到，就是有，也要五元一斤，苞谷粑粑也要一两元一个，还难以买到，而干部的工资一般只有三十元左右，高的也只有五十多元。有少数人发牢骚说："一个月的工资，不但买不到一只母鸡，也买不到一担红薯。不少人得了浮肿病，腿上、身上用大拇指一压，一个凹。肚子像个橡皮袋一样，总是装不满，饿得肚子像刀刮似的，一阵阵地疼痛，人躺在床上，只能侧着睡，不能仰着睡，如果仰着睡，肚皮像贴到脊梁骨了，痛得难受。"于是，有的国家干部思想动摇了，跑回家种田去了，以求一个肚儿圆。

有一天在桑植县陈家河区委会下班回来，舅舅试探性地问舅母汪菊翠说："现在有些干部卷起铺盖回家种田去了，我们也是不是回慈利老家种田去呢？"我舅母坚定地回答说："就是饿死也不回去，死要死在工作岗位上，(此时舅母在陈家河供销社工作)！"

舅舅笑着说："夫妻同心，其利断金！这就对了！听说毛主席和我们一样同甘共苦呢，他老人家一个月没吃一餐肉，他坚持得了，我们为什么坚持不了呢！我们共产党人是钢铁炼成的，这点暂时的困难算个啥呢，同二万五千里长征的战士相比，这不算什么！我们一定要坚持到底，革命到底，决不回去！"

4.深入全县

一九六九年五月舅舅杜金生奉命从桑植县陈家河区委会调入县政府担任计划生产指挥组组长期间，他并不是常常坐在办公室里听汇报，发号施令，而是常常深入全县每个乡村调查研究，就地解决问题。全县六个区四十六个乡，每个乡村的角落几乎都留下了他深深的脚印。他不顾自己患过肺病，有支气管炎的毛病，不顾个人常咳嗽的痛苦，总是走乡穿村，访问老农、农业技术人员，与乡村干部商量解决生产第一线的生产问题、思想问题、纠纷问题，从不以上级长官的样子指手画脚，盛气凌人。他风里来，雨里去，爬了多少座山，穿了多少溪谷，坐了多少舟船，过了多少溪沟，流了多少汗水，闯过了多少险阻，战胜了多少困难，谁能记得住、说得清？只有桑植的高山峻岭，沟沟坎坎，溪溪沟沟记得清，道得明。

翻山越岭，进村穿户，从无人听他说一声苦，道一声难，他在基层干部面前，乡村男女老少面前，总是乐呵呵的、甜滋滋的。只有在深更半夜，只有在深山没人的地方，才有他的咳嗽声、呻吟声。他为了革命工作，常常是公而忘私，不顾家里的事。一九七一年四月底，我舅母请假回娘家接两个小孩，五月六日打电话要舅舅回慈利一趟，帮忙把小孩接回去。舅舅心想，个人的事再大也是小事，国家的事再小也是大事，决不能为了个人的私事，而离开工作岗位。他五月七日又下乡去了，还是没回慈利溪口镇接孩子去。最后只能由舅母的弟弟汪彪健请假送她们回桑植县城。

5.带伤栽秧

一九七一年我舅舅杜金生任桑植县计划生产组组长，组织指挥全县的农业生产，他经常下乡深入田间、山坡，了解第一手材料，以便做到心中有数，符合实情。当年五月二十四日从老屋场回家后，就把晚餐做好了，等着舅母汪菊翠，从县供销社下班回家就餐。大约到了6点多钟，舅母才回到家，共进晚餐后，便搬着板凳到门前场地里闲聊。此时，华灯初上，与满天星斗交相辉映。舅母关切地对舅舅说："这段时间下乡辛苦了，生活过得好吗？明天是星期日，你好好休息一下吧。"

舅舅含笑着说："是吃了点亏，中了蜈蚣虫的毒，差点一命呜呼了！"

舅母焦急地问："是怎么回事，你快点说说。"

于是舅舅说起了与乡下的社员们同吃、同住、同劳动中发生的故事：

"二十四日那天，天刚蒙蒙亮，月亮还挂在山顶含着微微的笑容，我就起了床与王召清队上的社员一道挑着一担撮箕，踏着公鸡的啼叫声，一步步地走向秧田扯秧，秧田扯秧的荡水声、说笑声、山歌声响成了一片，惊动了四周山上的鸟儿，不断地从树林中飞上天空，盘旋几周后，又飞向对面的山林中去了。

"我和社员们迎着彤红、彤红的太阳，披着五月凉爽的山风，干了一大早的工，扯了一天要插的秧，而后与一些青壮年社员，把一担担的秧，挑到水田塍上，把一个个秧把子均匀地甩到不同地方的大、小田中，待吃完早饭后，我又与社员们一道卷起袖子，挽着裤子，腰上捆着汗巾，四五个人并排从田中间开始，每人四蔸一排。大家边插边向后移退，只听得出栽秧的点水声、喘气声，没听到一句说话声。大伙绞着劲，暗暗地竞赛着呢。看谁栽得快，栽得直，栽得稳，没好大一会，一丘田就栽满了，大家才上田塍直直腰、说说话。王召清和社员们都夸赞道：'杜同志！真看不出来呀，你还是栽秧的一把好手呀！'

"'当农民出身，栽秧、耕田、割谷都干过，这不算什么！'

"就这样，我们弯着腰，一身泥、一身水地干了整整一天。当日落西山，夜幕降临，百鸟归巢之时，才收工。然后我跟着王召清到了他家，一进屋就点着亮，烧火的烧火，挑水的挑水，刮洋芋的刮洋芋，他老婆开始做饭，我就帮着择菜。由于油灯的亮度不大，一不小心，不知什么时候，菜中隐藏着一条蜈蚣，把我的手指咬了一口。我立即把它打死了。王召清一家人得知后，马上过来围在我面前，焦急万分地说：'怎么得了！'王召清马上把咬伤的指头四周，用麻绳捆紧，以免毒气扩散。王嫂飞快地跑去找草药郎中陈生说：'陈生，杜同志被蜈蚣虫咬了，你快点扯草药去！'

"陈生一听，马上放下吃饭的碗，打着手电筒扯草药去了。不一会儿，就将扯来的草药锤细，给我敷上包扎好了。等半小时之后，疼痛减轻了许多。晚饭后，王召清一家人、附近的社员跑来关心地问道：'杜同志！还疼不疼？好些了没有？明天就别跟我们一起干了！有什么事交代一下就可以了！'

"还有些社员附和着说：'是呀！别不要命地干！你是国家干部，指挥、指挥就行了！'

"'现在已经好多了，陈生的药有效！'

"有的社员补充说：'陈生的医术是祖传的！肯定有效！'

"第二天清早起来，手指不怎么肿了，但还有点痛。陈生跑来又给我换了药，拆了捆着的线，重新作了包扎。我心里想：社员叫我休息，是对我的关心与爱护，作为国家干部，共产党员，要身先士卒，给乡村干部、广大社员做个好样子，一定要下定决心，不怕牺牲，排除万难，去争取胜利！我没听大伙的规劝，还是干活去了。插秧不行了，挑秧总是可以的吧！社员们扭不过我，也只好作罢。社员们在一边常说：'杜同志是一个好干部，是我们的贴心人，没一点官架子！'"

我舅母听了这个故事后，既感动，又心痛地说："你干工作总是亲力亲为的，要注意自己的身体，万一有个三长两短，叫我们孤儿寡母的，怎么办呢？"

（四）仆民鱼水情谊

阳光普照，大地回春。只有经过漫长黑夜、冰雪寒冻痛苦的干部，才切身体会到黎民百姓的苦难，人民的呼声。我舅舅杜金生是一位出身贫寒的人民公仆，他的心时时刻刻和人民的心是贴在一起的，人民的冷暖、温饱每天都牵挂在他心中。

1. 抚育孤儿

一九五八至一九六三年舅舅在桑植县佘湖公社任党委组织委员期间，常深入中坪大队调查研究，了解民情。一个寒冷的冬天，北风呜呜地呼啸，搅得满山遍野的凌雪，四处飞舞。只几天的时间，大雪下得有一两尺厚，一片白茫茫的世界。他不时地咳嗽着和中坪大队的谷书记一道深一脚、浅一脚地踏进了一间茅屋里，抬眼上下左右一看：整个茅屋是用鉢子粗的杂木树筒支撑着的，屋顶是用茅草盖着的，四周是用杂木条、苞谷秆、竹篾片编织成的壁。北风刮来，狂风穿过无数大大小小不成规则的眼，四通八达，呼啸着射进来，吹出去。一个十二三岁的少年，穿件破烂不堪的灰布旧棉衣，一条黑色的破旧裤子，一双稻草鞋，满脑蓬松的头发上，还沾着零零星星的灰尘，脸上黑一块、紫一块、黄一块的，拿着一个吹火筒，正在呼呼地吹火，用一个黑铁炉锅煮黄苞谷糊糊呢。大队谷书记说了声："明娃子，你还没吃早饭呀！"

明娃子回答了一声："嗯！"

我舅舅杜金生关切地问："娃子！你爹妈呢？你叫啥名字呀！"

"我没爹妈，我叫彭清明！"

谷书记插话说："他爹、妈早去世了，是个孤儿。"

说到这里，我舅舅心中立即涌起一股苦水，流出了辛酸的泪，勾起了自己苦难的童年："我正是他这个年龄，父亲就被疯狗咬了一口，不治而亡了。妈妈是个脚不足五寸长的小脚女人，我只好辍学回家，起早贪黑，给乡亲们换工搭伙，哪个重工夫没干过，哪种苦工没尝过？"想到这里，心里一阵阵地疼痛！他与谷书记又向瓦缸里一看："大约只有几升苞谷粉子了，怎么过冬呢？"

我舅舅与大队谷书记商量后，立即叫生产队给明娃子称了一百斤谷，自己从刚发的工资中，按当时的谷价给了队里 10 元钱，又带着明娃子到供销社拆布、称棉花，到裁缝师傅那里，给他缝了一身黑色的新棉衣、棉裤、罩衣、内衣。明娃子穿在身上，暖在心里，一股股强劲的热流，不断地在血管里奔腾地流淌着，一股泪水唰唰地流了下来，立即给我舅舅杜金生磕头："我从小就没得爹娘，你就是我的再生父母！"

"不要跪在地上，快起来！"我舅舅把他扯了起来。

从此，我舅舅一边供他吃、住，一边教他如何做人；一边教他如何热爱劳动，一边教他识字。明娃子很听我舅舅的话，白天出工，到队里扎扎实实地干，晚上放工回家吃晚饭后，就识字、写字、学文化、长知识。时间一天一天地过去了，一年一年地长高了，长到满十八岁那年，已是一个大人了，一米六八的个头，脸红润润的，一百多斤的担子挑在身上还健步如飞，一阵风似的，当地的社员都高兴地说:“明娃子命真好,遇到了杜同志这么个大好人,不然哪里长得这样壮实啊!现在对人有礼貌,又识得一些字,真是前世修来的福分啊!”

1963年11月份国家下达了征兵的命令,我舅舅心里想:“部队是个大熔炉,是所造就人才的好大学,我要送彭清明参军去!”于是就试探性地问:“小彭呀!你如今也长大了,今后有什么打算?”

小彭沉思片刻后说:“杜叔叔!我想参军去!”

我舅舅兴奋地说:“好呀!小家伙有出息!马上到大队打个证明,到公社报名去!”

小彭高兴地跳了起来说:“好!我马上去!”

经过县武装部的政审、体检,彭清明符合参军的条件。

参军去的那天,我舅舅亲自下厨,为小彭做了两个小菜、一碗红烧肉,一碗香喷喷的蘑菇汤,为他饯行,并叮嘱说:“在部队好好干!服从领导,听指挥!要不怕苦!不怕累!要有牺牲精神!争取立功受奖!我等待你的喜报!”

临走时,小彭流着眼泪给他的恩人——我舅舅杜金生磕了好几个响头,说:“杜叔叔!您是我的恩人,比我的父母还亲,我到部队一定好好地干!决不辜负您的希望!”

“快起来,快起来!流啥泪呀,参军是件大喜事!我相信你会干得很出色,能锤炼成钢的!”

此时,欢送新兵的锣鼓,有节奏地响了起来,乡亲们从四面八方赶来了,欢送光荣参军的小伙子们,爸爸妈妈千叮咛,万嘱咐地说个不停:“在部队干出个好样来!佘湖小学的娃儿们,在老师的指导下,向光荣参军的大哥哥们行了个队礼!戴上了大红花!新兵们在接兵领导的带领下,挥手告别了乡亲们,告别了我舅舅老杜同志!大家一步一回头地向亲人们告别了!出发了!”

2.护理病孩

一九七八年桑植县纪委的钟彩云同志的爱人覃代双得了重病,在桑植县人民医院久治不愈,需转到长沙湘雅医院治疗。钟彩云同志向单位的领导请假半个月,到长沙湘雅医院陪护去了。家中只留下两个小孩,一个大点的六岁叫覃光,小点的四岁叫覃亮,由一个十多岁的小保姆关照着。一天那个最小的孩子覃亮的急性肝炎发作了,疼得“哎哟、哎哟”地叫喊不停。我舅舅杜金生获悉后,立马放下手上的工作,赶过去一看:小覃亮脸色发黄,颧骨高悬,不断地呻吟着,感到不舒服，顿时舅舅心中涌起一股关爱之情，怜惜之心，心想：“钟彩云夫妇不在家，为使她安心护理，他安心养病，小覃亮的病得马上送县医院去治疗。我是钟彩云的同事，理应承担这份责任。”于是对小孩们说：“小覃亮乖，莫哭，我马上背你去医院看病，等会儿就舒服了，病就好了。覃光，你是覃亮的哥哥，在家中玩，不要四处乱跑，听话！小保姆，你跟我一道到医院去！”说罢，便立刻背着小覃亮到县医院去了。经医生确诊：“是急性肝炎，要住院治疗！孩子的父母不在家，咋办？”

尽管如此，我舅舅毫不犹豫地说：“我是孩子母亲的同事，我给孩子办住院手续去！”医生听后，感慨万千地说：“老杜！你真是个大好人，学雷锋的标兵呀！”

“医生！过奖了！都是同事，谁没得个难处，帮帮她，是应该的！”说完，立马到缴费处给小覃亮办了住院手续。

小覃亮住院后，医生给他开了药单子。由护士给小覃亮服了药，打了针。小覃亮慢慢地安静了下来。我舅舅便说：“小亮子，乖，听医生叔叔、护士阿姨的话，听姐姐招呼。伯伯我要上班去了，下班后，做饭给你哥哥吃后，给你送好吃的来！小姐姐，你在这里护理好小亮子！”

接着，我舅舅又急急忙忙地赶到县纪委上班去了。待忙完单位的活，一下班又三步并作两步地赶回家给自家人、钟彩云家的孩子做饭吃，待做好饭，安顿好自家的家务事及覃光吃饭的事，立马赶到医院给小亮子、小保姆送饭去。我舅舅一跨进病房，小亮子和小保姆眼睛一亮，鼻子一酸，泪水不住地流，便异口同声地说：“杜伯伯，您真好，就像我们自己的亲人一样，比亲人还亲！”

“小亮子别哭，男子汉要坚强些，哭啥，小姐姐你也别流泪，今天下午下班后，等我忙完公事和私事，晚上伯伯陪小亮子，小姐姐你回亮子家歇歇去！”小亮子不哭了。等到下午杜伯伯下班忙完了两家的事后，又到医院陪小亮子。小亮子见杜伯伯又来看自己了，便兴奋不已地说：“杜伯伯，您给我讲个故事吧。”我舅舅十分高兴地说：“我给你讲两个故事：一个是小羊与狼的故事；一个是大熊猫的故事。”讲着、讲着……小覃亮睡着了，并做了一个好玩的游戏梦！他就在小亮子的床边打了个瞌睡，睡到天亮才醒来。我舅舅给小亮子安排好了一切，小保姆吃早饭后也来了，他就在路边小店买了点东西吃后，又上班去了。

就这样舅舅辛辛苦苦，来回奔波了二十多天，小亮子病好了，办了出院手续。小保姆把这个月发生的一切，一五一十地告诉了从长沙回来的钟彩云夫妇，钟彩云两口子十分感动地说:“老杜！谢谢你！你真是一个难得的大好人,把别人的事看得比自己的事还重！真是我党的好干部,人民的好公仆,贴心人。”点赞之后,硬要把小覃亮住院的钱还给他。经过反复地推辞,我舅舅才把所垫的住院费收下。

3.解囊助学

和煦的阳光、伴着凉爽的微风,轻轻地吹拂着,给人一种温馨、舒适的惬意。我舅舅杜金生犹如和煦的阳光,凉爽的微风,给我送来的是温馨、惬意和无限美好的前途。在我求学的过程中,每次遇到难过的坎,舅舅都解囊相助,化险路为宽阔的大道。

我家是一个非常贫寒的家庭,父亲张凤立眼有白内障,又加上眼毛倒刺,近乎半瞎,干工夫困难重重;母亲身体瘦弱,农活、家务活一担挑,尽管背朝天,脸朝地的天天苦干,还是终年不得温饱,哪有钱送我读书？而外甥我(张安珍)又是一个有理想的孩子,无论家中多么困难,还是想方设法,东借西挪地要去读书,以图摆脱困境,争取有个光明美好的前途。

读小学、初中还能勉强可以解决,但读高中,如果没人拉一把,实在是上不去,难以解决。每当极其困难的关口,舅舅总是伸出援助的手,拉我一把。一九五四年八月我考上了石门一中,上学去没有路费钱和伙食钱,天刚蒙蒙亮我就从大浒家中出发,徒步前行了一百多里,到天黑才到达舅舅工作的单位樊家坊供销社,见到了刚从慈利县开会回来的舅舅,他满脸微笑着问:“考上高中了吗?”

我回答说:“考上了!”

“考的是哪所学校?”

“省重点中学——石门一中!”

“不错！有点出息!”

“你有什么困难吗?”

“有困难！上学没有学杂费和伙食钱!”

“学杂费嘛,到乡政府打个证明,申请点助学金。路费钱与伙食费,我给你30 元(舅舅的工资当时每月只有 36 元),你拿去吧。”

我到郝溪乡政府打了个证明,到石门一中申请到了甲等助学金,读完了三年高中。到一九五七年五月份,我报考了武汉大学。报考前,学校组织我们毕业生到津市人民医院体检,照 X 光。体检合格后,学校的领导、班主任要带我们毕业生到常德师范学校参加全国统一升学考试。我当时身无分文,怎么办呢? 又只好写信向舅舅求援。舅舅接到我的信时,肺病复发了,正在慈利县人民医院住院。他从信中得知我已到最需要钱的时候,便慷慨解囊,给我寄来了 15 元钱。解决了我的燃眉之急,紧锁的眉头,才舒展开来。

我在常德师范参加高考回家后,差不多快一个半月了,还没收到是否考取的通知书,心里十分着急,便立即动身走了四十五里山路,到溪口邮电局打长途电话到石门一中刘校长办公室,问:“我——高七班的张安珍,考取大学了吗?”

接电话的刘校长十分兴奋地说:“你考上武汉大学了! 入学通知书,邮政局很快会送给你的!”

只等了一个星期,武汉大学的入学通知书就到了。这一喜讯,就像长了翅膀似的,传遍了十里八乡,解放后,高寒山区我是第一个考上名牌大学的。我的族人,你一元,他几角,共捐了十元钱左右。这点钱,还不够上大学读书的钱。我又翻过高耸入云的武陵山,穿过一线天的黑槽沟,步行到喻家嘴,接着又翻过三十里的高山峻岭,到了佘湖公社的仓关峪——舅舅工作的地方(此时我舅舅已调到桑植佘湖公社任党委组织委员)。舅舅一见到我,就问我:“考上哪所大学了?”

我挺着胸、昂着头,面带喜色地说:“考上了武汉大学!”

舅舅一听说我考上了“武汉大学”,便说:“不错! 但不能骄傲哟,还要继续努力,成为国家有用的人才!”

我说:“一定继续努力,不辜负您的殷切期望!”

“没有上学的钱吧,我给你贰拾元! 你还要努力学习,追求进步哟!”

“一定会的!”

当时舅母汪菊翠开会去了,没见着! 第二天吃早饭后,我就步行到了慈利县城,第三天乘车到了津市,到商店买了床漂亮的绣花被面。套在挑的棉絮上,第四天乘船到了长沙,当晚坐火车到了武昌。到武昌下车后,又坐迎新站的汽车到了风景如画的武汉大学,办了入学手续。

一九五九年我上了两年大学,靠勤工俭学赚了点路费钱,回到大浒家中住了二十多天后,又翻山越岭,过沟渡溪,来到了桑植佘湖公社找舅舅。舅舅不在单位上,到中坪村深入调查研究去了。我就边走边问,最后总算找到了舅舅。舅舅问了我在大学的生活、学习的情况后,说:“在大学里更要努力学习,注意自己的饮食起居。我这里给你 15 元钱作路费,你到我单位住房中,挑几件好点的衣服拿去、穿上!”听了舅舅的教导和关怀,我心中一股暖流流遍全身,心中想:“没有令人尊敬的舅舅的关怀,我是不可能上大学的!这份恩情一定牢记在心中,将来给予报答。”与舅舅告别后,我又经过路途多天的劳顿,回到了武汉大学!

4. 敬重老人

一九七九年四月的一天,下着蒙蒙细雨。花草吮着雨露,蓬勃地生长着,呈现出一片欣欣向荣的景象。舅舅下班回家一看,沙塔坪公社分水岭大队黄大伯来了。舅舅满含笑容地说:“黄大伯,您老人家好呀!身子骨还硬朗吧。”

“杜同志,托你的福,我身子硬朗着呢,农夫行里的活,我还行呢。”

舅舅见到黄大伯,就像见到自己的亲人一样,说:“黄大伯,我好想您哟,本应早些日子看您去的,只是最近单位的事多,没抽得出空来。”

“是呀,我们一家人也怪想你的,好久不见,心里总是不得安神。”

黄大伯说出这感情深重的话时,我舅舅被感动得全身热血涌流,泪珠充满眼眶,说:“来看看,比什么都好!黄大伯,您听听收音机中的歌声,我做饭去。”

我舅舅把围裙往腰上一抹,就杀鸡、煮香肠、炒腊肉,熬山羊、野猪肉。他花了差不多三个多小时,做了一大桌菜,把山区最好吃的都弄上了,又叫舅母到店子里买来了德山大曲,给黄大伯斟了满满一杯。他自己平时是从不沾酒的,今日个破例斟了半杯,怕黄大伯喝酒没味,也就只得舍命陪君子了:“黄大伯,我从来是滴酒不沾的,今日您来了,我特别高兴,先敬您一杯!”说完一杯酒一饮而尽!

舅母接着说:“黄大伯,您多吃点菜!”

舅舅、舅母都争着不时地为黄大伯夹香肠、腊肉,舀火锅里的羊肉。一家人与黄大伯边吃边喝,从晚上八点一直喝到九点,才作罢。

喝完了酒,黄大伯有些醉了。洗完脚,舅舅就安排他到床上呼呼大睡了。

舅舅、舅母一起收拾完碗筷,洗完澡以后,都睡了。舅舅睡在床上,辗转反侧,老是睡不着,住在黄大伯家时的一幕幕情景又浮现在眼前。七十年代初,高寒山区还比较穷,一年四季吃不上几餐肉。有一天,黄大伯在山上用猎枪打了一只野兔,见我舅舅到县里开会还没回来,把皮剥了,抹了些盐,在火坑的架子上熏着。第二天待我舅舅开会回来了,黄大伯立即叫大妈炒兔子肉吃,好久没闻到肉味了,大妈把一只兔子肉全炒了,有一耳锅,把他们的儿子、孙子也叫过来了,陪我舅舅吃饭。像招待贵客一样,老两口不停地往我舅舅碗里夹最好的兔子肉,我舅舅要是吃少了,或吃慢了,他们就说:“杜同志!你是个好人,下到我们这穷地方受苦了。你平时对俺那么好，比自己的亲儿子还亲，有时俺有个三病两痛，你总是给俺掏腰包，俺实在过意不去，今日你要是不踏踏实实地吃点，俺心里不好受呀！”我舅舅就说：“我住在您家，大妈把我当作自己的孩子一样，我每次洗澡换了衣，总是抢着给我洗，弄得我实在过意不去！”……

第二天，黄大伯要回去了，舅舅一家人怎么留，也留不住，就把家中准备缝衣服的布料！还拿出点钱给他，黄大伯硬是不肯收。舅舅有些生气了，说：“大伯！您把我们当外人呀，我不是跟您的家人一样吗？您大老远翻山越岭地来看我，给您点东西和钱，不是应该的吗。”

就这样，黄大伯才收下。我舅舅和舅母把他送了好远，才回来。

（五）拒收礼，严律己

我舅舅是一个“常在河边站，就是不湿鞋”的人，他为官几十年，两袖清风，一身正气，是亲民、爱民的好干部，是优秀的共产党员，多次立功受奖。有几件事，令我刻骨铭心，永不忘怀。

1.拒收面条

一九八〇年六月的一天，炎热的太阳，像一个巨大的火球一样，烧烤着大地，一丝凉风也没有，早上还只七点半钟，就热得人们汗水直流。舅舅提着一大篮子菜，从菜场上回来了，一跨进门，见饭桌上有一大包面条，大约有十多斤，就问舅母：“这大包面条，是哪里来的呢？”

舅母回答说：“是河口一个乡村干部送的！”

舅舅一听是乡村干部送的，就严厉地批评舅母说：“我叫你别收人家的礼物，你就是听不进去！拿人家的手短，吃人家的嘴软嘛。再说，大清早的，也应留人家吃早饭呀。”

舅母很生气地说：“我又不认识他，他叫什么名字，我都不晓得。我当时再三推辞，不肯收，他也不听！说：一点小意思，只能表示一点心意。而后，喝了一杯茶就走了，不肯吃早饭。”

听了舅母的解释后，舅舅放下手中的菜篮子，转身就到旅社、县委机关、汽车站，到处寻找，最后终于在一个机关单位找到了，说：“小陈，你怎么到我家早饭也不吃，就走了呢，是不是有什么意见呢。”

“啥意见呢，杜书记，说那里去了呢，感谢都来不及呢。”

“没意见，就得领个情，到我家吃早饭去。”

“好，好，我去！我去！”

小陈到舅舅家吃早饭后，站身要走。舅舅轻言细语地对他说：“小陈呀，你要理解我，不要让我为难。我是县纪委干部，组织上有规定：不能收下面干部的礼。我要是收了你的礼，就是违反了组织上的规定，就不是清廉干部了，要受组织处分的。你有什么事，只要不违反原则，我能办到的，一定尽力而为！”

“杜书记，你是党的好干部，既然你这样说了，我也就没什么好说的了。”说完，小陈把送的十多斤面拿回去了。

2.婉言拒“礼”

一九八一年四月的一天夜晚，舅舅杜金生风尘仆仆地从乡下回来了。舅母一看，他满身溅的是泥点点，头发吹得乱蓬蓬的。她心疼地说：“怎么这时才回来呢？快，把衣服脱下，我给你洗一洗。饭在碗柜里，菜也有，热热就可以了。”

他换下衣服后，走进厨房一看，碗柜里放了一大包鸡蛋，有四十多个。便问：“怎么，你又买鸡蛋了？”

“我那里买鸡蛋呢，不是有位乡下的干部说，是你自己买的，托他带回家的吗。”

“你不想想，我哪会在乡下买鸡蛋呢。大老远的，万一在路上打破了不是白买了吗？你一定是上了人家善意的骗，是别人送的。那是谁送的呢？”

“我问了送蛋人的姓，他说姓谷！”

舅舅说：“一定是他！”

星期天到了，一大清早，舅舅吃了早餐后，就小心翼翼地提着一篮四十多个鸡蛋，跋山涉水地赶到乡下，和善而又带着严肃的口气说：“老谷，你怎么搞的，又不是不晓得纪委的纪律和我的个性，你的心意我领了，但你送的礼——那大包鸡蛋不能收。你有什么要办的事，只要不违反原则和纪律，我一定会尽力的。”

老谷看他柔中带刚，神情有点严肃，也就只好把送的一大包鸡蛋收回来了。

3.严子律亲

我舅舅杜金生是一位责人宽、律己严的纪委干部，他对自己的亲属近乎苛刻。他的长女杜凤逸，长得如花似玉、苗条清秀、面目白皙，是一位十分漂亮的姑娘。一九七九年高中毕业后，舅舅托县肉食品公司的领导，给她安排在肉摊子上卖肉，她整天抹着一件青色的围裙称肉、算账、卖肉，干得还是挺欢的！一九八〇年县肉食品公司有几个临时工转干的指标，该单位的领导兴致勃勃地跑到舅舅家,说:“杜同志！现在我们物资系统有几个临时工转干的指标,你女儿杜凤逸条件不差,工作比较出色,你是否托人给县人事科说说,将杜凤逸转为干部,对她将来的前途是大有好处的!”

不料,我舅舅却说:“按党的原则办事,对我的小孩不搞特殊化,一视同仁!”肉食品公司的领导听他这样说了,也就作罢了。

我表妹杜凤逸听说后,大哭了一场,非常生气地对她妈说:“妈！我爸太狠心了,好事不给我出力,不关心我,像这样的爸,世上少有!”

我舅母对她说:“你爸是个坚持原则的人,他宽以待人,严于律己。他对我也是一样,我在日杂公司也干得不错,多次被评为先进个人。当领导准备发展我入党,征求他的意见时,他却说‘小汪年轻,不太成熟,还要考验考验’。你生在这样的家庭,就‘认命’吧！多磨炼磨炼,兴许还有好处呢!”

对这件事,孩子非常生气,好长时间,看见了他,也不喊他。

我舅舅的大儿子杜祥(我的表弟),爱喝酒闹事,打群架,被县公安局抓去了,判了几年刑。舅母得知此事后,心里像刀割一样难受,哭得死去活来,当时就晕倒了过去。舅舅将舅母扶了起来,心里也非常难受,常常一言不发,一个人在一边发呆。

此时,我舅母就对他说:“找找有关的人,通融通融!”

他说:“相信党,相信领导,相信政策,不要找这找那,为难领导,为难组织,千万不要这样做!”

杜祥由于认识深刻,表现突出,只在牢房待了一年半,就出来了。

(六)好勤俭,长打算

晴空万里碧蓝天,心胸无私天地宽。我敬爱的舅舅是一个心胸宽广,毫无私心的人。他高风亮节,心系他人的高尚品德,至今还深深地烙印在我的心中,不断地激励着我。

1.克己奉公

一九九〇年十二月,瑞雪纷飞,遍地皆白,桑植县城的街道上积雪有尺多厚,北风呜呜地呼啸,刮得街道两边的树枝摇曳嘶叫。我舅母从县城日杂公司下班回家,浑身上下飘满了雪,就像个白人一样。她一跨进门,就听到一阵阵的咳嗽声,便急忙放下手上的袋子,走到床边,对躺在床上的他说:“看你病成了这样！光到药店买点药,是解决不了问题的呀！现在正是日杂公司做生意的黄金时间,我又请不动假，是否给你单位——纪委的领导说说，派个人把你送到县人民医院住院治疗，不是好得快些吗？”

我舅舅生气地对舅母说：“看你，点点小事就要麻烦领导和同志们，他们的事也很多呀，国家的事、公家的事，再小也是大事；个人的事、私人的事，再大也是小事。我若没这个单位，看你向谁告诉去，向谁伸手去！”

他这样一说，像要堵住舅母嘴似的，也只好不作声了，以免他又生气。

舅舅一连三个晚上病得睡不着，舅母一直守在他身边。有一天，她又准备到药铺买药去，打开抽屉一看，还有八十多元的医药费没有报销，准备给他报销去，但又想：他就是那样一个人，宁肯自己吃亏，不愿麻烦单位，怕花国家的钱，怕花单位的钱，处处为国家着想，为同志们着想！平时只要自己能解决的事，尽量自己解决，从不麻烦单位领导与同志们！想到这里，她又只好自掏腰包买药去了。

2.盘算长远

我舅舅出身贫寒，家境贫苦，从小养成了生活俭朴，勤俭过日子的好习惯。我舅母从小生活在溪口镇上，家里靠赶面条，做小食品营生，经济上较为活跃，从小没吃过苦，没操过心，是在甜水里长大的。他们结婚之后，自然家中的一切金钱收支，都由舅舅料理，他从来不多花一分钱。尽管从二十世纪八十年代后，工资不断地攀升，但他还是精打细算，卡得较紧。舅母有时对他非常生气，连话都不想同他讲。他看她生气了，便笑容满面，轻言细语地对她讲：

“小汪呀，生活的日子多如牛毛，还长着呢，我们要精打细算，细水长流呀。俺们有四个小孩，一要过日子；二要把他们抚养大；三要受教育，把孩子们培养成国家有用的人才；四要帮他们成家，我们的任务大着呢。”

舅舅看她的气消了些，又亲热地对她说：“我比你要大十多岁，待孩子们长大成人，都工作了，我要给你多聚点钱，万一哪天我先走了呢，你今后的日子也好过些，是吗？同时，我们还要回老家谢谢家乡的父老及救过我、关心过我的人呀！”

说到这里，我舅母心中十分感动，一股热流涌上心头，眼泪差点流出来了，哪还有什么怨气呢，早已烟消云散了，便偎依在他的身上，感到是多么温暖，多么幸福啊！他想得宽、想得远，处处为别人打算，就是太刻薄自己了，我这辈子没嫁错人！

3.心系国家

舅舅与舅母是一九五九年结婚的，到一九九一年长达32年的时间。在这较长的日子中，他两夫妻相敬如宾，极少拌嘴。在他们共同生活中，舅舅从不到餐馆里吃吃喝喝。他因公出差，总是为国家、为单位精打细算，细水长流。短途，可走路到达的，就不坐车；住宿，有亲戚、朋友的，就不住旅社；住旅社，从不住高档的，只住中低档的。他常想：桑植县是一个老少边穷的县，地方财政收入有限，能节约一点，就节约一点！艰苦奋斗，勤俭节约，本来就是我们共产党人的本色嘛。现在，桑植县的老百姓还比较穷，不怎么富裕。我如果不节约点，图享受，就是对纳税人——老百姓的犯罪，就是忘了共产党人的根本！

有的干部因公出差回来，总是说补贴太少，自己还要争取一点。然而他出公差回来，每次凭证报销的出差费是最少的！按单位规定所给的补足费，他从来也不在外面乱花一分，总是回来后，到肉铺里砍几斤肉，买些好吃的小菜、香料回来，用火锅炖着，香气扑鼻，像是美味佳肴一样，表弟、表妹们有好多日子没吃肉了，个个高兴得跳了起来，说："今日可打牙祭了！"还没等喊开餐，表弟、表妹们早把椅子搬到四方桌子边，抽的抽筷子，舀的舀饭。开餐了，大家都摆开架式，向火锅中的肉进攻了，边吃边说："爸今日个炒的菜真好吃！"

舅舅看孩子们吃得津津有味，便兴奋地说："那就多吃点吧，不过，也得慢慢吃，不能吃得太多，要与自己的肚子商量一下，看它能不能吸收，不然，它可要造反了！"

4.饲养肥猪

我舅舅杜金生从工作岗位上退了下来，心里有些闷闷不乐，一个人常在屋里、户外踱来踱去，像是在沉思着什么，好像要作出什么决定似的。有一天，他对我舅母说："我现在退休了，整天待在家里没事干，感到非常无聊。我想喂几头猪，既对社会作了贡献，又为家中创造了收入，何乐而不为呢？"

我舅母说："你劳累了一辈子，何不在家中享享清福呢。没事，到大操坪门球场，同一些退休的老头打打门球，扯扯谈，散散心，有多好呀！"

我舅舅说："我一辈子闲不住，有些事做，活得还充实些，也活得有意义些！我总不能一天到晚都打门球吧，只能适当休闲、休闲、自由自在！"

听他这样说，我舅母就讲："那好吧，你也别累着了。"

说干就干，舅舅在他离住所不远的地方，找了个偏檐房，请木匠装了两间猪栏，将地面用水泥、沙子，荡成稍斜的地面，给几头猪睡觉的地方，运来不少的稻草，软绵绵的，像草被窝一样，又请木匠打了个长长的猪槽，一切准备妥当后，就背了个柴背篓，上面盖把筛子，还带上绳索，兴高采烈地走向生猪交易市场。到市场上，左瞧瞧，右看看，这边问问，那边谈谈。最后与一位农妇谈妥了生意，买了四头小猪仔，共四十多斤。他兴冲冲地将四头小猪仔背回来，放到猪栏里后，站在猪栏边进行自我欣赏，像瞧不够似的。那喜悦的神情，挂在眉梢，笑在心中，自言自语地说："定长得出个大架子来，这下，我可有事干了！"

接着，又拿着刀，背着背笼上山扯猪草去了。在山上看到猪喜欢吃的皮叶、枸儿叶，哪怕是长在茨蓬里，也毫不犹豫地披荆斩棘，钻进茨蓬里把它摘来。有时还爬到高坡上，挑选细嫩的猪草，把它一片一片、一叶一叶、一根一根、一把一把地扯来。尽管累得汗流浃背，也还是乐此不疲。不到半天的时间，就扯了一大背笼。

我舅母下班回来，看他扯了这么多的猪草就说："何不买饲料呢，用饲料喂猪，既长得快，又长得大。"

舅舅说："买饲料喂猪，虽然长得快，长得大，但肉没得用猪草喂的香嫩，素肉多，好吃，对人的身体也有好处，同时又不要一分钱的成本，多好呀！"

就这样，他天天扯猪草，剁猪草，煮猪草，喂猪食，扫猪栏，理猪毛，洗地面，给猪打预防针，忙得有条有理，津津有味！

那几头猪，在舅舅精心地饲养下，一月一个样，长得好快哟。那些猪个个膘肥体壮，毛光闪亮，一头足有二百多斤，哪个人见了都称赞说："老杜真有一手，猪养得这么好！！"

（七）亮节照后人

暗云密布朔风吹，百鸟栖留悲不飞。一九九一年六月二十二日对我和我舅母一家，是一个十分悲怆、黯然失色的日子，是一个非常不幸的日子。

1. 猝然病逝

六月二十二日清晨，我舅舅杜金生提着猪食桶向猪栏里走去了。"大约快一个小时了，怎么还没回来呢，"我舅母边想边自言自语地说。

说罢，一种不祥的感觉，好像向我舅母袭来。她三步并作两步地向猪栏边走去。待她走到猪栏边时，突然像晴天霹雳一样，把她吓得半死。他倒在猪栏边了，"天啦，你是怎么搞的吗！"家里的孩子也闻讯迅速赶来了，把他爸（我舅舅）抬回家轻轻地放在床上，舅舅的鼻子、嘴角不断地流血，已说不出话来，只剩下一口气了。他手握着小女儿杜四军的手，直流眼泪，仿佛有许多话要说，可一句也说不出来。我舅母猜想：他是放心不下小女儿杜四军，还未长大成人，今后的路怎么走呢。他吃力地望着我舅母，仿佛在说："老伴，我是多么舍不得你呀，我要走了，家中的重担只能落在你一人的肩上了。"

我大老表（舅舅的大儿子）杜祥，立即打电话与县人民医院联系抢救，不到二十分钟，县医院的救护车就开来了，周围的邻居，纪委的领导、同事也来了，围了满满的一屋人，大家争先恐后地把他抬到救护车上，舅母和医生上了救护车，医生给他打了强心针，她一直在身边护着。车子发动后，只开到半路上，他就溘然长逝了。

此时，我舅母哭得死去活来："金生！你怎么就走了呢，你苦一世，累一世，为他人着想一世，你怎么就撒手西去了呢？"医生流着泪，又立即为他拿脉搏，做人工呼吸，已无回天之力了，非常惋惜地说："老杜是个好同志，好干部，好领导，走了，实在是太可惜了，对桑植县老百姓是一大损失！"

此时，救护车只好缓缓地转动着车轮，慢慢地往回开……

2.亲朋哭灵

舅舅杜金生于一九九一年六月二十二日溘然长逝了，中共桑植县委员会、县人民政府、陈家河区委会的领导派人设立灵堂。灵堂四周簇拥着绿蓝色的盆景和丛丛鲜艳的白花，他闭着眼睛，穿着一身深蓝色的中山装和黑色的新布鞋，躺在花丛翠绿的盆景之中，灵堂内面板壁上，贴着舅舅庄严肃穆的遗像，灵堂三面摆满了桑植县委、县政府、县直机关、陈家河区委及他的亲朋好友寄托哀思的挽幛和花圈，遗像正上方挂着"沉痛悼念中国共产党优秀党员杜金生同志"的横幅，两边挂着一副对联："替百姓办实事呕心沥血；为国家献终身竭智尽忠。"以表达对他一生的赞颂和肯定。

舅母披着黑纱，四个子女披麻戴孝跪在灵前不断地哭诉着。

余湖、中坪、陈家河的一些大伯、大妈、孤儿、孩子们更是以传统的民俗方式，一边烧着纸钱，一边哭诉着：

黄大伯伤心地流着眼泪说："老天爷呀！你怎么把这么好的一个人——杜同志收了呢。我们非亲非故，他把我当亲人，给我过钱用，缝的衣服还穿着呢，你怎么不把我收去，换回杜同志的生命呢！"

孤儿（一位军人）彭清明号啕大哭地说："杜伯伯！您是我的再生父母呀，您把我养大，又送我参军，您的恩情比天高，比海深，您这么一个好人，应该长命百岁呀！”

覃代双夫妇流着眼泪跪下说：“老杜，你在我家最困难的时候，帮了我们！我的儿子覃亮，是您及时送县医院治疗，一条小命才保住；如果不及时治疗，可能命都不保了！您的恩情比天高，比地大！亮亮！快来给杜爷爷磕个头！”

外甥张安珍放鞭炮之后，跪在坟前边烧纸钱、边哭诉着说：“舅舅！我最敬爱的舅舅！我接到大表妹杜凤逸发来的电报：‘我爸已逝世了’，就像晴天霹雳似的，震得我撕心裂肺一样，痛苦不堪，眼泪唰地一下流了出来，待我稍清醒之后，立即就到湘潭市长途汽车站买车票后，乘车往桑植县城赶，但还是没赶上，连最后一眼都没见到，太令我伤心呀！舅舅！我一辈子都不会忘记您的，您已深深铭刻在我的心中了！您在我上学读书期间，一遇到难以上去的坎，就想到了您，向您伸手要钱，您总是慷慨解囊，满足我的需求！舅舅！若是没有您，哪有我今天的学识，哪有我今天的地位呀！哪有我今天的生活呀！”

县委大院的一些小孩，一个个跪在灵前伤心地哭着说：“杜爷爷，您怎么就躺下了呢，您怎么就不带我们玩去了呢？我们以后怎能骑到您的颈项，骑到您的背上呀！”

灵堂中响起了一阵又一阵的哀乐声，哀乐催人悲伤，催人怀念，催人继承先烈的遗志！

追悼大会开始了，县纪委书记主持吊唁，县委书记致悼词。他在悼词中高度评价了我舅舅光辉灿烂的一生：“杜金生同志，是一位优秀的共产党员，是一位县中层杰出的领导干部，是人民的优秀儿子，百姓的好公仆，他的业绩必定光耀天地，永垂不朽！”

县委书记讲话完后，亲属代表，黎民代表，同事好友代表先后都讲了话，大家出自肺腑地歌颂了他的丰功佳绩！

我舅舅的灵柩，在送往桑植县朱家台烈士公园的路上，全县城几乎所有的居民，都自动站在街两边，排成长队，目送一程……

3.安葬祭奠

我舅舅杜金生下葬时，正是烈日炎炎的夏天，天气像火一样照射着大地，照射山区县城的人们，但我们却感到阴凄凄的，四周的树木、绿草、澧水都像屏住了呼吸，都像在流泪，我的表弟、表妹戴着孝哭成了泪人儿，一声声地喊着：“爸爸！爸爸，你别走！”我舅母更是撕心裂肺地哭得天昏地暗，不省人事！送行的乡亲、朋友、同事、领导等，也都含着泪说："一路走好！"

舅舅的墓地在朱家台烈士公园，墓地的四周是一片郁郁葱葱的青松环绕着，象征着所从事的事业兴旺发达，业绩辉煌。站在墓前，可以眺望八斗溪电站，高耸的铁塔，连绵不断的高压输电线；可以眺望桑植县城鲤鱼跳龙门的图形，每到傍晚时分，华灯初上，晶莹闪亮，就像万里夜空，星星降落在澧水河畔，高山之下；可以在宁静的夜晚，听到澧水大坝泄流的歌唱声，那碧绿的潭水，波光粼粼，静静地漫流着，像是抚摸着我舅舅的心灵似的，生怕惊醒他的美梦；在暴风骤雨的日夜里，又像万匹狂奔的野马，咆哮奔腾而下，一泻千里，仿佛歌颂我舅舅爱党、爱国、爱民的激情一样，是那样汹涌澎湃，高昂猛进！

我舅舅的灵魂，是不会感到寂寞的，他可以随时与生前已故的好友交谈；墓地的前面，有一块绿油油的蔬菜地，那是城郊百姓种的，他一生心系黎民百姓，情结人民群众，把他安葬在这里，正好让他的灵魂护卫着平民百姓的利益，关怀着人民的冷暖！

舅舅！您安息吧！您的一生是拼搏奋斗的一生，是关怀他人胜于关怀自己的一生！是无上光荣、令人敬仰、光彩夺目的一生！您的事业，有千千万万优秀儿女继承，您的高风亮节、两袖清风的高尚品德，像一盏巨大的明灯，照亮后人前进的道路，激励后人永远向前！永远向着共产主义的明天！

舅舅！您灿烂的公仆形象，光耀天地，永垂不朽！

(此文载于许廷钧.共和国之子[M].北京：中国科学文化出版社，2019：964—983。)

附

(一)杜金生一生所获得的荣誉

1.1951 年在慈利县郝溪乡(现洞溪乡)查田定产工作中被评为县先进工作者，获奖章一枚。

2.1958 年在桑植县佘湖公社大炼钢铁的工作中，被评为公社先进工作者。

3.1959 年被评为桑植县先进工作者。

4.1961 年被评为桑植县先进工作者。

5.1965 年在全国征兵工作中荣获桑植县人民武装部"四好"光荣称号。

6.1969 年被评为桑植县先进工作者。

7.1974 年被评为中共桑植县委会、桑植县革命委员会先进工作者。

8.1978 年出席桑植县农业学大寨群英大会。

9.1981 年被桑植县人民政府记功一次。

10.1982 年被评为桑植县优秀共产党员，立功一次。

11.1983 年被中共桑植县委会评为优秀共产党员。

12.1984 年被中共桑植县委会评为优秀共产党员。

13.1985 年被桑植县纪委评为先进工作者，并出席湘西自治州先进工作者代表大会，记功一次。

14.1989 年被评为桑植县先进工作者。

以下为杜金生生前所获得的部分奖状、奖章：

(二)杜金生年谱

1.1929 年出生于慈利县郝溪乡蚕儿峪。

2.1930—1937 年在家。

3.1938 年 1 月—12 月在当时的沅陵县蔡家坪读私塾。

4.1939 年 2 月—1939 年 6 月在当时的桃源县郑家垴读私塾。

5.1939 年 8 月—1939 年 12 月在当时的慈利县郝溪初小读书。

6.1940 年 2 月—1942 年 9 月在当时的沅陵县枣儿岗小学读书。

7.1942 年 10 月—1950 年 1 月因父亲杜昌早病故，在蚕儿峪家中搞农业生产。

8.1950年2月—1951年10月在家务农、做小生意。

9.1951年11月—1952年3月参加了当时的慈利县郝溪乡大田村农民协会，任代表。

10.1952年4月—1952年6月在慈利县农训班学习。

11.1952年7月—1952年9月任大田村农民协会文书。

12.1952年10月—1953年2月参加大田村查田定产工作，任小组长。

13.1953年3月—1953年6月调慈利县小溪乡领导生产。

14.1953年7月—1953年8月调慈利县溪口区粮食交易所工作，任收购员。

15.1953年9月—1953年10月调慈利县溪口区供销社工作，任采购员。

16.1953年11月—1955年12月调慈利县溪口区供销社第二门市部工作，任营业员。

17.1955年1月—1955年2月被提拔为慈利县溪口区供销社副主任。

18.1955年3月—1956年11月调樊家坊区供销社工作，任副主任。

19.1956年12月—1958年10月调竹叶坪供销社工作，任副主任。

20.1958年11月—1960年1月调桑植县汆湖公社任党委组织委员。

21.1960年2月—1961年12月调桑植县陈家河区仓关峪公社任党委副书记。

22.1962年1月—1962年4月调桑植县陈家河区任组织委员。

23.1962年5月—1962年12月调桑植县陈家河区供销社任支部书记。

24.1963年1月—1969年4月调中共桑植县陈家河区委会任组织委员。

25.1969年5月—1971年12月调桑植县政府任计划生产组组长。

26.1972年1月—1972年12月调桑植县生产指挥部任政工组组长。

27.1973年1月—1977年11月调桑植县县直机关任政工组组长。

28.1977年12月—1990年11月调桑植纪委工作，任常委。

29.1990年12月退休。

后　记

“众人拾柴火焰高。”此本《怡心集》在著编、出版过程中，得到了诸位友人、编辑、出版机构的大力支持。由于本人身患重病（胆管细胞癌晚期），就无法一一表示衷心感谢，在此向你们致以歉意并表示崇高的敬意！

张安珍

2021 年 3 月于湘潭大学